ワ文庫 NV
71290〉

レッド・スパロー

〔上〕

ジェイソン・マシューズ
山中朝晶訳

早川書房
7246

RED SPARROW
by
Jason Matthews

Translated by
Tomoaki Yamanaka
First published 2013 in Japan by
HAYAKAWA PUBLISHING, INC.
This book is published in Japan by
arrangement with
INTERNATIONAL CREATIVE MANAGEMENT, INC.
acting in association with
CURTIS BROWN GROUP LTD.
through THE ENGLISH AGENCY (JAPAN) LTD.

スザンヌ、アレクサンドラ、ソフィアへ

本書はフィクションであり、名称や登場人物、場所、出来事は著者の想像の産物で、架空のものとして描かれている。故人、あるいは存命の人物、実在の事件や場所とのいかなる類似も、まったくの偶然である。

レッド・スパロー〔上〕

登場人物

ドミニカ・エゴロワ……………………ＳＶＲ（ロシア対外情報庁）課報員
ナサニエル(ネイト)・ナッシュ……ＣＩＡ局員
イワン(ワーニャ)・エゴロフ………ＳＶＲ第一副長官
ウラジーミル・コルチノイ…………同第一部部長
セミョーノフ……………………………同第五部部長
アレクセイ・ジュガーノフ…………同対外防諜局特別任務第二部部長
セルゲイ・マトーリン………………同特殊工作局の殺し屋
マクシム・ヴォロントフ……………同ヘルシンキ支局長
マルタ・エレノワ……………………同ヘルシンキ支局上級管理補佐官
サイモン・ベンフォード……………ＣＩＡ防諜部部長
ゴードン・ゴンドーフ………………同モスクワ支局長
トム・フォーサイス…………………同ヘルシンキ支局長
マーティ・ゲーブル…………………同ヘルシンキ副支局長
〈マーブル〉……………………………ＳＶＲ内に潜むＣＩＡのスパイ
〈アーチー〉
（マルクス・ライコネン）
〈ヴェロニカ〉
（ヤーナ・ライコネン）
………ＣＩＡヘルシンキ支局の監視員
ドミトリー・ウスチノフ……………ロシア・マフィア。オリガルヒ(新興財閥)
アーニャ…………………………………スパロー・スクールでのドミニカの同期生
シモン・ドゥロン……………………在モスクワ・フランス大使館員

1

尾行をあぶり出すための監視探知ルート（SDR）にはいって十二時間が経過し、ナサニエル（ネイト）・ナッシュの下半身の感覚は麻痺（まひ）していた。モスクワの裏通りの丸石を歩きつづけ、両脚が棒のようだ。日がとっぷり暮れてからも、ネイトはSDRを進みつつ敵の監視網を刺激し、消耗させ、挑発してしっぽを出すのを待った。しかし反応は何もなかった。背後からつけまわしたり、交替で尾行したり、うろついたりする一団がいそうな気配は皆無だ。本当に誰からも監視されていないのだろうか？ それとも数百人のチームに捕捉されているのか？ スパイ同士の駆け引きにおいては、敵の姿が見えないというのはおびただしい敵に囲まれているのを知るよりいやなものだ。

九月のはじめとはいえ、SDRにはいってから最初の三時間は雪が降り、ネイトが車から出るときに隠れ蓑（みの）になってくれた。この日の昼前、ネイトは移動中のラーダ・コンビから路上に飛び降りたのだ。大使館内の中央情報局（CIA）支局からこの車を運転したレヴィトは、車間距離を測り、工業地区の裏通りにはいる曲がり角で無言で指を三本立て、ネイトの腕を小突いた。ロシア連邦保安庁(FSB)の追跡車はわずか三秒のあいだに車から降りたネイトに気づかず、彼が隠れた雪の塊を通りすぎてレヴィトの車を追いかけた。ネイトは大使館経済部から携帯電話を持ってレヴィトの運転する車に乗りこみ、目くらましに車内に置いてきた。FSBはこの電話を探知したままあと三時間は気づかないだろう。飛び降りたときにネイトは路面に膝を打ちつけ、最初の数時間はこわばっていたが、いまは全身と同様に、無感覚だ。夜の帳(とばり)が降りるとともに、彼はモスクワ市街地の半ば以上を歩き、足音をしのばせ、這(は)うように進み、あるいは駆け抜けながら尾行を探知した。どうやら監視を振り切ったようだ。

ネイトはCIAでごく少数の〝域内作戦(インターナル・オペレーション)〟要員の一人で、敵の本拠地で監視下に置かれながら作戦を遂行するよう訓練されていた。路上で対敵活動を行なう際には、疑念や内省が心にはいりこむ余地はない。失敗するのではないか、敵に勝てないのではないかといった誰もが抱くような不安は捨て去るのだ。この晩、彼の神経は昂(たか)ぶっていたが、体調は上々だった。寒さに注意を奪われず、胸から押し出せ。感覚を研ぎ澄まし、緊張に押しつぶされるな。まわりもよく見えていた。一度見かけた通行人や車がふたたび現われないか気をつけろ。色や形を覚えるのだ。帽子、服装、車種も。しいて意識せずとも、暗闇に包まれる街の音は頭に刻まれていた。架線の電力で走るトロリーバスの音、濡れた通りをきしるタイヤの音、足元で砕ける石炭のかけら。ディーゼルや石炭の排気が鼻を刺激し、どこかの見えない通風孔からビートスープの芳香が漂ってくる。彼は凍てつく空気に共鳴する音叉(おんさ)であり、張りつめ、昂ぶっているものの、不思議に冷静だった。十二時間が経過しても頭は冴えていた。

監視はされていない。

時間を確認する。二十二時十七分。二十七歳のネイト・ナッシュが伝説的人物に会うまであと二分だ。CIAが抱えている〝資産〟のなかで最もかけがえのない、貴重な人材である。静かな通りをあとわずか三百メートル歩けば〈マーブル〉との会合場所だ。洗練され、都会的な六十代の彼は、国家保安委員会第一総局すなわち旧ソ連の対外スパイ機能を継承したロシア対外情報庁の少将という階級にいる。〈マーブル〉は実に十四年間、情報提供を続けており、冷戦時代のロシア人情報提供者が平均で一年半しか生きられなかった事実を考えると、これは記録破りの数字だ。通りを見まわすネイトの目に、かつて処刑されていったエージェントたちの不鮮明な写真がよぎった――ペンコフスキー（GRU〔ソ連軍参謀本部情報総局〕大佐。キューバ危機で米英に重要情報を流したが露見し、処刑された）、トルカチョフ（旧ソ連の電子工学エンジニア。レーダーや巡航ミサイルに関する情報をCIAに提供したが、一九八六年に処刑された）、モトリン（在ワシントン・ソ連大使館にいたKGB要員。FBI〔連邦捜査局〕の勧誘でアメリカのスパイになったが、モスクワで銃殺された）、ポリャコフ（GRU大将。二十五年間CIAに重要情報を流しつづけたが、一九八八年に処刑された）。彼ら以外にも何人も死んだ。だがこの人だけは、わたしが担当しているあいだはなんとしても守る。失敗は許されない。

現在、SVR北米担当部長の〈マーブル〉は最高度の機密情報も入手できる要職に就いているが、彼がKGBの伝統を受け継ぐ保守派として認められ、海外支局でめざましい昇進を重ねて将官になれたのは、幾多の作戦を成功に導いたのみならず、彼が粛清や改革や組織内の権力闘争を生き残ってきたからだ。〈マーブル〉は自分が仕えている体制になんの幻想も抱いておらず、見え透いた茶番を嫌悪していたが、職務に徹し、忠誠を守ってきた。だが彼がすでに大佐としてニューヨーク支局に勤務していた四十歳当時、KGB本部は病気の妻をアメリカ人の腫瘍学者に診察させる許可を出さず、この冷酷非情なソビエト的措置の結果、彼女はモスクワの病院の廊下を走るストレッチャーの上で生涯を閉じた。〈マーブル〉はそれからさらに八年をかけ、アメリカ人に安全に接触する準備を整えたうえで情報提供に踏み切った。

外国のスパイ——諜報用語ではエージェント——になったとき、〈マーブル〉は物静かに、優雅な物腰でCIAのケース・オフィサー——工作担当者——に話しかけ、謙遜しながら、たいした情報を提供できずに申し訳ないと詫びた。だが、CIA本部は仰天した。彼が提供したのはKGBそしてSVRの作戦、外国政府への浸透工作に関する測り知れないほど貴重な情報であり、可能なときには超一級の情報、すなわちロシアのためにスパイをしているアメリカ人の名前まで教えた。彼はかけがえのない人材なのだ。

二十二時十八分。ネイトは角を曲がり、狭い通りにはいった。両側には集合住宅が建ち、でこぼこした歩道には葉の落ちた街路樹が並んでいる。通りの反対側から、交差点を通る車のライトに照らされ、なじみのある輪郭が角を曲がり、ネイトに近づいてきた。老練な男はプロだった。わずか四分間の待ちあわせ時間帯にぴったり合わせてきた。

ネイトの疲労は瞬く間に吹き飛び、活力が湧いてきた。〈マーブル〉が近づいてくるにつれ、ネイトは反射的に人けのない通りに目を走らせ、不審な徴候がないかどうか確認した。

車はいない。上方にも視線を走らせる。開いている窓はなく、明かりのついている部屋はない。彼は振り向いた。交差する通りも静かだ。暗がりを確かめる。街路清掃人や路上生活者の姿はない。ひとつまちがいを犯せば、SDRの踏破に費やした時間も、監視網への挑発的行動も、雪と寒さのなかで待ちつづけ、見張ってきた労力もすべて徒労に帰してしまう。ひとつのまちがいが致命的な結果をもたらしかねない。〈マーブル〉の死という結果に。ネイトには、情報源が失われ外交政策が失敗しかねないのもさることながら、この男の生命が失われることのほうが耐えがたかった。ネイトに失敗は許されないのだ。

〈マーブル〉はゆったりした足取りで歩いている。二人はこれまでに二度会っていた。〈マーブル〉は、これまで彼を担当してきた何人ものCIA局員を教育してきた。そのうちの数人はものになった。ごくわずかだが、唖然とするような愚か者もいた。一人か二人には恐るべき無気力（ランゲール）ぶりが見られた。職業人としての意欲がみじんも感じられず、それは彼ら自身の命とりになる可能性があった。だがネイトはちがう。この若者には見どころがある。彼には気迫、集中力、物事を正確にやり遂げようとする情熱がある。多少荒削りできまじめなところはあるものの、彼ほど熱意に満ちた者はそう多くはない。〈マーブル〉はネイトのことを高く買っていた。

〈マーブル〉はこのアメリカ人の若者と無事会えた喜びに目を細めた。ネイトは平均的な身長で、体形はすらりとしており、まっすぐな黒髪に筋の通った鼻の持ち主だ。近づくにつれ、彼の背後に向けられたネイトの茶色の目が、油断なく動きまわる。

「こんばんは（グッド・イブニング）、ナサニエル」〈マーブル〉は言った。ロンドン赴任時代に身についたわずかな英国訛（なま）りが、ニューヨークでさらに変化したものだ。彼がつい英語を使いたくなるのはケース・オフィサーに心理的に近づくためだが、ネイトのロシア語は流暢（りゅうちょう）だった。〈マーブル〉は背が低くずんぐりした身体つきで、目は深い茶色、鼻は肉づきがよい。ふさふさした白い眉毛はうねりのある豊かな白髪に釣りあい、洗練された都会人の雰囲気を醸（かも）し出していた。

こうした会合ではお互いに偽名を使うのが慣わしだが、二人の場合、それはばかげていた。〈マーブル〉はSVRの外交官ファイルを閲覧でき、ネイトの本名はとっくに知っているのだ。「会えて何よりだ。元気か？」〈マーブル〉はネイトの表情をつぶさに眺めた。「疲れているようだな？ 今晩は何時間路上にいる？」〈マーブル〉はあくまで礼儀正しく訊いたが、実際に知りたくもあった。彼は何事も見すごしたくなかった。

「こんばんは、おじさん（ドーブルイ・ヴェーチエル・ジャージャ）」ネイトは言った。〝おじさん〟と親しげに呼びかけたのは、スパイとして敬意を表しているからであり、心からの親愛の念でもあった。腕時計に目をやる。「十二時間です。通りを歩くのは気持ちがいいですよ」互いに了解している隠語だが、〈マーブル〉はネイトが監視がいないかを徹底的に探ったかどうかを知りたいのだ。そのことはネイトも承知していた。

〈マーブル〉は何も言わなかった。二人は街路樹でできた暗がりをいっしょに歩きだした。凍てつくような空気だが、風はなく穏やかだ。二人の持ち時間は七分ほどだった。

話すのはもっぱら〈マーブル〉で、ネイトは一心に耳を傾けた。年かさの男は早口だが焦らずに話し、その内容は〈マーブル〉の部署でささやかれている噂話や、出世競争の動向といったことだ。続いて、新たな作戦の概要、外国でSVRがエージェントの勧誘(リクルート)に成功したこと。詳細はディスクにはいっている。二人の人間のあいだで、報告事項としてそのようなやりとりがなされた。〈マーブル〉の声や目の表情、くっくという笑い声。そうしたことも重要な情報になる。

二人は歩きながら、父と息子のように腕を組みたいという自然な衝動に抗(あらが)った。つらいことだが、互いに触れてはならないことを二人とも承知していた。〝メトカ〟すなわち〝スパイダスト〟が付着してしまう恐れがあるからだ。それは〈マーブル〉自身が提供した情報によるものだった。SVRが、CIA局員と疑われるモスクワのアメリカ大使館員にこのスパイダストをひそかに散布しているというのだ。これはニトロフェニルペンタジエナール(NPPD)という黄色いイーストのような粉末状の化学物質である。あばた面のロシア人技術者がゴム製のバルブを握りしめ、この物質を衣服、車のフロアマット、ステアリングにばら撒(ま)く。NPPDはラッパスイセンの花粉さながらに広まるよう作られており、握手した手から書類やコートの襟(えり)の折り返しに移る。アメリカのCIA局員が手を触れたものすべてにくっつくのだ。したがって、仮にあなたがスパイの嫌疑をかけられているロシアの将校で、両手や衣服や机の帳簿からNPPDが検出されたら、問答無用で逮捕される。この報告に続いて〈マーブル〉は、アメリカ大使館員ごとに成分の異なる〝メトカ〟が散布され、誰がCIA局員か特定できるようにしていると知らせてラングレーにショックを与えた。

歩いて話しながら、ネイトはポケットに手を入れ、封をされたビニール袋を取り出した。〈マーブル〉の秘密通信機の交換用バッテリーだ。タバコの箱ほどの大きさをした鉄灰色の塊が三つはいっており、ひどく重い。秘密通信機は急を要する知らせや、次の会合までの連絡を絶やさないために使われる。しかしこの短時間の会合は、このうえなく危険ではあるものの、それだけの価値はあった。〈マーブル〉はネイトに膨大な情報がはいったディスクやハードディスクドライブを渡し、装備や資金が補給される。言葉のやりとりなどの人間的な接触も大事だ。ほとんど儀式的になった協力関係を再確認する機会が必要なのだ。

ネイトは慎重な手つきでビニール袋を開封して〈マーブル〉に差し出し、〈マーブル〉は手を入れて、ラングレーの無菌室であらかじめ密封されたバッテリーを取り出した。〈マーブル〉はその袋に二枚のディスクを入れた。「このディスクにはファイルにして厚さ五メートル分のデータがはいっているはずだ」彼は言った。「進呈する」

ネイトは、この古参のスパイがデジタル化された機密データを盗むときにもメートルで換算することを心に刻んだ。「ありがとうございます。要約はつけてくれましたか?」CIAの技術者はネイトに、翻訳の優先順位を決め、報告を分析するため〈マーブル〉に情報の要約をつけてもらうよう念を押していたのだ。

「ああ、つけたとも。今回は忘れなかったよ。それから二枚目には、うちの新しい名簿を入れておいた。まあ多少の異動があったぐらいで、驚くほどのことはない。来年のわたしの海外出張の予定表もある。出張の名目はいま考えているところだ。詳しい内容もつけておいた」彼は袋のなかのディスクに顎をしゃくった。

「モスクワ以外の場所でお会いできるのを楽しみにしています」ネイトは言った。「ゆっくりお話ししたいものです」時間は迫っている。二人は通りの向こう端まで歩いてしまい、ゆっくり引き返していた。

〈マーブル〉は何やら思いに耽っているようだった。「わたしはいま、自分のキャリア、アメリカの友人たちとの関係、これからの人生について考えている」彼は言った。「退職まではあと数年だろう。勢力争い、年齢にくわえて、考えられない過ちを犯す危険もある。おそらく三、四年だろうが、ひょっとしたら一、二年かもしれない。ときどき、ニューヨークで引退生活を送れたら楽しいだろうなと思うことがある。きみはどう思う、ナサニエル？」ネイトは驚いて立ち止まり、相手に顔を向けかけた。いったいどういうことだ？ 通りの音が不意に耳にはいらなくなる。彼のエージェントは窮地に立たされているのだろうか？ 〈マーブル〉はネイトの腕をつかもうとしたのか、片手をあげかけ、宙で止めた。「どうか驚かないでもらいたい。考えていることを声に出しただけだ」ネイトは横目で〈マーブル〉を見た。年輩の紳士は悠然としている。エージェントが引退後に思いを馳せ、危険な二重生活に終止符を打ち、秘密の露見に怯えずにすむ日を夢想するのは当然のことだ。こうした生活を続けていれば結局のところ芯から疲弊し、過ちを引き起こしかねない。いまの〈マーブル〉の声に疲れはにじんでいただろうか？ あした、ネイトは作戦を電信で報告するにあたり、この会話のニュアンスを慎重に伝えなくてはならないだろう。不測の事態が起こった場合、問題は容赦なく担当者にはねかえり、ネイトはよけいな問題を背負いこむことになる。

「何か問題が起こりましたか、セキュリティ上の問題でも？」ネイトは言った。「あなたの銀行口座には充分な預金があります。いつでも好きなときに引退できますよ。われわれはあらゆる面で支援します」

「いや、それには及ばない。われわれにはまだやることがある。休むのはそれからだ」〈マーブル〉は言った。

「ごいっしょに仕事ができて光栄です」ネイトは心から言った。「あなたには測り知れないほど貢献していただきました」暗くなった通りを歩きながら、紳士は路面を見下ろしていた。

会合が始まってから六分が経過している。そろそろ切りあげなければ。

「必要なものはありませんか？」ネイトは訊いた。目を閉じ、考えを集中する。バッテリーは渡した。ディスクは受け取った。要約ははいっている。外国出張のスケジュールも。唯一残っているのは、次回の会合を三カ月後に設定し、調整することだ。「三カ月後にまたお会いできますか？」ネイトは訊いた。「十二月の厳冬期です。会合場所を川の近くの〝鷲〟にしてはいかがでしょう？」

「もちろんいいとも」〈マーブル〉は言った。「オリョール（モスクワの南西に位置する市。市名はロシア語で鷲を意味する）だな。会合の一週間前に確認のメッセージを送ろう」二人はふたたび通りの端に近づき、明るい交差点にゆっくりと向かった。通りを隔ててネオンサインが地下鉄駅の入口を示している。と、ネイトは背筋に悪寒を覚えた。

傷だらけのラーダのセダンが徐行して交差点を通りかかったのだ。運転席と助手席に男が二人。ネイトと〈マーブル〉は建物の壁際に身を寄せ、暗がりに隠れた。〈マーブル〉も車を見ていた。若いケース・オフィサーと同じく、彼もまた通りで出くわすあらゆる事態に備えている。もう一台、ラーダよりは新しいオペルが反対方向から近づいてきた。車内の二人は向こう側を見ている。振り返って背後を一瞥したネイトは、ゆっくり曲がってこちらへはいってくる三台目の車を目にした。駐車灯しか点灯していない。

「しらみつぶしに捜索している」〈マーブル〉がささやいた。「近くに車を駐めなかったか？」

ネイトは勢いよく首を振った。断じてそんなことはしていない。心臓が早鐘を打つ。相当きわどい勝負になりそうだ。〈マーブル〉を見つめた一瞬後、二人はあたかも一人の人間のように動いた。スパイダストのことも、それ以外のこともすべて忘れ、ネイトは〈マーブル〉が黒っぽいオーバーを脱ぐのを手伝い、彼が袖から腕を引き抜くのと同時に裏返しにして、染みがつき、袖や縁がすりきれた明るい色のコートに早変わりさせた。ネイトは〈マーブル〉がコートを着るのに手を貸した。それから自分のコートの内ポケットに手を入れ、自らの変装用に用意していたぼろぼろの毛皮の帽子を取り出して〈マーブル〉の頭にかぶせた。〈マーブル〉も自分の前ポケットから、縁が太く、つるの片方に白いテープを巻いた眼鏡を出して顔にかける。ネイトがもう片方のポケットから短い棒を取り出し、下に軽く振った。

棒のなかにはゴムひもがはいっており、棒は三倍に伸びて杖になった。彼はその杖を〈マーブル〉に持たせた。

モスクワ人の紳士は消えうせ、ものの八秒で安物のコートを着、杖をついたよぼよぼの年金生活者になった。ネイトは、彼を交差点と地下鉄駅の方向へそっと押した。定石に反した行動ではある。地下鉄を使うのは自分から罠に飛びこむようなもので危険なのだ。だが〈マーブル〉をこの一帯から脱出させられるのなら、危険を冒す価値はあった。プラットホームのいたるところに設置された監視カメラの目は、変装で充分ごまかせるはずだ。

「わたしがやつらを引きつけます」ネイトは言った。〈マーブル〉は前かがみになり、おぼつかない足取りで交差点へと踏み出している。老スパイは彼を一瞥し、懸念をたたえつつも落ち着いた面持ちでウィンクした。この人は伝説なのだ、とネイトは思った。しかし目下やるべきなのは、監視車の注意を〈マーブル〉からそらし、自分に引きつけることだ。とはいえ、ネイト自身も捕まってはならない。万一〈マーブル〉から受け取ったディスクが押収されれば、老スパイはほぼまちがいなく処刑されるだろう。

わたしが担当しているあいだはそんなことはさせない。頭と喉が、かっと熱くなる。コートの襟を立て、腹を据えて、ネイトは徐行して半ブロック先まで近づいてきた監視車の真ん前を横切った。相手はFSBにちがいない。ロシア連邦共和国の保安機関だ。ここは彼らの縄張りなのだ。

排気量千二百ccのラーダのエンジンがうなりをあげ、濡れた路面にヘッドライトが反射する。相手はそのなかに一瞬だけ映るネイトの姿を捕らえた。ネイトは隣のブロックに走り、尿とウォッカの悪臭が漂う階段の暗がりに身を隠した。背後にタイヤのきしる音が迫ってくる。まだだ、まだ。よし、いまだ。路地を疾走し、歩道橋を抜けて川のほうへ続く階段を駆け下りる。障壁を利用しろ。線路を渡れ。敵の視界から抜け出したら方向転換し、やつらを混乱させろ。敵の監視線をかいくぐって進め。時計を見ると、ほぼ二時間が経過していた。

ネイトは疲労困憊しながら走り、歩いて、駐車している車列の陰にうずくまった。四方からエンジン音が集まっては散らばり、また集まってくる。ネイトの顔を確かめ、捕まえ、路上にうつぶせにしてポケットのなかを手探りするために。雑音まじりの無線に浴びせる罵声が聞こえるような気がする。敵は死に物狂いだ。

最初の監視探知実習で教官はこう言った。通りの空気を感じることだ、ミスター・ナッシュ。ウィスコンシン通りだろうがトヴェルスカヤ通りだろうが、通りの空気は感じ取れるはずだ、と。確かにネイトはいやというほど空気を感じている。だがここには敵がごまんといるのだ。幸いこちらの場所はまだ把握されていないが。タイヤが濡れた路面にけたたましい音をたて、車が前後に急加速する。やつらが車から降りてこないということは、まだ居場所を特定できていないということであり、これは好材料だ。しかしやつらは時間を好きなだけ使える。これは悪材料だ。ただし、敵がわたし一人に集中しているのはありがたい。やつらは〈マーブル〉には注意を向けていないことになる。ネイトは、足を引きずって地下鉄に乗りこむ〈マーブル〉が見逃されるように祈った。そして、敵が最初から自分を監視していたわけではないことも。もしそうだったとすれば、いまごろ第二のチームが〈マーブル〉を追っているにちがいないからだ。やつらにわたしのエージェント、そう、わたしのエージェントを渡しはしない。やつらに〈マーブル〉のディスクを渡しはしない。そのディスクはニトログリセリン並みの危険性を秘めて、ネイトのポケットに収まっている。きしるタイヤの音が遠のき、通りは静かになった。

ふたたび時計を見る。二時間以上経過。足腰はくたくたで視界の隅がぼやける。ネイトは狭い路地を、暗がりの壁伝いに歩きだした。きっと敵はもう立ち去り、傷だらけの車はみな車庫にはいって、過熱した車体から泥水をしたたらせ、待機室では責任者が部下を怒鳴りつけているにちがいない。数分が経っても車は一台も見えず、ネイトは敵の監視区域から脱出できたものと考えた。ふたたび雪が降りだしている。

と、一台の車が急停車し、いったんバックして路地にはいってきた。ヘッドライトが雪を照らしている。ネイトは壁側を向き、自分の輪郭(りんかく)や特徴をぼやかそうとしたものの、見られたことはわかっていた。ライトがネイトの姿を照らし出すとともに、車は彼に向かって加速し、歩道に寄せてきた。ネイトは信じがたい驚きとともに車を見つめた。助手席側のドアが壁からわずか数インチまで迫り、ひっきりなしに動いているワイパー越しに二人の男が目を凝らしている。FSBの野郎どもだ。顔を見られただろうか？　そこでネイトは気づいた。やつらは完全にこっちを見ている。そして壁に押しつぶそうとしているのだ。外交官を尾行している監視チームが標的に危害を加えることはない。これは暗黙の了解だ、と教官は言っていた。しかし、だとしたらこいつらはいったいどういうつもりだ？　ネイトは振り返ったが、路地の入口までは遠すぎた。

通りの空気を感じることだ、ミスター・ナッシュ。だが次善の策は、目の前の建物を伝い下りている鋳鉄製の排水管を感じることだ。その排水管はレンガの壁に、錆びた樋受け金具で取りつけられている。車が迫ってくると同時に、ネイトは飛び上がって排水管をつかみ、樋受け金具を使ってよじ登った。車は壁に突っこんで排水管を粉砕し、ネイトが高く上げた脚の真下に車の屋根があった。耳をつんざくような音とともに車が壁をこすり、停止する。エンストした車の屋根にネイトは落ち、路面に飛び降りた。運転席のドアがひらき、毛皮の帽子をかぶった大柄の男が出てこようとしたが、彼らは標的に手出しできないはずなのだ。それをいいことに、ネイトはドアに体当たりし、男の頭と首にたたきつけた。相手の顔が苦痛にゆがむ。ネイトがさらに二回、矢継ぎ早に男の頭にドアをぶち当てると、相手は車内に倒れこんだ。助手席側のドアは壁にふさがれている。助手席の男が背もたれを乗り越えて後部座席のドアへ向かった。ネイトは逃げることにし、路地の暗がりを一目散に駆けて角を曲がった。

角から三軒目に、深夜営業の薄汚い安食堂があった。歩道に積もった雪に明かりが映っている。路地にいる二人組が、エンジンをふかして車をバックさせる音が聞こえた。ネイトはがらんとした小さな食堂に逃げこみ、ドアを閉めた。片隅にカウンターがあり、古ぼけた木のテーブルと長椅子が数脚ずつあるだけの店内だ。壁紙は染みだらけで、窓際のレースのカーテンも汚れている。カウンターの奥に歯が二本突き出た老婆がぽつねんと座り、雑音まじりのラジオを聴きながら新聞を読んでいた。老婆の背後の電熱器には使いこまれたアルミの鍋がふたつ載り、スープがぐつぐつ煮立っている。おいしそうなタマネギのにおいが店内に満ちていた。

手の震えを抑えながら、ネイトはカウンターに近づき、無感動に見つめている老婆にロシア語でビートスープを一杯注文した。カーテンで覆(おお)われた窓に背を向けて座り、耳を澄ます。エンジンをうならせて車が一台、続いてもう一台通り、それきり静かになった。ラジオではコメディアンがジョークをとばしている。

フルシチョフが豚(ぶた)の農場を訪問し、写真に撮影された。村の新聞社では、写真の説明文をめぐって激論が戦わされた。〈豚のなかのフルシチョフ同志〉？〈フルシチョフ同志と豚〉？〈豚に囲まれたフルシチョフ同志〉？どれも却下された。最後に断を下したのは編集長だった――〈左から三番目がフルシチョフ同志〉。カウンターの奥で老婆がくっくと笑った。

十二時間以上飲まず食わずだったネイトは、スプーンを持つ手を震わせながら濃厚なスープをむさぼった。老婆は彼を見つめ、立ち上がり、カウンターから出てきてドアへ向かった。ネイトの視界の片隅から老婆が出ていく。彼女がドアを開けると、ネイトのところまで冷たい外気がはいってきた。老婆は通りの一帯を見まわし、音をたててドアを閉めた。それからカウンターの定位置に戻り、新聞を取りあげた。スープとパンを食べ終わると、ネイトはカウンターへ向かい、コペイカを数えて出した。皺だらけの老婆は硬貨を集め、抽斗にしまった。がさつに抽斗を閉じた女はネイトを見つめた。「大丈夫よ」彼女は言った。「安心して行きなさい」ネイトは老婆と目を合わせずに店を出た。

一時間後、汗にまみれて疲れた身体を引きずり、ネイトは大使館員宿舎の守衛所をよろよろと通りすぎた。〈マーブル〉から受け取ったディスクは結局、そのまま持ち帰った。作戦を実行した夜の締めくくりとしては決して推奨されることではない。しかし、ディスクを受け渡すはずだった支局の車との待ちあわせ時刻は何時間も過ぎていた。ネイトが宿舎にはいった時間は記録され、おそらく三十分以内にFSB、その後ただちにSVRに、大使館経済部のミスター・ナッシュがこの夜遅くまで不在だったことが伝わるはずだ。その理由は彼らにも見当がつくだろう。

老婆の作っていたビートスープ

大鍋にバターを溶かし、乱切りにしたタマネギを透きとおるまで炒める。すりつぶしたビート三個と乱切りのトマト一個を混ぜる。ビーフブイヨン、酢、砂糖、塩、コショウを加え、酸味と甘味のあるスープにし、沸騰させて一時間煮こむ。サワークリームをかけ、イノンド少々を載せてできあがり。

2

翌日、モスクワの両端に位置する別々の事務室で、それぞれ居心地の悪い時間が流れていた。ひとつはヤセネヴォのSVR本部だ。第一副長官のイワン（ワーニャ）・ドミートレヴィチ・エゴロフが前夜のFSBによる監視活動報告書を読んでいる。桁はずれに大きな厚板ガラスの窓を透かして淡い日光がはいってくる。窓からは建物を取り囲む鬱蒼としたマツの森が見下ろせた。エゴロフの小柄な部下で対外防諜局の特別任務第二部部長、アレクセイ・ジュガーノフは、座ってよいと言われていないので机の前で立ったままだ。ジュガーノフの友人や母親はこの悪鬼のような小男を〝リョーシャ〟と呼んでいたが、この日の午前中は愛称で呼ばれることはなさそうだ。

六十五歳のワーニャ・エゴロフは古参の少将だ。大きな頭ははげあがり、わずかに耳のまわりに白髪が残っていた。間隔の広い茶色の目、ぽってりした唇、いかつい肩、太鼓腹。筋骨隆々とした両腕は、サーカスの怪力男を思わせる。厚手の黒っぽいスーツはミラノの老舗アウグスト・カラチェニの逸品で、ネクタイはくすんだ紺色だ。つやのある黒い靴は英国製のエドワード・グリーン。外交特権を利用して密輸入したものだ。

KGBに入った当初、エゴロフは月並みな現地工作員(フィールド・オフィサー)だった。アジア各都市での活動に見るべき成果はなく、彼は自分が現場に向いていないことを痛感した。しかしモスクワに呼び戻されると、エゴロフは苛烈な内部抗争を巧みに生き残った。最初は計画部門、次に管理部門と、注目度の高い本部内の部局で昇進を重ね、そのあとは新設された監察官の地位に就いた。一九九一年、KGBからSVRへの組織変更で顕著な役割を担(にな)い、同じ年にKGB議長のクリュチコフが中心となってゴルバチョフに対して起こしたクーデター未遂事件ではどちらの側につくか選択を誤らず、一九九九年、当時第一副首相だったウラジーミル・ウラジーミロヴィチ・プーチンの目に留まった。冷淡でものうげな青い目を持つ、金髪のサソリのような男だ。翌年エリツィンは大統領の座を退き、信じがたいことにプーチンがクレムリンの主になった。ワーニャ・エゴロフは自分が呼び出されることがわかっていた。

「きみにはひと働きしてもらいたい」品格のあるクレムリンの執務室に呼び出し、あわただしい五分間の会見でプーチンは彼にそう言った。木材を贅沢(ぜいたく)に使った壁が、新大統領の目に不気味に反射していた。その言葉の意味するところは二人ともわかっており、エゴロフはヤセネヴォで第三副長官、続いて第二副長官に昇進し、ついに今年から第一副長官室にはいった。長官室は絨毯(じゅうたん)敷きの廊下を挟んですぐそこだ。

　昨年三月の選挙ではいささか不安要因があった。くそいまいましいジャーナリストや野党勢力はいままでにないほど好き放題に活動できたのだ。SVRは反体制派に対処し、投票所でひそかに工作を行ない、当選させると厄介な野党議員をマークした。SVRの指示により、協力的な新興財閥（オリガルヒ）が新党を結成して反プーチン票を分裂させ、反対派の切り崩しにひと役買った。

エゴロフ自身もまた地位を失うリスクを冒し、賭けに出た。プーチンに対し個人的に、選挙前の市民デモは欧米諸国、とりわけアメリカによる妨害工作だと非難するよう提案したのだ。大統領候補者はこの提案を大いに気に入り、まばたきひとつしないで、世界の檜（ひのき）舞台に強国として復権するロシアの姿を思い描いた。プーチンはエゴロフの背中をたたいた。それは二人の経歴が互いに似通っていたからなのか、二人とも短い外国勤務時代には諜報員としてほとんど成果を上げられなかったからなのか、かつて密告者（ナウーシュニク）だったプーチンが、エゴロフに同じものを見出したからなのかはわからない。ともあれプーチンは彼を気に入り、ワーニャ・エゴロフは報われたことを知った。トップの座は目前だ。前進を続けるだけの時間も力も手にはいった。それこそ彼が望んでいたものだ。

だが、蛇を飼いならそうとする者は細心の注意を払わなければ嚙（か）みつかれてしまう。今日（こんにち）のクレムリンの権力者はスーツにネクタイといういでたちで、広報担当官を何人も雇い、サミットでは愛想笑いさえ浮かべるが、ある程度の期間ここに出入りすれば誰でも、実際にはスターリン時代から何も変わっていないことがわかる。友情？　忠誠心？　恩顧？　そんな世界ではない。作戦上の失敗であれ外交上の失策であれ、ふとしたつまずきが致命傷になりかねないのだ。最悪の場合、大統領を困惑させるような事態になれば、大嵐（ブーリャ）を招き、どこにも逃げる場所はない。エゴロフはかぶりを振った。ちくしょう（チョルト・ヴォジミー）。ナッシュをめぐる顚末（てんまつ）はとんだ厄介の種だ。

「監視体制はいったいどうなっていたんだ？」エゴロフが雷を落とした。もっとも、部下の前ではたいがい少し大げさに振る舞うのだが。「昨夜、このナッシュとかいう若造が情報源と会っていたのは火を見るより明らかだ。しかしどうやって大使館を十二時間も抜け出せた？ そもそも、当該地区の監視員は何をやっていたんだ？」

「麻薬の取引をしていたチェチェン人を捜していたそうです。最近のFSBがやっていることはよくわかりませんな」ジュガーノフは言った。「問題の地区はひどく治安が悪いんです」

「路地で車を壁にぶつけたのは？ いったいどういうつもりだったんだ？」

「はっきりしたことはわかっていません。彼らの主張では、監視チームはチェチェン人を追いつめ、相手が武装していると思っていたそうです。しかしそれは疑わしいですね。おおかた、追跡していて頭に血がのぼったんでしょう」

「抜け作ども（コルホーズニキ）が。いや、コルホーズ（旧ソ連時代の集団農場）のやつらのほうがまだましだったろう。この件は来週の月曜日、長官から大統領に説明していただくとしよう。われわれは路上で外国の外交官に手出しできんのだ。そいつがロシアの裏切者どもと会っていたとしても、な」エゴロフは鼻を鳴らした。「もう一度こんなことが起きたら、FBIがワシントンのジョージタウンでうちの人間を半殺しにするだろう」

「わたしもそのお言葉を周囲に伝えます、少将。監視チームの耳にもはいるでしょう。いずれカートルガにしてやろうか、と付け加えたらいかがでしょう」

エゴロフはこの対外防諜を担当する対外防諜局の部長をうつろな表情で眺めた。彼が濡れた唇で楽しそうに口にしたのは、強制労働を意味する言葉だった。いやはや。アレクセイ・ジュガーノフは小柄で陰鬱な男だ。顔はフライパンのようにのっぺりしており、耳がやけに大きい。テントの杭を思わせる出っ歯と絶えず浮かべている薄笑いは、いかにもルビャンカ（かつてのKGB、現FSB本部の所在地）の拷問者にふさわしい。ジュガーノフは悪鬼のような男だが、自らの仕事は徹底的にやり遂げ、使い勝手のよい部下だった。

「FSBを批判するのは簡単だが、ひとつまちがいなく言えるのは、このアメリカ人が相当な重要人物に会っていたということだ。そしてFSBのぼんくらどもはひと足ちがいでそいつを取り逃がした。賭けてもいい」エゴロフは報告書を机に放った。「ということはだな、いまからきみがやるべき仕事はなんだと思う？」彼は間をおいた。「そいつを見つけ出すことだ」エゴロフは言いながら、太い人差指で机をたたいた。「裏切者の首を切ってやる」

「最優先で取りかかります」ジュガーノフは言ったものの、さらなる動きが起きたり、CIAに潜入させた〝もぐら〟から有力な情報がもたらされたり、あるいは路上で新たなチャンスが生まれたりしないかぎり、待つしかないことはわかっていた。それでも上官へのアリバイ作りに、形だけでも調査を始めたほうがいい。

エゴロフはいま一度、監視報告書を見たが、ほとんど無益だった。裏づけがとれている唯一の事実は、大使館の正門に戻ってきた人物がナサニエル・ナッシュであることだ。ほかの人間と見まちがえた可能性はない。監視車両の運転手（報告書に載っていた運転手の顔写真を見ると、路地での事件を裏づけるように左目に絆創膏（ばんそうこう）を貼っていた）も、アメリカ大使館員宿舎の守衛も、彼らが見た人物はナッシュの特徴に一致すると証言しているのだ。

この件はどちらに転んでもおかしくない、とエゴロフは思った。うまくアメリカ人にひと泡吹かせてスパイ事件を解決すればもちろん評価されるが、クレムリンにいるエゴロフの激しやすい庇護者（ひごしゃ）から不興を買うような大失敗に終われば、自らのキャリアが突然終焉（しゅうえん）を迎えることにもなりかねない。大統領の逆鱗（げきりん）に触れれば、セゲジャ第九刑務所に追いやられ、破滅したオリガルヒのホドルコフスキーと同房にされるかもしれないのだ。

陰鬱な気分で今後起こりうる事態や政治的帰結に思いをめぐらせ、エゴロフはその日の朝、ネイトの調査記録（リテルノエ・デェーロ）を取り寄せ、目を通していた——若く、行動力があり、よく訓練され、ロシア語に堪能。女性や酒に関しては自制心が強い。麻薬もいっさいやらない。大使館経済部での表向きの職務においても勤勉。現場では優秀な能力を発揮し、作戦上の意図を電信で伝えることはしない。エゴロフはうなった。こしゃくな青二才（モロコーソス）め。彼は対外防諜局の部長に目を向けた。

ジュガーノフの頭のなかで警報が鳴り、彼はより熱意を示さなければならないと直感した。エゴロフ第一副長官は現地工作員としては有能ではなかったかもしれないが、ＳＶＲの組織内ではひとかどの勢力を持ち、政治的野心を抱く高級官僚なのだ。

「副長官、わが国の秘密を売り渡している裏切者を見つけ出す有効な方法は、この英雄気取（ゲロイ）

りのヤンキーに集中することです。やつに監視を三チームつけましょう。タマネギの皮でくるんでやるのです。もちろん二十四時間体制で。FSBに人員を増やすよう命令――依頼、でしたね――し、やつを尾行させ、われわれのチームは遠巻きに見守り、近づきすぎないようにするのです。やつが会合場所を変更するかどうかに注意します。三カ月から六カ月以内に次の会合があることは疑いありません」

エゴロフは〝タマネギの皮〟という形容がいささか気に入った。きょうこれから長官と会うときに、これを使おう。

「わかった。すぐにかかれ。われわれの戦略を長官にご説明できるよう、きみの計画を知らせてくれ」エゴロフは言い、部長に下がるよう手を振った。

われわれの戦略を長官にご説明、ね。執務室を出るときにジュガーノフはそう思った。

モスクワのアメリカ大使館の敷地はヤセネヴォの北西、クレムリンに近く、モスクワ川が大きく蛇行するプレスネンスキー区にある。その日の午後、ゴードン・ゴンドーフCIA支局長の部屋でも険悪な会話がなされていた。椅子を勧められなかった対外防諜局の部長と同様、ネイトもゴンドーフの机の前に立たされている。この日は朝から膝がずきずきした。

サーカスの怪力男を思わせるエゴロフのいかつい体軀と対照的に、ゴンドーフの痩せてしなびた風貌は、サーカスの犬のショーに出てくるウィペットを彷彿させた。身長わずか五フィート六インチのゴンドーフは髪が薄くなり、鼻に寄りすぎた目には生気がなく、脚はかぼそかった。だが頼りなげな外見からは毒々しい空気が放たれていた。彼は誰一人信用していない。しかし皮肉なことに、彼の存在そのものが〝誰も信用してはならない〟という例証になっていることに気づいていなかった。ゴンドーフ（陰で変人ゴンと呼ばれていた）は諜報機関の管理職のうち、一定の人間にしか知りえないひそかな地獄に身を置いていた。この件は、彼には完全にお手上げだったのだ。

「昨夜のきみの作戦報告書を読んだ」ゴンドーフは言った。「あの書きかたからして、きみは満足すべき結果だと思っているようだな？」ゴンドーフの声は震えており、抑揚はなく、ゆっくりした口調だった。差し迫った衝突の予感にネイトは自分を鼓舞した。一歩も引くな。

「エージェントが安全だと思っているのか、という意味ならイエスです」ネイトは言った。ゴンドーフが言いそうなことはわかっていたが、まずは言うだけ言わせよう。

「きみは昨夜、われわれが抱える最有力かつ最重要な協力者を逮捕の危険にさらした。きみたちの会合は監視に発見されたんだぞ」

ネイトは怒りの衝動を抑えようとした。「きのう、わたしは十二時間の監視探知ルートを進みました。まさに支局長が承認したSDRです。周囲の状況は確認しました。会合場所に着いた時点でわたしは監視を受けておらず、〈マーブル〉も受けていませんでした」ネイトは言った。

「じゃあ、監視に見つかったことはどう説明するんだ？」ゴンドーフが言った。「まさか、あの区域にいた監視が偶然だったとは思っていないだろう。それともきみは、偶然だったとのたまうのかな？」ゴンドーフの声は皮肉たっぷりだ。

「まさにそのとおりです。敵がわたしを監視していたとは考えられません。路地であれだけの騒ぎが起きたことからして、敵が最初からわたしを尾行していたはずはありません。あれが偶然だったからこそ、敵はなんら隠密行動をとろうとせず、おおっぴらに反応したのです。〈マーブル〉も無事に脱出しました」ネイトは、敵が彼に車をぶつけて壁に押しつぶそうとしたことについて、ゴンドーフがまったく関心を示さないことに内心驚いた。まともな支局長なら大使室に乗りこみ、大使館として抗議すべきだと息巻くところではないか。

ところが、ゴンドーフはもっぱらネイトに非難の矢を向けた。「たわごとだ。何もかも大失敗だった。なんだって彼を地下鉄に向かわせたんだ？　みすみす罠に飛びこむようなものだ。さらにきみは、彼がコートを着るのに手を貸し、規定を無視した。彼は自分一人でやることになっているんだ。そんなことぐらい知っているだろう。彼が探知機にかけられてスパイダストでも検出されたらどうするつもりだ？」

「決断を下したのはわたしです。彼を変装させ、監視区域から脱出させることが最優先だと考えました。〈マーブル〉はプロですから、コートと杖は処分しているはずです。こちらからメッセージを送り、次回の会合でその点を確認します」ネイトは言った。現場を知らない上司とこうして議論しなければならないのは苦痛そのものだ。

「次回の会合はないだろう。少なくとも、きみとはない。きみは目をつけられてしまった。昨夜、敵はきみの身元を割り出し、大使館経済部員という仮面をはぎとったにちがいない。

きょうからきみは、どこへ行こうとモスクワじゅうの監視員を引き連れて歩くことになる」

ゴンドーフは言った。彼は見るからに楽しげだ。

「大使館経済部がわれわれの隠れ蓑であることぐらい、やつらは最初からわかっています。わたしはつねに尾行を撒いてきました。まだエージェントとの会合はできます」ネイトは言い、椅子に寄りかかった。ゴンドーフの机の木製の基部には作り物の手榴弾が据えつけられている。その銘板には〝苦情がある者は、このピンを引くこと〟と書かれていた。

「いいや、きみがエージェントと会うことは不可能だ。いまやきみはすっかり注目の的だからな」ゴンドーフは言った。

「敵がそれだけ多くの人員をわたしにあてがってくれたら、やつらの予算は底をつくでしょう」ネイトは粘った。「これから半年、街じゅうやつらを引きまわして、音をあげさせてやりますよ。それにわたしが動きまわれば、それだけやつらを攪乱させてやれます」一歩も引くな。

ゴンドーフが考えを変える気配はまったくなかった。この若く元気のいいケース・オフィサーは、彼にとって厄介の種でしかない。ゴンドーフは翌年ワシントンに戻る見通しであり、本部での大規模な新規事業に狙いをつけていた。ここでリスクを冒す価値はない。「ナッシュ、モスクワでの任期の短縮をきみに勧告する。きみは不要な注目を浴びすぎた。敵は今後、きみに狙いを定め、きみのエージェントを逮捕しようとするだろう」彼はナッシュを見据えた。「心配するな。次の赴任先はいいところを探しておいてやる」

ネイトは衝撃を覚えた。駆け出しの局員でさえ、任期中に支局長によって除籍が申請されたら、その後のキャリアに大きく響くことは知っていた。彼はまた、ゴンドーフが裏のルートを使ってネイトが失敗を犯したとほのめかすことを確信した。ネイトの非公式な評判(ホール・ファイル)は、昇進や今後の任務に悪影響を与えかねない。かつてさいなまれた、黒い流砂のなかに立っているような感覚が甦ってきた。

ネイトは真実を知っていた――昨晩、彼は迅速かつ的確な判断によって〈マーブル〉を救ったのだ。彼はゴンドーフの無表情な顔を見た。二人とも、現在進行している事態とその理由を知っていた。したがってネイトには、この会話を美辞麗句で締めくくる意味はなかった。

「ゴンドーフ、あんたは現場を知らない腑抜(ふぬ)け野郎だ。責任を取りたくないからわたしを追い出すんだろう。あんたの下で働いていい勉強になったよ」

ネイトは部屋を出るとき、言い返そうともしない支局長に彼の器の小ささを見た。

任期途中で支局から追放されるのは、エージェントを殺害されたり、公金を横領したり、報告を改竄(かいざん)したりするほど重大ではないものの、汚点であることに変わりはなかった。これからの任務内容や昇進にいかなる影響を及ぼすのかネイトにはわからなかったが、ゴンドーフからの電信が本部に届いた瞬間、このニュースは局内を駆けめぐった。訓練生の同期のなかには、すでに栄転して新しい任地に赴いた者、現在の赴任地で確固たる地位を築きつつある者もいる。噂によれば、小規模な支局の長を任された者もいるらしい。ただでさえ、モスクワ用の特別訓練を受けたことでネイトは同期より数カ月遅れをとっていた。それにくわえてこれだ。

あまり思いつめるな、とネイトは自分に言い聞かせたが、いらだちは募った。彼はずっと人より遅れるな、脱落するな、最後には勝たなければならない、と言われつづけてきた。ネイトは南部の名家の出身で、逃げ場のない環境で育った。ナッシュ家の一族が代々暮らしてきたパラディオ様式の豪壮な屋敷は、ジェームズ川南岸の絶壁にそびえていた。ネイトの祖父と父はともに地元の名士だ。リッチモンドのナッシュ・ウォリン・ロイヤル法律事務所の創業者は祖父で、父が二代目の代表パートナーだ。二人とも木陰の書斎で気難しい顔をして座っており、家族には厳格だった。しかしネイトの兄たちのことはかわいがっていた。長男はジュリアス・シーザーさながらに髪をカールしていたがおよそ似合わず、汗かきで怒りっぽい次男は少ない髪を横に撫(な)でつけ、二人の兄はスーツを着たまま絨毯でよく取っ組みあいをしたが、法律はよく学び、二人とも胸の大きな美人と結婚した。その兄嫁たちは男性が部屋にはいってきたとたんおしゃべりをやめ、青い目で相手を値踏みするのだった。

しかし末っ子のネイトはどうしたものだろうか？　父と兄たちはよくそう言いあったものだ。ジョンズ・ホプキンズ大学でロシア文学を専攻したネイトは、ゴーゴリ、チェーホフ、ツルゲーネフの霊的で禁欲的な世界に避難所を求めた。そこはレンガ敷きのリッチモンドが侵入できない世界だったのだ。兄たちは嘲(あざけ)り、父は時間の無駄だと思った。ネイトに期待されていたのはロースクールを卒業することだった。あらかじめ就職先はリッチモンドの法律事務所と決められており、ゆくゆくは兄たちの下で働くものと思われていた。したがって彼がロシア文学士の学位を取得して卒業したことは頭痛の種であり、続いて彼がＣＩＡに応募したことは家族に危機をもたらした。

「公務員なんぞになったところで有意義な人生は送れないぞ」父は言った。「率直に言って、おまえが官僚の世界で幸福になれるとは思えん」ネイトの父親は歴代のＣＩＡ長官たちを知っていた。兄たちはそれほどあけすけな批判は控えていた。だが祝日の食事で浮かれ騒ぎながら、彼らはネイトがＣＩＡでどれぐらい続くか賭けをした。最も多かった予想は三年以内だった。

彼がＣＩＡに応募したのは、サスペンダーとカフスボタンに締めつけられた世界、リッチモンドの絶対的な家父長制、柱廊を備えて川を見下ろす大邸宅での息苦しい生活から逃げ出そうとしたからではない。愛国心に燃えていたからでもない。とはいえ、ネイトには人並みの愛国心はあったが。彼が応募したのは十歳のころと同じ冒険心のゆえだ。当時ネイト少年は恐怖心を克服し、おのれのなかの不安や恐れと対峙（たいじ）するため、自らを鼓舞して大邸宅の屋上に行き、屋根の横桟を歩いて川を舞うタカと同じ高さまで上ったことがあった。もうひとつは父や祖父や兄たちとのあいだに抱えていた緊張関係によるものだ。とりわけ二人の兄は居丈高で、ネイトに従順さを強要しながら、彼ら自身は少しも実践しようとしなかった。

ＣＩＡに応募して面接を受けたとき、ネイトの胸にかつての冒険心がふつふつと湧き上がってきた。彼は面接で快活に受け答えし、高鳴る胸の鼓動を抑えながら、人と話し、困難に挑戦し、不明瞭な物事の答えを求めるのが好きだと言った。しかし鼓動が鎮まり声が落ち着くにつれ、ネイトは不意に気づいた。自分には緊張状態でも冷静さを保ち、簡単には意のままにならない問題に立ち向かう能力があったのだ。彼が求めていた仕事はＣＩＡにこそある。

だが、不安に駆られたのはそこからだった。ＣＩＡのリクルーターはネイトに、彼には大学卒業後の〝社会経験〟がないため、採用される可能性は低いと言ったのだ。しかし別の面接官はより楽観的で、ロシア語の試験であれだけ優秀な成績を収めたのだから、きみはかなり有望だと自信たっぷりに告げた。ＣＩＡから最終結果が知らされるまでは三ヵ月を要し、そのあいだ兄たちは、賭けの対象をネイトが何日以内にＣＩＡから戻ってくるかに変更して声高に言い争っていた。封筒が届いてからもなお、雑音はやまなかった。封を開けてみると、ネイトは採用されていた。

呼び出しに応じて出頭し、いつ果てるともしれない書類に記入を求められ、列をなして十数室の教室にはいった。本部で数カ月にわたり、やる気のなさそうな教官によるプロジェクターを使った講義が談話室や大講堂で延々と続いた。それが終わるとようやく〝ザ・ファーム〟と呼ばれる訓練施設に移る。マカダム舗装の道路がマツの森のあいだにまっすぐ延び、寮の部屋はリノリウム張り、殺風景な教室には灰色の絨毯が敷かれていた。訓練生の椅子にかつて座っていたのは、昨年の殊勲者たちかもしれず、四十年前の殊勲者たちかもしれず、まだ無名の新入りかもしれない。スパイとして成功した者もいれば、失敗した者もいる。道を誤って裏切者になった者も、久しく前に殉職し近親者の記憶のなかだけに生きている者もいた。

秘密会合が企画され、訓練生たちは模擬外交レセプションに出席して、ソ連の赤軍の軍服や中国の人民服を着て声高に話す赤ら顔の教官たちに入り混じった。彼らはまた暗視スコープを装着し、マツの生い茂った夜中の森を膝まで濡れながら歩数を数えて歩き、切り株の空洞で目の粗い布に包まれたレンガを見つけた。フクロウの啼き声が、隠し場所の発見を祝福しているようだった。道路封鎖に遭い、過熱した車のボンネットに寝かされた訓練生もいた。国境警備員役の教官が彼らの鼻先に書類の束を突きつけ、これはいったいなんだ、と詰問した。ホラー番組に出てくるような寂しい田舎道の崩れそうな納屋でウォッカを飲みながら、早口でまくしたてる相手役に、裏切りを働くよう説得した訓練生もいた。マツの森を縫って流れる石板のように暗い川面が、黄昏のなか獲物を狙うミサゴの鉤爪で波立っていた。

こうした本番さながらの訓練でネイトが卓越した能力を発揮したのは、いかなる本能によるものだろうか？　本人にもわからなかったが、家族とリッチモンドの重荷から解き放たれたネイトは街角の監視を苦もなく出し抜いて、コートを着こみ怪しげな帽子をかぶったエージェント役の教官との密会に成功した。彼らは異口同音に、ネイトには天性の目があると賞賛した。彼はその言葉を信じかけたが、兄たちの口うるさい挑発が鈍器のように脳裏に引っかかっていた。しかしネイトの悪夢、すなわち教程から脱落してリッチモンドに戻らねばならないことへの恐怖はしだいに消えていった。脱落した訓練生はなんの警告もなしにある日突然追い出されたのだ。

「きみたち訓練生には公明正大であることを求める」スパイ技術の教官が教室で言った。「今後の訓練課題についての情報をうまく手に入れようとする者は、全員家に帰ってもらう。そんなことをして高得点をとろうとするやつは許さん」彼は声を高くした。「教官のノートや、その他禁止された教材を持ちこんだ者も、ただちに訓練課程から脱落させる」ありていに言えば、やってみろということだな、とネイトは思った。

訓練生はみな、一刻も早く現場に配属されることを夢見ていた。カラカス、デリー、アテネ、東京といった世界の各都市へ。彼らの最大の関心事は成績の席次と最初の任地であり、本部の各部門の主催による学生センターでのレセプションが連日続くと、スパイの卵たちの緊張感はいやがうえにも高まる。彼らは胃が痛くなるようなあわただしい一週間を過ごすことになった。

訓練の最後を飾るこうしたカクテルパーティのひとつで、ロシア専門家の男女がネイトをわきに呼び、きみはすでにロシア部に受け入れることが内々に認可されているので、ほかのいかなる部門にも採用を依頼する必要はない、と告げた。ネイトは穏やかに、万一中東やアフリカ方面の部門に配属されたらロシア語を使ってロシア人を追跡することはできないのか、と尋ねたが、二人は笑みを浮かべ、月末に本部で会うのを楽しみにしている、とだけ言った。ネイトは訓練を修了し、配属先も内定した。彼はエリートの仲間入りをしたのだ。

今度は現代ロシア情勢の講義が待っていた。ロシアがヨーロッパへの天然ガス供給を独占して脅しに使おうとしている政策や、クレムリンが長年にわたり、公正の名のもとに〝ならず者国家〟に資金援助しているが実際には災厄を引き起こしていることなどが指摘され、ロシアがいまなおパワーゲームから降りていないことが示された。毛深い男性の講師は、ソ連崩壊後のロシアの現状分析を語った。選挙問題や医療制度改革、人口減少危機、欧米諸国と隔てるカーテンがふたたび閉ざされてしまった悲しい事態、その背後に光る何ひとつ見逃さない青い氷のような目、といった話だ。黒い大地と無窮の空を戴く聖なる祖国（ロージナ）は、いましばらく艱難（かんなん）を耐えねばならない。鎖に縛られた旧ソ連の死骸（しがい）が掘り起こされ、沼から引きずり出され、心臓がふたたび動きだし、古い刑務所が彼らと価値観を同じくしない人々に満たされるまで。

　血も涙もなさそうな女性の講師が、新冷戦の到来について講義した。抜け穴だらけの軍縮交渉、翼にいまなお旧ソ連軍と同じ赤い星を掲げた最新鋭戦闘機、アメリカが中欧にミサイル防衛網を築く計画を表明した際のロシアの憤激――彼らはかつて搾取していた従属国家を失ったのだ！――と、ブレジネフやチェルネンコ時代からおなじみの恫喝（どうかつ）外交。何より重要なのは、ＣＩＡのロシア専門家たちの絶えざる使命だ。あの青い目となめらかなブロンドの眉をした支配者がいかなる計画や意図を抱いているかを知ることである。秘密の中身はかつてとちがうにせよ、盗まなければならないことは変わらない。

　最後に退職した作戦要員が現われ――シルクロードの行商人を思わせる風貌だが、目は緑で唇は曲がっていた――ロシア専門家向けに非公式のプレゼンテーションをした。

「エネルギー問題、人口減少、天然ガス、従属国家。全部忘れて結構だ。しかしロシアは依然として、ホワイトハウスの真ん前のラファイエット広場に大陸間弾道ミサイル(ICBM)を撃ちこめる唯一の国なのだ。しかも彼らは、いまでも何千発もの核ミサイルを保有している」一度言葉を止めて鼻をこすり、ふたたび低い嗄(しわが)れ声で言った。

「ロシア人。彼らは外国人嫌いだが、自分たちのことをその次に嫌っており、生まれながらの陰謀家だ。そりゃもちろん、彼らは自分たちの優秀さをよくわかっているが、ロシア人は不安なんだ。かつてのソ連のように、まわりから尊敬され、恐れられたいと願っている。彼らは国際社会から認められることを欲しており、超大国との競争で二流の地位に甘んじるのが我慢ならないんだ。だからこそプーチンがロシアを〝改良版ソビエト連邦〟に仕立てあげるのを、誰も邪魔してはいけないというわけさ。

注目を浴びたいがためにテーブルクロスを引っ張り、皿を割る子ども――それこそがいまのロシアの姿だ。彼らは無視されるのが耐えがたいから、そんなことが起こらないように皿を割る。シリアに化学兵器を売りつけ、イランに原子力の燃料棒を提供し、インドネシアに遠心分離機の設計を教え、ミャンマーに軽水炉を建設している。なんでもありってわけだ。

だが真の危険は、こうした行動が世界情勢を不安定化させ、次の世代にも世界を混乱させようとするやつらを生み出すことだ。諸君、第二次冷戦の帰趨(きすう)はロシア帝国が復活するかどうかにかかっている。くれぐれも彼らを甘く見ないことだ。台湾海峡で戦争が勃発したら――もはやそうなるのは時間の問題だ――中国海軍のお手並み拝見を決めこむほど、ロシアは悠長(ゆうちょう)に構えていないはずだ」彼はつやのある上着を着た。

「この時代はなかなか一筋縄ではいかない。諸君自らに、それぞれ答えを考えてもらう必要がある。きみたちがうらやましいよ」彼は手をあげた。「幸運を祈る」彼は言って部屋を出た。室内は静まりかえり、しばらく誰も立ち上がろうとしなかった。

　ネイトはついに、ＣＩＡでもとりわけ重視されているモスクワとの情報ルートを担うことになり、みっちり特別訓練を受け、さらに特殊性の高い域内作戦訓練を終え、モスクワ赴任が近づくとロシア語の作戦用語を学び、〝名簿〟すなわちエージェントのファイルの閲覧を許された。そこに掲載されているロシア人情報提供者とネイトは、モスクワの街角で監視の間隙を縫って落ちあうことになるのだ。エージェントたちの名前とのっぺりしたパスポート用写真を、彼は頭にたたきこんだ。降りしきる雪のなかでの命をかけた攻防が間近に迫っていた。〝ザ・ファーム〟での日々は瞬く間に過去の記憶となり、ほとんど忘れ去られた。いまや彼の双肩に人命がかかっているのだ。ネイトに失敗は許されなかった。

　ゴンドーフとの面談から三日後、ネイトはモスクワのシェレメチェヴォ空港の小さなレストランに座り、搭乗案内を待っていた。彼はキューバ・サンドイッチと、脂っこい料理を飲みこむビールを注文した。

　大使館側は航空券の購入や出国手続の支援を申し出たが、彼は丁重に断わっていた。前の晩、運転手のレヴィトが終業時間後に飲みに行かないかと誘い、二人は言葉少なにテーブルを囲んだ。言わずもがなの話題は避け、他の局員が考えているようなこと、たとえば今回の事態がネイトのキャリアや評判にどう影響するかといったようなことはいっさい言わなかった。別れの挨拶（あいさつ）もぎこちなかった。

唯一の明るい兆しは二日前に、ゴンドーフ支局長による任期途中のネイトの除籍告示に反応があったことだ。本部から、隣国フィンランドの首都ヘルシンキでケース・オフィサー一名の空席ができたとの知らせがあった。ネイトのロシア語は相当熟達しており、フィンランドにはロシア人がとても多く、彼は独身者で動きやすいこと、思いがけずポストが突然空いたことから、本部はネイトにヘルシンキへの異動を検討するかどうか、できるだけすみやかに回答してほしいと要請した。ネイトは異動を受諾し、〝ゴンドーク〟は彼に思いがけない救いの手が差し出されたことに不機嫌だったものの、結局は承知した。ヘルシンキ支局からの正式な任命書が届き、続いてネイトの新たな上司になるヘルシンキ支局長のトム・フォーサイスから非公式のメッセージが届いた。そこには短く、支局にネイトが来ることを歓迎すると記されていた。

ネイトが予約したフィンエアーの便の搭乗案内が始まり、彼は乗客の一団とともにエプロンへ出て飛行機に乗りこんだ。彼のはるか頭上から、管制塔のガラス越しに二人の男たちが望遠レンズを覗いていた。ＦＳＢの監視員たちが空港までネイトを尾行してきたのだ。ＦＳＢおよびＳＶＲ、とりわけワーニャ・エゴロフはネイトの突然の出発には意味があると確信していた。ネイトがタラップを昇っていくところでカメラのシャッターが切られ、執務室で写真を見たエゴロフは物思いに耽（ふけ）った。これは恥辱だ。ＣＩＡが操っているスパイを突き止める絶好の機会がみすみす失われてしまった。この件を解明する糸口をつかむには数カ月、ひょっとしたら数年かかるかもしれない。

やはり鍵はナッシュだ、とエゴロフは思った。おそらく彼はロシア国外から情報提供者との連絡を保つだろう。エゴロフにはナッシュを見逃す気は毛頭なかった。フィンランドへの異動はかえって好都合だ。ヘルシンキでこの若造を多少いたぶってやろうか、と彼は思った。SVRはフィンランドでは実質的に意のままに行動でき、うれしいことに、すべての外国で諜報活動の全権を与えられているのだ。FSBのぼんくらどもと連携する必要はもうない。いまに見てろ、とエゴロフは毒づいた。世界は狭くなったんだ、逃げ隠れできる場所などない。

モスクワの空港のキューバ・サンドイッチ

十二インチのキューバンブレッドに、縦に一本切りこみを入れてひらく。パンの外側にオリーブオイルを振りかけ、内側にマスタードをたっぷり塗る。グレーズド・ハム（ジェリー液などでマリネしたハム）、ローストポーク、スイス・チーズ、薄切りしたピクルスを重ねる。パンを閉じ、鉄板またはアルミホイルで包んだ熱い二枚のレンガ（レンガは摂氏二百六十度のオーブンで一時間熱する）に挟んで十分間焼く。食べやすいように三つに切る。

3

ドミニカ・エゴロワは、バカラのクリスタルグラスや大理石がふんだんに使われた店内で奥まった角のソファに座っていた。モスクワで最近開店したなかで最も洗練された、ルビャンカ通りのすぐ近くにあるレストランだ。まばゆいほど白いテーブルクロスにひしめくクリスタルグラスや銀器は、彼女がいままでに見たことがないほど贅沢な眺めだった。今晩帯びている密命はもちろん忘れていないが、彼女は自分の役割を楽しみ、このやましくなるほど贅沢な夕食を楽しむことにした。

彼女と向きあっているドミトリー・ウスチノフは、情欲に鼻を鳴らした。背は高く、がっしりした体格で、漆黒の髪と突き出た顎をしたウスチノフは、冷戦後の資源開発ブームに沸くロシアで石油業と採鉱業を営み、巨額の財を成した新興財閥だ。さらに、ロシア・マフィアのリーダー的存在でもある。もともとは組織犯罪担当の地方警察官だったのだが、巧みに世渡りしていまの地位を築いた。

ウスチノフが着ていたのは、染みひとつないショールカラーのタキシードで、その下の白い礼装用シャツには青いダイヤモンドのカフスボタンがついていた。腕時計はコルムのツールビロン、毎年十本しか生産されていないものだ。クマの爪のような手に収まった、青いエナメルのシガレットケースがいかにも華奢（きゃしゃ）に見える。これは一九〇八年、ロシアの宝石職人ファベルジェが皇帝（ツァー）のために作ったものだ。ウスチノフがケースからタバコを取り出し、金色に輝くライン2で火をつけると、デュポンのライターに特有の音楽的な音が響いた。

ウスチノフはロシア第三位の富豪だが、莫大な財産の持ち主であるにもかかわらず、行動は賢明とは言えなかった。彼は公然と政府に、それもウラジーミル・プーチン大統領その人に盾つき、彼の企業に対する政府の規制に従うことを拒絶してきたのだ。三カ月前、対立が最も激しくなったときにウスチノフはモスクワテレビの対談番組に出演し、快活な表情でプーチンに卑猥（ひわい）な罵詈雑言（ばりぞうごん）を放った。事情通はみな、ウスチノフがいまなお生きていることに驚いていた。

だがこの晩、ウスチノフはドミニカのこと以外は何も考えられなかった。対談番組に出演した一カ月後にテレビ局で彼女を見かけた。彼女の美しさとにおい立つようななまめかしさに、彼は息を呑んだ。もう一度彼女に会えるのならテレビ局ごと買収してもよかったが、その必要はなかった。彼女はウスチノフの夕食の誘いを喜んで受けてくれた。こうしてテーブル越しに見ていると、彼は目の前の女の身体じゅうに触れてみたくなった。

二十五歳のドミニカは濃い栗色の髪をアップにし、黒いリボンで束ねていた。コバルトブルーの瞳はウスチノフのシガレットケースと同じ色だ。彼はそう言うと、値段がつけられないほどの工芸品を衝動的にテーブルに滑らせ、彼女に渡した。「これをきみにあげよう」彼女の唇は肉感的で、ほっそりした腕は今夜はむき出しだった。シンプルな黒のドレスはネックラインが大きく開いており、目を引きつけられるような眺めだ。ほのかなキャンドルの光が照らし出すのは、透きとおるような肌をした胸元の青い静脈だけだった。ドミニカは手を伸ばし、見事に仕上げられたケースに長く上品な手で触れた。短く切った爪にはマニキュアの類をいっさいつけていない。彼女の大きな目で見られると、ウスチノフは股間のあたりが熱くうずいた。

ドミニカはこみあげてくる嫌悪感を押し殺した。そしてこのトカゲのような忌まわしい男に向かってほほ笑んだ。「ドミトリー、このケースは本当に美しいわね。でも、これほど高価なものは受け取れないわ」彼女は言った。「わたしには過ぎた贈り物よ」

「きみにはそれだけの価値がある」ウスチノフは精一杯、魅力的な笑みを繕(つくろ)った。「きみはこれまで出会った女性のなかで最も美しい。きみがここにいてくれることが、わたしには最高の贈り物だ」シャンパンを口に含みながら、自分の寝室の片隅にこのかわいらしい黒のドレスが脱ぎ捨てられているところを想像する。「わたしはもうきみの虜(とりこ)だ」ウスチノフは言った。

ドミニカは笑いだしたいのをこらえたが、首筋と腕に悪寒(おかん)を覚えるのはどうしようもなかった。この田舎者(デレヴェンシナ)のセンスは、ごろつきと癒着(ゆちゃく)した地方警官そのものだわ。まさにそれが彼本来の姿だったのだ。とはいえ困ったことに、いまのこの男は大金持ちだ。一週間の準備期間で、ドミニカはウスチノフに関して多少の事実を教わっていた。資産はヨット、別荘、アパートメントのペントハウス。さらに世界各国の石油、採鉱企業の株を保有。高給で傭兵を雇い、私兵部隊を抱えている。プライベート・ジェットは三機。

ドミニカはニーナ・エゴロワとワシーリー・エゴロフのあいだに生まれた一人娘だ。母のニーナはかつてモスクワ国立交響楽団のコンサート・マスターを務めていた。新進気鋭のヴァイオリニストとしてヴァレリー・クリモフに師事、稀（まれ）に見る逸材と目され、名器グァルネリでもとりわけ誉れ高い一七四一年製〝コチャンスキー・デル・ジェス〟をグリンカ国立中央音楽博物館から貸与された。十五年前、ロシア国立交響楽団での昇進が確実視されていたが、プロホール・ベレンコにその座をさらわれた。この男は彼女より才能は劣っていたが、おべっか使いで共産党政治局員（ポリトビューロ）の娘と結婚していたのだ。誰もが真相を知っていたが、声をあげる者はいなかった。

赤い光沢を放つヴァイオリン（スクリプカ）の演奏にかけては秀逸な能力の持ち主だったニーナ・エゴロワは、激しい気性の持ち主でもあり、気にくわないことがあればいつでも爆発した。オーケストラの八十人の同僚が目を丸くして見ている前で、ニーナはベレンコの譜面台をつかんで彼の右耳を殴り、それが彼の最後のリハーサルになった。ニーナは強情だった。いかにも旧ソ連的な女性だったのだ。ニーナはグァルネリを返却させられたが、それ以下のヴァイオリンで演奏することを拒んだ。その結果、弦楽器の最前列から三列目に降格させられた。ニーナの怒りには手がつけられなくなった。楽団の事務局長が文化大臣に呼ばれたのち、彼女は公務休暇を言い渡され、それによってキャリアに終止符が打たれた。それから何年もの月日が流れ、優雅だった首は曲がり、ヴァイオリンを自在に弾きこなした手はたわみ、黒髪は白髪になって束ねられた。

ドミニカの父は高名な研究者のワシーリー・エゴロフ、モスクワ大学歴史学部准教授だ。ロシア文学研究で最も尊敬され、影響力のあった彼は、勲功教授に列せられた。金と青の聖アンドレイ勲章が壁に掲げられている。襟の折り返しに毎日つけているのはプーシキン賞（メダル・プーシキナ）で、文学教育への貢献を称えて授与された。皮肉なことに、ワーシャ・エゴロフの風貌にそうした権威はまるで感じられなかった。彼は背が低く痩せており、薄くなった髪を丹念に撫でつける男だった。

妻と異なり、ワシーリー・エゴロフは国家への忠誠をめぐる政治的論議を避けることで旧ソ連時代を生き残ってきた。象牙の塔に閉じこもり、公平無私で分別があり忠誠心の強い学究肌の人物像を丹念に作りあげることで、彼は成功を収めてきたのだ。しかしワシーリー・エゴロフ勲功教授は、誰も知らない秘密を抱えていた。実は彼の本心はこうしたイメージとまったくちがうところにあり、倫理観念が強く、ソビエトの体制を嫌悪していたのだ。ほかのロシア人と同じく、彼もまた一九三〇年代から四〇年代にかけてのスターリン時代に、ドイツ軍の侵攻や粛清や強制労働（カートルガ）によって家族を失っていた。だがそれだけではなかった。彼はいびつで不条理なソビエトの体制を拒絶し、男（チエロヴェーク）性主義の風潮や、一部の特権階級が優遇され、放縦に暮らす社会を軽蔑していた。こんな体制のせいで人々の精神は破壊され、ロシア人は人間的な生活も祖国も歴史的遺産も失ってしまったのだ。このような考えを分かちあえるのはニーナだけだった。

ロシア人にはみな、人には言わない秘密の考えがあるもので、誰もがそうすることに慣れていた。ワシーリーとニーナも例外ではなく、本質はちっとも変わっていない新生ロシアに対する嫌悪感を人には隠していた。ドミニカでさえ成人してからようやくわかりはじめたのだが、ワシーリーは彼女にもあえて自分の本心を話さなかった。両親はともに、ドミニカには世界を先入観のない目で見てもらい、彼女自身で真実を確かめてほしかったのだ。ロシアの忌まわしい発展の歴史——ボルシェヴィキの暴虐とソビエトの腐敗を経て、情報公開以降でさえ、ロシア連邦は権力に媚びた強欲な寄生虫にむしばまれている——を両親から露わにするわけにはいかないかもしれない。しかし少なくともワシーリーは、ドミニカにロシアの真の偉大さを鼓吹しようと決意していた。

広々とした三部屋のアパートメント(ニーナが解雇されてからも家族がここに住みつづけることを許されたのは、ひとえにワシーリーの地位と名声によるものだった)は本、音楽、芸術で満たされ、外国語の会話が飛び交っていた。ドミニカが五歳になったころ、両親は娘の並はずれた記憶力に気づいた。彼女はプーシキンの詩句を暗誦でき、チャイコフスキーのコンチェルトを聴き当てたのだ。そればかりではなく、音楽が始まるとドミニカは裸足で居間のペルシャ絨毯のうえで踊りだした。曲にぴったり合わせ、身体のバランスを完璧に保って少しもぐらつくことなく、旋回したり飛び跳ねたりし、目を輝かせて手をひらめかせた。

ワシーリーとニーナは互いに顔を見あわせ、母がドミニカにどこで覚えてきたのか訊いた。

「わたし、いろんな色を追いかけるの」幼い少女は言った。

「〝いろんな色〟ってどういうこと？」母が訊いた。ドミニカはまじめな顔で、音楽が聞こえたり、父が本を読んでくれたりすると部屋じゅうに色が広がると説明した。さまざまな色が明るくなり、暗くなり、ときには〝お空に浮かぶ〟こともあり、ドミニカはそれらを追いかけるだけだという。彼女はそのようにして多くのことを記憶できるのだ。踊るときには、青く光る棒を飛び越え、床に散らばる赤い点を追いかけるの、と。両親はふたたび顔を見あわせた。

「わたし、赤と青と紫が好き」ドミニカは言った。「お父さん（バーチュシユカ）が本を読んでくれるときと、お母さん（マムーリャ）が楽器を弾いてくれるときは、とてもきれいな色なの」

「お母さんが怒ったときは？」ワシーリーが訊いた。

「黄色よ。わたし、黄色は嫌い」少女は本のページをめくりながら言った。「それから、黒い雲も出てくるの。あれもいや」

ワシーリーは心理学部の同僚に色のことを訊いてみた。「文献で似たようなことを読んだことがある」彼は言った。「文字を色として認識するらしい。とても面白い話だ。お嬢さんを連れてきてくれないかな？」

友人の教授とドミニカを近くの教室で二人きりにし、ワシーリーは自室で待った。一時間の予定だったのが、三時間に延びた。ようやく戻ってきた二人を見ると、幼いドミニカはとても楽しそうで、教授は何やら考えているようだった。「どうだった？」ワシーリーは娘を横目に訊いた。

「一日じゅういっしょに座っていたいぐらいだよ」教授はパイプにタバコを詰めながら言った。「きみのお嬢さんには〝共感覚〟の特徴がある。音や文字や数に色を感じるんだ。実に興味深い」ワシーリーはいま一度ドミニカに目を注いだ。父親の机に向かって楽しげに塗り絵をしている。

「そうだったのか」ワシーリーは言った。「それは病気か何かなのか？」

「病気、重荷、災いかどうかはなんともいえん」彼はパイプに詰める手を休めずに言った。「しかしワーシャ、もしかしたらこの子には、ずば抜けた才能（オダリョーンヌィ）があるのかもしれないぞ」名高い文学者のワシーリーは戸惑いを隠せなかった。「話はそれだけじゃない」教授は塗り絵に没頭しているドミニカを見て言った。「彼女の共感覚は人間的反応にも及んでいるようなんだ。言葉や音だけじゃなく、感情まで色になって見える。お嬢さんはわたしに、人の頭や肩のまわりに光の輪のようなものが見えると言っていた」ワシーリーは友人を見つめた。

「この子が成長したら、人間の意志に関する権威になるかもしれないぞ」

もちろん、記憶力はずば抜けている。二十五桁（けた）の数字を何度も読みあげたが、そのたびにすらすらと正確に繰り返した。こうしたケースでは珍しいことではない」教授は続けた。

「けれども、きみはすでに記憶力のことは知っているんだったな」ワシーリーはうなずいた。

「もうひとつ、ほかではあまり見られない特徴がある。きみのお嬢さんは〝激しやすい（ブィストゥヴォ）〟傾向がある。怒りっぽいというか、癇癪持ちというか、短気というか。パズルの問題を解けなかったときに、お嬢さんはわたしの書類を床にぶちまけたんだ。きっとこれから、感情をコントロールすることを覚えないといけないだろうな」

「なんてことだ」ワシーリーは急いで帰宅し、妻に伝えた。

「これはきみの家系の遺伝だ」ワシーリーはそっけなくニーナに言った。確かに音楽が消されると、ドミニカは顔を真っ赤にして憤慨し、まなざしを怒りに燃え立たせて親を睨みつけた。五歳でこうなのだから、これからが思いやられた。

十歳になったドミニカは、第二フルンゼンスカヤ通り五番地の国立モスクワ舞踊アカデミーでオーディションを受け、審査委員に強い印象を与えた。技術や型を学んでいない少女であっても、気迫や自然に備わった技巧は、偉大なバレリーナになりうる並々ならぬ資質をうかがわせた。なぜ踊りたいのか訊かれた彼女は、こう答えて一同を笑わせた。「音楽が見えるからです」しかし次の瞬間、少女が比類なく美しい顔を憎悪にかげらせ、殴りかからんばかりの怒りを目にたぎらせて審査員をねめつけると、室内は静まりかえった。

こうしてドミニカは、挑戦的でありながら堂々とした態度でアカデミーへの関門を通過した。幾多の人材を輩出した通称〝ボリショイ・バレエ学校〟だ。厳格で古典的なワガノワ・メソッドにも彼女は順応し、才能を伸ばした。このころ彼女はすでに、さまざまな色彩とともに生きることにも慣れていた。音楽、踊り、人とのなにげない会話でも色を見る能力は、より洗練され、いくらかは制御できるようになった。彼女はまた、色を解読し、相手の気分や感情がわかるようになりつつあった。それは重荷ではなかった。彼女にとって色は生活の一部だったのだ。

ドミニカが優秀な成績を収めつづけたのはバレエの実技にとどまらなかった。アカデミーの中学課程、高校課程でも学科の成績はつねにトップで、教わったことをすべて記憶できる能力が大いに役に立った。授業は新たな発見であり、これまでとちがう経験だった。ドミニカが聞いたのは政治学の講義、イデオロギーの授業、共産主義の歴史、社会主義国家の興亡、ソビエト・バレエの歴史だ。もちろん行きすぎもあり、修正すべき点もあった。それらを経て現代のロシアは発展を続け、部分部分を足しあわせた以上の成果を生み出している。まだ若い彼女の精神は昂揚し、こうした美辞麗句を額面どおり受け入れた。

十八歳になったドミニカは第一学生バレエ団に選抜され、クラスでは政治学での優秀な成績を評価されてリーダーを任された。毎晩彼女は帰宅するたび、内心で戦々恐々としている父親にその日学んだことを報告した。父は文学や歴史を教えることで彼女の政治熱を落ち着かせようとしたが、ドミニカは思春期さなかの熱情にあふれ、出世の足がかりをつかもうとしていた。父の絶望的なメッセージがどういうことなのか、父の頭上に広がる色が何を意味しているのか、彼女にはわからなかった。ワシーリーは体制に対する異議をあえて口に出さないようにしていたのだ。

もちろん、ニーナはバレエ学校における娘のめざましい上達ぶりを喜んでいた。安定した将来が保証されるのだから。しかしその一方で、娘が典型的な現代ロシアの女性になりつつあることに失望してもいた。国粋主義的で、背が高く、栗色の髪でバレリーナの優雅さをたたえて歩く、かつての共産党員のような立居振る舞いの女性に。

居間の絨毯に横たわるドミニカの髪を、母が優しくリズミカルにとかしている。柄の長いブラシは曾祖母（プラバーブシュカ）から伝わるものだ。柄が緩（ゆる）やかに湾曲した鼈甲（べっこう）のブラシ、額入りの写真、銀の湯沸かし器（サモワール）だけが、革命以前のサンクトペテルブルクに一族が構えていた瀟洒（しょうしゃ）な家から救い出せた形見だった。豚毛のブラシが静かに鼓舞するような音をたて、宙に深紅が広がる。髪は輝くばかりの美しさだ。長いレッスンの一日を終えたドミニカは、父親の穏やかな声をさえぎり、学校で聞いた話をした。「お父さん、祖国を脅かす外国の影響を知ってる？　混乱を支持する反体制派が増えていることは？　ウラジーミル・ウラジーミロヴィチ・プーチンが反国家的シオニストの活動を懸念しているという記事は読んだ？」

鈍い痛みとともに、両親は娘を見下ろした。なんということだ（ゴースポジ・ポミールィ）。祖国。プーチン。反体制派。ドミニカは床に身体を思い切り伸ばしている。その長い脚もしなやかな肢体もすでに体制の道具にされ、彼女の素直な精神も徐々に洗脳されようとしているようだ。ニーナはワシーリーを見た。母は娘に真実を語り、自らのキャリアを奪い去った体制の落とし穴に気をつけるよう警告したかった。この体制で生き残るために、ワシーリーはその深遠な精神を空（から）にし、生涯にわたって沈黙しなければならないのだ。しかしワシーリーは首を振った。「いまはまだだ」彼は言った。

二十歳でドミニカは、第一グループの首席であるプリマ・バレリーナに選ばれた。彼女の評価は一様にきわめて高く、その傑出した運動能力はバレエマスターをして〝ガリーナ・ウラノワの再来〟と言わしめた。戦後のボリショイ・バレエ学校が生んだプリマ・バレリーナ・アッソルータだ。踊りだすと、ドミニカに見える色はもはや単純な色あいや形ではなく、洗練されたまだら模様の光が渦を描き、脈打ち、彼女を高く持ちあげた。パートナーたちを取り巻くセピア色が、彼女の踊りを周囲と完璧に調和させた。彼女の感覚は熱くなり、背中と脚は正確で力強く、つま先はぴんと張った。バレエマスターは彼女に、年に一回のボリショイ・バレエ団のオーディションを受けることを強く勧めた。

強靭（きょうじん）でしなやかさを増したドミニカの肉体に、いままでになかった感覚が芽生えはじめた。厳格な鍛錬（たんれん）の延長線上に、彼女は自らの肉体を意識しだしたのだ。しかし、好色さが言動に表われることはなかった。彼女は自身のなかに性的衝動を封じこめてきたのだ。それは秘められた目覚めだった。彼女は恥じらいを覚えることなく、肉体の限界を試してみることにした。ドミニカが知っているかぎり、両親のどちらもこのような性向は持っていなかった。きっと遠い昔に忘れられた親類に放埓（ほうらつ）な者がいたのだろう。

明かりを消した寝室で肉体の欲求に従い、ドミニカはあたかも手すりでバレエの練習をするような熱心さで、自己の快楽を追求した。深い吐息がまぶたの裏で深い赤になり、自分の敏感さに身震いする。執着を覚えることはなく、耽溺（たんでき）したくなるものでもなかったが、彼女は成長するにしたがい、その秘密の自分を強く意識するようになった。ドミニカは秘密の自分を楽しんだ。しかしそれは、天真爛漫（らんまん）な子どもの無邪気さではもはやなかった。彼女はときおり、刺激の強い禁じられたものを欲した。ひどい雷の夜には目を固く閉じ、曾祖母の鼈甲のブラシの湾曲した柄を長い指で握りしめ、稲妻の光と身体のリズムが合うように動かし、そんな自分自身に驚かされた。さらなる悦びを求め、ドミニカは湿った場所を奥になぞり、息を止めた。とろけそうな快楽の波を繰り出す柄が、標本箱のカブトムシさながらに自らを突き刺した。幸いなことに母親には知られずにすんだ。バレエ学校から帰宅すると、自分で髪をとかすようになっていたのだ。

浅いつきあいの友だちはいたものの、ドミニカは同級生と打ちとけてはいなかった。しかし彼女は第一グループのリーダーとして、いっしょに踊る団員たちの技術向上に余念がなく、優秀な結果を残し、コンクールで他校に勝つことに全神経を注いだ。とりわけサンクトペテルブルクのバレエ学校への対抗心は強かった。この古都は帝政時代のロシア・バレエを受け継ぐ総本山なのだ。ドミニカは団員たちが辟易するのもかまわず、モスクワの学校こそロシアの本質を表わす純粋な系譜だと説き聞かせた。彼女は陰で悪鬼と呼ばれていた。新生ロシアの女、闘士、主役、献身的な信者。おっと、口を慎まなければ、と団員たちは思った。

二十二歳のソーニャ・モロエワは、おそらく今年が学校からボリショイへ上がる最後のチャンスだったが、ドミニカ・エゴロワが競争相手とあっては見こみが少なかった。彼女はこれまでの人生をずっとバレエに費やし、国家院議員の娘で、ありていに言えば甘やかされた虚栄心の強い若い女だった。彼女は自暴自棄になり、同じ団員のブロンドで狡猾そうな目をしたコンスタンチンという男と寝た。教師に見つかったら即刻退学を言い渡されることとまちがいなしの、きわめて無分別な行動だった。だが学校で十五年を過ごしてきた彼女は人がいない時間帯を知っており、サウナ室が無人になった隙を見て全身汗にまみれながら彼と交わった。しなやかな両脚をたわませ、この一週間は毎日のようにコンスタンチンの耳元に愛しているわとささやき、汗を彼の顔からなめとりながら、わたしのキャリアを、人生を助けて、と懇願した。

経験を積んだバレエの学生は解剖学、関節、負傷の症状について医師と同じぐらい精通している。ソーニャとの情交に耽溺（たんでき）していたコンスタンチンは、ドミニカと二人で踊る機会をうかがった。学生で混みあった練習場で対舞（パ・ド・ドゥ）を踊るときに、彼はつま先立ち（ポワント）をしているドミニカの足を思い切り踏みつけた。ドミニカの視界から色が消え、目の前が真っ暗になり、彼女は焼けつくような痛みに崩れ落ち、倒れこんだ。彼女はすぐに医務室に運ばれたが、その場に居あわせた同級生はみな呆然として練習の手を止めた。なかでもソーニャは顔面蒼白だった。そのときドミニカは彼女の表情にやましさを、彼女の頭上に灰色の毒気が渦巻くのを見た。医務室でドミニカの足はどす黒く腫（は）れ、なお悪いことに痛みは脚にまで這（は）い上がってきた。医師には「足の甲のリスフラン関節骨折だな」と言われ、整形外科での診断、手術を経て、彼女の足とくるぶしにはギプスが巻かれた。結局、ドミニカは退学を余儀なくされた。十年あまりの歳月を費やして開花を目前にしたところで、彼女のバレリーナとしての人生は閉ざされてしまったのだ。唐突で、あっけない幕切れだった。ウラノワの再来などともてはやす人間もいなくなってしまった。バレエマスターも教師も、もはや彼女を一顧だにしなかった。
成人するにつれ、彼女は激しい怒り（ブィストヴォ）を抑えることを学んだが、いまは逆に怒りを燃え立たせ、喉元で味わった。怒り心頭に発した彼女は、コンスタンチンとソーニャが自分を妨害したと告発することも考えた。二人が密会してきたことが露見すれば、彼らもまた退学させられるにちがいないのだ。しかし彼女には、そんなことはできないとわかっていた。現実感がわかないまま、これからどうやって生きていこうかと考えていたとき、母からの電話があった。

ドミニカの父が激しい発作に襲われ、クンツェヴォ地区のクレムリョーフカ病院に搬送される途中で死亡した。特権階級や富豪専用の病院だ。父は彼女の人生で最も重要な人物であり、導き手にして庇護者（ひごしゃ）だった。その父が急死してしまったのだ。父が生きていたら、ドミニカはその手を取って自らの頬にあて、同級生の裏切りに遭ってバレエ学校を退学させられたことを話し、どうすればいいのか助言を乞うことができたかもしれない。父がなんと言ったかもはや知るすべはないが、ワシーリーは彼の理想主義的な娘に、国家と恋に落ちても国家は報いてくれない、と言ったかもしれない。

二日後、ドミニカは右足にギプスを巻いたままアパートメントの客間に座り、目から涙を流すことなく、優雅な首と頭を昂然（こうぜん）ともたげていた。かたわらには黒の喪服を着た母が、押し黙って座っている。自宅には弔問客が引きも切らず訪れ、学者、芸術家、高級官僚や政治家が高名な文学者の死に敬意を表した。彼らの声からドミニカに見える色は主に陰のある緑で、悲しみを意味した。室内にあふれる緑で空気が押し出されてしまいそうな気がして、ドミニカは息が苦しくなった。客間に台所から運ばれた料理が並んでいる。レッドキャビア（マスの卵）が載ったブリヌイ、それにチョウザメとマスの燻製だ。サイドボードにはミネラルウォーターがはいったカラフ、湯気の立つ銀のサモワール、フルーツジュース、ウイスキー、冷えたウォッカが並んでいた。

そのとき、ソファの前にワーニャ伯父がぬっと姿を現わし、ドミニカの母の上にかがみこんで悔やみの言葉を述べた。伯父と父の兄弟は性格も気質もほぼ正反対で、ずっと疎遠だった。伯父の仕事についてドミニカはよく知らなかったが、KGBやSVRといった言葉は日常生活ではまず口にされない。それから伯父は二人に近づき、ドミニカの隣に座り、肥満した顔を彼女の顔にくっつきそうなほど接近させて悲しみを邪魔した。黒のドレスを着て髪を後ろにまとめ、喪に服している彼女をしげしげと眺めている。ドミニカは喉が締めつけられそうな気がした。このところおなじみになった感覚だ。母が手を伸ばし、娘の手を握る。我慢するのよ。

「ドミニカ、心からお悔やみを言わせてもらう」ワーニャは言った。「お父さんがいかに大切な人だったか、わたしにはよくわかる」

ワーニャは手を伸ばし、伯父としての抱擁を交わして頰を押しつけた。彼のコロン（パリのウビガンだ）からはきついラベンダーのにおいがした。「足の怪我が将来に影響したことも気の毒に思う」彼女のギプスに向かって顎をしゃくる。「おまえがバレエと学科の両方でいかに優秀だったかも聞いているよ。お父さんはいつも娘を誇りに思っていた」そのとき別の家族の友人が通りかかったので、ワーニャは邪魔にならないよう、姪の手を握ったままソファに戻った。

ドミニカはワーニャを見つめるだけで、まだひと言も話していない。

「これからの計画は？」彼は訊いた。「大学に進むのかな？」

ドミニカは肩をすくめた。「これからどうなるのか、まだわかりません。踊ることが人生そのものでしたから、ちがう目標を見つけないといけません」伯父の視線を感じる。

ワーニャはネクタイを整えると立ち上がり、彼女を見下ろした。「ドミニカ、ひとつ頼みたいことがある。おまえの力がいるんだ」ドミニカはぎょっとして見上げた。ワーニャ伯父は肩をすくめた。「怪しい話じゃない。ただしやってもらいたいことは、大変内密な用件だ。ちょっとしたことだが、重要な仕事だ」

「秘密警察の仕事ですか？」ドミニカは驚きを隠せなかった。

ワーニャは自分の唇に指をあてた。足を引きずる彼女を客間の隅へ導く。よりによって父の通夜の日に。いや、わざとこのときを狙ってきたの？　この人たちはいつもそうなんだわ。

「おまえの能力が必要なんだ。それに美しさが」ワーニャ伯父は言った。「おまえはわたしが信用できる人間だ。それにおまえは思慮深いことでも知られている」にじり寄ってくる伯父から体温が伝わってくる。彼がおだてていることをドミニカはわかっていた。

「簡単このうえない、遊びのような仕事だ。ある男に会い、知りあうだけでいい。詳しいことは改めて知らせる」蛇のような男。

「伯父のわたしを助けてくれないか？」ワーニャは彼女の肩に手を置いて言った。蛇が舌なめずりし、様子をうかがっている。このタイミングで訊くという心ない振る舞いは、この男の悪辣さをよく表わしている。ドミニカは痛みにうずく足にまで、心臓の動悸を感じた。

　ビザンチン様式の聖画さながらに、ワーニャの頭の周囲に黄色の輪が広がる。止めていた息を吸いこむにつれ、ドミニカはうつろなほど平静な心境になった。ワーニャは彼女に断わられることを予期していた。まさしくそのゆえに、ドミニカは承諾の言葉を口にした。彼女は無表情にワーニャを見据え、彼が目を細くして計算をめぐらせているのを察した。彼女には、ワーニャが自分を値踏みし、表情を読み取ろうとしているのがわかったが、なんの手がかりも与えなかった。彼の表情もそれに応じて硬くなった。

「よろしい」ワーニャが言った。「お父さんもさぞかし誇りに思うだろう。お父さん以上に立派な愛国者はいなかった。お父さんは娘のことも愛国者に育てあげたようだな。立派なロシアの愛国者に」

　これ以上お父さんのことを話したら、顔をくっつけてあなたの下唇を嚙みちぎってやるわよ、と彼女は考えた。だがそうする代わりに、ドミニカは笑みを浮かべた。最近になってようやく、自らの微笑が人に及ぼす効果に気づいたのだ。「わたしのバレエへの道は閉ざされてしまったんですから」彼女は言った。「伯父さまのためなら、秘密警察のどんなつまらない仕事でも致しましょう」ワーニャは顔をこわばらせたが、気を取り直し、ドミニカの肩から手を離した。

「来週、わたしのところまで来てほしい」彼はそう言って、彼女のギプスを見た。「ただし、あまり痛かったら無理しなくていい。車で送り迎えさせよう」ワーニャ伯父は軽いウールの上着のボタンを留めた。大きな手で彼女の手を握り、目の前まで顔を近づける。「身内への礼にかなった挨拶(あいさつ)をしておくれ」ドミニカは両手を伯父の肩にまわし、両方の頬に軽く口をつけて、濡れた茶褐色の唇を見た。ラベンダーのにおいと黄色の光の輪。

ワーニャは彼女の耳元でささやいた。「なんの見返りもなしに頼むわけではない」彼は言った。「このアパートメントに関してはしかるべく手を打っておこう」ドミニカは顔を引いた。「お父さんが亡くなったあとも、お母さんはここを手放さずにすむ。お母さんはきっと大いに安心するだろう」ワーニャは手を放し、身なりを整えて部屋を出ていった。呆然としたまま、彼女は後ろ手にドアを閉める伯父を見送った。これがくびきというものね、とドミニカは思った。

通りに出たワーニャは、運転手に車を出せと身振りで示し、メルセデスの後部座席にもたれてひと息ついた。やれやれ、これで弔問はすませた。弟のワシーリーは過去に閉じこもった、頭のぼんやりした学者先生だった。あの義理の妹だって、正気を失った変人(スマシェートシー)だ。しかしあの姪(めい)は、ギリシャの彫像のような美人だ。今回の件にはおあつらえ向きだ。われながらいい思いつきだった。足を骨折したあの女にはほかに選択肢がない。ほかのことも仕込んでやろう。あのアパートメントを売れば数百万ルーブルにはなるだろうな。ワーニャは思った。まあいいさ。身内なんだから、住居ぐらいは面倒を見てやろう。

弔問客が帰った夜、ドミニカは母とともに暗くなった居間に座っていた。バッハが穏やかに流れ、ほとんど空（から）になったサモワールが、曲に合わせるかのように最後の蒸気を噴き出している。ドミニカに明かりは不要だった。彼女の目に、音楽が作り出す深紅の大波が見える。膝を両手で握りしめた娘の様子から、ニーナは彼女が〝色を見ている〟ことがわかった。母はドミニカの両手を握って集中を促し、低くゆっくりした声で話しかけた。母は娘のほうに身を乗り出し、父とその生涯について語った。ドミニカはバレエ学校で彼女の身に起こったことと、ロシア諜報機関の幹部である伯父から誘われたことを話した。それを聞いたニーナは、いままで秘していた事柄を明かした。約束されていたヴァイオリニストとしての将来が、裏切りによって台なしにされ、彼女なりに復讐を遂げた話を。暗闇の部屋で朱色のバッハに満たされ、二人は森の峡谷に潜む悪鬼（クリクーシ）たちのように、反撃の計画をくわだてた。

二日後、ドミニカは医師と面談し、私物を持ち帰るという名目でバレエ学校に戻った。彼女はもはや部外者であり、誰もが早く帰ってほしがっているようだった。しかしドミニカは目立たないように長居し、出入口近くの椅子に座ってソーニャ・モロエワとコンスタンチンが踊っているのを見守った。ソーニャの右脚が人間業（わざ）とは思えないほど高く上がり、信じられないほどまっすぐに伸びて前傾姿勢（パンシェ）を取り、コンスタンチンの介添えでゆっくりと円を描いている。彼の目は、ソーニャの黒いレオタードの股間に吸い寄せられていた。夕方の休憩にはいり、ほとんど人けのなくなった練習場に長い影が落ちるとともに、ソーニャとコンスタンチンがそっと抜け出すのをドミニカは見逃さなかった。二人はサウナ室へ向かったのだ。もちろん前から二人に関する噂は流れていたが、ドミニカはここに至って確信した。彼女はなおも待ちつづけ、寄せ木張りの練習場の明かりが消えるのを見守り、いつもの喉が締めつけられるような感覚を抑えながら、自分を落ち着かせた。

建物全体が静かになり、ほとんどの部屋が暗くなった。バレエマスターと二人の寮母は階下に常駐している。廊下には突きあたりのほの暗い照明しか灯っていない。ドミニカは足を引きずりながら、羽目板張りの広い学生用サウナ室へ向かった。隣接する更衣室のドアをそっと押し、足音をしのばせてサウナ室の扉に近づき、木の扉のスモークガラス越しに室内をうかがう。天井にひとつしかない電球で、最上段のベンチにいる二人の裸体がほのかに照らし出されていた。ソーニャの大きく広げた脚のあいだから顔を上げたコンスタンチンが、野獣さながらに彼女を抱えている。ソーニャは両手でコンスタンチンの首筋を押さえつけ、彼の肩の上で両脚を震わせた。ガラス越しのドミニカに、ソーニャの足指のたこや、すりむけたつま先が見えた。

ソーニャは口を開け、頭をのけぞらせているが、サウナ室の分厚い扉でソーニャのあえぎ声はくぐもっていた。ドミニカは扉から後ずさりし、怒りを燃え立たせた。サウナの調節ダイヤルを目一杯あげ、扉をほうきの柄で押さえつければ、二人をものの二十分で蒸し殺せるだろう。いや、それはだめ。もっと優雅で、跡がつかず、毒があって、再起不能にできる方法があるはずよ。二人はドミニカの将来を台なしにした。今度はわたしが二人の将来をつぶす番だわ。ただし痕跡を残さず、わたしが復讐したと夢にも思われないように。

ドミニカは更衣室の照明をつけ、廊下へ通じるドアを開け放ち、室内の明かりが廊下に漏れるようにした。長い廊下を歩きながら、一枚の窓を全開にする。冷たい夜気が流れこみ、ドミニカははいってくる冷気を追うように歩きつづけた。ドミニカの目に氷のように青白い光が見え、それは蛍を思わせる動きで廊下を舞い、渦を描いて寮母の部屋へと向かった。彼女はふた部屋離れた無人の真っ暗な部屋へ忍びこみ、壁にもたれて耳を澄ました。

三分後、寮母が——どちらかはわからなかった——冷気に不審を覚え、廊下に出てきた。サウナの更衣室は明かりがつけっぱなしで、ドアや窓も開け放たれている。寮母がぶつくさ言うのが聞こえた。どうやらマダム・ブティルスカヤのようだ。バレエ学校で最も厳格で情け容赦ないお目付け役である。ドミニカは沈黙のなかでなおも待ちつづけ、秒数を数えた。と、サウナ室のドアを開ける音とともにマダムの怒声、そして押し殺した悲鳴のような声が聞こえてきた。ドミニカはリノリウムの床に足音を響かせて歩き去った。マダムの罵声(ばせい)と女のかぼそい泣き声が遠ざかっていく。国家院の議員の父親もソーニャをかばいきれないだろう。

ドミニカはほとんど真っ暗な室内で顔に手をかざし、掌(てのひら)を見た。手は震えておらず、暗がりで青白く光って見えた。酸素のバルブがひらいたように、肺に空気が流れこむ。われながらいささか驚いたことに、あの二人を破滅させたことにはなんの感情も抱かなかった。ドミニカが深い喜びを覚えたのは、単純でなおかつ洗練された手段を実行できたからだ。しかし父のことが脳裏をよぎり、少しやましい気持ちになった。

足からギプスが取れた。SVRの担当者が手をまわし、テレビ局でウスチノフの目につきそうな場所にドミニカを配置した。彼らの計画どおり、この富豪は彼女を誘ってきた。担当者たちはドミニカに、ウスチノフと寝る必要はないと言っていたが、その言葉がほのめかすところを彼女は察していた。これほどあからさまな嘘もないものだ。しかしドミニカ自身思いがけないことに、彼女はその嘘をなんとも思わなかった。計画の概要説明（ブリーフィング）にあたった担当者はこわごわドミニカの表情をうかがい、彼女の動じない視線と薄笑いに不安を覚えた。目の前にいる女性が何を考えているのかわからなかったのだ。

ともあれ彼らの話では、必要なのはウスチノフの事業について詳細を知り、外国旅行のスケジュールや人脈を把握することだった。彼は詐欺と公金横領の疑いで捜査されているらしい。その言葉から見えるのはぼんやりした薄い色で、どうやら彼ら自身も確信はなさそうだ。だがドミニカは、必要なことはわかったわ、やりましょう、と言った。ブリーフィングに居あわせた男たちは互いに顔を見あわせ、それから彼女に目を戻した。彼らの考えがドミニカには手に取るようにわかった。へえ、びっくりするじゃない、と彼女は思った。泣く子も黙るロシアのSVRが、実は下衆（グーシ）の集団だったなんて。

彼女が目を通したウスチノフに関するファイルには、雑多な色が渦を巻いていた。ドミニカは、欲望に濁った目で見つめる乙に澄ました防諜担当者たちを黙らせようと心に決めた。それから、ほくそ笑むワーニャ伯父の鼻も明かしてやる。ラベンダーの強いにおいを彼女は思い出した。哀れな姪は踊れなくなったバレリーナ、死んだ弟の美しい娘だ。ちょっとしたデリケートな仕事があるんだが、力を貸してくれないかな？　そうすればお母さんはアパートメントに住みつづけられると思うよ。わかったわよ（オーチン）、上等じゃないの（ハラショー）。

キャンドルの揺らめく光のなかで、クリスタルグラスが触れあった。料理にかぶりつくウスチノフを見ながら、ドミニカは醒めた軽蔑がゆっくり胸にこみあげるのを感じ、自分が当事者とは思えないほど冷ややかで突き放した気分になった。目的を達成するためなら彼女はいかなることでもするつもりでいたし、何をどのようにすればいいかもわかっていた。

ドミニカはその方法を実行した。夕食に心を奪われているふりをしたのだ。注意を集中し、相手の心を惹きつける。彼女が指先を自らの喉元のくぼみに這わせると、ウスチノフの肩がオレンジの放物線を発散するのが見えた。面白いじゃない。虚偽の黄色と欲望の赤が混じった色。このけだもの（ジヴォートノイエ）。

ウスチノフはじっと座っているのが耐えがたい様子だった——彼女を前にしてうずく欲望を鎮め、喉の渇きを癒そうとシャンパンをあおる。シャツの飾りボタンが震えた。夕食の終わりごろ、彼は自宅のアパートメントに三百年もののコニャックがある、どこのレストランでも味わえない逸品だ、と言った。いっしょに来ないか？　ドミニカは彼を見つめ、内緒話でもするように身を乗り出した。胸のふくらみをキャンドルの光が照らす。「そんなコニャック、飲んだことがないわ」彼女は言った。ウスチノフの心臓が早鐘を打った。

ワシーリー・エゴロフの通夜で出されたブリヌイ

小麦粉一カップにベーキングパウダーと塩少々を合わせる。牛乳、卵、溶かしバターを加え、なめらかな生地を作る。フライパンを弱めの中火で熱し、スプーン一杯分ずつ薄くのばして縁がきつね色になるまで焼く。レッドキャビア、サーモン、生クリーム、サワークリーム、イノンドを添える。

4

防弾ガラスで守られたウスチノフの真新しいBMWで、二人はレストランを出た。ウスチノフのアパートメントはアルバート通りの高級住宅街にたたずむ重厚な新古典主義建築の最上階だ。二戸分のアパートメントを占有するペントハウスは床が大理石で、家具は白い革で統一され、壁際の備品には金箔が施されている。窓はすべて床から天井まであり、モスクワ市街のスカイラインと夜景が見わたせた。

室内には香がたかれている。大きな中国風のランプが部屋全体に暖かい光を投げかけ、一隅には安楽椅子に横たわった裸婦の抽象画が飾られていた。指や目やつま先がばらばらな方角を向いている。どうやらピカソの作品らしい。あと十五分もしたらわたしもあの絵みたいになるのね、とドミニカは陰鬱に思った。

ウスチノフが手を振って警護担当者たちを下がらせ、ドアを閉めた。黒檀の食器台に林立するボトルのなかに、ずんぐりしたコニャックのボトルが見える。三百年もののコニャックだろう。ウスチノフは十七世紀に作られたというボヘミアンクリスタルに酒を注ぎ、ドミニカに含ませた。別のトレイから彼女は田舎風のパテを取った。具材をのせた三角形のトーストから、ほんのりレモンの香りが漂う。

ウスチノフはドミニカの手を握り、ライトアップされた絵画が並ぶ広い廊下を大股で歩いて、暗がりに包まれた寝室へ導いた。彼は歩きながらわずかな引っかかりを覚えたものの、ドミニカが怪我した脚をかすかに引きずっていることには気がつかなかった。ドミニカの髪や首筋ややわらかそうな胸に目を奪われていたのだ。

二人が部屋に足を踏み入れると控えめな照明が点灯し、ドミニカは驚きに目を見張った。謁見の間のような広い寝室は白と黒で彩られている。部屋の中央には、プラッシュの上掛けに覆われた特大の回転ベッドが鎮座していた。四周の壁は全面鏡張りだ。ウスチノフがリモコンのスイッチを押した。ベッドはゆっくりまわりだし、天井を覆っていた幕が機械仕掛けで除かれ、ガラス越しに満天の星空が現われた。「ここからは月と星の動きがよくわかる」彼は言った。「明日の夜明けをいっしょに眺めないか？」

ドミニカはどうにかして笑みを浮かべた。豚小屋の豚ね。それにしてもなぜ、パンを求めて行列を作っている人たちを尻目にこんな男が大金持ちになれたのかしら？　寝室のよどんだ空気には白檀の香りが混じっている。足元のアイボリーの絨毯はふかふかしていた。白いトネリコ材の台に飾られた銀器のコレクションが、回転する照明にきらめく。別のスポットライトが繊細なカリグラフィーを施された額入りのエブル（トルコの伝統的な装飾美術）を照らし出していた。ドミニカの目がエブルに引きつけられる。それを見たウスチノフは「十六世紀のものだ」と言い、こともなげに壁から額をはずして彼女に与えた。

ウスチノフの寝室で彼と二人きりになったドミニカは、そのゲームが少し真剣な段階に差しかかったことを悟った。夕食のあいだに彼を誘うようなそぶりを見せたのはあまり賢明ではなかったようだ。肉体行為に及ぶのはいとも簡単であり、彼女も淑女ぶるつもりはさらさらなかった。しかしドミニカは、この男を誘惑することでわたしは何を失うのだろう、と思った。失うものはない、と彼女は自らに言い聞かせた。ウスチノフに彼女から奪えるものは何もなく、横目を使う諜報機関の担当者にも、ラベンダーのにおいをまとわせてもごもごと悔やみの言葉をつぶやくワーニャ伯父にもない。「重要な仕事だ」とワーニャは言っていた。とんでもない、とドミニカは思った。これはライバルを蹴落とすための政治的な策略にすぎないわ。とはいえ、この下衆野郎(ブリャーチ)は財産を失い、刑務所にはいって当然よ。ドミニカがこの男から知りたいことを洗いざらい訊き出せば、ワーニャ伯父は彼女の優秀さに舌を巻くだろう。

ドミニカはウスチノフに向きあい、肩からコートを脱ぎ捨てた。彼の口に一度軽くキスし、頬に手を触れる。ウスチノフが彼女を抱き寄せ、荒々しくキスを返す。二人の姿が壁じゅうの鏡に映っていた。

ウスチノフは口を離し、飢えた目をドミニカに注いだ。全身から欲望が発散している。理性のたががはずれてしまったようだ。ディナージャケットを床に脱ぎ捨て、シルクの蝶ネクタイにもどかしく手をやる。悪人同士の闘いで相手を騙(だま)し、たたきのめし、ライバルを抹殺することで財を成してきたオリガルヒは、いまはドミニカの青い瞳と、華奢(きゃしゃ)な白い喉にかかる栗色の髪、キスに濡れた唇だけを見ていた。ドミニカは彼の胸に両手を置いてささやいた。

「ベッドで待っていて。二分で行くわ」

金ぴかのバスルームで、ドミニカは鏡に映った自分を見つめた。わたしはイエスと言ったわ。まずワーニャに、それからあのよだれを垂らしたクマに。いまはとにかくやり遂げて、自分の能力を証明するのよ。背中に手をまわし、ファスナーを下げてドレスを脱ぐ。身体を鏡に映し、彼女は自分を叱咤した。これを武器に任務を遂行しなさい。彼を虜にし、あいつらが知りたいことを訊き出すのよ。彼らはブリーフィングで、ウスチノフは危険な男であり、無慈悲に何人も殺してきた、と言っていた。わかったわ。あすの朝にはあのクマを手なずけて、鳥のひなに餌でもやるみたいに冷たいコンソメスープを男の口にスプーンで飲ませてあげるから。そしてあいつはわたしに秘密をペラペラしゃべり、刑務所に直行するのよ。そのときドミニカは言われたことを思い出し、ハンドバッグに手を入れてベンゼドリンの錠剤を取り出した。肉体の高揚感を促すと彼らは言っていた。

ウスチノフはベッドであおむけになり、両肘で身体を支えていた。身体にはシルクの黒い下着しかつけていない。ドミニカはどうやって始めたものか考えながら、ゆっくりとベッドに近づいた。そういえばバレエ学校で、踊ったあと、ほてった足をマッサージされるととても気持ちがよかった。それで彼女はひざまずき、ウスチノフの足の裏に両手の親指をあてて強く揉んだ。相手は無表情にこちらを眺めている。この鈍感男が。ドミニカは内心毒づき、必死に奮い起こした本能でウスチノフの右足のいかつい指先に口をつけ、なめまわした。男はうめき、ベッドに倒れた。それでいいわ。彼が震える手をベッドの柱のあたりに伸ばすと、室内は深紅の光で照らされ、ベッドも、二人の顔や身体も赤く染まった。さらにピンクの小さな無数の点が回転し、鏡やドミニカの深紅の身体に反射する。低い音とともにベッドも回転しはじめた。神よ、マフィアどもからわたしを守りたまえ。ドミニカは心のなかで祈った。

ウスチノフはうなり声で何事かを彼女につぶやき、ふたたび手を伸ばした。深紅の背景に回転していたピンクの小さな無数の点が、二重三重に増え、円を描く。光と色の洪水に圧倒されているドミニカを、ウスチノフは手招きした。嗄れ声の卑猥な言葉からはどす黒いオレンジの閃光がほとばしっている。粗暴で抑えがたい情欲を表わす色だ。それらはピンクの点の下に滑り落ちていった。

ドミニカは薄目を開けて彼をうかがい、効果を狙って舌なめずりしてみようかしら、と思った。電子レンジに入れられたように回転しながらも、ウスチノフは彼女から目を離さない。ドミニカは彼の身も心も夢中にさせなければならなかった。彼が自分を離さないように仕向けなければならないのだ。一週間、二週間、あるいは二カ月。どのくらいいっしょにいれば必要な情報が得られるのかはわからない。彼らは、とにかく長いほどいい、と言っていた。ブリーフィングで聞いたところ、ウスチノフに一夜かぎりで捨てられた女は数知れないらしい。

ウスチノフが彼女に近づいてくる。ドミニカのところまで来ると、彼は両手で腰を抱きかかえ、彼女をあおむけにした。パンティを破られる音をドミニカは聞いた。それからウスチノフは怪物像(ガーゴイル)のように彼女にのしかかり、欲望のおもむくまま、獰猛(どうもう)に刺し貫いた。

赤い照明のなかでウスチノフの食いしばった歯が、ふだんは白いのに、いまは黒く縁どられた青に見えた。ドミニカは頭をそらし、瞑目(めいもく)した。乳房にウスチノフの熱い息を感じる。ピンクの光の点が彼女の震える脚を、二人の身体を、鏡をなぞった。彼女は臀部(でんぶ)を浮かし、骨盤を男の荒々しい動きに合わせ、両手で彼の腕をつかんでウスチノフの理性を吹き飛ばすことに集中した。ウスチノフが頭をもたげ、とろけそうな快感に痙攣(けいれん)する。彼の動きが早く、激しくなったことでドミニカはわれ知らずあえぎ声を漏らした。赤い照明、青い歯、男のうなり声はともかくとして、ドミニカは自分自身の身体に驚いていた。彼女の秘密の部分が反応したのだ。苦いベンゼドリンが効果を発揮した。彼女はウスチノフの顎から目をそらし、ガラスの天井を見上げたが、天体はどこにも見えなかった。星はどこへ行ったのだろう？

ドミニカが見たものは死の天使だった。最初はガラスの天井にぼんやりしたものが反射した。ぼやけたものは影になってベッドに音もなく近づき、形を変える黒い水銀のように鏡張りの壁に無数に映った。ドミニカは空気の震えを感じ、ウスチノフの頭上に漂う幻影を見た。

情事に耽(ふけ)る悪党の目は周囲が見えなくなっている。彼は何も異変を察知していなかった。と、一本の鋼線が目にもとまらぬ速さでウスチノフの喉にまわされ、リズミカルな音とともにきつく締めつけられて肉に食いこんだ。ウスチノフが驚愕に目を見ひらき、鋼線をはずそうともがくのもむなしく、鉄の責め具が喉笛を切り裂く。喉の鋼線を両手でつかむウスチノフの顔はドミニカの目の前にあった。彼女は口を開けたが、恐怖のあまり声が出なかった。彼は事態を理解できないまま、赤く血走った目をドミニカに注ぎ、額の静脈を怒張させて鋼線をほどこうとあがいた。開いた口から、黒い血が混じったよだれがドミニカの頬に落ちる。ウスチノフの全身が痙攣しだした。釣り針から逃れようとする魚のようにびくびくと身体を震わせる。まだ彼はドミニカのなかにいた。彼女はウスチノフの胸を押し、唾液（だえき）や血から顔をそむけ、彼の身体の下から逃れようとした。しかし大男の体重は不意に恐ろしく重くなり、彼女はその下でまったく動けなくなった。ドミニカは目を閉じ、両手で顔を覆（おお）って、ドミトリー・ウスチノフの生命が肉体から抜け出していくのを感じるしかなかった。喉を切り裂く鋼線から、彼女の首や胸に血がしたたり落ちる。ゴボゴボと音をたてるウスチノフの身体は力を失い、切断された喉笛が息をするたびに、青黒く光る血が押し出された。ドミニカは彼の全身を駆け抜ける震えを感じた。男の両脚がベッドを続けざまに二、三度たたく。そして静かになった。赤とピンクに照らされたベッドがまわっている。

　続く一分間は永遠に思われたが、何も起こらなかった。ドミニカが片目を開けると、頭上にウスチノフの顔があった。目をかっと見ひらき、開いた口から舌が見える。ぼんやりした黒い影は二人にのしかかったまま動かず、ピンクの光の点に照らされていた。影はウスチノフの肩に生えた黒い翼にも見え、鏡の反射にも見える。三つの身体は絵画のように静止したまま、室内を果てしなく回転しつづけていた。それからまるで示しあわせたように、ウスチノフの身体が彼女から滑り落ち、黒い影が一気に死体を引き離した。死体はベッドから床に転げ落ちた。殺した男は死体を顧みることなく、コントロールスイッチに手を伸ばしてベッドを止めた。ドミニカは起き上がろうとしたが、黒い人影が彼女の肩に手を添え、優しくベッドに押し戻した。ドミニカは全裸のまま、血に染まった身体を震わせていた。乳房はどす黒くぬらぬらと光っている。ベッドカバーはもつれていたが、彼女はそれらをかき集めて身体から血糊(ちのり)を拭き取ろうとした。

　ドミニカは男に目を向けようとしなかったが、なぜか自分が傷つけられることはないとわかっていた。男はベッド際に立ったままじっとしており、ドミニカは血を拭きとるのをやめて、血で黒ずんだシーツを両手で抱えた。恐怖と衝撃に息が乱れている。男は、シーツの下から見える彼女の足を見つめていた。男が手を伸ばしたのでドミニカは逃げようとしたが、本能が何かを直感して動きを止めた。男は彼女の足を軽く撫(な)でた。たいがいの人間なら握手をするところだろうが、マトーリンの場合はいささかちがった。

　公式にはセルゲイ・マトーリンはSVRの少佐であり、特殊(F)工作局に所属していた。非公式には掃除人(チーステイリシク)であり、ロシア諜報機関の死刑執行人だ。KGB時代、この部局は第十三局あるいは〝V局〟として広く知られており、あるいは単に〝暗殺者(モークロイエ・ジェーロ)〟と呼ばれていた。冷戦の最盛期、V局の任務は誘拐、尋問、暗殺だったが、SVR発足以降、そのような仕事は検討の対象にすらならず、大目に見られることも決してないと表向きにはいわれている。確かに、厄介なロシアのジャーナリストがモスクワ市内のエレベーターから射殺体で発見されたり、体制に批判的な人々が急死し、肝臓から放射性物質ポロニウムが大量に検出されたりしていることは認めるが、それらは新生ロシアの諜報機関とはいかなる関係もない、というわけだ。彼らが体制の懐刀として暗躍した時代は終わったことになっている。

旧ソ連軍によるアフガニスタン侵攻当時、マトーリンは特殊任務部隊のエリートであるアルファ・グループの指揮官を務めており、当時はKGBの配下にいた。アフガニスタンの渓谷地帯での五年間で、マトーリンの理性は麻痺し、人間性は失われてしまった。八名の部下は命令に忠実だったが、マトーリンは指揮官としての職務を半ば放擲していた。彼は本質的に一匹狼で、人を殺すことに喜びを見出していた。

マトーリンは戦闘中に金属片を受けたことで右目を失明し、白目だけになった。鞭のように痩せ、あばたと古傷だらけの顔は青白く、灰色の髪が頭にべったり張りついている。こうした容貌にくわえてとがった鉤鼻が、いかにも暗殺者にふさわしかった。アフガニスタンからの撤退後は、彼の姿がSVR本部の特殊工作局で見られることはめったになくなった。若い要員は、ギリシャ神話の一つ目巨人ポリュペーモスが現われたかのようにマトーリンに見とれたが、古参の者たちは顔をそむけ、近づかないようにしていた。

いまなお〝特殊任務〟に就くことはときどきあるものの、マトーリンはアフガニスタンで作戦行動に従事した日々が懐かしかった。しじゅう当時のことを回想する。彼は心のなかであの場所に帰ることができた。風景、音、においまでもはっきり思い出せる。ふとした瞬間がおのずから記憶を喚起するのだ。自分でも予期しないようなきっかけが鮮明に記憶を呼び起こし、音楽もそのきっかけになりえた。彼はルバーブ（アフガニスタンの民族楽器）が奏でるスタッカートの旋律や、タブラ（インドの組太鼓）がたたくクレッシェンドのリズムを完璧に覚えていた。マトーリンがドミニカの足を撫でた手つきは、ある日の午後パンジシール渓谷で、絶命したアフガニスタン人の若い女の足を撫でたときと同じだった。当時、彼の班はMi－24戦闘ヘリコプターのローターを天蓋で覆い、四隅を固定して、隊員が休める日陰を作った。彼らはヘリでムジャヒディンの一隊を銃撃し、略奪品を集めに着陸したのだ。そして、急流の岩場に隠れていた女を見つけた。

十五歳ぐらいの黒髪の女はアーモンド形の目で、服はすりきれてみすぼらしかった。よく見かける不潔な非戦闘員だ。アフガニスタンで軍役に就いているソ連兵はみな、ロシア人捕虜に対するアフガン女性の仕打ちを耳にしているので、この女に対する憐みの念などはもとよりなかった。女は両方の手首を拘束され、さらにそのひもで首を二重に巻かれて、むやみに抵抗したら自らの首を絞めるように細工された。彼女は自分を取り囲む八人のアルファ・グループ隊員に悪態をつき、悲鳴をあげ、唾をかけた。マトーリンは若い女の脚を広げ、くるぶしを押さえつけて、彼女があがく様子を見守った。それから手を伸ばし、砂だらけの足を撫でた。異教徒に手を触れられた女は丘陵に向かって声のかぎりに叫び、味方の兵士の助けを求めた。

女は単に足をさわるだけの相手にそれほど激しい反応を示す必要はなかった。このあと、それ以上のことをされたのだから。それからの十五分でマトーリンは慎重に、短い鞘のナイフで彼女の服を切り裂き、顔を覆っていたヒジャーブをはがした。彼女は風で緩やかにふくらむ天蓋の下で、砂の上にあおむけに寝かされた。一人の兵士がその顔に水を注ぎ、砂を洗い流してやろうとしたが、彼女は兵士に唾を吐き、ひもに抗って激しく身体を動かした。マトーリンは背中に手を伸ばし、鞘からカイバルナイフを抜き出した。刃渡り二フィート、優雅な曲線を描いた刃は、研ぎ澄まされて銀色に輝いている。

百メートルほど離れた岩だらけの斜面で、アフガンの少年兵が丸石の陰に伏せ、AK-47ライフルをわきに置いて岩場の周囲を見まわしていた。迷彩色の大型ヘリが見える。少年兵はそれが〝悪魔の戦車〟と呼ばれていることしか知らない。ヘリは翼を休め、ローターはうなだれて地上で静止していた。ふくらんだ天蓋の下で数人が輪になっている。川の流れる音や岩場に吹きつける風の音を圧して、谷底から別の音が聞こえてきた。耳をつんざくような若い女の悲鳴が長々と続く。少年兵は祈りをつぶやいてその場から去った。単なる不信心者のロシア人というだけでなく、ただならぬ恐ろしさを感じたのだ。

その日からマトーリンは新しいあだ名をつけられた。そのあだ名をたてまつったのは、彼がナイフを使っているところを見つづけるだけの神経を持ちあわせた兵士たちだった。〝カイバル〟と呼ばれていた男はポーチドエッグのような目でドミニカを見下ろし、彼女の足から手を放して、「服を着ろ」と言った。ドミニカはワーニャ伯父と会わなければならなかった。

ウスチノフの田舎風パテ

鶏のレバー、パンチェッタ、ニンニクをフライパンで煮詰め、ブランデーを垂らして付着した肉汁を煮溶かす。パセリ、ケッパー、ワケギ、レモンの皮をみじん切りにして混ぜ、レモンのしぼり汁、オリーブオイルを適宜(てきぎ)加える。仕上げにさらにオリーブオイルを加える。レモンを添えてトーストに載せる。

5

ウスチノフ殺害のあと、ワーニャ伯父はドミニカをヤセネヴォに呼び出した。SVR本部に出頭した彼女は、ずらりと並んだ幹部用エレベーターの列へ案内された。エレベーターの内部にはSVRの紋章である星と地球が掲げられている。ドミニカはいまだに口のなかに金属的な味を覚え、ウスチノフの血が自らの体内に残っているような感じがした。この一週間、彼女は立ち戻ってくる恐怖と闘い、不眠に悩まされ、胸や腹の皮膚を脱ぎ捨てたいというむずむずするような衝動に抗った。悪夢は徐々に薄れていったが、ドミニカは心乱れ、鬱々として、自分が利用されたことに憤慨した。ワーニャ伯父から呼び出されたのはそんなときだった。

ヤセネヴォのSVR本部を訪れるのはこれが初めてで、ましてや幹部専用フロアの四階に足を踏み入れたことなどなかった。フロアはまるで死んだように静かだ。廊下に並ぶ閉めきったドアからは話し声ひとつ聞こえてこない。片方の壁にはアンドロポフ、フェドルチュク、チェブリコフ、クリュチコフといった歴代KGB議長の修正された公式の肖像写真が並び、スポットライトで照らされている。彼らの時代、KGBはベルリン、ハンガリー、チェコスロバキア、アフガニスタンで暗躍した。ドミニカはエレベーターから幹部室に続く赤い絨毯敷きの廊下を歩いた。反対側の壁にはSVRになってからの歴代長官プリマコフ、トルブニコフ、レベジェフ、フラトコフが並んでいた。彼らが活動を繰り広げたのはチェチェン、グルジア、ウクライナだ。諜報機関を率いていた男たちはみな天国にのぼったのか、それとも地獄に落ちたのだろうか？　廊下を歩くドミニカを彼らのまなざしが追いかけてくる。

右側の壁には長官室の威圧的な扉がある。左側にもまったく同じデザインの扉があり、こちらは第一副長官室だ。ドミニカは第一副長官室に通された。ワーニャ伯父の前には淡色の木製の大きな机があり、きれいに磨かれていた。机の表面は重厚なガラス板で覆われている。机には赤い革のデスクマット以外、何も載っていない。机の奥の棚に白い電話が何台も並んでいる。広い執務室には紺色の絨毯が敷かれ、座り心地のよさそうなソファと椅子が向こう端にあり、その隣の三枚の大きな窓からは壮大なマツの森が見わたせる。気持ちのよい冬の陽射しがさんさんと室内に降り注いでいた。

ワーニャはドミニカに座るよう身振りで促した。姪にじっと目を注ぐ。ダークブルーのスカートに、腰を細い黒のベルトで締めた爽やかな白いワイシャツ。相変わらず美しいが、目のまわりにはくまができ、顔色は見るからに青白かった。姪をウスチノフに差し向けたのは純然たるひらめきによるものだ。ただ、彼女には気の毒な……あまりに気の毒な経験を味わわせてしまった。クレムリンから厄介者のウスチノフをさっさと片づけるよう、緊急の暗殺指令が下ったのだ。それがたまたま、ドミニカがバレエ学校から離れ、父に急死されたタイミングと重なってしまった。

二人とも無言だった。報告によると、彼女は見事に任務を遂行し、ウスチノフにうまく取り入った。だからこそ彼は警護担当者を下がらせ、マトーリンが侵入する隙を与えたのだ。彼女がその場で取り乱すことはなかったにせよ、あのやりかたはいささか手荒だったと思わざるを得ない。マトーリンにはまだ未熟なところがある。しかし彼女なら克服できるだろう。

「ドミニカ、今回の作戦での働きは見事だった。わたしは大いに評価している」ワーニャは言った。机を挟んで無表情に姪を見つめる。「さぞつらかっただろうし、ショックを受けたにちがいない」彼は身を乗り出した。「しかしもう終わったことだ。多少の不愉快な思いは忘れてもらって結構。もちろん言うまでもないだろうが、おまえには義務と責任がある。今回の出来事を決して誰にも話さないことだ」

ドミニカは母から、この男に対する言動には気をつけるように言われていたが、このときは気が昂ぶっていた。喉元が締めつけられるような感覚を覚え、伯父の周囲に黄色の光の輪が見える。声が震えた。「〝多少の不愉快な思い〟とおっしゃいましたね。わたしはすぐ目の前で男が殺されるところを見たんですよ。わたしも相手も裸で、よくご存じかと思いますが、男はわたしの上にのしかかっていました。わたしの身体は彼の血にまみれ、髪はべとべとになったんです。いまでもあのにおいを思い出せますよ」伯父の目に、ドミニカは不安を見てとった。気をつけるのよ、と彼女は思った。不安の底には怒りが隠れている。彼女は声をやわらげた。「簡単このうえない、遊びのような仕事だ、と伯父さまはおっしゃいました。

それで協力したんです」笑みを浮かべる。「あの男はきっと何かとんでもないことをしたんでしょう。それで、殺すしかなくなったんでしょうね」

生意気な女め。ワーニャは政治について議論する気はさらさらなく、プーチンの恐るべき利己主義についても、ウスチノフをほかのオリガルヒの見せしめにする必要性についても話すつもりはなかった。彼が姪を呼び出した理由はほかにあった。彼女の精神状態を判断し、固く口を閉ざして秘密を守り、トラウマを克服できそうかどうか見極めることだ。その問題への答えによって、とるべき対応策が変わってくる。

ドミニカが席を蹴り、取り乱して聞く耳を持たなかったら、彼女は生きてこの建物を出ることはかなわない。その場合はマトーリンが片づけてくれるだろう。ドミニカは気づいていないかもしれないが、彼女は政治的な暗殺を目撃してしまったのだ。プーチンの政敵たちがこの出来事を知れば、喜んで世界中に暴露するだろう。そんなことになったら、今度は誰あろうワーニャ・エゴロフ自身がその地位を失いかねない。現時点では、いくつかの国家機関が動いてウスチノフの死の真相を覆い隠し、商売敵（がたき）による恐ろしい犯罪ということにしてある。もちろん本当のところは誰もがうすうす知っていた。こうなることは予期されていたのだ。しかしこの二十五歳の、ファベルジェの宝石細工のような青い目をしたバスト九十五センチCカップの姪が立ち上がり、彼女が見たままの事実を公（おおやけ）にしたら、敵対的なメディアがこぞって取りあげるにちがいない。

一方で、もし彼女が聞く耳を持っていたら、ワーニャは姪に今後とも秘密を口外させないよう手を打たねばならない。彼の政治的な栄達は、ドミニカが将来にわたって品行方正を守ってくれるかどうかにかかっているのだ。ワーニャはすでにそのための方策を心に決めていた。姪をSVRの組織内に引きこみ、本部（センター）の絶えざる統制と監視下に置くのだ。そうすることにはいかなる障害もない。勤務記録は残り、文書庫に保管される。彼女は報告義務を負い、訓練に従事し、所定の手続きや規定を学ぶ。その間彼女はずっと監視下に置かれるのだ。働きによっては——さほど期待はしていないが——本部内の部局で書記ぐらいにはしてやってもいいし、地方にとばされた将軍の秘書にしても見栄えがいいだろう。そのあとはおそらく外国に赴任させ、アフリカか南米の支局（レジデントゥーラ）で埋もれさせることになる。五年もしたらワーニャは長官になっているだろう。そのときには何か適当な口実をこしらえて彼女を解雇し、用済みにすればいい。

ワーニャは穏やかな口調で言った。「ドミニカ、つねに国家に忠誠を尽くし、奉仕することこそおまえの義務だ。おまえが秘密を守らねばならないことは議論の余地がない。そのことは必須の要件なのだ。この点について、何か問題はあるかね?」ワーニャはドミニカをじっと見つめながら、タバコの灰を落とした。

彼女の人生が今後どうなるかは、まさしくこのときにかかっていた。ワーニャの頭の周囲に見える光の輪は、いつもの黄色よりどす黒くなり、血にまみれたように見える。同時に声の響きも変わり、とげを帯びてきた。霊感とともにドミニカは母の忠告を思い出し、伯父の意図を悟った。冷静にならなければ（ザレデェニエーチ）。彼女は伯父に嫌悪感、そして恐怖感を覚えはじめた。

二人の視線がぶつかりあう。

「わたしが秘密を守れることは、信頼なさって結構です」彼女は抑揚のない口調で言った。

「おまえがそう答えると確信していたよ」ワーニャは言った。頭のいい女だ。本能と直感がよく働く。今度は飴を与える番だ。「おまえの見事な働きにかんがみ、ひとつ提案がある」ワーニャは椅子にもたれ、二本目のタバコに火をつけた。「わが組織の職員としておまえを採用したい。われわれの一員におまえを迎えたいのだ」

ドミニカは努めて無表情を装い、彼女の反応をうかがうワーニャのまなざしを前に、意地悪な喜びを覚えた。「SVRに、ですか?」彼女は言った。「夢にも思いませんでした」

「いまのおまえにとっては願ってもないチャンスだと思うがね。安定した仕事が得られ、年金も保障される。おまえがここの一員になったら、お母さんがいまのアパートメントに住みつづけられるようわたしが保証しよう。そもそも、ほかにどんな仕事を探すつもりだ? バレエ学校の講師か?」ワーニャは机の上で両手を組んだ。

ドミニカは内心、机の鉛筆をつかんでワーニャ伯父のシャツの胸元に突き刺してやりたくなった。しかし目を伏せ、声を抑えて言った。「母を支えることは大事です」ワーニャは当然だといわんばかりの身振りをした。「しかし、妙なものですね。ここで働くことになるとは」ドミニカは付け加えた。

「そんなことはない」ワーニャは言った。「それに、おまえはわたしと力を合わせて仕事ができるはずだ」その言葉は彼の頭上を漂い、降り注ぐ日光とともに色を変えた。そうでしょうとも、とドミニカは思った。新米のスタッフには副長官殿が毎日目を光らせるというわけね。

「わたしはどんな職種に就くんですか？」ドミニカは言った。答えはおおかた見当がつく。

「もちろん、最初は初歩的な業務からやってもらう」ワーニャは言った。「しかし、いかなる業務も組織にとっては不可欠なのだ。具体的には記録、調査、文書保管といったものになるだろう。情報の取り扱いは、諜報機関にとって死活問題だ」言うまでもなく、彼女を地下深くの文書庫に閉じこめておきたいというのが本音だった。

「わたしはそうした業務に適任とは思えませんわ、伯父さま」ドミニカは言った。「うまくやれる自信がありません」ワーニャはいらだちを抑えた。目の前にいるミロのヴィーナスに対して、彼が持ちあわせている選択肢は事実上ふたつしかなかった。マトーリンが昼食前に彼女を始末するか、さもなければ彼女を組織内に取りこみ、監督下に置くか、だ。その中間はありえなかった。この女をモスクワで野放しにし、憤懣をぶちまけられるようなことがあってはならない。

「おまえの能力をもってすればすぐ覚えられる。大変重要な仕事なのだ」ワーニャは言った。まったく、この厄介な女を説得するはめになるとは。

「でも、ほかの部局の職種でしたら大いに興味があります」ドミニカは言った。ワーニャが机越しに両手を握りしめ、じっと彼女を見守る。彼女は座ったまま背筋を伸ばし、張りつめた表情でまっすぐ伯父を見つめた。ワーニャは沈黙したまま次の言葉を待った。「対外情報アカデミーの訓練候補生になりたいのです」

「対外情報アカデミー（AVR）か」ワーニャはゆっくりと言った。「つまりSVRの諜報員になりたい、と？」

「はい。そこでならうまくやれる自信があります」ドミニカは言った。「ウスチノフに対する働きぶりは見事だった、と伯父さまはおっしゃいました」

ウスチノフの件をここで持ち出すとは。姪が来てから、ワーニャは三本目のタバコに火をつけた。補助的な要員を除けば、旧KGB第一総局に女は二、三人しかいなかった。そのうちの一人は最高会議幹部会でことあるごとに怒鳴り散らしていた老女だった。旧KGB高等情報学校、アンドロポフ大学、そして現在のAVRを通じて女子学生は一人もいない。諜報の世界で女性がはいる余地があるのは、助手として認められた支局員の妻、それに〝スズメ（ヴォロビエィ）〟と称されている、標的を誘惑するために訓練された要員だ。

だがワーニャ・エゴロフは、ものの三十秒ほどであらゆる要素を計算した。AVRの候補生になれば、姪はより厳重な管理下に置かれる。成績はもとより、思想傾向、行動までが近い将来にわたって絶えずチェックされるのだ。それに長期間モスクワから離れることになる。万一、彼女が道を踏みはずして秘密を暴露した場合は、SVR内で規律上の尋問にかけられる。懲戒免職、あるいは投獄もサインひとつで思いのままだ。

より広い観点から言えば、ワーニャは彼女をアカデミー候補生に推薦することで、いくらか政治的な利益を期待できるだろう。彼はSVRの正式訓練に最初に女性を登用した、進取の気性に富んだ副長官とみなされるのだ。しかもその女性は運動能力に優れ、高い教養があり、外国語に堪能ときている。クレムリンのボスたちはメディア受けのする話題ができたと喜ぶこと請けあいだ。

　机越しにドミニカは伯父の表情をうかがい、彼の考えを見抜いた。伯父はしぶしぶといった体（てい）で承知し、峻厳な顔つきで釘を刺すにちがいない。

「ずいぶんと高望みをしたものだな」ワーニャは言った。「採用試験は競争率が高いうえに、長く、苛酷な訓練が待っている」椅子をまわし、考えこむような顔で窓の外を眺める。心はすでに決まっていた。「険しい道のりだが、覚悟はいいか？」

　ドミニカはうなずいた。もちろんやり遂げられる保証はない。しかし困難が挑戦心をかきたてた。彼女はこれまでつねに祖国を愛し、忠誠を守ってきた。ロシアで最も伝統ある国家機関に仲間入りできれば願ってもない光栄であり、ひょっとしたら貢献すらできるかもしれない。ウスチノフの殺害を目の当たりにしたことは忌まわしい経験だったが、あの一夜で彼女は隠密作戦を遂行できるだけの能力、勇気、胆力が自らに備わっていることを確信したのだ。

　もうひとつ、彼女の胸には言葉にしがたい思いが募っていた。自分が彼らに利用されていることは明らかだ。いま彼女は、自分を利用している者たちの世界にはいりこもうとしている。体制を都合よく利用し、国民を翻弄（ほんろう）してきた主人たち（ドモヴラジェーレツ）の世界へ。父が生きていたらどう思うだろう。

「考えておこう」ワーニャは椅子の向きを戻し、彼女を見て言った。「おまえの名前を正式に志願者として提出し、採用された暁には、AVRでのおまえの一挙一動がわたしの評判にかかわり、わが一族の評判にかかわる。そのことはわかっているな？」

へえ、よく言うわね。わたしと一族のことをそれほど気にしているのに、ウスチノフのところには平気で送り出せたってわけね。

ドミニカは、伯父さまの評判は守ります、と言いかけたが、怒りをこらえてうなずくだけにとどめ、必ず合格してやると心に誓った。

ワーニャ伯父が立ち上がった。「階下で昼食にしなさい。午後に結論を伝えよう」彼は関係者にこの件の話を通すつもりだった。長官を説得するのはたやすいだろうし、訓練部の部長は脅しつければなんとかなるだろう（それは楽しみでもあった）。ドミニカの席は確保できる。それにうまくいけば、彼女をめぐる厄介な問題は解決されるのだ。彼女が部屋を出た次の瞬間、ワーニャは受話器を取りあげ、用件を手短に伝えた。

ドミニカは廊下を案内され、エレベーターまで戻った。居並ぶ歴代長官の写真はみな、かすかな笑みを浮かべているように見える。不規則な形状に広がったカフェテリアで、ドミニカはキエフ風カツレツ（カトウレータ・ポ・キエフスキ）とミネラルウォーターを注文した。カフェテリアはやや混雑しており、彼女は空席を探した。二人の中年女性のあいだがひとつ空いている。彼女らは訪問者バッジをつけて疲れた目をした美しく若い女を見たが、何も言わなかった。ドミニカは食べはじめた。ロール状に丸めて油で揚げたカツレツを切ると、バターが流れ出してくる。ニンニクとタラゴンの風味がきいていた。だがカツレツはウスチノフの喉に姿を変え、バターのソースは朱色に染まった。彼女は震える手でナイフとフォークを置いた。ドミニカは目を閉じ、吐き気と闘った。ここではめったにお目にかかれないような美人の苦しげな姿を、両端の二人の女性職員が怪訝（けげん）そうに見ている。しかしこの若い女がなぜここにいるのかは、彼女らには知る由もなかった。

目を上げたドミニカは、黒い渦巻きを見た。向かいのテーブルにセルゲイ・マトーリンが座り、ボウルのスープをスプーンで口に運んでいる。彼は食べながらドミニカを見ていた。失明した片目はまばたきもしない。小川で水を飲みながらも獲物から目を離さないオオカミのようだ。

SVRカフェテリアのキエフ風カツレツ

バターとニンニク、タラゴン、レモンのしぼり汁、パセリを混ぜ、冷やして固める。それを親指ぐらいの太さの棒状に切り、そのまわりに、たたいて薄く広げた鶏の胸肉をきつく巻きつけ、楊枝（ようじ）などで留める。小麦粉を振りかけ、卵液をくぐらせ、パン粉をまぶして、きつね色になるまで揚げる。

6

父の葬儀が終わった直後、ドミニカはSVR対外情報アカデミーに入学した。学校名は冷戦期間中、何度も改称されてきた。高等情報学校、赤旗大学、現在のAVRと変遷を経てきたが、卒業生からは単に〝第百一学校〟と呼びならわされた。ただしキャンパスは数十年間ずっと、モスクワ北部のチェロビーチェヴォ村の近くにあった。AVRに改称された学校は設備を一新し、カリキュラムを合理化し、入学基準は緩和された。キャンパスはモスクワから東に二十五キロのゴーリキー街道（ゴーリコフスコエ・ショッセー）沿いにある、鬱蒼（うっそう）とした森林の開拓地に移転した。このため現在では〝二十五キロ〟あるいは〝森〟と呼ばれている。

最初の数週間、ただ一人の女子学生ドミニカは期待と不安を胸に、十数人の新入生とともに、窓にスモークガラスを貼ったパブロヴォ自動車工場（PAZ）のバスに揺られてモスクワ市内および郊外の数カ所の施設をまわった。バスはスライド式の金属製のゲートを通り、壁に仕切られた無機質な敷地にはいり、そこは表向きには研究所、青少年キャンプなどと書かれていた。カリキュラムには諜報機関、ロシア、冷戦、旧ソ連の歴史についての講義が詰めこまれていた。

かつてのKGB学校で訓練生に必須の要件は共産党への忠誠だった。一方、現代のSVRが彼らに求めるのはロシア連邦への献身、内外の敵から国家を守る堅忍不抜の決意である。最初の教育期間で訓練生は諜報員としての適性のみならず、KGB時代であれば〝政治的信頼性〟と呼ばれていた要素も見極められた。ドミニカはクラスでの討論や課題レポートで優秀な成績をあげた。彼女にはいささか我の強さがあり、昔ながらの公式見解に対するいらだちがときおり見られた。教官の一人の所見によると、エゴロワ訓練生は質問に答える前に一瞬のためらいがあり、まるでどの答えを選ぶか考えているようだが、返答は必ず非の打ちどころのないものだった。

ドミニカには、教官が聞きたがっている答えがわかった。教科書や黒板に書かれるスローガンはさまざまな色として認識され、それらを分類し、記憶するのは容易だった。国を守る義務や忠誠といったお決まりの教義だ。彼女はロシアのエリートの一員になろうとしている候補生であり、その栄えある組織はKGB時代の剣と盾の紋章こそやめたものの、星と地球の紋章を掲げているのだ。若い彼女の精神にみなぎるイデオロギーを、自由思想の持ち主だった亡父は恐れていた。いまにしてドミニカにはそれがわかる。そしていまの彼女は、イデオロギーを無批判に受け入れてはいない。それでもドミニカはこの道で成功したかった。

訓練は第二期にはいった。クラスはすべて〝二十五キロ〟と呼ばれる本部キャンパスに移った。瓦屋根で低層の校舎群が、マツやカバの森に囲まれている。建物のあいだには芝生が広がり、砂利道が校舎の奥の運動場に続いていた。キャンパスは四車線のゴーリキー街道を出て一キロのところにあり、木々に溶けこむよう緑に塗った背の高い柵で仕切られている。この〝森のフェンス〟を過ぎ、さらに三キロ奥の森には二重の鉄条網が張られ、その内側には黒いベルジアン・マリノワが数匹走りまわっている。この番犬は狭い教室の窓からも見え、二階建ての学生寮にいても、夜になると犬の息遣いが聞こえてきた。

寮で唯一の女子学生だったドミニカは廊下の突きあたりの個室をあてがわれたが、バスルームとシャワーは十二人の男子学生と共同だったので、朝晩の静かな時間帯に行かなければならなかった。それでも、ほとんどの男子学生は人畜無害だった。有力者の子弟か、国会議員、軍幹部、クレムリンの大物にコネのある若者がほとんどだったのだ。きわめて聡明な者もいたが、そうでない者もいた。なかには望むものを手に入れることに慣れきった大胆な学生もおり、彼らはシャワー室に忍び込んでカーテンの向こうのシルエットを覗き見した。蛮行に及んだのはそのうちの一人だった。

ある晩、遅くなってから共同シャワー室にはいったドミニカは、カーテンの外にかけておいたタオルに手を伸ばした。タオルはなくなっていた。次の瞬間、薄茶色の髪をしたノボシビルスク出身のいかつい同級生がカーテンの内側に踏み入り、彼女の背後から腰に腕をからめた。ドミニカに男子学生の裸体が触れる。学生はドミニカの頭をシャワー室の壁に押しつけ、背後から濡れた髪のにおいを嗅いだ。学生が何やら聞き取れないことをささやく。ドミニカには色が見えなかった。学生が彼女に身体を密着させ、片手を腰から乳房に伸ばした。さらに強く抱きついてくる。ドミニカは、自らの心臓の鼓動や息遣いが男子学生に聞こえるだろうかと思った。頬が白いタイルに強く押しつけられ、日光にかざしたプリズムのように色が変わり、赤黒く染まった。

先がとがった長さ三インチの水栓用蛇口は前から緩んでおり、ドミニカはその蛇口を前後に揺すってはずし、手に隠し持った。それから息をはずませ、挑発的に身体をまわして男子学生と向きあい、学生の胸に息を漏らし、あえぎまじりに「ちょっと待って（ストヤーチ）」と言った。学生の顔に笑みが浮かぶと同時に、ドミニカは蛇口のとがった先端を相手の左目めがけて突き刺した。学生は強烈な痛みに嘔吐物（おうとぶつ）のような緑色の悲鳴をあげ、顔を覆（おお）って崩れ落ち、身体を丸めた。「ストヤーチ」ドミニカは学生を見下ろしてもう一度言った。「だから、ちょっと待ってって言ったでしょう」

〝計画的な暴行に対する正当防衛〟というのが、AVR内に設置された秘密審査委員会の下した判断であり、片目を失ったノボシビルスクの学生にはバスの運転手の就職口が斡旋（あっせん）され、ドミニカにはアカデミーの訓練課程からの離脱が勧告された。彼女は委員会に、自分は今回の事件の原因になるようなことを何もしていないと抗弁し、女性一名と男性二名からなる委員会の面々は、無表情のままドミニカをしげしげと見た。彼らはまたもや、何もかもを奪おうとしているのだ。バレエ学校では輝かしい未来を断念させられ、ウスチノフを目の前で殺され、今度はAVRも退学させられようとしている。ドミニカは委員会に、訓練からはずされたら正式な抗議を申し立てると告げた。しかし、いったい誰に抗議すればいいのか？それはともかく、事件の話はヤセネヴォに伝わり、エゴロフ第一副長官はドミニカに電話をかけて罵詈雑言のかぎりを尽くしたため、彼女には受話器から漏れ出す茶色の悪意が見えるような気がした。結局学校側は、ドミニカにもう一度チャンスを与えることにしたと告げた。ただし彼女は保護観察下に置かれることになった。それ以来、同級生は誰一人ドミニカと口をきかなくなり、彼女を避けるようになった。〝悪鬼〟と陰で呼ばれたドミニカは、一人きりで森のなかの校舎を行き来した。その後ろ姿はほれぼれするほど凛としており、歩きかたはゆったりとして優雅だったが、よく見るとわずかに足を引きずっていた。

AVRの訓練は第三期にはいった。訓練生たちの教室にはプラスティックの椅子が並び、壁は吸音タイルで、天井からは無骨なプロジェクターがぶらさがっている。二重窓の枠にはハエの死骸が折り重なっていた。ここで行なわれる講義の内容は世界経済、エネルギー、政治、第三世界、国際情勢、〝地球規模の諸問題〟といったことだった。そしてアメリカ。もはや〝主敵〟と呼ばれることこそなくなったものの、アメリカ合衆国は依然として彼女の祖国にとって最大のライバルだった。ロシアは全力を尽くして、超大国と互角に渡りあわねばならない。この問題に関する講義はそれだけ熱を帯びた。

アメリカ人は自らの地位を当然とみなし、ロシアをむげに扱い、裏から手をまわして操ろうとしてきた。ワシントンは最近のロシア大統領選にも介入を試みたが、幸いにも無駄骨に終わった。アメリカはロシアの反体制派を支援し、新生ロシア建国の微妙な時期に破壊工作をたきつけた。アメリカ軍はバルト海から日本海にいたる広大な地域でロシアの主権を脅かしてきた。最近の〝リセット〟政策は失礼きわまるものであり、何ひとつリセットする必要などない。問題はただひとつ、母なる祖国ロシアは尊敬に値する国だということだ。ドミニカは、自分がSVRの諜報員としてアメリカ人に会う機会があったら、ロシアが尊敬に値する国だと知らしめてやろう、と思った。

ただし皮肉なのは、アメリカが衰退の道にはいっていることだ、と講師は言った。もはやアメリカとて全能ではない。長引く戦争、低迷する経済、平等思想の発祥の地とされているかの国は、階級闘争によって分断され、相矛盾する価値観によって政策には一貫性がなくなっている。しかるに愚かなアメリカ人は、急成長する中国を囲いこむためにロシアとの連携が必要であることをいまだに認識していない。来るべき中国との戦いにおいて、彼らにはロシアを味方につけることが不可欠なのだ。

しかし、もしアメリカ人がロシアを侮ってわれわれと戦うことを選ぶなら、そのときには彼らも思い知るだろう。一人の訓練生が反対意見を表明した。彼によると、〝東側対西側〟という概念はもはや過去のものだ。それにロシアは冷戦に敗れたものの、立ち直ったではないか。教室に沈黙が漂った。と、別の同級生が立ち上がった。まなざしは怒りに燃えている。「ロシアは冷戦に敗れたわけではありません」彼は言った。「冷戦はまだ終わっていないのです」ドミニカはその言葉から天井に立ちのぼる深紅の光を見た。いい言葉だわ。それに力強い言葉。面白いじゃない。そうよ、冷戦はまだ終わっていないのよ。

ほどなく、ドミニカはクラスから離れることになった。英語とフランス語の会話は講師になれるぐらい話せたので、彼女に外国語の授業は不要だった。もちろん、アカデミーを追われて事務職にさせられたわけではない。教官たちは一様に彼女の潜在能力を高く評価し、報告を受けたＡＶＲの教務主任はヤセネヴォの本部に、第一副長官の姪ドミニカ・エゴロワを作戦の実地訓練段階に移す許可を求めた。ＳＶＲが女性に作戦要員(オペルウポルノモーチェンヌイ)の候補生として訓練を施すのは稀(まれ)だ。本部からの承認は得られたも同然だった。

ドミニカは作戦訓練にはいることを許された。行く手に待っているのは、鋼(はがね)の精神を要する国家同士の駆け引きだ。彼女が突入したのは、祖国に奉仕する戦士になるために必要な最終段階なのだ。ドミニカは時が経つのを忘れた。気づかないうちに季節が移り変わっていくようだ。講義、研究、面接など、日々はめまぐるしく過ぎていった。

最初の科目はあきれるようなものだった。スターリンが専制権力をふるい、ドイツ国防軍(ヴェーアマハト)がモスクワを包囲した第二次大戦当時の破壊工作、爆薬の作りかた、浸透工作を教わったのだ。その次はもう少し実用的な科目で、それらは彼女を厳しく鍛えた。ドミニカは暗号技術(ザシフロヴァーチ)を身につけ、路上で敵の監視を見破るすべを教わり、隠れ家を見つけ、安全であることを味方に伝達し、会合場所(ヤフキ)を手配し、エージェントとの会合(フストレーチキ)を成功させ、標的をリクルートする策略を練ることを学んだ。身分を偽る方法、デジタル機器を使った交信術やそれらの隠しかたについても訓練された。彼女の細部にわたる記憶力とめざましい吸収力には、誰もが舌を巻いた。

格闘術の教官はドミニカの強靭さとバランス感覚に強い印象を受けた。しかし彼女の鬼気迫る迫力と、投げられてもマットに横たわろうとせず、すぐ起き上がる姿にいささかたじろいだ。寮での一件については誰もが知っており、男子学生たちはみな、彼女とスパーリングするときには目を見ひらいて手や膝の動きを警戒し、睾丸を守った。体育館の片隅でひそひそ話をしている彼らの表情から、ドミニカは不満と恐れを表わす青の光を見、自分が嫌われ、非難されているのを知った。彼女のそばに来る者は一人もいなかった。

　実地訓練はさらに続いた。ドミニカはモスクワの繁華街に連れていかれ、街頭を生きた教材にして、むさくるしい教室で教わったスパイ技術を実践した。街頭訓練の教官はみな数十年も前に退職した年金生活者で、七十歳の者もいた。訓練がスピードアップするにつれ、彼らはドミニカに追いつけなくなった。教官たちはドミニカがモスクワの喧騒のなかを颯爽と歩いていくさまを見守った。バレリーナ特有の、しなやかなふくらはぎ。骨折した足はもう癒えたものの、かすかに引きずるさまがいじらしい。ドミニカはこの道の第一人者になろうと奮闘努力した。顔には汗が光り、シャツは乳房のあいだと肋骨のあたりがぐっしょり濡れていた。

　街頭訓練でも色が役に立った。無線車や監視用のバンから出てきた敵役からは緑の光が見えるので、大通りの群衆にまぎれて変装していてもすぐにわかった。ドミニカは監視チームを撹乱し、混雑した地下鉄駅のプラットホームをすり抜け、深夜の薄汚れた階段吹き抜けでエージェントと会い、敵の考えを先読みして会合を設定した。高齢の教官たちが顔の汗を拭いながら「正気とは思えん（ファナティーチュカ）」と悪態をついたとき、髪を後ろできつく縛ったドミニカは胸をそらして高笑いした。彼らの言葉の色から、ドミニカには教官が内心絶賛しているのがわかった。おいで、わたしを捕まえてみなさいよ、時代遅れのおじいさん（ジノザーヴリ）。つっけんどんな街頭訓練の教官たちは内心ドミニカを好いており、それは彼女にもわかった。このような高齢の教官たちが、外国とはどのようなところで、路上ではいかなる事態に備えるべきか、諸外国の首都でどのように行動すべきかを指導することになっていた。くだらない（グルーポスチ）、とドミニカは思った。この人たちが外国に赴任していたのは、ブレジネフがソ連軍にアフガニスタン侵攻を命じた時代なのよ。そんな人たちにいまのロンドンやニューヨークや北京がどうなっているのかわかるはずがないでしょう。彼女はこのことを無謀にも訓練責任者に言ってみたが、責任者は、黙れ、さもないと上におまえの言葉をそのまま報告するぞ、と一喝した。ドミニカはその言いざまに顔を朱に染めたが、そっぽを向いて自分の不注意を呪った。彼女は教訓を学んでいた。

ドミニカは適性評価を受けつつ、情報収集のための心理学実習を始めた。情報源の心理を知り、情報提供の動機を理解し、弱点を見抜くためだ。ミハイルという名の教官は〝人間の心の封筒を開けることだ〟と言った。彼はＳＶＲ本部から派遣されてきた四十五歳の心理学者だった。生徒はドミニカ一人だ。ミハイルは彼女を連れてモスクワの街中を歩きまわり、二人で人々を観察しながら行動を予測した。ドミニカは色が見えることを彼に言わなかった。

まだ幼かったころに母親から、このことは誰にも言わないと誓わされたのだ。「いったいどうしてそんなことがわかる？」公園で隣のベンチに座っている男が女を待っているとドミニカがささやいたとき、ミハイルはそう言った。

「そう見えるんです」とだけ彼女は答え、女が角を曲がってきたときに男の周囲に情熱を表わす紫の光が発散したことは言わなかった。ミハイルは一笑に付したが、ドミニカの言うとおりになったので驚きのまなざしを向けた。

ドミニカはこうした実習に集中しながらも、鋭い直感でミハイルが自分に惹(ひ)かれていることを知った。最初に彼は科学技術局[T]の厳しい教官だと自己紹介していたが、ドミニカは自分の髪や身体を盗み見る教官の視線を感じた。彼女は心のなかで、教官が故意に自分にぶつかったり、肩に手を触れたり、扉を通るときに背中に手を置いたりした回数を数えた。彼の頭や肩のまわりには、欲望を示す深紅の霧がかかっていた。ドミニカはほかにも、教官のことをいろいろ知っていた。紅茶が好きで、メニューを読むときに眼鏡(めがね)をかけること、地下鉄の揺れで彼女に近づくと心拍数が上がること。ミハイルはまた、ドミニカの磨いていない爪を盗み見、カフェのテーブルで靴をぶらさげる彼女の足を見た。

ミハイルと寝るのは途方もないリスクだった。彼は教官であり、おまけに心理学者であり、彼女の特性や任務への適性を評価する責任者なのだ。しかしドミニカには、彼が沈黙を守ることがわかっていた。彼女には、自分が彼にいわく言いがたい支配力を及ぼしているのがわかっており、訓練生としてあるまじき行為ではあっても、セックスすることは肉体的な快楽もさることながら、このうえないスリルだった。

　そうした誘惑に彼女は抗しきれなかった。実習を終えたある日の午後、二人はミハイルのアパートメントに向かった。同居していた両親と弟は、仕事や学校で不在だった。ベッドカバーは床に放り投げられ、ドミニカは大腿部を震わせ、肩をわななかせて、彼にまたがった。乱れた髪が顔を覆い、背筋からつま先まで電流のような衝撃が突き抜けた。とりわけ骨折した足には強烈な感覚が走った。彼女は自分が望んでいたものを知った。学校や訓練課程にはいってからしばらく、彼女の秘密の自分は忘れ去られていた。ドミニカこそが彼を罠にかけたのだ――いったい刺し貫いているのはどちらだろう？　彼女は強く身体を揺り動かし、まだ感覚が鮮明なうちに、自らに必要なものを与えた。優しい言葉をかけ、ささやき、むつみあうのはあとでいい。いまは目を半開きにし、身体のなかに高まる力を抑え、強く、より強く求めることに集中するのだ――もっと、もっと動かして（ボヴォラーチヴァイシャ）！　不意にまばゆいばかりの閃光がはじけて身体が引き裂かれそうになり、これ以上続けるのがためらわれたが、甘美な快楽にやめられなかった。視界が明瞭になると、彼女は顔にかかった髪を払ったが、大腿部とつま先の痙攣（けいれん）は抑えられなかった。ミハイルは目を見張り、目の当たりにしたものが信じられず、彼女の下で言葉を失っていた。

　事が終わると、彼は横目でドミニカを見ながら紅茶を淹（い）れた。セーター一枚を羽織（はお）ってキッチンのテーブルに座った彼女は悪びれもせずミハイルを見つめ、心理学者の彼は、ドミニカが自分に惹かれたからセックスしたわけではないことを直感した。同時に、自分が彼女との情事を決して人に言わないこともわかっていた。二人が身体を交えることは二度とないだろう。ある意味、ミハイルはほっとしていた。

訓練課程は終わりに近づき、最後の主だった訓練もほぼやり遂げた。ドミニカに訓練をした、くたびれた高齢の教官たちは彼女に〝ムーシュカ〟というあだ名をつけた。この言葉には〝大きなかわいい目〟という意味のほか、標的を捉える〝銃口〟という意味あいもある。成績評定を終えた教官たちは、異口同音にドミニカの熱意を称え、知性や機転のみならず、路上での不可解なほどの直感の鋭さを特記した。彼女の祖国に対する忠誠心と献身は疑う余地がなかった。だがドミニカの性急さを指摘する教官も二人ほどいた。彼女には理屈っぽいところがあり、リクルートすべき標的に接近するうえで、やや柔軟性に乏しいという所見もあった。一人だけ、否定的な評価を下した古参の教官がいた。ドミニカの能力や成績は瞠目に値するものの、彼女は真の愛国的情熱に欠けるというのだ。彼女に生来備わっている旺盛な独立心は、長い目で見るとこの仕事にはふさわしくない。ただしそれは直観というか、単なる印象にすぎなかった。その教官自身も、裏づけとなる例を提示することはできなかったのだ。結局彼の評価は、老いぼれのたわごととして一蹴された。いずれにせよ、ドミニカ本人にこれらの評価が見せられることはなかった。

あとは街頭での最終試験を残すのみになった。これまで磨きあげてきたスパイ技術の総決算だ。学科試験や口頭試問も経て、ようやく卒業が認められる。彼女は準備万端だった。しかし教官たちを驚かせたことに、試験が始まる前にドミニカは姿を消してしまった。彼女に至急出頭するよう命じた本部の人間は、その理由を〝特別任務〟としか言わなかった。

ドミニカはヤセネヴォの本部四階に出頭するよう命じられたが、場所は第一副長官室の反対側、歴代長官の肖像写真が並んでいるあたりの部屋だった。簡素なマホガニーの扉をノックし、足を踏み入れる。そこはこぢんまりした幹部食堂で、壁は木目調、床にはワインレッドの絨毯が敷かれ、窓はなかった。きれいに磨かれた木製の年代物の棚が間接照明を受けて光っている。純白のクロスがかけられたテーブルの奥にワーニャ伯父が座り、その前に皇帝陶磁器窯でヴィノグラードフが作った食器が並んでいる。クリスタルグラスはぴかぴかだ。ドミニカがはいってくるとワーニャは立ち上がり、テーブルをまわって彼女を迎え、大仰なしぐさで肩を抱いた。「卒業おめでとう」手を握ったまま、にこやかに笑う。「学科試験は首席、実地訓練も最高点だった。わたしも鼻が高いぞ」彼は腕を取り、ドミニカを導いた。

幹部食堂にはもう一人、テーブルを隔てて静かにタバコを吸っている男がいた。五十歳ぐらいに見え、赤い血管が四角い鼻に浮き上がっている。目はどんよりして生気がなく、歯並びは悪いうえに黄ばんでいた。数十年にわたって続いたソ連の官僚主義に培われた、権威をかさにきた猫背の男だ。ネクタイはひん曲がり、すりきれた茶色の背広は海岸の砂を思わせる。その服装は、彼を取り巻いている茶色のぼやけた光に似合っていた。黒や灰色や茶色はたいがい凶兆であり、そのくすみ具合やぼやけかたもドミニカには不快だった。よこしまで、信用できない男だ。

ドミニカは男の向かい側に座り、ほれぼれと眺める男のまなざしに動じることなく、相手を見返した。ワーニャ伯父は上座につき、クマのような両手を上品ぶってテーブルの上で組んだ。ドミニカの前にいる旧ソ連の役人然とした男とちがい、ワーニャはいつものように洗練されたパールグレーのスーツに、糊（のり）の利いた青いワイシャツを着、白い水玉のはいったネイビーブルーのネクタイを締めていた。襟の折り返しには小さな赤いリボンのついた祖国貢献勲章（ザ・ザスルーギ・ペレト・オチエーチエストヴオム）がぶらさがっている。その名のとおり、祖国の防衛に顕著な貢献をした人物に贈られる勲章だ。ワーニャは使いこまれた銀のライターでタバコに火をつけ、蓋（ふた）を閉じた。

「こちらはセミョーノフ大佐だ」ワーニャは言い、猫背の男に向かって顎（あご）をしゃくった。「第五部の部長をしている」セミョーノフは無言のまま前かがみになり、銅の灰皿にタバコの灰を落とした。「われわれは連携して、一風変わった作戦を企画してきた」ワーニャは続けた。「そして第五部がその作戦を遂行する権限を与えられた」ドミニカはワーニャからセミョーノフにものうげな視線を移した。「わたしは大佐に、この作戦の支援要員としておまえが最適任だと推薦した。とりわけアカデミーの訓練であれだけ優秀な成績を収めたのだから。それでわたしは、おまえと大佐を引きあわせたかったのだ」

何よ、このもったいぶった前置きは？「ありがとうございます、将軍」ドミニカは言った。彼女はほかの上官がいる前で〝伯父さま〟と呼ばないように気をつけた。「しかし卒業までにはあと二週間かかります。最終試験と訓練が――」

「おまえは最終試験を受けるまでもない」ワーニャがさえぎった。「もうAVRには戻らなくてよろしい。おまえには一刻も早く、セミョーノフ大佐が指揮するこの作戦に向けた特別訓練にはいってほしいのだ」ワーニャは自分の灰皿でタバコをもみ消した。

「どのような任務なのかうかがってもよろしいでしょうか、将軍？」ドミニカは言った。二人の将官はともに無表情だ。その表情からは何も読み取れなかったが、ドミニカに見えているものを二人は知らなかった。彼らの頭の周囲からはそれぞれ色のついた霧がふくらんでいた。

「いまのところは、この作戦は重要な可能性を秘めているとだけ言っておこう。微妙でデリケートな隠密作戦（コンスピラーツィア）なのだ」ワーニャは言った。

「では〝特別訓練〟とはどのような内容でしょうか？」ドミニカは訊いた。なるべく穏やかな声を保ち、敬意を欠かさないよう努めた。そのとき扉がひらき、当番兵が盆に載った銀器を運んできた。

「昼食が来た」ワーニャは言って立ち上がった。「本題には食事のあとにはいろう」当番兵が蓋を開け、湯気の立つガルブツィを取り分けた。大きな四角いロールキャベツをオーブンでこんがりと焼き、濃厚なトマトピューレのソースとサワークリームをかけたものだ。「ロシア料理の神髄（しんずい）だ」ワーニャは言い、銀のデカンターからワインを注いだ。見え透いた芝居だ。作戦遂行の訓練を受けたばかりのドミニカは、不穏な空気を察した。こってりした料理をたいらげる食欲はなかった。

陰鬱な昼食は三十分ほども続いた。セミョーノフはほとんど話さなかったが、食事中ずっとテーブル越しにドミニカを見つめていた。彼の表情は明らかに退屈しており、部屋にいたくなさそうだった。食べ終わると、彼はナプキンで口を拭い、席を立った。「お先に失礼します、将軍」彼は言った。それからドミニカにいま一度賛嘆の視線を注ぎ、出ていった。

「わたしの部屋で紅茶を飲もう」ワーニャも立ち上がりながら言った。「あっちのほうがくつろげる」

ドミニカはワーニャの執務室のソファで用心しながら背を伸ばして座り、眼下に広がるヤセネヴォの森を眺めた。彼女は白いワイシャツに黒のスカートという、アカデミーの略式の制服姿だった。髪は結い上げてピンで留めている。コリチューギノで作られた〝ポドスタカーンニク〟と呼ばれる金属製ホルダーは、見事な工芸品だ。そのティーカップに熱い紅茶がはいっている。

「お父さんはおまえを誇りに思っているだろう」ワーニャは紅茶をすすりながら言った。

「ありがとうございます」ドミニカは相手の出かたを待った。

「見事な成績でSVRにはいったことは大変すばらしい」

「訓練には意欲をそそられ、とても有意義でした」ドミニカは言った。「いつでも現場に出られます」それは本心だった。ようやく第一線で活躍できるのだ。

「祖国に奉仕することはつねに名誉なことだ」彼は勲章のリボンに指を触れながら言った。

「このうえない名誉だ」姪の表情をうかがう。「第五部での作戦に参加できる機会は、そうめったにあるものではない。とりわけ学校を出たての新入りにはまずない」ワーニャは紅茶を口にした。

「ぜひ詳しいことを聞かせてください」ドミニカは言った。

「外交官に接近してリクルートする作戦だと言えば充分だろう。最も重要なのは、われわれの関与が露見（ラズブラチェーニエ）してはならないことだ。標的の外交官は徹底的に、ミスを犯すことなく屈服させなければならない」ワーニャはささやき声になり、真剣な口調になった。ドミニカは無言で続きを待った。まだ具体的な中身は見えず、言葉の色も判別がつかない。

「当然ながら、セミョーノフ大佐はおまえに実戦経験が欠けていることに懸念を示した。いかに訓練の成績がすばらしくても、これはやはり不利だ。わたしは大佐に請けあった。わたしの姪こそが」影響力を行使したのは自分だといわんばかりに間をおく。「最適任者だ、と。もちろん大佐はすぐに、おまえを参加させることが最善だと認めた。特別訓練を受けさせることもおまえに有利になる」ドミニカは先を待った。どこの部局に送りこまれるのだろう？　科学技術？　外国語？　あるいは今回の作戦専用の訓練？　ワーニャはタバコに火をつけ、天井に向かって煙を吐いた。「おまえは特別技術学校に登録された」

ドミニカはかろうじて平静を装ったが、冷たい感情が胃の腑（ふ）から背筋を這（は）い上がってきた。アカデミーの訓練生のあいだで、その学校の噂はささやかれていた。かつての国立第四学校、世間ではスパロー・スクールと呼ばれ、諜報活動において相手を誘惑するための技術を男女に訓練する施設である。わたしを売春婦にするつもりなの？　ドミニカは思った。

「いわゆるスパロー・スクールのことですか？」ドミニカは声の震えを抑えて訊いた。「伯父さま、わたしは作戦要員としてSVRにはいり、部局に配属され、諜報活動に携わるものとばかり思っていました。あそこは売春婦(プロスチトゥートカ)の訓練をするところで、作戦要員の行くところではありません」彼女は息をするのもやっとだった。

ワーニャは平気な顔で言った。「おまえはこの訓練期間を与えられることを、もっと前向きに捉えなくてはならない。そうすることでおまえは、作戦を動かす立場に就いたときに、より幅広い選択肢を持てるようになるのだ」椅子の背もたれに身を預ける。

「それでは、外交官を標的にした作戦ではハニートラップ(ポロヴァヤ・ザパドゥニャ)を使う気なんですか？」身の毛のよだつようなセックスを利用した作戦は、アカデミーの教科書で読んだことがあった。

「標的は内気(ザスチェンチヴィ)で臆病だ。われわれは時間をかけて、彼の弱点を分析してきた。セミョーノフ大佐も、標的に付け入る隙があることには同意している」

ドミニカは身体をこわばらせた。「大佐殿も伯父さまの計画はご存じだったんですね？　わたしをスパロー・スクールに入れることを？」彼女はかぶりを振った。「さっき、わたしをずっと見ていました。わたしの口を開けて、歯並びを調べそうな目つきで」

ワーニャはそれ以上言わせなかった。声にとげがある。「大佐がおまえに強い印象を受けたのはまちがいないが、それは豊富な経験に裏打ちされた、確かな素質を見抜く目があるからだ。あらゆる作戦にはそれなりの困難があり、ひとつとして同じものはない。それから作戦遂行の方法については、まだ最終決定が下されたわけではない。そうであっても、今回のことはおまえにとってまたとないチャンスなのだ、ドミニカ」

「そんなこと、わたしにはできません」ドミニカは言った。「前の作戦であんなことになって、何カ月も忘れられなかったのに。ウスチノフのことを――」

「その話を持ち出すのか？　あのことは忘れて、二度と口にするなと命じたのを忘れたのか？」ワーニャが言った。「この件に関しては、わたしの命令を厳守してもらう」

「いままで一度たりとも口にしたことはありません」ドミニカが言い返す。「ただ、今回の作戦でも同じようなことをさせられるのなら、わたしは――」

「だとしたら、どうなんだ？　おまえはアカデミーを卒業してSVRにはいったばかりの下士官だ。命令に従い、与えられた任務を遂行するのがおまえの義務だ。母なる祖国を守るために」

「わたしはロシアのために尽くします」ドミニカは言った。「ただ、こうした作戦に利用されるのはいやです……このような任務を専門にしている要員もいるはずです。わたしはそう聞いています。その人たちを使えばいいじゃありませんか？」

ワーニャは眉をひそめた。「口を慎め。もうしゃべるな。せっかくチャンスを与えているのに、おまえにはそのことがわからんようだな。おまえは子どもじみた先入観にとらわれて、自分のことしか考えていないのだ。SVRの諜報員として、選り好みすることは許されない。おまえに選択の余地はないのだ。命じられた任務を果たすのがおまえの使命だ。命令を拒否し、くだらん先入観に従っておまえのキャリアを始まる前に終わらせたいのなら、そう言うがいい。おまえは即刻罷免され、登録を抹消され、年金は支給されず、特権を剝奪される――すべての特権を」

これからいったい何度、お母さんを脅しの材料に使われるのかしら？　ドミニカは思った。わたしに祖国への名誉ある奉仕をさせる、ほかの方法はないの？　ワーニャの前でドミニカが肩を落とした。「よくわかりました」彼女はそう言って立ち上がった。「もう失礼してよろしいでしょうか？」

ドミニカは大きな窓の前を通って扉へ向かった。日光が彼女の髪を照らし、典雅な横顔を際立たせている。ワーニャは絨毯を歩く彼女の姿を見送った。かすかに足を引きずっているようだ。ドミニカは扉の前で一瞬立ち止まり、振り向いた。その青い目を見て、ワーニャの首筋に悪寒が走った。いまにも相手を切り刻みそうな怒りをたたえて、ドミニカは彼をひたと見据え、三秒間まじろぎもしなかった。爛々と光るオオカミの双眸のようだ。ワーニャはそれまでの生涯で、こんな目を見たことがなかった。彼が何か言ういとまを与えず、ドミニカは部屋を出ていった。クラスヌイ・ボルの森に棲む悪鬼のように。

SVR幹部食堂のガルブツィ

キャベツの葉をゆで、米を炊く。みじん切りにしたタマネギとニンジン、皮をむき、種をとったトマトを柔らかくなるまで炒め、米と牛のひき肉に混ぜてタネを作る。スプーン一杯のタネを、キャベツの葉で長方形に包む。バターで焼き色をつけ、トマトソースとローリエに浸して一時間煮こむ。煮詰めたソースとサワークリームをかけて食べる。

7

ネイト・ナッシュはモスクワから空路二時間でヘルシンキ・バンター空港に到着した。現代的な空港は活気に満ち、照明がまばゆい。シェレメチェヴォ空港と同じく、オーデコロンや腕時計、旅行ツアーのけばけばしい広告が目を引く。開放的な造りのターミナルにはランジェリー、高級料理、雑誌などの店が軒を連ねている。だがキャベツ料理やオーデコロンやじめじめとしたにおいはせず、その代わりにどこかからシナモンのバンズが焼けるにおいがしてきた。ネイトはひとつきりのスーツケースを手荷物カウンターで受け取り、入国審査を終え、外のタクシー乗り場へ向かうあいだ、ダークスーツを着た小柄な男が到着ロビーで彼を見ていたことに気がつかなかった。男は携帯電話で手短に話し、姿を消した。三十分後、九百キロ東でワーニャ・エゴロフは、ナッシュがフィンランド入りしたことを知った。ひそかな闘いが始まりつつあった。

翌朝、ネイトはヘルシンキ支局長トム・フォーサイスの部屋に足を踏み入れた。狭いながらも居心地のよい室内には、船の絵が机の上の壁にかけられ、その向かいの壁際に応接用の小さなソファがある。ソファのかたわらのテーブル上では透明度の高い海を航海する帆船の写真が額に収まり、もうひとつの額には若き日のフォーサイスとおぼしき、舵輪を握っている青年の写真が飾られていた。窓はひとつしかなく、ブラインドが下ろされている。

フォーサイスは長身瘦軀（そうく）で、四十代後半、灰色の髪は後退しつつあり、意志の強そうな顎（あご）をしている。眼光鋭い茶色の目が半円形の眼鏡越しにネイトを見つめた。フォーサイスはにこりと笑い、読みかけの書類を書類受けに放り投げると、立ち上がって手を伸ばした。「支局へようこそ」机の前の革張りの椅子に座るようネイトを促す。

「ありがとうございます、支局長」ネイトは言った。

「アパートメントには行ってみたのか？ 大使館はどこにきみを住まわせるんだ？」フォーサイスは訊いた。大使館が彼にあてがったのは、クルーヌンハカ地区に位置する、寝室がふた部屋ついた快適なフラットだった。ネイトが小さなバルコニーに通じる両開きの扉を開けると、マリーナ、フェリー・ターミナル、その彼方の海を望め、気持ちが明るくなった。彼はフォーサイスにそう言った。

「あの辺はいい街だ。それに徒歩で通勤できる」フォーサイスは言った。「きみとわたしとマーティ・ゲーブルで、今後のことを打ちあわせしたいと思っている」ゲーブルは副支局長（OCOS）で、ネイトはまだ会っていない。「最近は成果の上がった作戦が二、三あったが、まだまだ見こめるだろう。

国内で妨害工作に遭う可能性はまずない。フィンランドはわれわれの同盟国であり、彼らは援護してくれる。マーティとわたしは連携して動いているから、支局内の連絡体制については心配無用だ。われわれはあらゆる情報を隠さず共有している。

　中東の諸勢力――ヒズボラ、ハマス、パレスチナ――はみな、市内に代表者を置いている。彼らにはうかつに近づけないので、アクセス・エージェントを使うことだ。イラン人、シリア人、中国人あたりがいい。大使館はどの国も小さく、彼らは中立地帯のスカンジナビアで安心している。イラン人なんかは、経済制裁のせいで国内では買えないものを物色しているよ。半導体を売っている店を見張れば、まちがいなく彼らに会える」フォーサイスはそう言い、事務用の椅子で頭をそらした。

「もっと大きな獲物を狙いたいんです」ネイトは言った。「モスクワであんなことになったので、大きく点数を稼がなければならないんですよ」

　さもありなん、とフォーサイスは思った。彼はネイトの目に不安を、食いしばった顎に決意を見てとった。ネイトはソファで背筋を伸ばした。

「わかった、ネイト」フォーサイスは言った。「しかし、いかなるリクルート活動でも、それが成果を見こめるのであればよしとすべきだ。大きな獲物を釣りあげるには、忍耐強く待ち、協力者を見つけ、数多くの仲介者を準備することだ」

「その点は承知しています、支局長」ネイトは間髪を容れずに言った。「しかし、わたしには時間の余裕がないんです。ゴンドーフはわたしを目の敵（かたき）にしています。支局長がいなかったら、ロシア部に送り返され、一日じゅうコンピュータの前でマウスをクリックしていたでしょう。わたしに手を差しのべてくださったことには、感謝してもしきれません」

フォーサイスは事前にネイトの職員ファイルに目を通していた。ネイトの異動が承認されると同時に本部から送られてきたものだ。ロシア語を流暢に話せる若いケース・オフィサーはそう多くはない。ファームでの訓練成績はトップで、さらにモスクワ用の〝拒否地域〟訓練、すなわち敵に絶えず監視された環境で活動する訓練を受けている。また、職員ファイルにはネイトのロシアでの活躍ぶりが肯定的に書かれていた。とりわけ、厳しく制約され、繊細な配慮を要する案件をうまく切り盛りしていたらしい。ただし詳細には触れられていなかった。

しかしフォーサイスがいま目の前にしているのは、焦りに悶々としている若いケース・オフィサーだ。この若者は自らの能力の証を求めている。よくない徴候だ。このままでは次の失敗につながりかねない。ホームランを狙って目をつぶったままフルスイングしそうだ。

「モスクワでのことはもう心配するな。本部の何人かの人間と話したが、きみは大丈夫だ」ネイトの表情は、その会話の内容を知りたいと言っていた。「それから、ひとつよく聞いてくれ」フォーサイスは言った。彼は間をおき、ネイトの傾聴を促した。「きみにはいい仕事をしてもらいたい。きちんと手順を踏み、焦って近道を選ばないことだ。大物を捕まえたいのはみんな同じだ――それにきみには、すでに大物が一人ついている。しかしわたしは、生煮えの作戦は認めん。わかったか？」フォーサイスはネイトをきっと見据えた。「わかったか？」彼は繰り返した。

「わかりました」ネイトは言った。支局長のメッセージはよく理解できたが、彼はまだまだ多くのエージェントをリクルートしたいと思っており、ケース・オフィサーとして能力を発揮したかった。本国に戻るのはまっぴらごめんだ。リッチモンドの社交クラブで見た光景が切れ切れに思い浮かぶ。目の前に座っている兄嫁のスー・アンやミンディの唇はぷっくりふくれ、ウェービーヘアを高く束ね、兄たちはタータンチェックの敷物の向こうから、妻のリリー・ピュリッツァー製のピンクのフラットシューズを的にしてゴルフボールを打っている。ああ、いやだいやだ。

「よろしい」フォーサイスは言った。「きみの机は、廊下に出ていちばん手前の部屋だ。それから、ゲーブルに挨拶(あいさつ)しておけ」彼はそう言うと、読みかけの書類に戻った。

副支局長のマーティ・ゲーブルはフォーサイスの支局長室から目と鼻の先にある狭い個室に座り、なんとか悪態をつかずに本部への通信文を書きあげようと苦心していた。フォーサイスより年輩のゲーブルは五十代後半、大柄で肩幅が広く、白髪を短く刈りこみ、目は青く、鼻が大きい。赤く日焼けした額は、風雨にさらされてきた肉体労働者のようだ。ごつごつした浅黒い両手のせいで、キーボードが小さく見える。彼はキーボードをたたいて通信文を書くのが嫌いで、官僚主義を嫌悪してきた。根っからの行動派なのだ。ネイトは開け放たれた個室の戸口でしばらく立っていた。室内はがらんとしていて、壁を飾るのはワシントンの記念建造物の写真だけだ。机の上には何もなかった。ネイトが礼儀正しくドア枠をノックする前に、ゲーブルは椅子の向きを変え、しかめ面でネイトを見た。

「おまえが新入りか？　キャッシュだったな？」ゲーブルが呼ばわった。中西部の訛りだ。

「ナッシュです。ネイト・ナッシュといいます」ネイトは机に向かいながら言った。ゲーブルは座ったままだったが、フライパンのような手を差し出した。強い握力にネイトは骨が砕けるかと思った。

「ここに来るまでずいぶん時間がかかったな。空港で誰かリクルートでもしてきたか？」ゲーブルは笑い声をあげた。「冗談はともかく、もう昼めし時だ」彼は言った。「さあ、行くぞ」支局から出る途中、ゲーブルは番犬のような頭をめぐらせて廊下を歩き、ケース・オフィサーたちが在席していないかどうか確認した。席には誰もいなかった。「よし」ゲーブルは言った。「全員、街に出ている。ケース・オフィサーたる者、こうでなくっちゃいかん」

ゲーブルがネイトを昼食に連れ出したのは、鉄道駅付近の雪が積もった路地にある、みすぼらしい小さなトルコ料理のレストランだった。湯気の立つ狭い店内にはテーブルが六脚ほど並び、厨房とは食器受け渡し用の窓でつながり、壁にはトルコの初代大統領ケマル・アタテュルクの額入りの写真が飾られている。厨房から数人のやかましい声が聞こえてきたが、ゲーブルが窓のそばに行って手をたたくと、とたんに静かになった。痩せて浅黒く、黒い口髭をたくわえた男がエプロン姿でビーズのカーテンを開け、厨房から出てきた。彼はゲーブルと軽く抱擁し、店主のターリクと紹介された。トルコ人はおざなりにネイトと握手したが、目をそらした。二人が陣取ったのは隅のテーブルで、ゲーブルは壁を背にして店の出入口が見える椅子に座るよう、ネイトを促した。ゲーブルは別の壁を背にして座った。ゲーブルはトルコ語でアダナケバブ、ビール、パン、サラダを二人分注文した。

「辛(から)いが、きっと気に入る」ゲーブルは言った。「小汚い店だが、ここのトルコ料理は街一番だ。この辺にはトルコ移民が大勢いるんだ」ゲーブルは厨房のほうをうかがい、身を乗り出した。「一年ほど前から、おれはターリクを味方につけた。情報提供者の支援、手紙類の受け渡し、隠れ家(セーフハウス)の家賃の受け渡しなんかをやってもらい、何かあればすぐに知らせてもらっている。彼は月数百ドルもらえる。割のいい仕事だ。おれたちはヘルシンキじゅうの外国人コミュニティに情報網を張りめぐらせているんだ」料理が運ばれてくると、ゲーブルは元の姿勢に戻った。赤トウガラシをまぶした二本の長く平べったいケバブが、こげ茶色に焼けている。その下には、あぶってバターをつけた大きく薄いパンが添えられていた。皿の隅には赤黒い食用ウルシとレモンを添えた生タマネギのサラダが山盛りになっている。水滴がついたビールを二本テーブルに置きながら、ターリクが「たんと召し上がれ(アフィエトルスン)」とつぶやき、厨房に消えた。

ネイトがフォークも持たないうちに、ゲーブルはがっついた。料理にかぶりつきながらも、手を宙に動かしながら話しつづける。「なかなかいけるだろ?」ケバブで口を一杯にしながら彼は訊いた。それからビールのボトルを逆さにし、一気に半分ほど空けた。むさぼられた肉が、ワニの食道を下るガゼルさながらに飲みこまれる。ゲーブルは前置きなしに、モスクワでゴンドーフとのあいだに何があったのかネイトに訊いた。

悔しさとともに、自らの評価についてふたたび懸念を覚えながらも、ネイトは要点をかいつまんで説明した。ひととおり聞いたゲーブルは、フォークでネイトを指して言った。「いいか、よく聞け。このろくでもない業界で大事なことはふたつだ。工作担当者として成長するには、最低一度は失敗しなきゃならん。それも大きなやつを、だ。それから、おまえさんの評価の物差しはあくまで業績であり、持ち帰ってきた結果であり、それにエージェントを守ったかどうか、だ。大事なのはそれだけだ」ビールの残り半分が一瞬にして消え、ゲーブルはお代わりを頼んだ。「そうだ、もうひとつある」彼は言った。「ゴンドーフはくそったれだ。あんなやつのことは気にするな」

ネイトが半分も食べ終わらないうちに、ゲーブルはひと皿きれいにたいらげてしまった。

「いままでのキャリアで失敗したことはありますか？」彼はゲーブルに訊いた。

「当たり前だろ」ゲーブルは椅子でのけぞって笑った。「失敗しまくってきたおかげで便所住まいだ。それでおれはここにいるのさ。最近やらかした大失敗のあと、フォーサイスが助けてくれたんだ」

ゲーブルのキャリアのほとんどは、いわゆる〝便所めぐり〟だった。第三世界、アフリカやアジアの諸国だ。ケース・オフィサーによっては、パリのレストランやホテルの客室や通り沿いのカフェを仕事場にして、確固たる地位を築く者もいる。だがゲーブルの世界はちがった。人通りが絶えた深夜の埃（ほこり）っぽい道端にこれまた赤土だらけのランドローバーを停め、車内で密会するような仕事が大半だった。ほかのケース・オフィサーが閣僚級の大物エージェントとの会見の模様をテープレコーダーに録音するのに対し、ゲーブルは助手席で恐怖のあまり汗だくになっているエージェントを集中させ、話をそらさないようにしながら、汗じみたノートに国家機密を書き留めた。窓を閉めきった車内はむせ返るように暑く、エンジンルームはカチカチと鳴り、車の両側に生えた背の高い草むらからは毒蛇が鎌首をもたげていた。ネイトが聞いていた話では、ゲーブルは伝説的人物だった。彼が忠誠を示す順番は一にエージェント、二に友人、三にＣＩＡだ。彼はこの世界のあらゆるものを見つくし、何が重要かを知っていた。

ゲーブルはくつろいでビールを飲み、話しはじめた。ここに来る前の任地はイスタンブールだった。くそでかい、やりがいがある、いかがわしい街だ。トルコ語は得意で、どこへ行き、誰と会えばいいかもわかっていた。そして着任早々、クルディスタン労働者党（ＰＫＫ）党員のリクルートに成功した。トルコ東部で活動する、謎に包まれたクルド人分離主義者のテロリスト・グループだ。彼らは時限爆弾を鞄に入れて政府のビルに仕掛けたり、バザールで靴磨き箱に仕掛けたり、紙袋に入れて都心のタクシム広場のごみ箱に仕掛けたりしていた。

ある日ゲーブルは、二十歳前後のクルド人青年が運転するタクシーに乗った。頭は切れそうで、運転も上手だった。いいか、つねに目を見ひらいて、どんなことでも見逃すな。ゲーブルは何かのひらめきで、レストランの前で車を停めるよう青年に告げ、クルド人の彼にもいっしょに食べないかと誘った。しかしゲーブルは、カウンターの奥の肥満したトルコ人をずっと睨（にら）んでいなければならなかった。彼らはみなクルド人を忌み嫌っており、〝山のトルコ人〟と呼んで軽蔑していたのだ。

青年は飢えていたようにがつがつとたいらげた。それから家族のことを話した。ゲーブルは青年にPKKのにおいを嗅ぎつけ、彼のタクシーを一週間借り切って街じゅうを運転させた。直感は当たった。青年はPKKの地区支部の党員だったが、テロで世界を変えられるとは思っていなかった。いくらかの敬意も交え、ゲーブルは月五百ユーロを支払って情報提供を受けた。実りのあるリクルート活動だった。それはひとえに、おれが最初にタクシーに乗ったとき、油断なく目配りしていたからだ。そのことを忘れるな。

最初のうち、青年は役に立たない情報ばかりよこしていたが、ゲーブルが軌道修正した結果——エージェント操縦術というやつだ——地区支部の指導者に狙いを絞り、連絡係の動きを調べて指揮系統を突き止めた。悪くない成果だったが、ゲーブルはさらに青年をたきつけ、PKKの倉庫に貯蔵されているチェコ製のセムテックス爆薬や、ポーランド製のニトロリート爆薬を発見した。そのあと青年は、爆弾の製造者の名前を知らせてきた。

これは大収穫で、ゲーブルたちはトルコ警察総局をなだめすかすのに苦労した。彼らはPKKを一網打尽にしようといきり立ち、〝死んでもやつらを逮捕してやる〟とまで言ったのだ。アンカラ支局長はいたくご満悦で、本部の背広組も口々に賞賛した。ゲーブルはすっかりいい気になり、小さな変化を見逃してしまった。ネイトへの教訓は、つねに小さな変化を見逃すな、ということだ。

クルド人青年はヨーロッパ側の市街地ペラからほど近い、坂を下ったテペバーシ通りに住んでいた。ゲーブルが若者と会うのはたいがい彼が運転するタクシーの車内で、深夜に市内をどこにも停まらずに車を走らせながら話した。しかしゲーブルはそれまでのルールを破り、若者の家を訪ねて家族と顔を合わせることにした。わざわざ家を訪問したのは、若者に招かれたからであり、招待を断わるのは相手を侮辱することになる。この辺はなかなかデリケートなんだよ、とゲーブルは言った。それにくわえ、彼はエージェントがどんなところに住んでいるのか見てみたかった。よく聞いておけ、自分のエージェントがどこに住んでいるかはつねに押さえておくことだ。いつか夜中にそいつをたたき起こさなければならなくなったときに困るからな。

通りは急な坂道で、ペンキのはげた木造の家並みが続き、かつては立派だったにちがいない邸宅の踏み段や、両開きの扉や、模様が刻まれたガラスの側灯は、どれも壊れているか板でふさがれている。昔はヨーロッパ側地区の高級住宅地だったのが、いまやゴミが散乱し、排水溝の悪臭が漂っていた。イスタンブールでは下水のにおいに慣れなければならない。意外と慣れるものだ。ともあれ、その地区にはいったときには日が暮れかかり、家の明かりがつきはじめていた。夕方のコーランの朗誦がちょうど終わったところだった。

ゲーブルは憂鬱な気分で坂を下りた。訪問先では気づまりな時間を過ごすことになるだろう。伏し目がちな相手と、お茶を何杯も飲むはめになりそうだ。まあ、しかたがない。これも仕事のうちだ。目当ての家に近づいたところで、ゲーブルは悲鳴を聞いた。エージェントの家の扉がひらく。何かまずいことが起こってしまったようだ。くそっ、近所の住人がすぐに集まってくるだろう。二分もすれば人だかりができるにちがいない。ゲーブルはそっと立ち去ろうとした。もうすっかり暗くなっているから、誰にも気づかれないだろう。

だがそのとき、扉から二人の若者がゲーブルのエージェントのわきの下をつかんで家から引きずり出した。華奢な身体つきで、アーモンド形の目をした、タウルス山脈南部出身の妻がついてきた。破れたTシャツ姿で裸足の彼女は、男たちのすぐ後ろからわめき、たたいている。二歳ぐらいの子どもが素っ裸で戸口に立ち、泣いていた。二人の若造どもはゲーブルのエージェントと同じぐらい痩せていたが、エージェントはまったく抵抗していなかった。たぶん銃を突きつけられていたのだろう。

とんだことになった。青年はPKKとのあいだで揉めごとを起こしてしまったらしい。金を派手に使いすぎたのかもしれないし、外国人の友人ができたと周囲に吹聴したのかもしれない。よく聞いておけ、事態がひとたび悪化しだすとあっという間だ。こんなときにはエージェントをなんとしても守らねばならん。場合によっては自分自身で手を下さなくてはならない。PKKが裏切者とみなした同胞に対する扱いは、とても近代的とは言えんからな。

ゲーブルは見てみぬふりをして立ち去ることもできた。しかし、戸口で泣いているいたいけな幼女の姿――尻を丸出しにして洟を垂らしていた――を見るにしのびなくなり、決意を固めた。彼は家の踏み段を上がり、若造たちににやりと笑いかけた。彼らは立ち止まってエージェントから手を放し、エージェントは踏み段に尻もちをついた。華奢な妻が悲鳴をあげるのをやめ、ゲーブルに目を注ぐ。大柄でごつい手をした異邦人。集まってきた十人あまりの隣人たちはみなクルド人だ。彼らは死んだように静まり返り、通りから水の流れる音だけが聞こえる。ピストルを持った若造がクルド語で何やら叫んだ。

若造はピストルをやみくもに振りまわし、青年と妻に突きつけた。ゲーブルが行動に踏み切らなければ、青年はまちがいなく死んでいたはずだ。というのも、青年が生き延びるにはトルコを出る以外に方法がなく、それは自力ではほぼ不可能だった。ＰＫＫの若造は踏み段を降り、ゲーブルに向かって叫んでいる。ゲーブルは爛々と光る目を無視し、銃に意識を集中した。銃把を握る若造の指関節から血の気が引いてきた。銃身がこちらに向けられる。

ゲーブルはビアンキのホルスターにブローニングのハイパワーを携帯していた。彼は銃を引き抜き、クルド人の若造を撃った。パン、パン、パン。〝モザンビーク・ドリル〟と称される白兵戦の射撃法だ。標的の中心に二発を連射し、三発目を脳天にたたきこむ。モザンビークの傭兵がそんなことを本当にできたのかどうかはともかく、若造は目を見ひらき、まっすぐに崩れ落ちて頭蓋骨をまともに踏み段にぶつけた。その手から落ちたピストルをゲーブルは拾いあげ、下水溝に投げこんだ。きっとイスタンブールの下水溝には、こうして投げこまれた拳銃が星の数ほどあるにちがいない。ゲーブルが発砲した瞬間、野次馬は一目散に逃げ出し、家に逃げ帰った。シャッターを開け閉めする音が響き渡る。

クルド人の青年は妻を抱いていた。この瞬間から人生がまったく変わったことに青年が気づいていたかどうかはわからないが、聡明そうな顔立ちをしていた妻は気づいていたと思う。破れたＴシャツからは乳首がむき出しになっていた。ゲーブルはもう一人のＰＫＫの若造を見た。相手が救いを求めたのがキリストだったのかムハンマドだったのかは知らないが、彼は掌（てのひら）をゲーブルに向け、踏み段を降りて、通りの暗がりを走って逃げた。

ゲーブルは青年に逃走資金として五千ドルを渡した。本部からそれ以上は引き出せなかったのだ。彼らがどこへ逃げたのかはわからない。ドイツかフランスにでも逃れたかもしれない。ひょっとしたら五人ぐらい子どもができて、ドイツ語を勉強させているだろうか。その子どもたちが二十歳になるころ、ネイトの息子がそいつらを見つけてリクルートしていたら面白いだろうな。まあいい、本題に戻ってこのくだらん長話を締めくくるとしよう。

冗談ではなく、そのあとは本当に悲惨だった、とゲーブルは言った。領事に続いて、ヒステリーを起こしたアンカラ総領事から、金切り声でいつ果てるともしれない大目玉をくらった。その次は国務省の連中からこってり絞られた。彼らは、いやしくも外交官たる者が銃器を使った殺人事件に関与するとはなんたることだ、と半狂乱になってわめいた。おれは来る日も来る日も責められ、イスタンブールを離れなければならなくなった。ところがトルコ警察総局の連中からは記念のプレートを贈られ、送別会をひらいてもらった。あいつらは口々によくやったと言ってくれた。トルコの警官は撃ちあいが好きなんだ。しかし、それ以外の人間はかんかんに怒り、CIAの公式捜査は始まる気配もなかった。

ゲーブルは本部に呼び戻され、監察部で一カ月にわたり尋問を受けたが、のらりくらりとかわした。四十八時間の面談の結果、彼らは〝スパイ技術の欠陥〟という結論に落ち着いた。アンカラ支局長はゲーブルをなんら擁護しなかった。自分の出世しか頭にないのさ、ゴンドーフとそっくりだろう？　そういうやつらは寄ってたかって、落ち目になった人間のキャリアをつぶしにかかる。こうして、ゲーブルが外国で作戦活動に従事できる可能性は永久に閉ざされたように思われ、彼は本部の、トルコ担当の仕切りがついた狭いスペースに押しこめられ、隣の仕切りから二十三歳の新入りが外線電話を使って、ガールフレンドと声高に話すのを聞かされることになった。そいつは、今度の週末に勇気を出しておれの一物をしゃぶらないか、とぬかしていた。それにしても最近の若い局員は腕時計をしない。やつらはろくでもない携帯電話だか、タブレットだかを見て時間を確かめるらしい。

それでもゲーブルは、自己憐憫（れんびん）は覚えなかった。作戦とはそうしたものだ。身に降りかかった災厄はしかたがないが、それはすべて正当な目的のためだった。いいか、何よりも大事なのは自分のエージェントの安全を守り、生命を救うことだ。大事なのはそれだけだ。

ほとんど同じころ、フォーサイスも彼自身の災厄に遭っていたが、そいつをはねかえしてヘルシンキに落ち着いた。彼はゲーブルが干されているという話を聞き――それは誰もが知っていた――古き時代のように、自分のナンバーツーにならないかと誘ってきた。ただし、古き良き時代なんてものはなかったがね。そいつは幻想だ。本部のやつらもゲーブルがフィンランドの副支局長になると聞いて大喜びだった。誰も行きたがらないところだったし、悪影響をまき散らす厄介者を早く追い出したかったのだ。

「かくして、おれたち干され三人衆は、このくそ寒い北極圏で作戦活動をすることになり、おれとおまえは小汚いトルコ料理の店でビールを飲んでいるわけだ」ゲーブルはビールを飲みほし、「勘定」と叫んだ。ターリクが厨房から出てくると、ゲーブルはネイトを身振りで示し、「こいつが払う」と言った。ネイトは大笑いした。

「ちょっと待ってください」ネイトは言った。「どういうことですか？　フォーサイスが彼自身の災厄に遭っていた、というのは？　支局長に何があったんです？」ネイトは数ユーロを財布から出し、ターリクに渡した。「釣りは取っておいてくれ」ターリクはかすかに笑みを浮かべ、ゲーブルにうなずいて厨房に引き返した。「チップが多すぎだぞ、新人」ゲーブルが言った。「あいつらはすぐにつけあがる。ケチだと思われるぐらいがちょうどいいんだ」ゲーブルは立ち上がり、コートを着た。

「嘘でしょう」ネイトは言った。「クルド人青年に逃走資金として五千ドル渡したって言いましたけど、われわれに協力していたことがPKKに発覚した以上、彼がもう使い物にならないことはわかっていたはずです。本来はびた一文渡す必要はなかったのに、あなたは五千ドルをくれてやったんだ」ネイトは路地から出ながらゲーブルを見つめ、鉄道駅の前を歩いた。ゲーブルはこちらに視線を向けようとしない。ネイトには、ゲーブルがただ腕っぷしが強いだけの男ではないことがわかった。とはいえ、彼の忍耐の限界を試してみたいとはまったく思わなかった。

外気は冷たく、ネイトはコートの襟を立てた。「支局長に何があったのか、答えませんでしたね？」ネイトは粘った。「教えてくれませんか？」

ゲーブルは取りあわず、通りを歩きつづけた。「ロシア大使館の場所を知ってるか？」ゲーブルは言った。「中国、イラン、シリアの大使館は？　車に乗って、どこでもいいから近くまで行ってみろ。そのうち、やつらにばれそうになった情報提供者を脱出させることになるかもしれん。一週間かけて調べてみるんだ」

「わかりました。もちろんやります。しかしフォーサイスの件はどうなったんですか？」雪が積もった午後の通りの人込みをネイトはよけて通らねばならなかったが、ゲーブルはかきわけて歩いた。角まで来た二人は横断歩道で待った。通りを隔てたところに喫茶店がある。

「ちょっと立ち寄ってコーヒーを一杯やりませんか？　ごちそうしますから」ゲーブルは横目でネイトを見るとうなずいた。

コーヒーと、ついでにブランデーも少々飲みながらゲーブルは話した。フォーサイスはかつてCIAきっての辣腕支局長と目されていた。二十五年のキャリアで、彼は赫々（かくかく）たる業績をあげてきたのだ。まだ若かったころ、CIAで最初に北朝鮮のエージェントをリクルートできたのはフォーサイスだった。ベルリンの壁が崩壊する前、彼はポーランド軍の大佐を説得してワルシャワ条約機構南部方面軍の完全な作戦計画を入手した。その数年後、今度はグルジアの国防大臣を、スイス銀行に大金のはいった口座を用意することを条件にリクルートし、爆発反応装甲（内部から爆発することで攻撃をはじき飛ばす装甲）を装着したT‐80戦車を午前三時に黒海沿岸のバトゥーミの海岸に運ばせ、ルーマニアからCIAが借り受けた揚陸艇でひそかに積み出すことに成功した。

昇進したフォーサイスは、やるべき仕事をやり遂げ、勝負の勘所を心得た上級管理職になった。ケース・オフィサーには愛され、大使さえアドバイスを求めに来た。本部七階の背広組からも信頼を勝ち得、四十七歳にしてローマ支局長という要職を任された。フォーサイスがローマに赴任して最初の一年は、期待どおりの成果が上がった。

誰も予想していなかったのは、政治的に抜け目のないはずのトム・フォーサイスが、支局のブリーフィングの最中、議会の使節団としてローマを訪問中の上院議員に随行していた傲慢な秘書に、私語をやめて話を聞けと叱ったことだった。その秘書は、成果への評価が分かれているローマ支局の隠密作戦を引きあいに出し、それが社会常識から逸脱したものになっていなかったか、と言い返した。エール大学で政治学を専攻したこの二十三歳の秘書は、連邦議会での実務経験がまだ十ヵ月しかなかったにもかかわらず、作戦運営にあたったフォーサイスの手腕を個人的に攻撃し、彼女の見解によれば「作戦で使われたスパイ技術は、はっきり言って標準以下」だとまくしたてた。この言葉に、ふだんは冷静なフォーサイスがぶっきらぼうに「この腐れ女」と言い放ち、数日後、本部から通達があった。上院議員からの苦情を受け、フォーサイスは任期途中でローマ支局長を罷免されたのだ。

いつもの高圧的な調子で懲戒の辞令を出す一方、本部の七階は水面下でフォーサイスにヘルシンキ支局長のポストを打診していた。この打診は本部が議会の言いなりにならず、フォーサイスに同情しているという内部向けのポーズだった。日夜奮闘している諜報員たちが、フォ実態調査の名目で大名旅行してはショッピングにうつつを抜かす、議会使節団の間抜けどもに貶められたことへの反発である。だがフォーサイスにヘルシンキを打診したのは、彼を自主退職に追いこむための狡猾な計算にもとづくものだった。フォーサイスがこのポストを受けるとは誰一人思っていなかったのだ。ヘルシンキ支局はローマの六分の一の規模であり、ありていに言えば、眠たげな北欧諸国のうちで最も重要性が低い。本来なら支局長になりたての若手が配置される場所だった。したがって本部の人間は誰もが、フォーサイスはこれを断わり、あと二年じっとして早期退職すると思っていた。

「この打診を受けたことで、彼は七階の連中にくそったれと言ってやったのさ」ゲーブルは言った。「半年後、フォーサイスはおれを呼んで副支局長にし、きのうおまえが着いたというわけだ。だからおまえは干されたんじゃない」ゲーブルは声をあげて笑った。「骨のあるやつだと思われたんだ」

ゲーブルはネイトの表情を見た。遠くを見ているようなまなざしだ。どうやら、こいつは相当悩んでいるようだな、とゲーブルは思った。前にもこのような表情を見たことがある。才能はあるのに、自分の評価や今後のキャリアを心配するあまり、萎縮して本来の能力を発揮できないケース・オフィサーの表情だ。あの青白いゴンドーフのせいだ。あの野郎、恥を知れ。おれとフォーサイスで、このナッシュを立ち直らせないといかん。彼は支局長への報告文を頭のなかで練っていた。うちの支局でケース・オフィサーをやってもらう以上、チャンスさえあれば躊躇なく標的をリクルートしてもらう。

ターリクのアダナケバブ

ピューレ状の赤ピーマンとトウガラシに塩とオリーブオイルを加える。これをラムのひき肉、タマネギのみじん切り、ニンニク、パセリ、さいの目切りにしたバター、コリアンダー、クミン、パプリカ、オリーブオイル、塩、コショウと混ぜ、こねてのばす。網焼きにし、こげ茶色になるまで焼く。軽くあぶった薄焼きパンに載せ、レモンと食用ウルシを散らした紫タマネギのスライスを添える。

8

白と青に塗られたヴォスホート型の水中翼船が着水し、青いディーゼルエンジンの排気を出しながら船着場に近づいた。ドミニカは小さなスーツケースをひとつだけ抱え、急傾斜の昇降用スロープを降りてタール質の泥地に降り立ち、川沿いの砂利道で待ちかまえているバスに向かった。十一人の男女——女が七人、男が四人——が彼女とともに栈橋を歩いていく。みな一様に沈黙し、疲れきり、開いている荷物用スペースにバッグを置いた。誰一人口をひらく者はなく、互いに顔を見ようともしない。ドミニカは身をひるがえし、広大なヴォルガ川とその両岸に並ぶマツの木々を眺めた。空気は湿気を含み、川からディーゼル燃料のにおいが漂ってくる。三キロ北、川が大きく湾曲するあたりでカザン・クレムリンの尖塔が朝もやに煙っていた。

ドミニカがここをカザンだとわかったのは、飛行場から街を通り抜けるときに高速道路の看板を見たからだ。看板の地名から、ここがヨーロッパ・ロシア東部のタタールスタン共和国であることがわかった。一行は深夜のあいだ、モスクワから七百キロ空路を移動し、暗闇に包まれた空軍基地へ到着した。照明が消えたままの看板には〝ボリソグレブスコイェ飛行場（ローム）〟および〝カザン国立飛行機工場〟と書かれていた。彼らが黙ったまま乗りこんだバスは、窓ガラスにクモの巣状のひびがはいり、しみだらけの灰色のカーテンがそれを隠していた。バスは静けさに包まれた夜明け前の通りを走り、曙（あけぼの）が街を照らし出すころ、川沿いの船着場から水中翼船に乗り換えたのだ。

一行は無言で一時間あまり、旅客機のような座席の船内で待った。船体の不規則な揺れ、桟橋にぶつかる波、すりきれたナイロンの係留用ロープが繋船柱（けいせんちゅう）できしむ音が、ドミニカを不安にさせ、眠気を催させた。バスの運転手と船橋にいた男以外に、人影はまったくない。ドミニカは川面（かわも）に広がる日の光を見、カモメの数を数えた。

ようやく灰色のラーダが現われ、男と女が一人ずつ、平べったい紙箱をふたつ抱えて降りてきた。二人は水中翼船に乗りこみ、客室の前のカウンターに箱を載せて開けた。「ご自由にどうぞ」女が言い、乗客に背を向けて最前列の席に座った。一行はおそるおそる立ち上がり、前方に移動した。前日の朝食以来、何も食べていなかったのだ。箱の中身は焼きたてのブーロチュキ、レーズンのはいった甘いパンだ。もうひとつの箱にはプラスティック容器入りの温かいオレンジエードが詰められていた。男は乗客たちが各自の座席に戻るのを見届けると、客室を出て船橋の男に何か話しかけた。船のエンジンが始動し、座席が震えだした。アルミ製の舷門板が桟橋に落とされ、ロープがほどかれる。

水中翼船が速度をあげ、飛ぶように走りだし、川を下るにつれて船体が震動した。ドミニカの前の座席も震え、天井の金具や肘掛けにはめこまれた灰皿も音をたてる。吐き気をこらえ、ドミニカは前の座席の薄汚れたシート枕の繊維に意識を集中した。娼婦の学校。彼女はヴォルガ川を猛スピードで下り、着いた先で人間性を蹂躙されるのだ。

一行は水中翼船からバスに乗り換え、何者かわからない女も最前列に座った。バスはマツの木漏れ日のなかを走り抜け、ようやくコンクリート製の壁の前で停まった。壁の最上部には割れたガラスがモルタルで接合されている。そのガラスが陽射しを浴びて光った。バスがクラクションを鳴らし、ゲートを通り抜けてさらに走りつづけ、スレート葺きのマンサード屋根が特徴的な新古典様式の二階建て屋敷の前で停車した。静寂に包まれた森のなかで、聞こえるものといえば微風の音だけだ。建物に人けはなかった。

深呼吸する。さあ、気持ちを入れなおすのよ。この忌まわしい学校は彼女に課されたハードルであり、自己犠牲の精神と忠誠心を試すテストだ。ドミニカはマツの森のなか、からし色の館の前で待った。とうとうスパロー・スクールに着いたのだ。

伯父との話しあいのあと、ドミニカは心の底から、みんな地獄に落ちてしまえと思った。母を連れてサンクトペテルブルク近郊のネフスキー湾に面した町ストレリナに帰ろうか、とも思った。教師やジムのコーチの口が見つかるかもしれない。運とタイミングがよければ、ワガノワ・アカデミーが彼女を雇ってくれ、バレエの世界に戻れないともかぎらない。いや、やっぱりそんなわけにはいかない。彼女は逃げないことに決めたのだ。いかなる犠牲を払っても、必ずやり遂げる。銃殺されるわけではない。肉体をさらけ出すだけのことだ。彼らからいかなることをさせられようと、魂だけは誰にも汚すことはできない。

考えるだけでぞっとしたが、ドミニカの活力旺盛な秘められた自我は、目の前の黄土色の建物で授けられる薄汚れた性のテクニックが、いくばくかは自らを楽しませてくれることもあるだろうか、と思った。スパロー・スクールにはいるのは虫唾が走るほどいとわしく、ここに送りこまれたことがこのうえなく恥ずかしかったが、内心ひそかに、どんな訓練をさせられるのかという好奇心もあった。

「玄関の広間に荷物を置いて、ついてきなさい」女が言い、一同を先導して正面の階段を上がり、そびえたつ古い木の扉を通り抜けた。彼らは講堂に集まった。本棚が並んでいるところからすると、もともと図書室だったのが講堂に変えられたらしい。木製のステージと演壇がしつらえられ、座るときしむ木製の椅子が何列か並んでいる。特徴のない黒のスーツを着た女は、列のあいだを歩いて一人一人に封筒を手渡した。「なかには部屋割りがはいっています」彼女は言った。「それから、この訓練のあいだ使う名前もはいっているわ。期間中は封筒にはいっている名前だけを使うこと。ほかの訓練生にいかなる個人情報を教えることも禁止します。違反した者にはただちに退学を言い渡しますから、そのつもりで」五十代初めとおぼしき監督の女は白いものが混じった髪をアップにし、角ばった顔にまっすぐな鼻をしている。切手になっているテレシコワに似ていた。史上初の女性宇宙飛行士だ。彼女の言葉からは黄色の光の束が放たれている。

「あなたがたは特別訓練生に選抜されました」女監督は言った。「これは大変名誉なことです。人によっては、いささか奇妙な訓練内容に思われるかもしれません。しかしここでは、とにかく授業と訓練に集中してください。重要なのはそれだけです」彼女の声が高い天井に響いた。「二階に行き、いったん各自の部屋にはいりなさい。夕食は六時ちょうどに食堂でとります。最初の授業を、この場所で今晩七時から行ないます。では行ってよろしい。解散」

二階の廊下でドミニカが数えたら、部屋は両側に六室ずつ、全部で十二室あった。ひび割れたエナメル板に各部屋の番号が表示されている。廊下に並ぶ部屋のドアのあいだには、ノブもハンドルもないのっぺらぼうなドアがあった。鍵を使わなければ開かない仕組みになっているようだ。ドミニカの部屋の内部はライトグリーンに塗られ、簡素だが居心地はよく、家具はシングルベッド、作りつけのクローゼット、机と椅子だけだった。ベッドカバー、クローゼット、棚のシーツから、かすかだがしじゅう消毒剤のにおいがした。室内にはカーテンで仕切られたトイレ（そのうえにシャワー）、錆（さび）の浮いた流しがある。書き物机の上には大きな鏡があり、この殺風景な部屋には不釣りあいなほど大きかった。ドミニカはスパイの訓練で教わったように、頬を鏡につけ、斜めから鏡の表面を見た。マジックミラー特有のくすんだ銀色だ。スパロー・スクール式の歓迎ね。

夜の帳（とばり）が降りてきた。暗くなった空はマツの森にさえぎられて見えない。建物にはほのかに明かりが灯る。この館のどこにも時計はなかった。電話もない。廊下も階段も一階の部屋からも物音ひとつしない。館内に夜が侵入してきたようだ。壁には何も飾られておらず、レーニンやマルクスの銀板写真もない。ただ、かつて写真があった跡がまだ壁に残っていた。ロシア革命以前、どんなタタール人貴族がこの館に住んでいたのだろう？　豪奢な夜会が催されていたのか？　モスクワから往来する蒸気船の汽笛は彼らの耳に聞こえただろうか？　モスクワからこれだけ離れたところにこの学校を設けたのは、いかなるソビエト的本能によるものだろう？

ドミニカは食堂のテーブルで、自分以外の十一人の〝訓練生〟たちが静かにトクマチをスプーンですくっているのを見まわした。麺入りのスープで、無言のウェイターがとてつもなく大きな青と白の陶磁器の鍋から訓練生たちの皿によそったものだ。ゆでた肉の皿がついてきた。訓練生は女たちも三人の男たちも、みな二十代だ。四人目の男はさらに若く、十代に見え、痩せて青白い。このなかにSVRでも訓練を受けた者はいるのか？　ドミニカは左側の女を見て、微笑みかけた。「わたしの名前はカーチャよ」訓練用の偽名を使ってドミニカは言った。

相手の女が笑い返した。「わたしはアーニャ」かぼそい身体つきで髪はブロンド、口は大きく、高い頬骨にはかすかにそばかすが浮いている。目は淡い青色だ。彼女は美しい牧場の娘のようだった。はにかみながら話す言葉は紫がかった青で、邪気のなさと純真さを示している。他の訓練生たちも、恥ずかしそうに偽名を名乗りあった。夕食が終わると、一同は黙って図書室に移動した。

静寂に包まれた図書室で、照明がほの暗くなった。いよいよスパロー・スクールの授業だ。

最初はビデオの上映から始まった。全裸の黒人と白人の男女が荒々しく、獰猛に肉欲をぶつけあい、室内正面のスクリーン一杯にもだえる顔、からみあう肉体、結合して果てしない往復運動を繰り返す生殖器が大きく映し出され、人間の生殖活動があられもない光景となってさらけ出された。耳をつんざくような大音量が響きわたり、ドミニカの前にいた訓練生たちは思いがけない音と光の衝撃に頭をのけぞらせた。彼女の目には、室内に渦巻く色の洪水が見えた。赤、紫、青、緑、黄色が氾濫するのは、認識力が限界を超えつつある証だ。ドミニカは制御できなくなり、目を閉じて耐えがたい光景をやりすごそうとした。と、スピーカーのポンという音とともに、不意に音量が下げられてようやく聞き取れる程度になり、スクリーンの女はささやくような声になったが、それでも女の髪は乱れて顔にかかり、身体は相手の男によって延々と突きあげられた。

ドミニカの二十フィート頭上で天井の明かりが揺れる。彼女は果たして訓練をやり遂げられるだろうか？　彼らにどんなことをさせられるのだろう？　ここで彼女が立ち上がり、部屋を出ていったらどんなことになるだろうか？　SVRから追い出されるのか？　くそくらえ。彼らがわたしに〝スズメ〟になってほしいのなら、なってやろうじゃないの。わたしには色が見えることは誰も知らない。心理学の教官だったミハイルはドミニカのことを、人の心を読むのにこれまでで最も長けた訓練生だと言っていた。わたしはここに踏みとどまらなければならない。ここで学ぶのだ。

ドミニカは自分に、これは愛とは無関係だと言い聞かせた。この学校——ガラスの破片をてっぺんに突き刺した外壁をめぐらし、世間から隔離された館――は、愛を制度化し、そこから人間性を取り去った国家の動力源だ。たいしたことではない。これは肉体の結合にすぎないのであり、単なる訓練だ。バレエ学校で練習するようなものだ。からし色の館の図書室に揺れ動く光のなかで、ドミニカは自らに、あの人でなし（ヴニエブラーチユヌイ・レビヨーノク）どもに負けず、訓練をやり遂げると言い聞かせた。

照明が点灯したとき、訓練生たちは赤面し、当惑しきっていた。アーニャはべそをかき、手の甲で涙をぬぐった。女監督が平板な硬い声で告げる。「これから長い道のりになるわ。各自、部屋に戻って休みなさい。あすの授業は、明朝七時きっかりに始めます。解散」彼女の口調や態度からは、これまでの一時間半、全員で性交に耽（ふけ）っている男女のビデオを見ていたとはつゆほども感じられなかった。一同は図書室をあとにし、重々しい木の手すりがついた階段を上がっていった。アーニャは部屋のドアを閉める前、おやすみなさいと言うようにドミニカに向かってうなずいた。ドミニカはアーニャやほかの訓練生が、部屋のあいだに設けられた覗き部屋（キャビネ・ドゥ・ヴォワィユール）から姿の見えない学校職員に、着替えや入浴や就寝の様子を見られていることがわかっているだろうか、と思った。

ドミニカは鏡の前に立ち、柄の長い鼈甲（べっこう）のブラシで髪をとかした。家から持ってきた唯一のなじみの品だ。手のなかに握りしめたブラシを見つめる。ブラシはまるで自分を嘲っているようだ。彼女は立ち上がり、ブラウスのボタンをはずした。ブラウスを脱ぎ、針金のハンガーにかけ、無頓着（むとんちゃく）を装って鏡の枠にかけて三分の一を覆（おお）う。さらに小さなスーツケースを机に載せ、掛け金をはずして蓋を鏡に立てかけ、真ん中の三分の一も隠した。それからスカートを脱ぎ、無意識につま先旋回して、背中の曲線とナイロンのパンティに隠れたふくらみを鏡で見、脱いだスカートを鏡の枠にかけて残り三分の一も見えなくした。あすの朝に、彼らは鏡の前を元どおりにし、ひょっとしたら彼女に直接、こんなことをしないようきつくお達しをするかもしれないが、せめて今晩だけはささやかな抵抗をしてもいいだろう。ドミニカは歯を磨き、シーツの消毒剤についた樟脳とばら油の香りを嗅ぎながら明かりを消した。ブラシはドレッサーの上に置きっぱなしにした。

女たちは男たちから引き離され、毎日があっという間に過ぎ、訓練生は時間の感覚を失っていった。寝ぼけ眼の早朝から、解剖学、生理学、人間の性的反応に関する心理学の講義が長々と続いた。新たに数人のスタッフが来た。女医はさまざまな文化における性の営みについて、淡々と解説しつづけた。その次は男性の解剖学についての講義で、男の身体がどのような仕組みになっているのか、どうすれば男性を興奮させられるのか、という内容だった。技巧、体位、身体の動かしかたといった話もいつ果てるともしれず続いた。彼らはこのヴォルガ川上流の館でロシア版〝カーマ・スートラ〟（八世紀のインドの性典）を学び、暗記するまで繰り返した。ドミニカは性に関する知見の多種多様さに目を見張り、ここで与えられた百科全書的なセックスの知識のせいで正常な性観念は永久に失われ、もう二度と汚れを知らなかったころには戻れないのではないかと思った。彼女はいつか、人として愛しあうことができるのだろうか？

午後は〝実践的訓練〟の時間であり、訓練生たちはフィギュアスケート選手のように課題に取り組んだ。まず歩きかたから始まり、会話術、シャンパンのボトルからコルクを抜く方法まで訓練した。更衣室に保管されていた使い古しのドレス、すり減ったハイヒール、汗じみのついたランジェリーで訓練生は着飾った。そして互いに会話の訓練をし、相手の話に耳を傾けること、興味を示し、お世辞や追従を言うコツ、そして最も重要な、会話のなかで情報を引き出すノウハウを体得した。

ある日の午後、五人の訓練生が珍しく仲良く輪になって図書室の床に座り、膝を触れあわさんばかりにくっついて、笑いさざめき、会話に興じ、夜ごと見せられるビデオから学んだいわゆる〝セックス・トーク〟を練習した。

「こんな感じよ」黒海地方の訛りが強い黒髪の若い女が言い、目を閉じてぎこちない英語でつぶやいた。「アーン、好きよ、わたしもういきそう」どっと笑いが起こり、ドミニカは赤らんだ同級生たちの顔を見て、このうちの何人がヴォルゴグラードのインツーリスト・ホテルで下着姿になり、痩せこけたベトナム人の通商代表が靴を脱ぐところを見ることになるのかしら、と思った。

「カーチャもやってみて」黒髪の女がドミニカに言った。最初の夜から、同級生はみな、彼女がほかの訓練生とどこかちがい、特別なものがあることを感じていた。ドミニカの隣では、アーニャが期待に満ちたまなざしで見つめている。

自分でもなぜかはわからなかった。人に見せたかったのか、自分自身に見せたかったのかはともかく、ドミニカは目を半開きにし、あえぎ声で言った。「ああ、いいわ……そう、そこよ……ああ、すごい」腹の底から喜悦の声をあげる。「アアアアア、オオオオオ」一瞬の驚きと沈黙に続いて、輪になった女たちから賛嘆の声と拍手が沸き起こった。亜麻色の髪をしたアーニャは浮かれ騒いでいる周囲をよそに、目を見張り、呆然としたままだった。牧場に咲く花のような、青い光の輪を放つアーニャ。彼女はこの訓練のあまりの卑猥さに肝をつぶし、ドミニカに励ましと支えを求めた。「慣れるしかないのよ」とドミニカは言ったが、アーニャは毎晩上映されるビデオで肉欲の宴が狂乱の度を増すたび、ドミニカの手をしっかと握って放さなかった。この田舎娘は最後までやり遂げられないかもしれない、とドミニカは思った。彼女の色は弱まるばかりで、強くなる兆しがないもの。

そんなある晩、想像を絶するほど堕落したビデオを見終わったあと、声をひそめて嗚咽しながら、アーニャはドミニカの部屋を訪れた。目を真っ赤にし、唇を震わせ、青紫の光はかろうじて見えるほど弱くなっている。彼女はすっかり動転して友人の慰めを求めていた。アーニャは学校側に退学したいと申し出たのだが、彼らから何事かを告げられ――その内容はつまびらかではない――ここを出られなくなった。ドミニカは彼女の手を取り、バスルームのカーテンの陰に引きこんだ。「最後までやり遂げるしかないのよ」ドミニカはささやき、アーニャの両肩をつかんで優しく揺すった。

アーニャはしゃくりあげ、両腕をドミニカの首筋にからませた。そして唇をドミニカの口に押しつけた。震えているか弱い娘からドミニカは身を離さず、彼女を拒まなかった。二人は窮屈なバスルームの床に横たわった。ドミニカはアーニャをあやすように抱きかかえ、身体のわななきを感じた。アーニャはさらなるキスを求めて頭をもたげ、ドミニカは拒みかけたが、不憫に思いふたたび唇を重ねた。

キスを終えるとアーニャは昂揚し、ドミニカの手を取って身体に引きつけ、バスローブの下の乳房に引き入れた。あら、どうしましょう、とドミニカは思った。彼女はまったく昂ぶりを覚えておらず、むしろ抱いている娘への悲しさがこみあげてきた。これが講義で聞いた同性愛というものかしら？　彼らはカーテンの陰から覗いているの？　部屋は盗聴されている？　これは重大なルール違反なの？

アーニャが彼女の手を導いて乳首をなぞらせ、その部分はドミニカの指先に触れられてとがってきた。バスローブがはだけ、アーニャはつかんだ手を引きおろし、股間に触れさせた。これは倒錯？　親愛の表現？　それとも別のもの？　ドミニカの祖先の放埒さが――それが誰なのかはわからないが――彼女をたきつけ、不可解な体外離脱を引き起こして、さらに続けたいという誘惑がここでやめなければという自制心にわずかに打ち勝った。ドミニカの羽毛のように軽い指先が円を描いてアーニャをとろけさせ、彼女はドミニカに首を預けて、柔らかなうなじをさらけ出した。

身を起こしてバスルームのタイルに寄りかかったドミニカは、彼女自身の股間にアーニャの吐息を感じた。ここまで来たらもう止められない。彼女の秘められた自我が、アーニャの肉体を感じなさいとささやきかけ、あえぎまじりの吐息が下腹部を熱くする。のけぞったドミニカの頭がタイルにぶつかり、彼女はバランスをとろうと腕で洗面台の端をつかんだ。曾祖母の鼈甲のブラシが手に触れ、ドミニカはそれを引き下ろした。母が彼女の髪をとかし、娘時代の雷雨の夜に自らの手で秘めやかな部分を探ったブラシだ。

ドミニカはブラシの柄でアーニャの下腹部をなぞり、琥珀色の湾曲部で軽く、執拗に愛撫した。アーニャが息を止め、固く閉じたまぶたを震わせる。アーニャの顔を見つめながら、ドミニカは手首を曲げ、柄の角度を調節した。アーニャの口が半開きになり、目がかすかに白くなって、死体安置所の遺体さながらに表情が弛緩した。

鼈甲の柄をゆっくり出し入れすると、アーニャは身をこわばらせ、わななかせた。よだれで顎を濡らした顔でドミニカを見上げ、「そう、そうよ。わたし、もういきそう」とささやく。ドミニカは笑みを浮かべ、田舎娘が腰をうごめかせて絶頂に達するのを見守りつつ、自らの秘められた部分は固く閉じこめ、決して見せようとしなかった。

数分後、アーニャがため息をつきながらふたたび顔をあげ、キスをせがんだ。うんざりだわ。「もう帰りなさい。早く」ドミニカはにべもなく言った。羞恥に顔を赤く染め、アーニャはバスローブの胸元をかきあわせてドミニカを見、黙って部屋を出た。あすの朝、わたしは譴責されるのかしら? 鏡の向こうに誰かいるの? しかし疲れのあまりそんなことを気にする余裕はなく、ドミニカは消灯してベッドにもぐりこんだ。ブラシは洗面台の下に置きっぱなしだった。

　翌朝、木の壁に囲まれ青とアイボリーの大きなカザフ・カーペットが敷かれた一階の大広間で、女たちは部屋の真ん中に集まり、輪になって椅子に座るよう命じられた。軽快なノブゴロド西部の訛りを持つブルネットの痩せた訓練生が最初に指名され、立ち上がった。彼女は服を脱いで輪のまわりを歩き、ほかの訓練生の批評を受けるように言われた。一同は衝撃に静まり返った。指名された訓練生は一瞬ためらったものの、服を脱ぎはじめた。女医とその助手は二人とも白衣姿で、冷徹な視線でノートに評価を記入している。歩き終わると、訓練生は椅子に座ってよいと言われたが、裸のままでいることを命じられた。次の訓練生が指名され、同じことが繰り返される。順番が終わった訓練生たちは顔を紅潮させ、鳥肌を浮き立たせ、唇をかみしめて震えながら座った。椅子のかたわらに脱ぎ捨てられた服と靴が哀れを誘った。

　せめてもの慰めは、室内に男の目がなかったことだ。アーニャは自分の番がまわってくると落ち着きなく手を動かし、パニックに駆られてドミニカをうかがった。ドミニカは目をそらした。アーニャがパンティを脱ぐのを渋っていると、女医は容赦なく急き立てた。いよいよ自分の番になり、ドミニカは羞恥心をかなぐり捨てて立ち上がった。十人近い他人の前で服を脱ぐのは身の毛のよだつ体験だったが、彼女は自らを奮い立たせた。アーニャが一心にこちらを見ている。それでもドミニカは椅子の輪のまわりを歩いた。裸になるだけでも恥ずかしいのに、周囲のかたずをのんだ視線にさらされるのだ。

「すばらしい身体ですね」助手がささやいた。

「コンクールなら優勝まちがいなしだわ」女医が答えた。

翌日、一人の男が、今度は内側を向いた椅子の輪の真ん中に座り、短いバスローブを脱いだ。その下は全裸で、身体は風呂にはいったほうがよさそうなにおいを放ち、足指の爪が汚かった。女医は訓練生のためにその青白い肉体について詳細に説明した。その翌日にもバスローブの男は現われ、今度は小柄でずんぐりした、頰や肘にあかぎれができた赤毛の女をともなっていた。二人は服を脱ぎ、平気な顔で椅子の輪の中央に敷かれたマットレスに横たわり、セックスを始めた。医師は体位が変わるたびに解説し、性交の途中で何度か中断するよう指示して、関連事項を付け加えたりもっとこうしたほうがよいなどと言ったりした。モデルはいかなる感情も示さず、自分自身にも相手にも無関心だった。ドミニカの目にも、色はまったく見えなかった。まさしく魂のない人間だった。

「わたし、見ていられないわ」アーニャはドミニカに本音を言った。朝食後のわずか数分の自由時間、二人は館の荒れ果てた庭を散策する習慣がついていた。「わたしにはあんなこと、とてもできない」

「しっかりしなさい、どんなことでも慣れるものよ」ドミニカは言った。いったいなぜ、この娘が選ばれたのだろう？　どこの地方都市からスカウトされたのか？　しかし、考えてみたらわたしだって人のことは言えない。時間さえかければ、果たしてどんなことでも慣れるものかしら？

その次の週の訓練は、ドミニカが予想していたとおり、日ごとに恥辱に満ちたものになった。大広間に輪になって座るのは前の週と同じだったが、今回はそこに男たちが座っていたのだ。きつそうなスーツにセンスの悪いヘアスタイルの男たちは、一様に無愛想だった。女の訓練生たちは男たちの前で服を脱ぐように言われ、それぞれの容姿や色つやや顔の欠点について批評を受けることになった。男たちの身分が明かされることはなかった。ドミニカには、泡立つような黄色の霧が部屋全体の空気を汚しているのが見えた。

アーニャは涙の筋が残る顔を両手で覆い、女医からばかみたいにめそめそするのはやめて、いますぐその手をどけなさい、と叱責された。ドミニカは悪夢を見ているような気分で自らの身体から精神を離し、心を閉じ、ひどいあばた面の男の凝視を耐えた。その男の内側から放たれる色は彼の目をジャコウネコのような黄色に染めている。ドミニカはまばたきひとつせず、自分の身体を這いまわる男の目を見返した。「肉づきが足りん」彼は誰にともなく言った。「それから乳首が小さすぎる」二人の男たちが同意を示してうなずいた。ドミニカが三人を睨みつけると、彼らは目をそらし、あるいはタバコに火をつけた。

ドミニカ自身思いがけないことに、彼女は無感覚になりつつあった。裸であることにも、野卑な言葉にも、自らの乳房や性器や臀部を見まわす男たちの視線にも。やりたいようにすればいいわ、と彼女は思った。でもわたしの目のなかを見ることだけは許さない。ほかの訓練生たちは各人各様に振る舞った。スモレンスク出身で南ロシア方言が抜けきらない女は愚かにも妖婦のように振る舞い、軽薄な言辞を弄した。アーニャはどうしても羞恥心を克服できないようだった。館内につねに漂う消毒剤のにおいは、いまや女たちの身体からにおい立つ麝香性の香り、汗、香水、粗悪な石鹸のにおいなどに圧倒された。そして消灯時間のあとは、職員たちが汗をかきながら〝覗き部屋〟に座り、記録を取り、隠しカメラがさえぎられていないか確かめるのだった。

ある晩遅く、アーニャがドアをノックしたが、ドミニカはわずかな隙間だけ開けると、帰るように言った。「もうこれ以上あなたを助けられないわ」彼女の言葉に、アーニャは背を向け、暗い廊下へ消えていった。これはわたしの問題じゃない、とドミニカは思った。自分の正気を保つだけで精一杯よ。

それから、軍の士官候補生を乗せたバスが来た。優秀な訓練成績を収めた青年たちだ。女たちは各自の部屋で彼らを待ち、ベッドの縁に座って男たちが軍服のシャツ、ブーツ、ズボンを脱ぐのを眺めた。彼らは痩せこけて傷だらけの肉体をさらけ出し、さかりがついたオコジョのように、時間一杯まで欲望をぶつけていった。士官候補生たちは女たちに振り向くこともなく館を立ち去り、バスは車体を揺らしながらマツの森を走り抜けていった。

翌朝、カーテンを閉められた図書室でプロジェクターがスクリーンに投影されたが、そこに映し出されたのはいつものビデオではなく、五号室の同級生がシングルベッドで、坊主頭の痩せぎすな士官候補生と交わっている前日の映像だった。本人はほとんどスクリーンを正視できなかった。まさしく恥辱であり、尊厳の蹂躙そのものだった——吹き出物だらけの背中に両脚をからませ、骨ばった肩に爪を食いこませた自分の姿を見せられるのは。女医は何度か映像を一時停止させて批評し、改善点を指摘した。耐えがたいのは、部屋番号順に映像を再生されるのがほぼ確実なことだった。五号室のあとは六号室、七号室と順番がまわってくる。アーニャはうつむき、両手に顔をうずめた。彼女は十一号室だったので、自らの映像を見せられるまで長く待たされ、そのことによりまた苦痛がいや増した。自分の番が終わると、彼女は泣きながら図書室から出ていった。女医は彼女を止めなかった。しかし欠点と改善点を延々と話しつづけた。

ドミニカは廊下の端の十二号室だった。したがって士官候補生との性交の映像を流される順番も最後だ。肉体から魂を離脱させ、彼女は自分の姿を見た。ドミニカはしまりのない自らの表情に驚き、若い男の性器を機械的につかんで自分のなかへ導き、彼が果てて身体の上に崩れ落ちると、さっさと離れなさいとささやく様子に驚いた。行為のあいだ彼女は頭を振り乱していたが、恥ずかしいとはつゆ思わず、当惑もしなかった。ドミニカはなんの感情も交えずにスクリーンの自分を見、わたしはSVR(スルージバ・ヴニエシュニエイ・ラズヴェトキ)、ロシア対外情報庁の一員なのだと自らに言い聞かせた。

翌朝、アーニャが朝食に現われず、二人の訓練生が彼女の部屋に行った。彼女たちは体当たりしてドアを開けなければならなかった。アーニャはパンティストッキングを自らの首に巻きつけ、片端をドアの裏のコート掛けに巻いて、両脚を床から浮かし、首を吊っていた。彼女には意識がなくなるまで両脚を上げつづけるだけの意志力があったのだ。体重の重みで、ストッキングがアーニャを窒息させた。庭を歩いていたドミニカまで、訓練生たちの悲鳴が聞こえてきた。彼女は階段を駆け上がり、同級生たちを押しのけて、アーニャの遺体をコート掛けからはずし、横たえた。罪悪感と怒りが沸き起こる。この小娘はいったいわたしに何を期待していたの？　自分の首を絞めるだけの勇気があったのなら、三十分だけ男と寝ることだって耐えられたはずでしょう？

この事件に対する反応は皆無に等しかった。クマのような男が死体のにおいを嗅ぎ、立ち去っただけだ。アーニャの遺骸は担架に乗せられて毛布で覆われ、館から運び出された。毛布の下からブロンドの髪がはみ出している。この件については誰もひと言も触れなかった。その日の日課はこれまでと同じく続けられた。

訓練課程は終わりに近づいてきた。六人の〝スズメ〟たちが見守るなか、四人の男の訓練生たちが食堂に戻ってきた。彼らは巣立ちを控えた〝カラス〟であり、この館から少し離れた小さな別荘で訓練を受けていた。若者たちは、SVRが標的とする無防備で寂しい女性たちを誘惑する技術を身につけた。婚期を過ぎた大臣秘書、欲求不満の大使夫人、能力を正当に評価されていない軍の女性補佐官などだ。〝カラス〟たちは自慢げに、訓練は本当に苦しかった、と言った。訓練のパートナーとなる女性はあらかじめ用意されているわけではないんだ、と声をひそめて話したのはドミトリだった。彼らは近くの村に出かけてろくに身体を洗っていない娘たちで練習し、カザンの工場地帯で働いている血色の悪いふしだらな女たちと身体を交えた。「だがいまや、おれたちは恋愛の技巧では誰にも負けないだけの訓練を受けた」ドミトリは言った。「おれたちはエキスパートなんだ」腕を広げ、まつげを透かして女たちを見つめる。

女たちは無言で彼を見つめ返した。ドミニカは女たちのしらけた表情を見た。そこにあるのは猜疑心であり、諦観であり、不信だった。その空虚な表情は、モスクワのトヴェルスカヤ通りにたたずむ娼婦たちを思わせる。これがスパロー・スクールの所産なのね、とドミニカは思った。払われた犠牲は、ここにいないアーニャだけではなかったのだ。

一行は深夜に空港へ向けて出発した。安っぽいスーツケースひとつを抱え、明かりの消えた館を振り返らずに。娼婦の学校は次の一団が到着するまで閉鎖される。マツの木々は闇に飲みこまれ、静まり返っていた。飛行機はカザンに林立する煙突の上空を旋回し、見えない景色のなかを西に向かった。一時間ほどでニジニノブゴロド上空を通過した。ヴォルガ川の合流点だ。それから飛行機はゆっくりと降下をはじめ、眠らないモスクワの夜景が近づいてきた。ドミニカはもう二度と同級生たちと会うことはないだろう。

彼女は翌朝、本部の第五部に出頭することになっていた。ここから諜報員としての彼女のキャリアが始まるのだ。第五部のセミョーノフ部長の顔が脳裏に浮かぶ。これからどんな将官が彼女を待ち、どのような目で見、何を言うだろう。大草原から、訓練された高級娼婦が帰ってきたわよ、とドミニカは思った。彼女はこれから、彼らの世界に飛びこむのだ。

夜明け前のアパートメントは寝静まっていたが、忍び足でドミニカが居間にはいると、バスローブ姿の母が廊下に現われた。「あなたの足音が聞こえたわ」母には、かすかに足を引きずる彼女の癖がわかったのだ。ドミニカは母を抱きしめ、手の甲にキスをした。男たちを破滅させる訓練を受けた唇だったが、これがせめてもの贖(あがな)いだった。

スパロー・スクールのトクマチ・スープ

ジャガイモの乱切り、タマネギの薄切り、ニンジンをビーフブイヨンに入れ、柔らかくなるまでゆでる。そこに麵(めん)を加えて、さらにゆでる。皿の底にゆでた牛肉を置き、スープと野菜を盛る。

9

翌朝ドミニカは、カザンから飛行機で深夜に到着したばかりの疲れた身体を引きずって第五部に出頭した。薄緑の壁をした本部の長い廊下を歩き、彼女は指示を仰ぎにセミョーノフの執務室を訪れたが、大佐は外出中なのであとでまた来るように、と言われた。そのあいだ彼女は人事関係の部局に行き、事務的な手続きをした。

廊下の角を曲がったところで、彼女はセミョーノフ本人に出くわした。ダークグレーの背広を着た白髪の男と立ち話をしている。その男は白くふさふさした眉毛で、人好きのする笑顔の持ち主だった。セミョーノフから簡単に紹介されると、彼は澄んだ茶色の目を細くした。こちらは北米担当の第一部部長コルチノイ少将だ、エゴロワ伍長。その上級幹部の名前は、ドミニカにも聞き覚えがあった。セミョーノフの頭の周囲に見える弱々しい光に比べて、コルチノイは燃え立つような光に覆（おお）われている。ドミニカがこれまで見たことがなかったような、深く豊かでなめらかな紫だった。

「伍長はカザンでの訓練を終えて戻ってきたところです」セミョーノフは薄笑いとともに言った。SVRの人間なら誰でも、その意味するところを知っている。ドミニカは頬が紅潮するのを覚えた。「今回の件で、彼女は標的の外交官に接近する支援をすることになっています、少将」

「単に支援するだけではありません」ドミニカが言い、セミョーノフ、それからコルチノイを見た。「わたしは〝森〟を卒業したばかりです」スパロー・スクールのことはおくびにも出さず、彼女は内心でセミョーノフを呪った。セミョーノフが彼女を辱めようとしているのはわかっていたが、年かさの男の考えはまったく見当がつかなかった。この男はなかなか手ごわいようだ。

「きみのアカデミーでの成績については聞いているよ、伍長」少将は謎めいた口調で言った。

「お会いできて光栄だ」コルチノイは快活に、ドミニカの手を強く握った。セミョーノフはそれを見ながらにやりと笑い、この女にこれほど愛想がいい幹部は見たことがないが、ひょっとして彼女をスカウトでもするつもりだろうか、と思った。ドミニカは半年以内に、ある将官の秘書室で（彼の寝椅子でも）勤務することになっていたのだ。思いがけずプライドをくすぐられ、ドミニカは握手しながら少将に礼を言い、廊下を歩き去った。男たちの目が彼女を追う。

「ヤクーツクのサウナより熱くなりやすいんですよ」ドミニカが角を曲がると同時に、セミョーノフがささやいた。「副長官の姪だということはご存じで？」

コルチノイはうなずいた。

「姪であろうとなかろうと、まったくとんだ厄介者です」セミョーノフがつぶやいた。コルチノイは無言だった。「本人は作戦要員になりたがっているんですが、ご覧のとおり、生まれつきの〝スズメ(ヴォロビエィ)〟ですよ。だからエゴロフ副長官はカザンに送ったんです」

「じゃあ、例のフランス人に？」

セミョーノフは鼻を鳴らした。「そのものずばりのハニートラップ(ポロヴァヤ・ザパドゥニャ)ですよ。あと数週間で片がつくはずです。標的は商務官。徹底的に搾(しぼ)り取ってやります」廊下に向かって顎をしゃくる。「あの女はファイルを読み、作戦にかかわりたがっています。しかし、かかわれるのはせいぜい、フランス人のあそこだけでしょうよ」

コルチノイは笑みを浮かべた。「幸運を祈る、大佐」彼は言い、握手した。

「ありがとうございます、少将」セミョーノフは言った。


第五部で、彼女はフランス課の片隅をあてがわれた。そこは窓のない壁の角で、貧相な机にはひびのはいった書類入れがあるだけだ。ドミニカの机には二冊のふくらんだフォルダーが無造作に置かれていた。しつこく催促した末、ようやくセミョーノフから閲覧を許されたのだ。黒い斜めのストライプがはいった青い表紙はくたびれ、隅が折れており、背は汗じみた手で汚れていた。機密ファイル(オソーバヤ・パプカ)。彼女の初めての作戦ファイルだ。ドミニカは表紙をひらき、書かれている言葉、それに付随する色を頭にたたきこんだ。

標的はシモン・ドゥロン、四十八歳。在モスクワ・フランス大使館商務部の第一書記。ドゥロンは既婚だが妻はパリに残っている。彼がフランスに一時帰国して妻といっしょに過ごすことはごくたまにしかない。いわゆる単身赴任者であり、そのためドゥロンはかねてからFSBの目に留まっていた。当初は一人しか見張りをつけていなかったが、時間の経過とともにドゥロンへの興味はいや増した。その結果ドゥロンは、FSBの息のかかった連中に四六時中つきまとわれることになった。彼らはこの〝ウサギ〟すなわち小心者に多大な時間を費やしてきた。十二名からなる監視チームは職場からベッドまで彼を追った。ファイルのページのあいだに挟まった封筒から、写真が何枚も落ちてきた。川沿いを一人で歩くドゥロン、ジナモ・リンクでスケーターたちを一人で眺めるドゥロン、レストランで夕食をとるのも一人きりだった。

ドミニカはくしゃくしゃになった青い監視記録用紙を取り出し、皺を伸ばした。彼らは一計を案じ、クリムスキーヴァル通りにある小さなバーで、脚の長い娼婦がドゥロンの脚に手を滑らせるところを、鏡を使って見守った。しかし記録用紙には〝標的は驚き、そわそわし、女を買わなかった(買えなかった?)〟とあった。本当に気が小さいのね、もともとそういう店には向いていなかったのよ、とドミニカは思った。

技術班からの補足欄にはこう書かれていた――居間のコンセントに埋設した盗聴器の録音テープ再生結果。二十時三十六分二十九秒、流しで皿を洗う音。二十二時十二分三十四秒、音楽鑑賞。二十三時一分四十七秒、就寝。

FSBはさらに、中央交換所を通じて彼が毎週パリの妻にかける電話の内容を盗聴した。ドミニカはフランス語の会話録を読んだ。ドゥロン夫人は気が短くてそっけなく、ドゥロンはおずおずと話し、黙りこむことが多かった。〝性交渉がなく、潤いのない、短気な女性との結婚生活〟無記名の速記者が余白にそう書いていた。

監視を続けるうちに、いずれかの時点でSVRが介入し、FSBに対する優先権を主張しはじめたようだ——本件は対外情報にかかわる案件であり、国内治安とは無関係だ、と。

二冊目のファイルの冒頭には作戦に関する評価が記されていた。教養に乏しい旧ソ連時代の担当者が書いた簡略化された文体で、こうした文はアカデミーで軽蔑されていた。〝標的は作戦推進による利用価値大。明確な悪習なし。性的不満。機密情報の閲覧権、優良。内気で平和的と思われる。財産目当ての結婚のため、脅迫に弱い〟などといった内容だ。

ドミニカは背もたれに身を預け、ファイルのページをめくりながらアカデミーでの厳しい訓練の日々に思いをめぐらせた。この作戦が取るに足りない案件であることは一目瞭然だ。標的は小物で、成果も乏しいだろう。ドゥロンは孤独で気の小さい男であり、脅せば屈するかもしれないが、大使館で高度な機密に接する権限はない。第五部にはもっとましな案件はなかったのだろうか？ こんな肥やし（ナヴォズ）にもならないような作戦以外に？ セミョーノフがこの作戦を主導し、実際の価値以上に誇大に見せかけているのは確実だ。彼女はアカデミーの訓練を体得し、娼婦の学校での苦痛を耐え忍んできたあげく、結局はふたたび売春まがいの仕事をさせられるのだろうか？ SVRにはどこの部局でもこの程度の作戦しかないのか？

彼女はエレベーターに乗ってカフェテリアに降り、リンゴを一個食べただけで、テラスの陽だまりへ出た。ベンチから離れたところに座り、生垣に沿った低い壁際で靴を脱いで、目を閉じ、レンガの温もりを足に感じた。

「ごいっしょしてもいいかな?」不意に声が響き、ドミニカはぎょっとした。目を開けると、北米担当部長のウラジーミル・コルチノイ少将がりゅうとした身なりで立っている。背広のボタンはきちんと留められ、両脚を揃えて立つ姿は給仕長を思わせた。日光を浴びて紫の光の輪はいよいよ深みを帯び、はっきりと見える。ドミニカは弾かれたように立ち上がり、あわてて靴をはこうとした。「そのままでいい、伍長」コルチノイは笑いながら言った。「願わくはわたしも靴を脱いでみたいものだ。釣り堀にでも下ろしたら、餌とまちがえて食いつく魚がいるかもしれん」

ドミニカは声をあげて笑った。「ぜひやってみてください。とても気持ちがいいですよ」

コルチノイは相手の青い目と栗色の髪、底意のない表情を見た。いったいいままでに、将官に向かってこんなばかげた誘いをした見習い諜報員がいただろうか? 学校を出たての新人に、そんな度胸の持ち主がいたか? ところが、北半球におけるロシアの対外諜報作戦の大半を指揮するこのSVR幹部は、靴と靴下を脱いだ。こうして二人は、並んで日向ぼっこをした。

「仕事はどうだい、伍長?」コルチノイがテラスの木々を見ながら訊いた。

「今週から始まったばかりです。机と書類入れを支給され、目下ファイルを読んでいるところです」

「最初の作戦ファイルというわけだな。やりがいのありそうな作戦かね？」

「なかなか面白そうです」ドミニカは言いながら、ファイルの貧相な内容、疑問の余地がある評価、誇大な推薦文を思い浮かべた。

「気乗りしない口ぶりだな」コルチノイは言った。

「いえ、そんなことはありません」とドミニカ。

「そうかな……？」コルチノイはわずかに彼女のほうへ顔を向けた。日光がふさふさした眉毛に複雑な影を作っている。

「作戦ファイルの内容に精通するまで、少し時間が必要かと思います」ドミニカは言った。

「と、いうと？」コルチノイは訊いた。彼の話しぶりは穏やかで、どこか励ますようだ。ドミニカは話していて安心感を覚えた。

「ファイルを読み終えて、結論が腑に落ちなかったのです。なぜあのような結論に達したのか、よくわかりません」

「どの部分が腑に落ちなかったのかな？」

「標的の地位が低いのです」彼女は情報漏洩を懸念して、あえて詳細を省いた。「孤独で、脅しに弱い相手ですが、労力に見あう価値がないと思います。アカデミーではしばしば、成果の見こめない標的に貴重な戦力を浪費しないよう教官から言われました」

「かつては」コルチノイは彼女を試すように言った。「女性はアカデミーに入学すらできなかった。それにかつては下士官が、遂行中の作戦ファイルに目を通すことはできず、ましてや批判するなどということはもってのほかだった」真昼の太陽を見上げ、まぶしさに目をすがめる。光の輪は紫のままだ。

「申し訳ありません、少将」ドミニカは穏やかな口調で言った。彼が怒っているわけでないことはわかっていた。「批判をするつもりはなかったのです。不穏当なことを申し上げたのならお詫びします」ドミニカは日光に目を細くしている相手を見た。彼は静かに続きを待っている。彼女は、この男には本心を打ち明けてしまいたくなった。「お許しください、少将。わたしが言いたかったのはただ、この案件にはあまり中身がないということです。作戦に遂行の価値ありと評価された理由がわかりません。わたしに経験が乏しいことはわかっていますが、このことは誰の目にも明らかだと思います」

コルチノイはドミニカのほうを見た。彼女は静かな自信に満ちている。彼はくっくと笑った。「きみには批評眼が備わっているようだな。それにアカデミーのばかどもの言うとおりではある。われわれはもっと効率的にやらねばならん。古い時代は終わったのだ。それなのにわれわれは、かつての記憶を引きずっている」

「失礼なことを申し上げるつもりはありませんでした」ドミニカは言った。「職務には全力を尽くします」

「それにきみの言うとおりでもある」コルチノイは微笑をたたえて言った。「事実を整理し、論点を明確にして、正しいと思うことを言いなさい。反対に直面するだろうが、自分を貫くのだ。幸運を祈る」壁際から立ち上がり、彼は靴下と靴を手に持った。「ところで伍長、標的の名前は？」ドミニカがためらっているのが彼にはわかった。「ただの好奇心だ」ドミニカは紅潮しながら、ここで杓子定規になっても無意味だと気づいた。コルチノイがその気になれば、ものの十秒で突き止めてしまうにちがいないのだ。

「ドゥロンです」彼女は言った。「フランス大使館にいます」

「ありがとう」靴下と靴を手にしたまま、彼は踵を返し、小道を歩き去った。

ドミニカが予想していたとおり、最初の困難は毎日行なわれる企画会議から始まった。ドミニカは二冊のファイルを小脇に抱えて会議室にはいり、色褪せたテーブルの端の席に座った。室内にいた第五部（フランス、ベネルクス三国、南欧、ルーマニア担当）の三人の諜報員はみな、一様に茶色や灰色の光に覆われている。会議室はどんよりとしていた。彼らには覇気がなく、想像力や情熱はみじんも感じられなかった。

ユーラシア大陸の大きな地図が壁の一面を埋め、部屋の隅には埃をかぶった棚に数台の電話が載っている。ドミニカがはいると同時に、男たちは話すのをやめた。この美しいスパロー・スクールの卒業生をめぐっては、すでにさまざまな噂話が飛び交っている。ドミニカは彼らの鉄面皮な表情や薄笑いを意に介さず、睨み返した。男たちを取り巻く茶色や灰色の光は、薄汚れた精神を反映している。机の中央に置かれた安物のアルミの灰皿に、タバコの吸い殻が山積みになっていた。

「会議に先立ち、何か言いたいことはあるか？」セミョーノフがテーブルの上座から訊いた。

ドミニカに初めて会ったときと同じく、無表情で無関心な様子だ。彼はテーブルを囲む三人の男たちを見まわした。誰も発言しない。セミョーノフはドミニカに目をやり、発言を促した。彼女は深呼吸した。

「それでは大佐のお許しをいただいて、わたしは標的の情報閲覧権について再検討すべきかと思います」ドミニカは言った。心臓が早鐘を打つ。

「標的の情報閲覧権についてはすでに調査済みだ」セミョーノフは言った。その口調は、作戦のこみいった部分はドミニカの考えることではない、といわんばかりだった。「彼は価値のある標的だ。残った問題は接近方法を決めることだ」かたわらに座っている諜報員を見ながら、彼は言った。

「それはまったくちがうと思います」ドミニカは言った。室内の全員が彼女に注目した。いったい何様のつもりだ？　アカデミーを出たての分際(ぶんざい)で。いや、〝スズメ〟の分際で。一同の視線はセミョーノフに移動した。彼がどんな反応に出るかに関心が集中している。願ってもない展開だ。

セミョーノフはテーブルに両手をつき、前かがみになった。かすかな黄色の光を放っている。この男が反対意見に理解を示すことはありえなかった。目は赤く濁り、灰色の前髪がだらしなく額に垂れている。

「同志、きみがここにいるのは」彼は言った。「標的のフランス人に接近する支援をするためだ。標的の情報閲覧権、誘導工作、情報入手の方法などは、われわれ第五部の幹部が責任を持って決める」少し身を乗り出し、ドミニカを見据える。一同の視線はドミニカに戻った。この件はこれで終わりにちがいない。

ドミニカは両手で目の前のフォルダーを強く握りしめ、怒りで震えるのを押しとどめた。

「お言葉を返すようで申し訳ありません、同志」ドミニカはセミョーノフの時代錯誤な言葉をまねた。「ですが、わたしは作戦要員としてこの作戦に参加しています。したがって作戦のあらゆる段階に関与するものと考えます」

「いま、作戦要員と言ったか？」セミョーノフは言った。「アカデミーを出たばかりのきみが？」

「はい」とドミニカ。

「卒業したのはいつだったかね？」彼は訊いた。

「いちばん最近のクラスです」ドミニカは言った。

「で、それからは？」セミョーノフは楽しそうにテーブルを見まわした。

「さらに訓練を受けました」

「どのような訓練かな？」セミョーノフは静かに言った。

彼女はこの質問を予期していた。セミョーノフは彼女がどこにいたか、よく知っている。彼の目的はドミニカを辱(はずかし)めることだ。「特別技術学校(リチンキ)の基礎講座を受講しました」ドミニカは言った。唇をかみしめている。わたしはこんな蛆虫どもには絶対に負けない。彼女はワーニャ伯父を呪った。

「ああ、そうか。スパロー・スクールか」セミョーノフは言った。「まさしくそれが、きみがここにいる理由だ。きみが関与するのは、標的のドゥロンを罠にかけるところだ」テーブルを囲んでいる男たちの一人が、下卑(げび)た笑いをこらえているように見える。

「失礼ですが、大佐」ドミニカは言った。「わたしは正式な要員として第五部に配属されています」

「いかにも」彼は言った。「ドゥロンのファイル(パプカ)は読んだか？」

「二冊とも読みました」ドミニカは言った。

「それはたいしたものだ」彼は言った。「では、この件の意義についてきみはさしあたりどのように評価している？」タバコの煙が立ちのぼる室内を沈黙が包む。ドミニカは、値踏みするような周囲の表情を見わたした。

彼女は怒りをこらえて言った。「標的がどのレベルの情報を入手できるかが肝要です。ドゥロンは中堅クラスの商務官であり、機密情報を入手できる権限はなく、したがって政治的にデリケートな脅迫(チェルノター)をする価値があるとは思えません」

「では、きみは具体的にどんなことをして脅迫する？」セミョーノフはかまわず、いささか愉快そうに言った。「アカデミーやその他の機関でどんな方法を学んだ？」

「ドゥロンにそうした工作を働きかける価値はありません」ドミニカは繰り返した。

「作戦計画(R)・分析局に行ってみろ。きみの意見に反対するアナリストがごまんといる」セミョーノフは硬い声になった。「ドゥロンはフランスならびにEUの経済データを思いのままに入手できる。国家予算の配分、政策、投資戦略、エネルギー政策。きみはこうした情報をことごとく放棄するのか？」

ドミニカはかぶりを振った。「ドゥロンが入手できる情報は、フランス政府の商業、貿易関係の省庁にあまたいるわれわれの情報提供者から、いくらでも手にはいります。一般的な情報であれば、そのルートを使ったほうが効率がいいと思いませんか？」

セミョーノフは表情をこわばらせ、椅子にもたれた。「アカデミーでなかなかよく勉強してきたようだな。では、きみはわが第五部に、この作戦を遂行しないよう提案するのか？ここで中止し、標的のドゥロンに対して何もするな、と？」

「わたしはただ、標的は情報源として成果を見こめないので、モスクワ駐在の西欧の外交官を貶めるリスクには見あわないと言っているだけです」

「机に戻ってファイルを読みなおせ、伍長」セミョーノフは言った。「そしてもっと建設的な提案があれば戻ってくるんだな」一同が見つめるなか、ドミニカは立ち上がり、ファイルをまとめ、長い会議室を歩いてドアに向かった。背中をしゃんと立て、ドアの取っ手をつかむ。ドアを閉めたとたん、室内からひそひそ声や笑い声が漏れてきた。

翌朝、ドミニカが何もない机の前に出勤すると、ひびがはいった書類入れにまっさらな白い封筒がはいっていた。親指の爪で慎重に開封すると、一枚の紙が出てきた。紫のインク、優雅な筆記体で一行だけ書かれていた。

ドゥロンには娘がいる。きみの直感に従え。　K

翌日、彼らは写真や監視報告書がうずたかく積まれたテーブルを囲んだ。灰皿からは吸い殻があふれそうだ。ドミニカは会議用テーブルの端に向かい、自分の席についた。男たちは彼女を無視した。彼らはドゥロンに関する特徴を洗いなおしていたが、煙の立ちこめる室内で誰もが惰性でやっているように見え、彼らはちらちらと壁の時計に目をやっていた。鮮やかな光を放っている者はいない。議論の内容は標的の習慣や行動パターンであり、それらは監視チームがすでに調査したようなことばかりだった。あるいは、どの場所から見張れば技術者と連絡をとりやすいか、といったようなことだ。いつものように退屈そうな顔で、セミョーノフはドミニカを見上げた。「伍長、連絡場所に関していい案はあるか？　きみがこの作戦への反対を考えなおしたとしてだが」

ドミニカは平静な口調を保とうと努めた。「ファイルを読みなおしてみました、大佐」彼女は言った。「しかし依然として、わたしにはこの男に標的としての価値があるとは思えません」今度は、テーブルに向かっている男たちは誰も顔をあげなかった。彼らは目の前の写真や書類に目を向けたままだ。このスズメが第五部にいられるのもそう長くはないだろう。いや、SVRそのものに。

「まだその線を曲げないのか？　それは面白い」セミョーノフは言った。「では、彼をあきらめろというのがきみの提案だな？」

「そんなことは言っていません」ドミニカは言った。「われわれは彼を標的として追跡しつづけるべきであり、彼の孤独な生活につけこむべきだと思います」彼女は目の前のファイルの表紙を開けた。「ですが最終的な標的、この作戦の真の目的は、ドゥロンにすべきではありません」

「いったい何を言いだすのだ？」セミョーノフが言った。

「すでにファイルに書かれていることです。追加調査も済ませています」ドミニカは言った。

セミョーノフはテーブルを見まわし、それからドミニカに視線を戻した。「この件はすでに徹底的な調査を行な――」

「ムッシュー・ドゥロンに娘がいることもわかっていますね」ドミニカがさえぎった。

「パリには妻もいる。そうとも、そんなことはとっくに調査済みだ」

「そしてその娘は、フランス国防省に勤務しています」

「そんなはずはない」セミョーノフは息巻いた。「家族は全員追跡調査をした。パリ支局（レジデントゥーラ）が地元の記録をすべて洗ったはずだ」

「だとしたら、彼らが見落としていたようですね。娘は二十五歳。独身で、母親と同居しています。名前はセシルです」ドミニカは言った。

「ばかげたことを」とセミョーノフ。

「ファイルで彼女については一度しか触れられていません。わたしは作戦計画・分析局の図書室で外国の住所録を調べてみました」ドミニカは言い、ファイルのページを繰った。「セシル・デニース・ドゥロンの勤務先はサン・ドミニク通りに登録されていました。つまり国防省本部の所在地です」ドミニカは彼女に注目する周囲を見わたした。「ここから現時点で考えられるのは、セシルが毎日政府に配信される機密の国防情報を入手できる立場にあるということです。彼女はフランス軍の企画文書を管理している職員なのです。フランス軍の予算、臨戦態勢、兵力に関する報告書の配布や保管に携わっている可能性もあります」

「現時点では推測にすぎん」セミョーノフが言った。

「フランス軍が核兵器に関する機密文書をどこに保管しているのかはいまだにわかっていません。しかし彼女を通じてそれがわかる可能性も――」

「くだらん憶測をめぐらす必要はない」セミョーノフは言った。頭のまわりの黄色い霧が大きくなり、黒みを帯びている。ドミニカには、この男がいらだち、怒り、計算をめぐらせているのがわかった。のみならず、彼女の反抗的態度と不服従はすでに、SVRの要員を罷免される限度を優に超えている。

室内は死んだように静まった。セミョーノフの旧弊なソビエト的本能が警告を発している。彼のなかの官僚が損得勘定をしていた。瞬時に彼は、伝統的なKGB要員の思考様式に従った。このお姫様気取りの副長官の姪に好き勝手させれば、おれは周囲から無能な人間に見られてしまう。しかしこの女を目一杯働かせ、おれが手柄を横取りする方法はあるはずだ。このマネキン人形みたいな女が正しければ、途方もない情報が得られるだろうが、リスクもまた大きい。フランス国防省の職員を標的にするには、トップの許可が必要だ。

「しかしそいつが本当だったら」彼はしみったれた口調で言った。「思わぬ余得が見こめることになるな」まるで最初から知っていたかのようだ。灰皿にタバコの灰を落とす。

ドミニカにはこの男の汚らしい心根が透けて見えた。「おっしゃるとおりです、大佐。ドゥロンの真の価値はこの点にあります。だからこそ彼には追跡する価値があり、危険を冒してリクルートするだけの意義があるのです」

セミョーノフはかぶりを振った。「だが娘は、ここから二千五百キロも離れたパリにいる」

「それほど遠いとは思いません」ドミニカは笑みを浮かべた。「そのうちわかるでしょう」

セミョーノフはその笑みを見て落ち着かなくなった。「もちろん、親子関係についてさらに詳細な調査が必要と思われます」

「ああもちろん。ご託宣ありがとう、伍長」セミョーノフは言った。この女は第五部を乗っ取りかねない勢いだ。まあいいだろう、と彼は思った。予備調査は好きなだけやらせてやる。だがひとたび作戦が始まったら、この女は標的に近づいて股を広げることになる。そいつを全部隠しカメラで撮ってやれば、あとはこっちのものだ。

「よくわかった、伍長。この件について興味深い情報を明らかにしてくれたのだから、次は標的のドゥロンと接触するきみなりの方法を考えてみてくれ」彼はドミニカに言った。

「恐縮ですが、大佐。すでに最初の接触を行なうプランは考えてあります」ドミニカは言った。

「それは結構……」

第五部の要員たちは椅子から立ち上がり、吸いかけのタバコを灰皿でもみ消した。くそったれ、この〝スズメ〟に関する噂では、形のよい尻をした、おっぱいのでかい、青い目の女としか聞いていなかったが、まさかこれだけ度胸のある女だとは思わなかった。男たちはいっせいに会議室を去り、テーブルに書類を散らかしたまま、ドミニカを置いていった。掃除はこの新入りの女にさせよう。それでも彼女は意に介さなかった。書類を揃え、耳が折れたドゥロンのファイルの上に積み、それを抱えて会議室をあとにし、後ろ手にドアを閉めた。

アルバート広場に近いニキーツキー・ブリバール十二番地に、〈ジャン・ジャック〉というレストランがある。フランスのブラッセリーのように騒がしく、タバコの煙が立ちこめ、煮こみ料理やシチューの芳香が漂う。白黒のタイルの床に、白いクロスのかかったテーブルがくっつかんばかりに並べられ、曲げ木で作った椅子が所狭しと押しこまれていた。壁際の棚は天井までワインで埋めつくされ、少し曲がったバーカウンターにはスツールが並んでいる。〈ジャン・ジャック〉はいつもモスクワっ子で賑わう店だ。昼食時には一人の客は必ずといってよいほど合席になる。

雨がちな火曜日の昼、〈ジャン・ジャック〉はいつもより混んでいた。正面のドアから外の日よけまで客が並び、椅子が空くのを待っている。店内には喧騒がこだまし、タバコの煙が充満していた。ウェイターはテーブルのあいだを足早に往復し、ワインボトルの栓を開け、料理のはいった皿を運んでいる。十五分ほど待っていた在モスクワ・フランス大使館員のシモン・ドゥロンは片隅の二人掛けのテーブルに案内された。向かいに座っている若い男性客は、ディジョン・マスタードをあえた厚切りの肉と野菜がたっぷりはいったシチューを食べ終えるところだ。肉汁に黒パンを浸している。ドゥロンがテーブルの前に座っても、若い男はちらりとしか目をあげなかった。

いつも混雑して騒々しくても、ドゥロンはこのレストランが気に入っていた。パリを思い出すからだ。さらにうれしいことに、ロシアの飲食店では昼時に合席するのはごくふつうなので、ときどき美人の大学生や魅力的な販売員のそばに座れることがある。彼女らはドゥロンに向かって、まるで連れの客のようににこりとすることさえあった。少なくともまわりからは連れのように見えるかもしれない。

ドゥロンはメニューを見るあいだ、ワインを一杯頼んだ。向かいの若い男性客は勘定を済ませ、口をぬぐい、椅子の背もたれにかけた上着に手を伸ばしている。ドゥロンが目をあげると、まばゆいばかりに美しい、濃い栗色の髪に薄青色の目の女が彼のテーブルに近づいてきた。息が止まりそうになった。その女性客は、若い男性客が帰ったばかりの目の前の席に座ったのだ。彼女は髪をアップにし、襟の下には真珠のネックレスが見えた。薄手のレインコートの下にはベージュ色のサテンのワイシャツ、チョコレート色のスカートを身につけており、茶色のワニ革のベルトで留めている。ドゥロンはどきどきしながらワインを口にし、シャツの下に包まれた女性客の身体の動きをちらりと見た。

彼女はワニ革のハンドバッグから四角いレンズの小さな読書用眼鏡を取り出し、鼻柱にちょこんと載せてメニューを見た。ドゥロンの視線を感じ、目をあげる。彼はあわてて自分のメニューに目を戻した。もう一度覗き見る。メニューを持つほっそりした指、首の曲線、きれいな目を際立たせるまつげにうっとりと見とれた。女性客がふたたび目をあげる。

「すみません、どうかしましたか？」ドミニカはロシア語で話しかけた。ドゥロンは首を振り、はにかんで唾を飲みこんだ。彼は五十代ぐらいに見えた。大きな頭にごわごわした茶色の髪が張りつき、首は痩せこけ、なで肩だ。黒い目は小さく、鼻先がややとがり、すぼめた唇とちょび髭は鼠を思わせる。紺色の背広から片方の襟がはみ出し、ネクタイの結び目は小さく、斜めに傾いていた。ドミニカは襟とネクタイを直してやりたい衝動をこらえた。彼女はドゥロンの誕生日、洗面台の棚に置いているアスピリン錠の名前、一人寂しく寝ているベッドカバーの色まで知っていた。どこから見ても商務官そのものね、と彼女は思った。

ドゥロンはほとんど彼女と目を合わせられなかった。ドミニカには、彼が勇を鼓して話そうとしているのがわかった。ようやく口をひらいたとき、その言葉からは弱々しい青の光が見えた。スパロー・スクールのアーニャから見えた紫がかった青にどこか似ている。彼は深呼吸し、ドミニカは待った。彼はやはり、ファイルから分析していたとおりの人物だ。ドゥロンに近づく計画は、この瞬間から実行に移される。

「失礼」ドゥロンは言った。「申し訳ないが、ロシア語は話せないんだ。英語は話せるかな？」

「ええ、もちろん」ドミニカは英語で言った。

「フランス語（エ・フランセ）は？」ドゥロンは訊いた。

「話せますよ（ウィ）」ドミニカは言った。

「それはすばらしい。深い意味があって見ていたわけじゃないんだ」彼はフランス語でつかえながら言った。「ただ、その、お嬢さんに席があってよかったと思ってね。だいぶ待たされたのかな？」

「いえ、そうでもありません」ドミニカは店内を見わたし、入口に目を移した。「そんなに混んでいないようですよ」

「そうだね。とにかく座れてよかった」ドゥロンはそこまで言って、話題がなくなった。

ドミニカはうなずき、メニューに視線を戻した。ドゥロンの前の席にドミニカが座れたのは、たまたま運がよかったからではない。この日、彼以外の〈ジャン・ジャック〉の客は全員SVR要員だったのだ。

〈ジャン・ジャック〉で二度目に出会ったとき、彼女はこのまじめそうで小柄な外交官に〝ナディア〟という偽名で自己紹介した。その数日後、今度はブラッセリーの外の歩道で二人はばったり出会い、ドゥロンは勇気を出していっしょに昼食をとらないかと誘った。後日、別の店でもいっしょに昼食を食べた。ドゥロンはひどく内気で、上品なマナーの持ち主だった。酒はたしなむ程度で、とつとつと自分のことを話し、こっそり額の汗をぬぐいながら、ドミニカが髪を耳にかけるなにげないしぐさに見とれるのだった。食事をともにするごとに、ドゥロンの遠慮深さは徐々にほぐれ、青色の光が強くなってきた。彼女はそうなるのを待っていた。

ドゥロンは、ナディアがグルジンスキー通りの〈リデン・アンド・デンツ〉で語学教師をしているという嘘の説明をなんの疑問も持たずに受け入れた。そして彼女の夫が地理学者で、時差のある東部の地方に長期赴任していると聞いたときにはわざと反応を見せず、同居人がいないことだけが取り柄の、狭苦しいアパートメントに住んでいるとドミニカがほのめかしたときにも、礼儀上関心のないふりをした。しかしドゥロンの心は昂ぶっていた。

セミョーノフはいらだちを露わにし、ドミニカに一刻も早くこの小柄な男をベッドに誘い、アパートメントに連れこむよう催促した。しかしドミニカは抵抗し、時間を稼ぎ、命令不服従のそしりを受ける限度まで引き延ばした。セミョーノフが彼女を〝スズメ〟としてしか考えておらず、彼にとって標的をリクルートする最も有効な手段はあくまでハニートラップであり、この作戦の価値をそれ以上に認識していないのは明らかだった。ドミニカは、ドゥロンとの関係は時間をかけて進展させる必要があり、娘こそ情報源として測り知れない価値を秘めているがゆえに、いまここで誘惑を焦らないことが重要なのだと力説した。ドゥロンには優しく接し、徐々にリクルートしなければならないのだ、と。怒りをこらえるセミョーノフに、この生意気なアカデミー卒業生は諄々と説き聞かせ、進捗状況を報告し、次の段階に移行することを提案した。

しかし、それから数週間の進展ぶり（ラズラボトカ）は古風なものだった。ドミニカが移行した次の段階とは、ドゥロンと気の置けない友人づきあいをし、彼の緊張を解きほぐして親近感を抱かせ、彼女への期待を高めさせるというものだった。ドミニカは彼の気持ちを読み、期待をあおり、彼女がドゥロンに徐々に惹かれていると思わせた。ドゥロンは夢心地だった。このフランス人は彼女の魅力に酔いしれていたが、ドミニカは彼の小心さを承知しており、彼が強引に迫ることができないのを知っていた。だが彼女の判断するところ、ドゥロンが危険を感じたり、騙されていると思ったりすれば、その時点で彼をリクルートできる可能性は失われる。土台になるのはあくまで友情であり、彼女に心酔しているドゥロンの気持ちを利用して、彼がドミニカに頼まれたことを断われなくなるよう仕向けるのが最善の策だ。

週に一度会っていた二人は週に二度会うようになり、週末ごとに市内を散策し、博物館を訪れた。それは人目を忍ぶ逢瀬だった。二人とも既婚者ということになっているのだ。互いの家族のことも話し、ドゥロンはブルターニュ地方の両親のもとで育った屈託のない幼少時代のことを聞かせた。ドミニカはつねに温かく接した。ドゥロンは少しでも驚かせたら、甲羅に頭を引っこめてしまう亀のような男なのだ。

時間の経過につれ、ドゥロンはおずおずと、愛なき結婚生活について話しはじめた。妻は何歳か年上で、背が高く、名門の家系で、何もかも思いどおりにならないと気がすまない性質だった。実家は大金持ちで、二人は短期間の交際を経て結婚した。ドゥロンがドミニカに打ち明けたところによると、妻は実家の影響力を後ろ盾に、夫に出世街道を昇りつめてほしいと考えていた。しかし内気でお人よしのドゥロンにそんなことができるはずがないと悟り、妻は結婚生活に背を向けたのだ。もちろんうわべは取りつくろっていたが、彼が公務で単身赴任しようと彼女はいっこうにかまわなかった。彼の外務省での立場も妻にかかっていた。

ドゥロンは一人娘のセシルを溺愛していた。写真の彼女は、華奢ではかなげな笑みを浮かべ、黒っぽい髪をしたうら若い女性だった。父親によく似て、内気ではにかみ屋で控えめだという。すっかり彼女に好意と信頼を寄せていたドゥロンはついに、娘が国防省に勤務していることを打ち明けた。もちろん父親は娘のキャリアが大の自慢だったが、実際にはやはり妻と義父の影響力によるものだった。ドゥロンは諧謔を交えて、娘への望みを話した。よき伴侶と結婚し、キャリアを確固たるものにして、何不自由のない人生を送ってほしい、というものだ。彼が自ら進んでセシルのことを打ち明けたのは、二人の関係が進展した重要な証だった。

ある日の午後、カフェでデミタスのコーヒーを飲みながら、ドミニカはドゥロンに将来への不安を覚えることはないか、妻から見捨てられ、娘が伴侶に恵まれず、父と同じように一生宮仕えの鬱々とした人生を歩むかもしれないという不安に駆られることはないか、と訊いた。ドゥロンははっとしてドミニカを見た。この女性への愛情は日ごとに増すばかりだったが、肌ざわりのよい手袋に包まれたＳＶＲの魔の手を感じたとしたら、この質問をされたときだっただろう。それは危険信号だった。しかし彼はその予兆を見なかったことにし、この青い瞳と豊かな髪の女性に一瞬でもそんなことを考えた自分に憤慨し、乳房の曲線をなぞる下着の線に見とれた。それでも二人は清純な交際を続けた。出歩いたあとはどぎまぎしながら別れを言い、赤面しながら握手した。ドミニカがいそいそと、一度だけ頬に口づけすると、ドゥロンは天にも昇る心地で残り香を嗅いだ。

「いったい何をぐずぐずしている？」打ちあわせでセミョーノフがわめいた。「われわれの目的はあの気の小さいフランス人（ローブキ・フランツーズ）を罠にかけることだ。あんなやつの身の上話を聞いて、伝記でも書く気か？」

「たわごとはやめてください」ドミニカは重大な規律違反と知りながら、セミョーノフにぴしゃりと言った。「この件はわたしにまかせてください。あのフランス人と娘を、二人ともリクルートしてみせます」彼女は大見得を切った。

セミョーノフは怒りを募らせた。周囲の黄色い霧は一度薄くなってから濃くなり、ふたたび薄くなった。ドミニカは、この男がすっとぼけながら裏切りを画策していることを確信していた。彼女は議論でセミョーノフを言い負かしたのみならず、文字どおり身体を張って彼の前に立ちふさがった。ドゥロンへの誘惑はほぼ完成しつつある。彼が罠に落ちるのはまちがいない。ドゥロンは自覚のないままにドミニカに操られ、彼女のためにスパイ行為を働くのだ。彼女はアカデミーでの街頭訓練で、年金生活者の教官から言われた言葉を思い出した。

「心配ご無用です、同志」ドミニカは言った。「このかぶ（スヴョークラ）は、そろそろゆであがりますよ」まるで古参の上官のような口ぶりだ。

「いいか」セミョーノフは彼女を指さして言った。「きいたふうなことをぬかしてる暇があったら、さっさと標的を落とせ。これ以上の時間の無駄は許さん」しかし、怒り心頭に発しつつも、彼にはドミニカがこの作戦で張りめぐらしている巧妙な罠に気づいていた。それは彼自身が及びもつかない洗練の域に達しており、結果としてよりいっそう不愉快になった。

ドミニカはついにドゥロンをモスクワ市内北部にある偽のアパートメントに呼んだ。ベラルーシ鉄道駅の近くで、彼女が働いていると詐称（さしょう）している語学学校からそう遠くないところにある。そこはふた部屋しかない狭いフラットで、カーテンで隔てられたバスルームとキッチンがついた居間、それから寝室だけだった。絨毯はすりきれ、壁紙は色褪（いろあ）せ、古びて気泡が浮いている。年季のはいったティーポットがガスコンロに載っていた。こんな狭苦しく汚いアパートメントでも、親類や同僚と共有しなくて済むのは、モスクワの住宅事情では信じがたい贅沢（ぜいたく）だった。

もうひとつ、ドゥロンが気づいていないことがあった。このアパートメントは壁、天井、家具に至るまで、あらゆるものに隠しカメラと盗聴用マイクが埋めこまれているのだ。アパートメントの両隣、真上、真下の部屋はことごとく、SVRのコントロールルームさながらだった。このアパートメントには、戦略爆撃機を飛ばせそうなほど膨大なエネルギーが注ぎこまれているのだ。夜遅くなると、地階から技術者の鼻歌が聞こえることもあった。

「シモン、ひとつお願いがあるの」ドミニカはアパートメントのドアを開けながら言った。片手に青い花束、もう片手にワインボトルをぶらさげたドゥロンは、たちまち心配そうな表情になった。ナディアのアパートメントを訪れるのは今回が三度目で、これまでの訪問ではつつましくテープの音楽を聴き、ワインを飲み、会話をしただけだった。ドミニカはいささかうろたえたような口調で、かぶりを振った。「わたし、フランス語からロシア語への通訳の仕事を引き受けてしまったの。来月ひらかれる、モスクワ国際産業技術見本市（ITFM）の商談よ。少し家計の足しにしたかったんだけど、わたし、何を考えていたのかしら？　だってエネルギーや工業や商業の専門用語なんて、何も知らないのよ。どうしましょう」

ドゥロンは笑みを浮かべた。ドミニカには、彼の青い光が自信と愛情に満ちて輝くのが見えた。二人は猫の額ほどの居間の小さなソファに腰を下ろした。ドゥロンはこの見本市のことを知りつくしている。まさに彼の専門分野だ。壁の向こうでは、少なくとも六人のＳＶＲ技術者がこの場面を撮影し、録画している。「なんだ、そんなことだったのか」ドゥロンは言った。「一カ月で、必要なフランス語はすべて教えられるよ」彼はドミニカの手を軽くたたいた。「大丈夫だ」ドミニカは身を乗り出し、彼の顔を両手で挟んで、コメディ映画のように大仰（おおぎょう）なキスをした。彼女はタイミングと効果を慎重に計算していた。これ見よがしで無邪気なキスではあるものの、ドゥロンがドミニカの唇を感じるのはこれが初めてなのだ。「大丈夫だよ」声がうわずっている。ドゥロンの青い言葉は一様に濃くなった。彼は心を決めた。

ドミニカはかねてから、彼が外交官としてどんな仕事をしているのか興味を示しており、ドゥロンは人から興味を持たれたのがうれしく、職務内容を話すことに抵抗を持たなくなっていた。今回の頼みを受けて彼女の力になろうと、翌日の夕方ドゥロンは大使館から書類鞄を提げてまっすぐドミニカのアパートメントに向かい、大使館商務部が作成した二十ページほどのロシアの投資環境に関する報告書を取り出し、彼女とともにそれを読んだ。各ページの上下に〝部外秘〟のスタンプが押してあった。

個人授業を重ねるたびに、書類は増えていった。原本やコピーを持ち出せないときには、携帯電話のカメラで書類の写真を、充分判読できるように撮影してきた。それらの書類は、フランス語ならびにロシア語の技術用語辞典としての役割を果たした。〝語学教師〟にふさわしく、ドミニカはこれらの語彙を瞬く間に吸収し、ドゥロンは貿易やエネルギー産業に関する専門用語に彼女が熟達していくのを誇らしい気持ちで見守った。ドゥロンは肚を決めていた。彼女を教え、訓練し、専門家に育てるのだ。わたしは彼女を愛している。ドゥロンは自らにそう言い聞かせた。

大使館の書類を持ち出せるのはひと晩かぎりだったので、ドゥロンはドミニカに心ゆくまで勉強してもらおうと、彼女のためにコピーをとることにした。書類のコピーがあるかないかは、SVRにとって現実的にはさほど意味がなかった――天井の隠しカメラでテーブルの書類を拡大すれば、句読点まではっきり見えるのだ。しかし手続き上の問題としては、大使館のセキュリティ保持を危うくする取り返しのつかない違反行為だった。いまやドゥロンはドミニカの思いのままだ。ドゥロンにとって〝専門用語の勉強〟という口実が本当かどうかはもはやどうでもよくなり、重要なのは〝ナディアを教育する〟という行為そのものだった。

その大義名分があれば、彼はドミニカに献身し、彼女のためならなんでもできた。愛する人のために尽くすという動機こそは何物にも優り、仮にいかなる大金を提示してスパイとしての協力を求めても、あるいはベッドに連れこんでそれを材料に脅迫しても、愛にははるかに及ばないのだ。仮にこの時点でドゥロンが彼女をロシアのスパイと気づいたとしても、彼は決してそのことを認めようとしなかっただろう。

セミョーノフは進捗状況を見て再度の会議を招集し、「じゃあ、これ見よがしにドミニカを罵って、小柄なフランス人をすぐに誘惑するよう迫った。「じゃあ、あなたが彼をベッドに連れこんだらいいじゃありませんか」ドミニカはセミョーノフに敢然と言い返し、テーブルを囲む男たちを見わたした。「ほかに誰か、彼とやりたい人はいる？」会議室は静まりかえった。

ドミニカは少し語調をやわらげようとした。「いいですか」彼女は言った。「次の段階は大変デリケートなんです」彼女はまずドゥロンを説得して娘に連絡をとってもらい、それから娘に優しく接して、防衛上の機密を提供してもらうよう頼むつもりだった。それはまるで、一体の操り人形の糸を引くことで、糸がつながっているもう一体の人形も操ろうとするようなものだった。娘にひとたび一線を越えさせたら、ドゥロンには娘の協力を確保する保証人になってもらわねばならない。「フランスの防衛機密に関する書類を一度でも提供させることができれば、作戦の成功は見えてきます」

セミョーノフは終始苦々しい表情を浮かべ、彼女の話には納得していなかった。この計画はあまりにも複雑すぎる。それにこの素人女(ディレタントカ)は反抗的だ。それでも彼は、もう少しだけ待つことにした。彼は廊下でコルチノイ少将とふたたび立ち話をしたときに、自らの計画が正しいことを確信した。このスパイの大ベテランは、標的をリクルートするために積極的行動を起こす必要があるというセミョーノフの見解に全面的に同意し、頑固なドミニカに手を焼いていると聞いて同情した。

「まったく最近の若いやつらは」コルチノイは言った。「彼女のことを詳しく聞かせてくれないか」

皮肉なことに、彼女の計画を打ち破ったのは臆病なドゥロン自身だった。ある晩、ドミニカの隣のソファに座り、商務部の内部書類をいっしょに見ていたとき、ドゥロンは衝動的に手を伸ばし、彼女の手を取ったのだ。それから彼はドミニカににじり寄り、優しくキスをした。いっしょに勉強をしているうちに沸き上がってきた親密感に抗えなくなったのかもしれず、あるいはゆっくりと諜報活動の網にからめとられているという漠とした思いが一線を越えさせたのかもしれない。きっかけがなんであれ、ドミニカは優しいキスに応えながら、頭のなかで必死に計算をめぐらせた。これは作戦全体にとって大きな危機だった。いまここで彼と恋仲になっては、娘を計画に引きこむきっかけを失いかねず、次の段階に移行できなくなる危険性がある。逆に言えば、ドミニカの支配権はシモンだけになってしまうのだ。同時に、壁の向こう側の狭苦しい部屋で色めきたっている腹の突き出た男たちのことが彼女の脳裏に浮かんだ。

彼女の逡巡を察したように、ドゥロンの唇が一瞬動きを止め、目が大きく開いた。しかし、ここでとどまるつもりは彼にはまったくないようだった。頭上の光の輪はまばゆいばかりに輝いている。この瞬間ドミニカは、先に進むしかないことを悟った。二人は恋人になるしかないのだ。彼女はドゥロンに身をまかせ、誘惑しやすいよう手を添えた。

この段階に達してしまったことは、ドミニカにはいささか残念だった。彼は人を疑うことを知らず、優しかった——すぐにベッドに連れこんだウスチノフとは、なんというちがいだろう。だが彼女はいまやスパロー・スクールでの訓練を経ている。そこで体得した知識は、意識しなくても脳裏に浮かんできた。

ドミニカは彼の後頭部に手を添え、唇を強く押しあて（第十三項　性的意思を明確に示す）、息をあえがせた（第四項　情熱を示すことで、相手の情熱的な反応を引き出す）。ドゥロンは身体を引き、彼女に目を見張った。ドミニカは彼の頬をなぞり、じっと目を見つめて、彼の手を自らの乳房に置いた。彼はドミニカの鼓動を感じ、彼女はその手をさらに強く自らに押しつけた（第五十五項　自分の肉体を相手にゆだね、性欲が高まっていることを証明する）。ドミニカが身体を震わせる。ドゥロンは彼女を見つめたまま、手を置いた。

「ナディア」彼はささやいた。

目を閉じ、ドミニカは頬を彼の頬に押しつけ、耳元に口を近づけた（第二十三項　聴覚によって欲望を刺激する）。「シモン、抱いて（ベーゼ・モア）」彼女はささやき、二人はよろめきながらほの暗い寝室に向かった（実際には赤外線ライトでモスクワのジナモ・サッカー競技場並みに煌々と照らされているが、肉眼では見えない）。ドミニカはスカートとブラウスを脱ぎ捨てたが、胸元が大きく開いたブラジャーはつけたまま（第二十七項　裸体と衣服の不均衡を用いて、官能を強く刺激する）、ドゥロンが滑稽に飛び跳ねてズボンを脱ぐのを見ながら、両手で自らの大腿部をなぞった（第五十一項　自分を刺激してフェロモンを発生させる）。

ベッドでのドゥロンは、交尾するキジバトさながらに手足をばたつかせ、彼女にのしかかった身体は羽毛のように軽かった。鼻を優しくドミニカの乳房のあいだにすりつける。ドミニカはほとんど彼を感じなかったが、背中を弓なりにそらし、両脚を投げ出した（第四十九項　極度に身体を張りつめることにより神経反応を促進する）。一瞬、天井の照明に開いた孔に意識が向いた。しかしドゥロンは彼女の乳房のあいだから頭をあげ、ふたたび彼女を見つめた。しばし見つめあうと、彼は吐息を漏らし、より熱意をこめて彼女の上で手足をばたつかせた。ドミニカは目を閉じ（第四十六項　感じやすさを妨げる要素を遮断する）、彼の名前を何度も呼んだ。震えが身体を駆け抜けるのを感じ、ドミニカは彼を導いた（第九項　恥骨尾骨筋を広げる）。

ドゥロンが哀れっぽい声で「ナディア、愛している」とささやく。

ドミニカが指を彼の首筋に這わせ「いとしい人」とささやいた次の瞬間、彼女は事態を把握した。寝室のドアが内側に蹴破られ、オレンジ色の電球（デジタルカメラで撮影するため）が頭上で点灯し、背広を着た三人の男たちがなだれこんできた。シャツの襟は汗に濡れ、森でトリュフを見つけた豚のように目がぎらついている。男たちは隣室からずっと見ており、汗と何日も替えていないシャツと何週間もはきっぱなしの靴下のにおいが部屋に充満した。

ドアがひらくと同時にドミニカはベッドに起き上がり、恐怖で震えているドゥロンをお気に入りの人形のように抱き寄せると、ロシア語で出ていけと叫んだ。細心の注意を払って構築してきたドゥロンとの関係は、セミョーノフのせいでこっぱみじんに砕け散ったのだ。しびれを切らしたセミョーノフは、自らの粗暴なやりかたで進めずにはいられなかった。それはドミニカにとって大打撃だった。会議室での傍若無人な口のききかた、相手の言葉をさえぎる無礼な態度への代償を、彼女は支払わされたのだ。まるで古参兵のような台詞を吐いたのを、ドミニカは思い出した——「このかぶは、そろそろゆであがりますよ」そしていま、本当に作戦を動かしているのは誰なのか、ドミニカは思い知らされている。

男たちはドゥロンを彼女から引き離し、ベッドから引きずり出し、素っ裸のまま居間に追いたてた。それからソファに放り出し、皺になったズボンを投げつけた。彼は何が起こったのか理解できないままに、図体の大きな男たちを見上げている。ドミニカはベッドから男たちを罵りながら、シーツで身体を覆って立ち上がった。怒りで目がくらみそうになり、全身、喉、頭は締めつけられるようで、ひどい耳鳴りがした。

彼女は男たちを部屋からたたき出し、状況を収拾しようと決意した。だが立ち上がる前に、三人目の男が彼女の手首をつかみ、ベッドから居間に引きずり出した。ドミニカが手荒に扱われるのを見たドゥロンは立ち上がろうとしたが、ほかの二人に押し戻された。一人の男がドミニカの顔をぐいと振り向かせ、頬を張った。「この売女が！」男は唾を吐き、彼女を床に投げ出した。あらかじめ仕組まれていたシナリオかどうかはともかく、ドミニカは自らを侮辱した男を見上げ、相手の目までの距離を測った。

ドミニカは立ち上がりざま、シーツを床に落とした。部屋にいた全員の目が彼女の乳房と脚に引きつけられる。その隙をついて彼女の足が繰り出され、不意打ちを受けたSVR要員は前のめりになった。すかさずドミニカは親指と人差指の爪を鼻の穴に突っこみ、強くつねって自らに引きつけた。一九三〇年代の内務人民委員部（NKVD）時代から行なわれている拷問法だ。ドミニカは悲鳴をあげ抵抗できない男の頭を室内の小さなテーブルにたたきつけた。フランス大使館商務部の書類が散乱した机だ。男はテーブルの角に頬をぶつけ、ぐったり床に倒れた。それきり動かなくなった。ドゥロンがソファから、信じがたい眺めに目を見張っている。

十秒たらずの出来事だった。もう一人のSVR要員がドミニカをつかんでアパートメントから連れ出し、廊下を通って別の部屋に押しこんだ。「手を放しなさい」彼女が叫ぶと同時に、鼻先でドアが荒々しく閉められた。男は去った。だが部屋の奥から、別の声が響いた。

「鮮やかな手さばきだったな、伍長。隠密の諜報作戦の締めくくりにしては派手だったが」ドミニカが振り向いた先に、二台のモニターを目の前にしてセミョーノフがソファに座っていた。一台の画面はアパートメントを映し出し、意識を失って床に伸びた男の身体、彼の上にかがんでいる男、ドゥロンの前に立ちはだかっている別の男が確認できる。ドゥロンはまだズボンを両手で抱え、祈りでもするように男を見上げていた。もう一台の画面が映しているのは、ベッドでむつみあうドミニカとドゥロンだった。消音されている二人の性交の映像は無機質で、舞台で演技をしているようだ。彼女は目をそらした。

ドミニカは片手で身体を覆っているシーツをわしづかみにしながら、もう片方の手でうずく頬を押さえた。「なんてことを（ジョーパ）！　もう少しで何もかも手にはいったのに」彼女は叫んだ。セミョーノフは答えなかった。目が両方のモニターを往復している。「彼が娘をリクルートしてくれる可能性はあったわ」わめき声だ。

セミョーノフは振り向かないまま、つぶやいた。「やつはどのみちそうするだろう」リモコンを操作し、モニターの音量をあげる。SVR要員二人が、ソファに呆然と座っているドゥロンに罵声（ばせい）を浴びせている。

ドミニカは裸足のまま部屋の奥に踏み入り、セミョーノフの目に親指を突き刺してやろうかと本気で思った。「あの人を脅してもだめだってわからないの？　脅されて娘を売っても平気でいられるような神経の持ち主ではないわ。本気でそんな方法が通用すると……？」

セミョーノフはタバコに火をつけながら彼女のほうを向いた。目が黄色に燃えている。「もし通用しなかったら、おまえの履歴簿に〝作戦失敗〟と記載してやる」彼は言った。「作戦の成否を判定する権限はおまえにはないし、これまでだって一度もなかった」セミョーノフはにやりと笑った。「それにSVRはおまえの専有物じゃないんだ」音が消されたモニターに目をやる。ドミニカは自らの両脚がドゥロンの腰に巻きつくのをぼんやりと見た。「ベッドシーンの映像を延々（えんえん）と流しつづけているのはなんのためですか、同志？」彼女はセミョーノフに言った。彼は答えないまま、タバコの煙を天井に吐き出した。

「セーロフがおまえに殴りかかったことを考慮して、おまえが彼に働いた暴力行為を告発するのは見あわせてやる」彼はもう一台のモニターで、意識を失ったままのセーロフを指さした。「小スズメ(ヴォロビェイ)のくせに、おまえは激しい気性の持ち主だな。芽を出したばかりのおまえのキャリアで、そいつは強みになるはずだ」セミョーノフはふたたびにやりと笑い、隣室に向かって顎をしゃくった。

「服を着たかったらそこに着替えを用意してある、伍長。一晩中裸でいたかったら着なくてもいいが」ドミニカは小部屋にはいり、そそくさと不格好なスモックを着、ビニールのベルトで締めて黒いスニーカーをはいた。ソ連の労働婦人に五十年間推奨されてきた服装だ。

ドミニカはその後二度とドゥロンに会うことはなかった。断片的に聞いた彼の消息は、次のようなものだ。フランス大使館書記官クラスのSVRの協力者によると、ドゥロンは翌朝、大使との面会を求めた。ドゥロンは大使に〝ロシア人女性とひそかに親密な関係を結んだこと〟を告白した。この小心な男は勇気を出して、彼がロシア人女性に閲覧させ、複写した、つまり漏洩した商務部の機密書類の番号や内容を明らかにした。対外治安総局(DGSE)のモスクワ支局長はこの一件をパリ本部、ならびに防諜部門である国土保安局(DST)に打電した。本部の局員たちは訳知り顔にうなずいた。美女に近づかれたわけだ、どうしようもないだろう(クワ・フェール)？

これがドイツなら有罪(シュルトハフト)を言い渡され、懲役三年に処せられただろう。アメリカであれば色仕掛けに引っかかった愚か者として非難され、懲役八年に処せられたはずだ。ロシアでは裏切者（プレダーチェリ）は抹殺される。フランスの捜査官は謹厳な表情で職務怠慢を糾弾（きゅうだん）した。ドゥロンはすみやかに、ロシア人スパイの手が届かない本国へ送還され、一年半のあいだ機密情報に携わることのない業務をあてがわれた。しかしパリに戻ったので、娘との距離は近くなった。彼にとって最もつらい償（つぐな）いは、十六世紀に建てられた壮麗で優雅な邸宅で、ふたたび妻と暮らさなければならなくなったことだ。しかし明け方に目が覚めてしまうと、記憶のなかに、みすぼらしいモスクワのアパートメントと青い瞳が甦ってくるのだった。

〈ジャン・ジャック〉のディジョン・マスタードあえビーフシチュー

小さくサイコロ状に切った牛肉に塩、コショウ、小麦粉を振りかけ、フライパンで強火で焼く。火が通ったら、肉を一度取り出す。乱切りのベーコン、タマネギ、トマト、ニンジン、ジャガイモ、それにタイムを柔らかくなるまで炒（いた）める。フライパンに牛肉を戻し、ビーフブイヨンを加えて、肉が柔らかくなるまでとろ火で煮る。ディジョン・マスタードと濃厚なクリームを少量混ぜあわせる。温めなおして皿に盛る。

10

ワーニャ・エゴロフはひっきりなしにジタンを吸っていた。SVRパリ支局から取り寄せたものだ。目は疲れ、胸が締めつけられるようだ。机の赤い革のデスクマットにはFSBの監視報告書が載っている。この数ヵ月で三度目だ。二日前、CIA局員とおぼしきアメリカ人外交官が十二時間にわたって監視探知ルート（SDR）を歩いているところを尾行されたという。このアメリカ人青年には大がかりなチームが尾行にあたり、夕方近くから夜にかけて配置された監視人の数は、このヤンキーが作戦行動にはいり、情報提供者との会合場所に向かっている可能性が濃厚になるにつれて、ますます増えていった。このアメリカ人青年がうかつにも監視網に気づいていないと見られたので、チームの意気は上がった。相手に気づかれないというのは稀（まれ）に見る幸運だ。

　FSBの報告書には誇らしげに、最終的な監視人数は実に百二十人にふくれ上がったと記されていた。降りしきる雪で偵察機こそ飛べなかったものの、地上ではチームの面々がひんぱんに目配せしあいながら、幾重にも青年を取り巻いて尾行を続けた。アメリカ人が行きそうな道筋にも先まわりして要員が配置された。相手が突然進路を変更した場合に備えて、モスクワ市内の百八十の地下鉄駅のうち、六十の駅にも最低一名のＦＳＢの監視要員が待機していた。エゴロフはいらだたしげに、報告書のページを繰った。ＦＳＢの間抜けども（ドルボヨーブィ）が。

アメリカ人は黄昏時（たそがれどき）にモスクワ北西部のソコルニキ公園を訪れ、暗く凍てつく老朽化した遊園地を通り抜けた。錆（さ）びついた観覧車を通りすぎ、暗がりに並ぶ裸の木々のあいだを縫（ぬ）って迷宮のように入り組んだ小道にはいった。青年は水のない噴水の前で立ち止まり、コンクリートの縁に座って、何もない寒々とした花壇を呆けたように見つめた。暗号化された無線が指令を受信する。会合あり。疑義なし。暗視ゴーグルを装着し、ヤンキーを監視せよ。ただし散開し、近くを通行する者は全員、繰り返す、全員追尾せよ。人目を気にし、そわそわして噴水の方向へ向かう、一人歩きの通行人が警戒対象だ。

報告書を読みながら、エゴロフには木々のあいだをすばやく移動するＦＳＢの監視人の姿が目に浮かんだ。暗視ゴーグルを装着し、緑の視野に散開した異星人のような姿の監視要員たち。機密情報受け渡しの隠し場所がないか調べるため、追跡犬も駆り出されている。アメリカ人を追うために使われている神経の張りつめたシェパードは、アメリカで一般的な石鹸（せっけん）や制汗剤（デオドラント）を識別できるよう訓練されているのだ。

こうして監視チームは待った。アメリカ人も待った。一般的に目安とされる四分間は優に過ぎた。十分、二十分。三十分。誰も現われない。公園は彼以外に人けがなかった。追跡犬はアメリカ人の通ってきた足跡を逆にたどったが、めぼしいものはなかった。隠し場所、鋭利な金属片、通信装置。そうしたものは皆無だ。公園の外周道路を無線車が徐行し、一帯に駐車している約百台のナンバープレートを照会した。怪しい車はなかった。アメリカ人は公園から立ち去り、これまた異例なことにまっすぐ帰宅して、監視チームを撒(ま)こうとするそぶりも見せなかった。FSBの無線は沈黙した。

エゴロフはうんざりして報告書を発送書類入れに放りこんだ。FSBご自慢の〝完璧な監視システム〟とやらは、標的が知らないうちに網に追いこんでしまうのではなかったのか。まったくご苦労なことだ、とエゴロフは思った。これだけの人数を動員して何を達成できたのだろう？

ワーニャ・エゴロフは知らなかったが、アメリカ人ケース・オフィサーに対するFSBの大監視網の動きは〈マーブル〉の警戒心をかきたてるのに充分だった。アメリカ人と会合するためソコルニキ公園に向かっていた〈マーブル〉は、予定変更して、公園入口から数ブロックのところにある、マレンコフスカヤ通りの屋根がついたバス停の陰で様子を見ることにしたのだ。路上の不審な動きに敏感な彼は、百メートル先に並んでいる無線付きの監視車両を見逃さなかった。監視チームの連中は車のフェンダーに寄りかかり、タバコをくゆらせながら、あまり隠そうともせずボトルをまわし飲みしていた。まるでゴキブリ(タラカーヌイ)だ。路上の監視要員にきわめてありがちな失態だ。こそこそと群れては散らばる。

やれやれ、おかげさまでいま少しの執行猶予がついたようだ。公園一帯から遠ざかりながら、〈マーブル〉は思った。残された猶予はあとどれぐらいだろう？　今晩、取り急ぎ通信文を書き、すみやかに外国へ出張する口実を探すことにしよう。ナサニエルとふたたび会わなければならない。

翌朝、対外防諜局（KR）の部長ジュガーノフはエゴロフ将軍に秘密メモ（ザピースカ）を送った。このメモはジュガーノフの洞察力と状況判断力をあますところなく示していた。

アメリカ人ケース・オフィサーの行動に対する解釈は、以下のいずれかに限定されるものと思われる。1 FSBの監視を引きつけ、監視能力を測り、FSBの暗号化された周波数の信号情報を収集するためだった。2 アメリカ人が監視を探知し、会合を中止して、監視を欺くために彼らを公園に誘導した。3 アメリカ人は不注意だったが、エージェントが不可解な理由から会合を中止した。

アメリカ人の行動は概して計画性が甘く、実行力もなく、これはCIAのゴンドーフ支局長が上級職員として無能であり、複雑高度な任務を遂行できないというわれわれの評価に一致している。まことにこの男は、利権争いのもたらした不幸な実例と言える。

人のことは言えないのではないか、とエゴロフは思った。頭が鈍く、独りよがりで甘やかされた無能な人間なら、わが組織にもごまんといる。

エゴロフは、FSBがふたたび獲物を逃したことを断言できた。〝もぐら〟はまだどこかにいる。毎晩ベッドで安眠をむさぼりながら、そいつはロシアを裏切り、彼自身、そしてエゴロフの組織人ならびに個人としての将来を脅かしているのだ。

昼下がりの物思いはクレムリンからの電話で吹き飛ばされた。大統領その人のなめらかな声が、暗号化された回線からこだまする。プーチン大統領は昨夜のソコルニキ公園での監視の顚末(てんまつ)を知っており、それに対する解釈を並べたてた。ジュガーノフの〝ザピースカ〟がクレムリンに筒抜けだったことに、エゴロフは気づかないふりをした。

「アメリカ人に対する防諜活動の成功は、悪くない知らせだ」大統領は受話器に向かって満足げに喉を鳴らした。「アメリカの連中は、鍋やフライパンをたたく主婦(ホジャイキ)どものデモ行進を扇動している。祖国の危機の時代において、そいつらを野放しにするわけにはいかない」受話器は沈黙したが、エゴロフはよけいなことを言わなかった。大統領の演説のリズムはわかっている。「われわれには時間を無駄にする贅沢(ぜいたく)は許されないのだ」プーチンは締めくくると同時に、通話を切った。

ワーニャ・エゴロフは受話器を見つめ、電話機に置いた。くそったれ(スーキン・スイン)。インターコムのボタンを押す。「ジュガーノフを呼べ。ただちに、だ」こうしているいまも〝もぐら〟はどこかに潜んでいるが、モスクワでの秘密裏の会合が不成功に終わったのであれば、ロシア国外の第三国で会合を試みる可能性が濃厚だ。それにナッシュは隣国のフィンランドにいる。ナッシュめ。彼はもう一度インターコムを押した。「エゴロワを呼べ、わたしの姪(めい)だ。大至急」

二十分でドミニカは到着し、執務室の机の前に座っていた。対外防諜局の部長であるジュガーノフは、ドミニカと向かいあわせに座っており、足が床についていない。小男の不格好な黒い背広は三つともボタンが留められ、彼は両手で肘掛けをつかんでいる。つねに浮かべている薄笑いがエゴロフを不快にさせた。それでも彼の懐刀ではある。

いつものように、ドミニカには彼らの感情が色として見えていた。ウールのスカートと上着は濃紺で、髪は規定どおりシニヨンにしている。アレクセイ・ジュガーノフの頭の背後に浮かぶ漆黒の三角形が彼女の目を引いた。ドミニカも、旧ソ連時代の末期にルビャンカの拷問室でこの男が行なった所業については聞いたことがあった。

ドミニカが偶然聞いたひそひそ話は、耳を疑うようなものだった。かつてルビャンカには二人の執行人がおり、ジュガーノフはその一人だった。年齢はまだ若かったものの、相手の恐怖に無関心でいられる性質がこの仕事に向いていると判断されたのだ。この男は、囚人が梁から宙吊りにされたり、拷問台にくくりつけられたり、傾斜した床で頭を下にして水責めにされたりする姿に魅入られていたという。彼は囚人たちを意のままに扱い、引きずりまわし――〝ぬいぐるみのように〟と彼らは言っていた――壁際に立たせて話しかけながら、四肢の関節をはずしてはさまざまな位置に組み替えていたらしい。ドミニカの脳裏には、血まみれの衣服、紫に腫れ上がった首が浮かび、さらに――。

「おまえとわたしはいつもここに座っているようだな」ワーニャが明るい口調で言った。ドミニカはわれに返った。ワーニャのまわりには明るく黄色い光が広がっている。面白い面談になりそうだ。「また会えてうれしいかぎりだ」

「ありがとうございます」彼女は静かに言った。気持ちを引きしめる。

「いい知らせだ。コルチノイ少将が北米担当部におまえを迎えたいと言っている」

さっさと本題にはいったらどうなの、と彼女は思った。「セミョーノフ大佐から第五部の配属を解かれてから、わたしには席がありませんでした。少将には感謝します」ドミニカは言った。

「コルチノイは、きみがフランス人に接近した手並みに感心したそうだ」ワーニャは言った。

「ただし作戦は失敗しました」ドミニカは言った。

「成功ばかりの人間はいない。失敗はつきものだ」ワーニャの黄色がさらに広がり、優しさを装っている。

ドミニカの声がやや甲高（かんだか）くなった。「ドゥロンに対する作戦は、第五部が早まった行動さえしなければ、いまなお継続していたはずです。フランス国防省への浸透工作でさえも進められたでしょう」

「わたしもファイルを読ませてもらったよ。成功は約束されたも同然だった。なぜその路線を進めなかったんだろう？」ジュガーノフが取り入るような口調で言った。ドミニカはジュガーノフの肩にコウモリの翼さながらに黒い傘状の光が広がるのを目にし、驚きに目を見張るのをなんとかこらえた。なんて邪悪（シャイタン）なの。

「第五部の部長にお尋ねください」ドミニカは、ジュガーノフの目を避けて言った。その目に何が潜んでいるのか知りたいとは思わなかった。
「機会があったら訊いてみよう」ジュガーノフは言った。
「もういい。非難したところで意味はない。エゴロワ伍長、上官の決断に異議を唱えるのは
よしなさい」ワーニャはとりなすように言った。
ドミニカは伯父の目をじっと見ながら、平静な口調を保つよう努めた。「こんなことだか
らSVRは存在意義を問われつづけているんです。こんなことだからロシアには国際競争力
がないんです。すべての原因はいまのような考えかたにあります。そしてセミョーノフのよ
うな人たちに。まったくヒル（クロヴォピーツァ）みたいな人たちですわ。腹にくっつき、血を吸って、取ろ
うとしてもしがみついているんですから」二人が睨（にら）みあい、室内に沈黙が漂った。ジュガー
ノフが彼女の顔をうかがう。両手は椅子の肘掛けを握ったままだ。
「では、どうしろというんだ？」ワーニャがようやく口をひらき、机から立ち上がって大き
な窓際に向かった。「おまえの成績は見事なものだ。洋々たる前途を自ら台なしにすること
はない。おまえのその口のききかたは、すでにSVRから罷免（ひめん）されてもおかしくない無礼さ
かげんだ。それでも非難をしつづけたいか？」それから、お母さんのことも考えろ、と続く
のね。ドミニカは思った。
「それから、お母さんのことも考えるんだ」ワーニャは言った。「お母さんにはおまえの支
えが必要だ」
「わたしが血縁関係に甘えていることは認めます」ドミニカは言った。「けれども、わたし

たちの職務の重要さを考えれば、旧弊にとらわれたまま放っておくわけにはいきません」窓際にいる伯父に顔を向けたドミニカはふたつのことを理解した。ワーニャは彼女の無礼な言葉を意に介していない。彼にはドミニカを関与させたいなんらかの計画があり、そのため彼女にはある程度自由な発言が大目に見られているようだ。ドミニカはまた、ジュガーノフが彼女の言葉に聞きほれ、竈のように熱を放射しつつあるのを感じた。この男は餌食がいなければ満足できない人間なのだ。彼女はジュガーノフから視線をそらした。

窓の外を見ながら、ワーニャはかぶりを振った。これが現代のSVRか——進歩、改革、広報キャンペーン、女性諜報員までいる。若い連中は好き勝手に昔ながらのやりかたを批判できるというわけだ。「では、おまえは昔ながらのやりかたは嫌いだというわけだな？」ワーニャは言った。

「いかなる理由であれ、成功したはずの作戦が失敗するのには耐えられません」ドミニカは言った。

「おまえ自身が作戦を担当する気構えはあるんだな？」ワーニャは穏やかに言った。

「エゴロフ少将やコルチノイ少将、それから……ジュガーノフ大佐のご指導とご助言を仰ぎながら、ぜひやらせていただきます」かたわらにいる死体愛好者の名前にはできれば触れたくなかった。ジュガーノフは彼女に顔を向け、水差しの取っ手のような耳を立てて、大きくうなずいた。

「おおかたの人間は、おまえはまだ若く、経験不足だと言うだろうが、やってみなければわからん」ドミニカはワーニャの優しげな口調にいやな予感を覚えた。「わたしが考えている任務は、残念ながらおまえを北米担当部から引き離してしまうことになる」

「どのような任務ですか？」彼女は訊いた。また誰かを誘惑しろと言われたら、大声で叫びだしかねない。

「外国の支局での任務で、まさしく諜報活動だ。標的をリクルートする作戦だよ」ワーニャ自身の外国での諜報活動は忌まわしい記憶だったが、いまはさもうらやんでいるような口調を装った。

「外国での任務ですか？」ドミニカは一瞬、言葉を失った。彼女はロシアから一歩も出たことがないのだ。

「スカンジナビア半島だ。おまえのように優れた直感を持ち、新風を吹きこめる人材を求めていたのだ」相手は男ね。ドミニカは苦々しく思った。ワーニャは彼女の目を見、手をあげた。「おまえが考えているようなことではない。作戦要員（オペルウポルノモーチェンヌイ）としての手腕を期待している」

「まさしく、そのような任務をやりたいと思っていました」ドミニカは言った。「ＳＶＲの一員として、ロシアのために尽くしたいと」

ジュガーノフが口をひらいた。まとわりつくような猫撫（な）で声だが、言葉の色は真っ黒だ。

「存分にやりなさい。高度な技量を要する、デリケートな任務だ。最も難しい任務でもある。きみの任務はアメリカのＣＩＡ局員を破滅させることだ」

在ヘルシンキ・ロシア大使館のSVR支局長マクシム・ヴォロントフは執務室から、廊下を歩いていくドミニカの後ろ姿を見ていた。その日の夕方、彼女は灰褐色のファイルを資料室に戻しに行くところだった。モスクワから支局に到着して以来、ドミニカは毎朝そのファイルを取り出し、事務室で読んでは、たいがい何かしらノートにメモを取っていた。一日の終わりには支局の慣行に従い、文書係にそのファイルを戻した。ヴォロントフ以外でこのファイルの閲覧を許されているのはドミニカだけだ。このファイルはSVRヤセネヴォ本部から伝送された、CIA局員ナサニエル・ナッシュに関する書類の複写だった。

ヴォロントフはバレリーナを思わせる形のよい脚を眺め、男仕立てのワイシャツに包まれている身体を想像した。五十五歳のヴォロントフは、あばた面で体格は肥満しており、一九五〇年代のソ連の白黒写真に見られるように、銀白色の髪を額から撫であげていた。奥歯に一本だけ銀歯があり、笑うとちらっと覗いたが、その機会はまずなかった。黒っぽい背広はだぶだぶで、ところどころが光っている。最先端の技術で武装した現代のスパイたちのなかにあって、ヴォロントフはいまだに鉄板とリベットに頼っているようだった。

ドミニカは彼の丸い頭の周囲にオレンジ色のもやを見た。欺瞞(ぎまん)と出世主義の色だ。本部に巣食う黄色の光を帯びた男たちとはちがう。だが彼はKGB時代からの混乱期を乗り切ってきた、変幻自在の生き残りだ。彼の生存本能は、このエゴロフSVR第一副長官の姪を不愉快であっても慎重に扱うべきだと告げていた。そのうえこの若い爆弾のような女は特別任務を帯びてヘルシンキに来ている。取扱注意だ。一週間の準備期間を経て、ドミニカは今夜、彼女にとって初めての外交レセプションに参加する。優雅なスペイン大使館で国祭日を祝う会だ。この催しにアメリカ人のナッシュが来ているかもしれない。ヴォロントフも同行し、同じ広間で見守ることになっていた。彼女がレセプションでどう動くのか、お手並み拝見と行こう。食い意地の張ったこの男の関心はもっぱら、スペイン大使館でいつも供される最高級のオードブルに向けられていた。

ドミニカがあてがわれた仮住まいはヘルシンキの歴史的地区の一角にあるアパートメントで、モスクワからの指示で支局があわてて借り上げたものだ。ロシア大使館員の住宅は専用の地区にひしめく狭苦しいアパートメントで、これらとは外観からして異なっていた。ヘルシンキの街は驚異に満ちていた。整然とした通りの景観。黄色や赤やオレンジに塗り分けられた建物、窓の上部には波打った装飾が施され、レースのカーテンがかけられている。これは店舗でも例外ではなかった。

快適なフラットで、ドミニカはスペインの国祭日レセプションの身支度を整えた。メイクアップを施し、服を着替える。髪にブラシをあてると、柄が手のなかで熱くなった。ドミニカは自らの熱を感じた。これは彼女の戦いだ。小さなフラットには、赤、深紅、ラベンダーといったさまざまな色のうねりが満ちている。情熱、興奮、挑戦の色だ。ドミニカはヴォロントフから指示された、標的のアメリカ人から勝ち取るべき目標を思い出した――最初の晩になんらかの接触をとること。それ以降の数週間で接触を重ね、定期的に会うようにし、友情の絆を結び、信用を築いて、相手の行動パターンを明らかにすること。相手に話させて情報を引き出すこと。

ドミニカは本部でも簡潔な指示を受けていた。モスクワを出発する前、ジュガーノフから話しかけられたのだ。「伍長、何か質問はないかな？」彼は訊いた。答えを待たずに彼は続けた。「きっと気づいているだろうが、これは標的をリクルートする作戦ではない。少なくとも典型的な意味でのリクルート活動ではない。外国の情報を入手することが主目標ではないのだ」彼は舌なめずりした。ドミニカは沈黙し、続きを待った。「そうではなく」ジュガーノフは言った。「これは罠と言うべきものだ。われわれが必要としているのは徴候だ――積極的なものか、消極的なものかは問題ではない。アメリカ人が彼のエージェントといつ、どうやって会うのかが知りたい。あとはわたしにまかせろ」首をわずかに傾け、彼はドミニカに目を注いだ。「わかったかな？」声がなめらかさを増す。「きみには、そいつの骨から皮をはいでもらいたい。やりかたはきみにまかせる」彼女の目をじっと見つめる。相手の色を読めるドミニカの能力をこの男はわかっている。彼女はそう確信した。彼の目が、読めるものならわたしを読んでみろ、と告げていたからだ。ドミニカは礼を言い、足早に立ち去った。

標的のナッシュは訓練を積んだＣＩＡ局員だ。一回の接触にも細心の注意を払うことが求められる。しかしいままでとちがうのは、このアメリカ人に対する作戦を動かす権限が彼女にあることだ。これは彼女の作戦なのだ。ドミニカはブラシを置き、鏡を見ながら化粧台の縁を握った。

ドミニカは自分を見つめ返した。彼はどんな男だろう？　彼女はその男と接触を維持できるだろうか？　もし彼に気に入られなかったら？　彼女は彼の行動範囲にはいりこめるだろうか？　適切な接近方法をすぐにも決めなければならなくなる。これまで磨いてきた技術を思い出すのよ。相手の弱点を引き出し、値踏みし、操ること。

鏡に身を乗り出す。ヴォロントフ支局長からはずっと見られるだろうし、本部の野獣どもも結果を求めている。バッファローが群れをなして、いっせいにわたしを見ているようだ。いいじゃない。あいつらにわたしの能力を見せてやるわよ。

アメリカ人は唯物論者であり、うぬぼれが強く、粗野だ。アカデミーでの講義では、ＣＩＡはすべてを金と技術で手に入れようとし、彼らには血の通った心がないと声高に言っていた。だったら彼に、血の通った心を見せてやればいい。アメリカ人（アメリカンスキー）は同時に人当たりがよく、対立を避け、リスクを避けようとすることが多い。相手を安心させることだ。かつてフルシチョフがソ連を率いていた六〇年代の冷戦期、ＫＧＢはアメリカ人を圧倒していた。今度は彼女の番だ。化粧台を強く握りすぎて、両手が痛くなる。ドミニカは冬用のコートを着てドアに向かった。ＣＩＡの坊やは自分に張りめぐらされている罠をまだ知らない。

スペイン大使館の豪壮な一階大広間は、煌々（こうこう）と輝く三灯の巨大なクリスタルのシャンデリアに照らされていた。部屋の片側に庭園へと続くフレンチドアが並んでいるが、いまは晩秋で閉ざされている。広間は参会者で立錐(りっすい)の余地もなく、階段の低い踊り場から見下ろすドミニカの前を大勢の人々がそぞろ歩いていた。ビジネススーツ、タキシード、夜会服、胸元も露わなドレス、アップにした髪、声をひそめて話す人々、頭をそらして高笑いする人々。紫煙をくゆらす人たちが袖(そで)を触れあわせ、数十カ国語が飛び交い、コースター代わりの紙ナプキンがグラスの下で濡れている。パーティの常連客は絶えず移動して組みあわせを変え、喧騒はやむことを知らない。やかましい人々の群れは料理や飲み物を求めて広間の壁際に向かった。そこには三重の人垣ができている。ドミニカはめくるめく色の洪水を抑え、認識力が限界を超えないように努めた。

おびただしい人の群れでナサニエル・ナッシュをどうやって捜せばいいのか、彼女はすでに途方に暮れた。今晩必ず来るという保証はない。大広間にはいってほんの数分で、彼女は何人もの年輩の男たちに声をかけられていた。いずれも外交官のような身なりで、なれなれしく近寄り、声はやかましく、あからさまに胸のふくらみを見ていた。ドミニカの服装は控えめな灰色のスーツに一重の真珠のネックレスというものだった。上着はきちんとボタンを留め、黒いレースの下着がときどき見え隠れする程度だ。下品なところは何もないが、洗練されたなまめかしさが漂うような服をドミニカは選んだ。スカンジナビア諸国の女性のなかには売春婦と見まがうような服を着ている者もいる。たとえば、両開きのフレンチドアのかたわらで立っているブロンドの女は胸を強調するようなカシミアのトップスをまとい、体形が露わになっていた。髪は白に近いブロンドで、彼女に何事かを話しかけた若者の言葉に対し、自分の髪に手をやりながら笑っている。その若者がナッシュだった。ファイルには監視要員が撮影した彼の写真が百枚近く載っていたのだ。

ドミニカはゆっくりした足取りでフレンチドアに向かったが、それはまるでラッシュアワーのモスクワの地下鉄で移動するようなものだった。ようやくフレンチドアに着いたときにはミス・スカンジナビアもナッシュも姿を消していた。ドミニカは女のブロンドの髪を目印に捜そうとした――大広間でも頭半分は抜きんでるほどの大女なのだ。しかしドミニカは彼女を見つけられなかった。アカデミーで教わったとおり、ドミニカは会場の外周を時計まわりに移動しながらナッシュの姿を捜した。ビュッフェ形式のテーブルに近づくとヴォロントフ支局長が立っており、皿も口もタパスで一杯にしている。彼は誰とも話そうとしていなかった。周囲の人間たちにわき目もふらず、今度はトルティーヤを口に放りこんでいる。

ドミニカは会場の外周をまわりつづけた。大柄のブロンド女の広い肩が見える。彼女の周囲にはにやついた汗まみれの男たちが群がっていた。男たちは少なくとも四人いたが、そのなかにナッシュの姿はなかった。ドミニカはようやく、会場の片隅のバーカウンター近辺に彼の姿を認めた。

黒っぽい髪を短く刈りこみ、紺のスーツと薄青いワイシャツに、シンプルな黒のネクタイを締めていた。率直そうな顔つき、快活な表情。ドミニカにはまばゆい笑顔だった。そこからは誠実さがにじみ出ている。彼女はさりげなく大広間の柱のかたわらに立ち止まった。そのアメリカ人からは死角になっている。ドミニカが最も驚いたのは、ナッシュの周囲に深い紫があふれていることだ。紫は温かみや誠実さや安全といった善意を示している。いままでドミニカが見たなかで、これほど深い紫の持ち主は二人しかいない。父とコルチノイ少将だ。

ナッシュは背が低くはげ頭で、鼻が球根のようにふくれている五十代の男に話しかけていた。ロシア大使館付きの通訳官だ。名前は確かトレントフだったか？　チトフ？　いや、チシュコフだ。大使の通訳としてパーティに随行していたのだ。英語、フランス語、ドイツ語、フィンランド語を話せる。ドミニカは人込みにまぎれ、カウンターからシャンパンのグラスを取ろうとしながら、彼に近づいた。ナッシュが汗臭そうなチシュコフに話しかけているロシア語のアクセントは完璧で、訛りがない。スコッチが半分ほどはいったグラスを手にしたチシュコフは、そわそわしながらナッシュの言葉に耳を傾け、ときどき思い出したように彼を見上げてはうなずいている。ナッシュの話しかたはロシア人そのものだった。両手をひらいたり閉じたりし、口から言葉がほとばしっている。かなりの練達者だ。

ドミニカはグラスからシャンパンをひと口飲み、さらに近づいた。グラスの縁を透かしてナッシュの姿をうかがう。ナッシュは楽な姿勢で立っており、チシュコフに何かを迫る様子はないものの、会場の喧騒にかき消されないよう身を乗り出していた。ジャガイモを思わせるチシュコフに、彼はクレムリンの前に車を停めたソ連市民の小話を披露した。「警官が猛然と駆け寄り、叫んだ。〝気は確かか？　ここはわが国政府の本拠地だぞ〟〝大丈夫だ〟市民は言った。〝車にはちゃんと鍵をかけておいたから〟」チシュコフは噴き出すのをこらえていた。

ビュッフェの反対側からドミニカが見ている前で、ナッシュはチシュコフにスコッチのお代わりを持ってきた。チシュコフはナッシュの腕を取り、今度は自分の小話を披露している。声をあげてナッシュが笑った。ドミニカには、ナッシュがこの男に自らの魅力を行使しているのがわかった。親切で、人好きがし、分別もある。ナッシュはチシュコフと打ちとけていた。彼こそスパイだわ、とドミニカは思った。

ナッシュとチシュコフの向こう、会場のなかほどにヴォロントフの姿が見える。このイボイノシシのような支局長は、アメリカ人諜報員が教科書どおり大使館員に接近しているのにも無頓着(むとんちゃく)だった。ナッシュが一瞬だけ目をあげ、会場内を見わたした。二人の目が合ったものの、ドミニカがすぐに目をそらし、ナッシュもチシュコフに注意を戻した。彼はドミニカのことを知らない。しかしこのわずかな時間でドミニカは衝撃を覚えた。至近距離から標的を目の当たりにし、電流が走ったような心地だ。彼女の獲物。かつて主敵(メイン・エネミー)と呼ばれていた国の人間。

ドミニカは柱の陰に戻り、アメリカ人を見つづけた。肩肘張らない、魅力的なたたずまいだ。この若者は年上のチシュコフを魅了しつづけている。自信に満ち、それでいて粗野(ニエヴォスピータンヌイ)ではなく、第五部にいた元同僚たちとはまったくちがう。ナッシュには好感(シンパチーチエヌイ)が持てた。彼女は当初、このアメリカ人に接触し、探ってみようと思っていたが、いまはやめることにした。とはいえ、彼女自身は彼に近づき、彼の行動半径と意識にはいりこみ、モスクワの実習でミハイルにしたように、美貌と身体を武器にして彼を惹(ひ)きつけたかった。近づいてさりげなく自己紹介するだけなら、簡単なことだ。

いや、いまはだめ。自重するのよ。チシュコフがいるあいだは、ドミニカが近づくことはできない。ナッシュに関する本部からの指示は明確だった。接触は個人的かつ非公式のものでなくてはならず、ヴォロントフ以外の大使館員に知られてはならない。ドミニカにはプロとしての慎重な配慮にもとづいた行動が求められているのだ。この作戦そのものにそうした配慮が要求されており、彼女はそこから逸脱してはならない。ドミニカには、単にヘルシンキで催される外交的な公式行事にやみくもに出席するのではなく、より洗練された戦略が必要だった。

数日後、運命が彼女に求めていた機会を、予期していなかった場所で与えてくれた。入口は目立たずネオンサインは地味だが、ヘルシンキ中心部に位置するウルヨンカツ公共プールは新古典主義的な美しいデザインで、一九二〇年代に建築され、ターミナル駅から数ブロックの距離にある。優雅なプールの上には、アール・デコの照明が手すりのついた中二階の高さに並び、灰色の大理石の柱形(はしらがた)やタイル張りの床に映画のセットさながらに影を投げかけていた。

バレエ学校で水泳によるセラピーを受けていたため、ドミニカは泳ぎに自信があった。アパートメントから数ブロックで行けるので、彼女はストレス解消にプールに通いだした。とりわけ、真昼の時間帯が気に入っていた。夜になってからはあまりに暗くて寒く、家に一人きりで歩いて帰るのは気が滅入った。そのうえ、このところ彼女は孤独感が募り、鬱憤がたまっていた。モスクワからの催促を受けて、ヴォロントフがナッシュとの出会いを進展させるよう、彼女をせかすようになったのだ。ヘルシンキのような小ぶりな都市であっても、標的に疑われないよう、〝偶然に〟出会うきっかけを作るのは簡単ではないのだが、そんなことはヴォロントフにはどうでもいいようだった。

ドミニカの突破口がひらけたのは、ヴォロントフからただちに進捗状況をヤセネヴォの本部に報告するよう求められたことがきっかけだった。おかげで彼女は昼休みに泳ぎに行けなくなってしまった。そのせいで、夕暮れの寒いなかを終業後に行くはめになったのだ。そして彼女は男性用更衣室から出てくるネイトを見かけた。首からタオルを垂らし、プールの端に歩いていく。彼の姿を認めたとき、ドミニカは反対側のプールの端に座り、足を水に浸していた。彼女はあわてることなく立ち上がり、大理石の柱形の近くに移ってネイトを見守った。なめらかで力強い泳ぎだ。水をかくときに肩が盛り上がり、しなやかに曲がる。

ドミニカははやる気持ちを抑えた。大胆不敵に思い切った行動に出るべきだろうか？　それともここは機会をうかがい、ヴォロントフにナッシュの行動パターンをひとつ発見したので、これを利用して接触を図るプランを立てようと思う、と報告するにとどめるべきだろうか？　しかしそんなことを言ったら、何をぐずぐずしているのだ、と責められるのが落ちだろう。いま、この瞬間に動くのだ。アカデミーで彼女は、行動しながら作戦を組み立てろと教わった。偶然を装い最初の接触を図るには、これはまさしく千載一遇のチャンスだ。やるならいまだ。

ドミニカは控えめな競泳用の水着にごく普通の白い水中眼鏡をかけていた。彼女はプールにはいり、ゆっくりと横切ってネイトの隣のレーンにはいった。ゆったりしたペースでレーンを泳ぎだした彼女は、ネイトに自分を追い越させ、ターンしてから彼を追い越した。ネイトがプールの端でゆったりとターンし、また泳ぎだすところで、ドミニカはふたたび自分を追い越させた。

ドミニカはナッシュと並んで泳ぎだし、簡単に追いつけることに気づいた。二人とも全力で泳いでいるわけではない。ゴーグル越しにドミニカからは、水中でリズミカルにフリースタイルで水をかく彼の身体が見えた。向こう端でドミニカとナッシュは同時にタッチし、もう一度深みへと向かった。このころには、ナッシュは誰かが自分と並んで泳いでいるのに気づいていた。水中を見ると女だ。競泳用の水着に包まれた身体が、なめらかな動きで力強く水をかいている。

ネイトはやや力を増して深く水をかき、謎の泳ぎ手より前に出ようとした。彼女は苦もなく追いついた。ネイトは広背筋を使い、もっと強く水をかいた。それでも彼女はついてきた。ネイトは水を蹴るペースをわずかに上げた。彼女は離されなかった。壁が近づいてきたところで、ネイトは懸命に泳いで回転(タンブル)ターンをし、終着点まで水をかくペースを思い切り上げようと決めた。タンブルターンをしたうえで、ラストスパートをかけても追いつけるかどうか見てやろう。壁につく前に大きく息を吸う。ネイトは壁際で回転し、両足でタイルを強く蹴って、猛然と加速した。水面に出ると両腕を回転させ、肘を高く上げ、引いてはかき、メトロノームのように正確なリズムを刻んで水しぶきを上げる。キックのスピードも増し、頭と肩に水をたたく震動が伝わってきた。全速力で泳ぎながら、息継ぎを片方だけにし、女を引き離す。向こう端に着いたら、彼女が必死にあがいて追ってくるのを悠然と待ってやろう。最後の五ヤード、ネイトは身体を伸ばして滑るように泳ぎ、女の方向に顔をあげて確かめた。しかし彼女はすでにそこにいて、ネイトが壁に手を触れたときには泳ぎを終えていた。彼女が僅差で勝ったのだ。彼女は浅い場所で立ち上がりながらネイトのほうを見、キャップを脱いで少し濡れた髪を振り払った。

「見事な泳ぎだ」ネイトは英語で言った。「どこかのチームにいるのか？」

「いいえ、そんなことないわ」ドミニカは言った。ネイトは彼女の鋼（はがね）のような肩、壁についた形のよい両手、マニキュアをつけていない短い爪、大きく鮮やかな青い目を見た。ネイトの感触では、彼女の英語の訛（なま）りはバルト三国かロシアだ。とはいえ、ロシア風のアクセントで英語を話すフィンランド人も大勢いる。

「きみはヘルシンキの人かい？」ネイトが訊いた。

「いいえ、ロシア人よ」ドミニカは言った。彼がどんな反応を示すかうかがう。軽蔑するだろうか、にべもなくはねつけるだろうか。そのどちらでもなかった。彼は輝くような笑みを浮かべたのだ。さてどうするの、ミスターＣＩＡ？　ドミニカは思った。次は何を言うのかしら？

「フィラデルフィアでジナモ水泳チームを見たことがある」ネイトは言った。「とても強かった、とくにバタフライでは」プールの水が肩にぶつかり、彼の紫のもやを反射した。

「当然よ」ドミニカは言った。「ロシアの水泳選手は世界一ですもの」もちろんほかのスポーツもね、と言いかけたが、やめておいた。もう言いすぎたわ。ここまでにしましょう。接触はできたし、国籍も明かした。次は罠を仕掛ける番よ。森で訓練した成果を発揮するときだわ。彼女ははしごを上がり、プールを出た。

「毎晩ここに来ているの？」もう帰らなければならないと言うドミニカに、ネイトは訊いた。はしごを上がるときに彼女の背中の筋肉が収縮した。

「いいえ、スケジュールはまちまちなの」ドミニカは気取って聞こえないように努めて言った。「本当にまちまち」彼の表情をうかがう。がっかりしたようだ。よかった。「今度いつ来られるかはわからないけど、きっとまた会えるわ」彼のまなざしを感じながらプールをあとにし、女性用更衣室にはいった。

ドミニカとネイトは二日後もプールで顔を合わせることになった。ネイトが手を振ると、彼女はあたりさわりのない様子でうなずいた。それから二人は隣りあわせのレーンで何往復も泳いだ。ドミニカは一見相手に関心がなさそうに接し、決して先を急がなかった。いかにもアメリカ的でおおざっぱなネイトとは対照的に、折り目正しく、控えめだった。あまり神経質にならないよう、彼女は自らに言い聞かせた。彼はまだ真相に気づいていない。ドミニカはぞくぞくしながらそう思った。このCIA局員は、誰を相手にしているか知らないのだ。帰る時間になると、彼女は躊躇なくプールを出た。今回は振り向いて彼を見た。笑顔は見せずに手を振る。いまのところはこれで充分だ。

続く数週間で二人は五、六回顔を合わせたが、そのうちのどれひとつとして偶然によるものはなかった。ドミニカはプールの入口の斜め向かいにあるトルニ・ホテルから見張っていたのだ。たいがいドミニカはホテルのロビーに座り、窓から彼が来るのを確かめていた。彼女が見たかぎり、一度も同行者はいなかった。彼は単独行動している。

ドミニカは相手に気づかれないよう、さりげなく関係を進展させるきっかけを探った。二人がプールで顔を合わせる機会が増えるにつれ、自己紹介するのは自然な流れだった。ネイトはアメリカ大使館経済部に勤務している外交官、ドミニカはロシア大使館の管理補佐官とそれぞれ名乗りあった。ドミニカは、相手の身分が隠れ蓑であることを承知しており、自らも隠れ蓑の身分を告げた。それにしても、彼は本当に自然だわ、とドミニカは思った。いったいどんな訓練を受けるのかしら？　まさしく典型的な、疑うことを知らないアメリカ人。本当の陰謀はまずできそうにない。ドミニカを見つめる彼のまなざしには底意がなく、紫の光の輪は変わることがなかった。

一方ネイトは、彼女はなんてまじめな人なんだ、と思った。とても慎重なところは、まさしくロシア人だ。しかしネイトは彼女の控えめなところや、さりげなくにじみ出る色気や、彼をじっと見据えるときの青い瞳が好きだった。とりわけ彼の名前を呼ぶときの〝ニェイト"というロシア訛りが気に入っていた。しかし陰鬱な気分で、彼女に機密情報を入手できる権限があるはずはない、と自らに言い聞かせた。いいか、彼女は美人だが、ロシア大使館の事務員にすぎないんだ。年は二十四、五だろう。モスクワ生まれ、外務省の管理補佐官。プールの名札に書いていた姓を思い出してみろ。あの若さでモスクワを出られるということは、たぶん金持ちのパトロンでもいるんだろう。あの美貌に、水着の下の身体つきを想像すれば、有力者の愛人であってもおかしくない。自分には手の届かない女性だ。ネイトは形式上、本部に照会してみることにしたが、別の標的を捜したほうがよさそうだと思った。

今回は、わたしのホームグラウンドで哀れなヨーロッパ人にハニートラップをかけるのとはわけがちがうのよ。ドミニカは自らにそう言い聞かせた。外国の土地で、外国の諜報員を相手にした作戦。彼女は本部で訓練を積み重ねてきた。今回の相手にはくれぐれも注意してかからねばならない。ドミニカはヤセネヴォに宛てて最初の報告書を書き、標的に最初の接触を行なったことを伝えた。ヴォロントフはさらなる進展を強く促した。

ネイトが照会してから二週間経っても、ラングレーからの回答はなかった。やっぱりそうか。しかし、だからどうだというんだ？　ネイトは思った。ときどき彼女に会って、あのきれいな顔に見とれていられればそれでいい。これまでに二度、ネイトは彼女を笑わせるのに成功した。彼女にはジョークを理解できるだけの英語力があったのだ。ロシア語をペラペラしゃべって彼女を怖がらせたくはなかった。

ある晩、泳ぎ終わった二人ははしごを昇り、プールを出ようとした。たまたま出るタイミングがいっしょになった。水着がドミニカの身体にぴったりまとわりつく。競泳用水着の下で彼女の胸が鼓動を打つ。ネイトははしごを昇るドミニカに手を貸した。彼女の手は力強く、さわると熱かった。彼は一瞬だけ手を握り、放した。彼女は無表情で、なんの反応も示さない。ネイトの目が一瞬、彼女の目を捕らえた。彼女は水泳キャップを脱ぎ、髪を振って水けを払った。

ドミニカは彼の視線を感じていたが、あえて平静を保ち、よそよそしく振る舞った。彼女が〝スズメ〟として訓練を受けたことや、ドゥロンやウスチノフを誘惑したことを知ったらネイトはどう反応するだろう？　ドミニカには、彼を誘惑するつもりは断じてなかった。モスクワでささやかれている噂話が聞こえてきそうな気がする。冗談じゃないわ。今回の作戦は、アカデミーで培ったスパイ技術と計略で達成して見せる。先へ進むのよ。彼の心の封筒を開け、いらだたしいほどくっきりした紫の光を揺さぶってやるわ。

その晩ドミニカは、近くのバーでワインを一杯飲まないかというネイトの誘いを受けた。彼の顔に驚きがよぎり、喜びが輝いた。服を着て並んで通りを歩くのは、お互いに新鮮だった。ドミニカは小さなテーブルを挟んで堅苦しい姿勢で座り、グラスのワインを傾けた。

さあ、情報を引き出すのよ。出身地はアメリカのどこ？　兄弟や姉妹は？　家族はどんな仕事をしているの？　ドミニカは質問を並べたて、彼に関する情報の空白を埋めようとした。しかしネイトに分別がなければ、まるで事情聴取をされているような気分になっただろう。しかし彼はこう思った――きっと彼女はそわそわして、質問が自分に向けられるのをいやがっているんだ。ロシア人は神経を張りつめているか、鈍いかのどちらかだ。それなら、彼女の緊張をほぐそう。こっちからはあまり探りを入れないほうがいい。そもそも、探りを入れるべき理由があるか？　彼女は標的ではなく、ベッドへ連れこむつもりもない。

　ネイトは黒パンとチーズを注文した。実に賢明だわ、とドミニカは思った。わたしたちロシア人はみな黒パンとチーズを食べると彼は思っている。ワインのお代わりは？　いいえ、結構よ。もう帰らないと、と言ったのはドミニカだった。ネイトは家まで送ろうと申し出た。狭いが現代的なアパートメントの入口で、頬にキスしたものかどうか彼が逡巡しているのがドミニカにはわかった。男はみな似たようなものだ。彼女はネイトに手を差し出し、一度だけ強く握ると建物にはいった。それからガラス張りのドア越しに、彼が両手をポケットに入れ、踵を返すのを見届けた。

　訓練を積んだSVRの諜報員にして、スパロー・スクールならびに対外情報アカデミーの卒業生であるドミニカは、この晩の進展ぶりに自分をほめたい気分だった。とりわけ、キスを拒んだのは見事だった。彼女は声をあげて笑った。われながら、なかなかの高級娼婦ぶりね。マフィアの大物を殺し、外交官を誘惑したあげく、今度はおやすみのキスを拒んだなんて。

「よお、ロミオ」フォーサイスはネイトの個室を覗きこんで言った。「けさ本部から届いたエスター・ウィリアムズ（アメリカの映画女優。元競泳選手。出演作に『水着の女王』など）の回答書は読んだか？」フォーサイスが言っているのは、ネイトが照会したドミニカ・エゴロワに関する氏名追跡調査の結果だった。生年および出身地・一九八九年、モスクワ。職業・ロシア大使館管理補佐官。照会状を送ったのは一カ月以上も前だ。ネイトの予想では〝該当者なし〟といったところだった。彼女は地元の外交関係者名簿にも載っていなかった。ネイトに言っていた話では、彼女は下級の管理補佐官であり、つまり最末端だ。ネイトがほかに照会状に書いた内容は、公共プールで不規則に彼女と会っていることだった。情報源としてはまったく役に立たず、機密情報の閲覧権もなく、将来性にも乏しい。

「いいえ、まだ読んでいません」ネイトは言った。「掲示板に貼り出されていますか？」

「わたしのコピーだ」フォーサイスは言った。「ざっと読んでみろ」フォーサイスは通信文をネイトに渡しながら、くすくす笑っている。ネイトが読みだしたときにフォーサイスの背後からゲーブルも現われた。

「色男はもう例のやつを読んだか？」ゲーブルは言った。彼も高笑いしていた。ネイトは顔を上げずに通信文を読んだ。

1　照会にもとづき追跡調査した結果、標題の人物はSVR伍長であることが確認された。在籍部局はコンピュータ・情報工作局と思われる。SVR入庁年は推定二〇〇七年ないし二〇〇八年。対外情報アカデミー（AVR）卒業、二〇一〇年。SVR第一副長官イワン（ワーニャ）・ドミートレヴィチ・エゴロフと血縁関係を有する可能性ありフィンランドに派遣された標題の人物はロシア連邦外務省職員名簿に記載されておらず、これは暫定職務および／または限定された期間における特定の作戦任務に従事していることを示唆している。

2 本部からのコメント：本部としては、照会された人物に興味を有するものである。標題の人物がSVR幹部と血縁関係にあると考えられることから、彼女はきわめて有力な情報源である可能性が高く、リクルートする意義が大いに認められる。

3 支局はぜひとも奮励努力し、意欲的な偵察行動ならびに関係を進展させる行動をとること。支局員に標題の人物を追跡させ、さらなる調査ならびに関係の進展を促すこと。本部は、支局が必要な作戦行動を企画することを支持する。以上

ネイトは通信文から顔をあげ、フォーサイスとゲーブルを見た。「これ以上の回答書はないぞ」フォーサイスが言った。「こいつはかなりの情報源かもしれん。全力でリクルートしてみることだな」

ネイトは乗り気ではなかった。「それはどうでしょうね、トム。彼女にそれほどの人脈があるとは思えません。それに若すぎます。リクルートする価値があるかどうかはわかりません。彼女にはどこかよそよそしくて、人を寄せつけないところがあります」いま一度通信文

を見る。「過去半世紀にわたって、女性はアカデミーに入学できませんでした。彼女にかかわることで半年を棒に振ってしまうかもしれません。もう少し見こみのある標的に集中すべきかと思います」

ゲーブルがフォーサイスの肩越しに、室内に顔を突っこんだ。「なるほど、お説ごもっとも」と言いながら、笑いだす。「おい、冗談を言ってるのか？　相当な美人で、しかもSVR幹部の親族かもしれないんだろう？　こいつはなんとしても、気合を入れて接近するんだ。ほかのターゲットを追いかけようなんてとんでもない話だ。熟れた果物を収穫しない手があるか」

「わかりました、わかりましたよ」ネイトは言った。「彼女がSVRで諜報員をやりそうなタイプには思えなかったまでです。少なくともわたしには、気難しくて臆病に見えました」

肩をすくめ、二人を見る。

「まずは確かめてみることだ、新人。おまえ自身で関係を進展させ、しっかりした感触をつかんでみろ」ゲーブルは部屋を去りかけ、顔だけ彼に向けて言った。「準備ができたら作戦計画の話をしよう」フォーサイスは去り際、ネイトにウィンクをした。

ネイトはフォーサイスを見てうなずいた。わかったよ。やってやろうじゃないか。彼は内心で思った。どうせ時間の無駄だろうけど。いや、そうと決まったわけじゃない。やる気を出せ。この瞬間から、ドミニカ・エゴロワは単なる美人以上の存在になった。彼女はネイトが関係を進展させるべき標的になったのだ。

アメリカ大使館からすぐ近くにあるロシア大使館では、ヴォロントフ支局長が作戦の遅々とした進展ぶりに業を煮やし、訓戒を垂れていた。

「エゴロワ伍長、出だしこそよかったが、そのあとはさっぱりだな。きみが到着して以来、エゴロフ少将からは三度も進捗状況の報告を求められている。きみはナッシュとの友人関係を親密なものにするべく、よりいっそう努力しなければならん。もっとひんぱんに接触しろ。スキー旅行なり、週末の旅行に誘ってもいい。創意工夫を働かせるのだ。エゴロフ少将からは再三、ナッシュのきみに対する情緒的依存度を高めるよう勧奨されているのだ」ヴォロントフは椅子にふんぞり返り、ポマードをたっぷりつけた髪を脂ぎった手で撫でた。

「ご助言ありがとうございます、大佐」ドミニカは言った。伯父、セミョーノフ、そして今度はポマード臭い過去の遺物ときた。「恐縮ですが、エゴロフ副長官がおっしゃる〝情緒的依存〟とはどのような意味か教えていただけますか？」ドミニカは相手をひたと見据え、挑発した。アメリカ人を誘惑しろとはっきり言ったらどうなの、と。

「副長官になり代わって話せるかどうかはわからんが」ヴォロントフはドミニカの意図を察して逃げを打った。「きみが集中すべきなのは、関係を進展させることだ。信頼の絆を深めることだよ」ヴォロントフは、〝信頼の絆〟が意味するところを示すかのように大仰に手を振り動かした。「何より重要なのは、相手が自分のことを話すよう仕向けることだ」

「もちろんです、大佐」ドミニカは言いながら、椅子から立ち上がった。「いっそう努力し、進展がありましたらお知らせします。ご指導ありがとうございました」

ヴォロントフとの面会を終え、ドミニカはげんなりした。彼は陰険なほのめかしやあてこすりに満ちた、子どもじみて下卑た世界の住人なのだ。〝信頼の絆〟〝情緒的依存〟。スパロー・スクール。わたしはこの先のキャリアでずっとこんなものにつきまとわれるのかしら？

帰り道、ドミニカは憤然とそう考えた。元気を出して。わたしは外国で任務に就き、おとぎ話に出てくるような小さな街で自分専用のアパートメントに住んでいるのよ。すばらしいじゃない。しかもこれは重要な仕事。相手は訓練されたアメリカの諜報員なのよ。彼自身にそれほどの危険はなさそうだけど、なんといってもCIA局員なんだから、それだけで充分。今夜はもっと彼自身の話を引き出さなくては。彼がロシア人のことをどう思っているか、訊いてみよう――まだ彼はロシア語が話せることを認めていない。それからモスクワの話に持っていく。そうすれば、現地でどんな任務に就いていたか白状せざるを得なくなるはずよ。

街灯に照らされた通りをウルヨンカツへ足早に歩きながら、足を引きずる癖が出ているのも忘れ、標的との接触に向けてドミニカの心ははやった。

ウルヨンカツに向かいながら、ネイトは考えに耽り、気がつくと通りの様子に警戒するのを忘れていた。自分の第六感では、本部からの情報が本当だと思えなかったのだ。目を覚ませ、しゃんとしろ。今夜からは新たな任務が始まるんだ。赤信号に変わるぎりぎりのところで横断歩道を渡り、方向転換して怪しい車がいないか確かめる。不審車なし、尾行なし。三ブロック先まで歩き、同じことをする。二度以上は繰り返さない。おまえがいっしょに泳いでいる相手は、ただの濡れた水着を着た青い目のスラブ美人ではないんだ。あの女はSVRの諜報員なんだぞ——しかしネイトには、いまだにそのことが信じられなかった。とはいえ注意を払い、慎重に見極める必要がある。しかし相手としては、あの酔っ払いのチシュコフのほうがまだ見こみがあるのではないか。少なくともあの男には機密書類の閲覧権があり、個人的に接触することも可能だ。チシュコフこそ追求すべき獲物であり、本部からの賞賛に値する標的ではないのか。

ドミニカもまた自分の考えに没頭して尾行を警戒するのを忘れ、気がついたらプールから三ブロック行きすぎていた。彼女はわれながらばかげていると思いながら通りを戻り、自らの不注意の尻拭いをした。年金生活者(ペンシオネルキ)の教官たちはきっと大笑いするだろう。二人ともうわのそらで通りを迂回し、別の角を曲がって公共プールの入口に向かい、まったく同時に着いた。ドミニカの呼吸が早くなり、ネイトの脈拍が上がる。しかし二人ともやるべきことを思い出し、それぞれの標的に対して仕事にかかった。

ドミニカはボックス席の木製の仕切りに背を預けた。長い指がワイングラスの脚をゆっくりとまわしている。ネイトは彼女の向かいに座り、脚を伸ばしてくるぶしで組んだ。彼はVネックのセーターにジーンズ、彼女は青いケーブル編みのセーターにプリーツスカートという服装だ。ドミニカはその下に黒いタイツを着け、黒のローヒールの靴をはいていた。ネイトは、彼女がテーブルの下で足をぶらぶらさせているのに気づいた。

「アメリカ人は何事も真剣に受け取らないのね」ドミニカは言った。「どんなことでも冗談にしてしまうわ」

「きみはいったい、アメリカ人を何人知ってるんだ？」ネイトが訊いた。「合衆国に来たことは？」

「バレエ学校にアメリカ人の留学生がいたわ」ドミニカは言った。「彼はいつもジョークを言っていた」バレエをしていたことは偽の経歴の一部に組みこんでいたので、話しても問題なかった。

「彼はダンサーとしては優秀だったのか？」ネイトは訊いた。

「そうでもなかったわ」とドミニカ。「プログラムはとても難しくて、彼にはついていけなかった」

「彼は寂しかったにちがいない」ネイトは言った。「彼にモスクワを案内したり、いっしょに飲みに行ったりしなかったのか？」

「もちろんないわよ。禁止されていたもの」

「禁止されていた？　どっちが？　飲みに行くことか、それとも彼を歓迎することか？」ネイトは言いながらワイングラスに目をやった。ドミニカは一瞬彼を見つめ、目をそらした。

「ほら、やっぱりジョークにするじゃない」彼女は言った。

「いや、ジョークではない」ネイトは言った。「ただ、彼がロシアやモスクワのことを思い出すときに、どんな気持ちになるのかと思うんだ。モスクワの街にまつわる楽しい思い出を作れたんだろうか、それとも孤独で、誰からも気遣ってもらえなかったと思うだろうか?」

なんておかしなことを言うのかしら、とドミニカは思った。

「そういうあなたは、モスクワの何を知ってるの?」答えの一部は承知のうえで、彼女は訊いた。

「わたしはモスクワに一年住んでいた。前にも言ったと思うが、アメリカ大使館にいたんだ。事務局の隣の宿舎から通っていた」

あたりさわりのない情報だけど、事実をねじ曲げてはいないわね。「モスクワは気に入った?」彼女は訊いた。

「いつも忙しくてね、街を観光する時間はあまりなかった」ワインを飲み、彼女に微笑みかける。「モスクワできみと知りあいになりたかったよ。いろいろ案内してくれただろうから。禁止されていなければ、の話だけど」

無邪気な坊やですこと。なんて人を喰ってるの。ドミニカは彼のジョークに取りあわなかった。「どうしてたった一年で離れることになったの? 外交官はふつう、もっと長くいるんじゃない?」彼がどう答えるかが、次の報告書の核心になるだろう。

「ヘルシンキに突然空きができたんだ」ネイトは言った。「それで移ることにした」

なんてスムーズなの、とドミニカは思った。事実を言っていないときでさえ、肩のまわりの紫は変わらなかった。まさしくプロだわ。

「モスクワを離れるのは残念だった?」ドミニカは訊いた。

「ある意味では、イエスだ」ネイトは言った。「しかし同時に、ロシアのことも残念に思った」

「ロシアのことを?　なぜ?」

「ロシアとアメリカは冷戦で核戦争を起こさずに済んだ。その寸前まで行ったことは何度もあったがね。きみたちが旧ソ連の体制をどう思っていたかはともかく、冷戦は終わったんだ。わたしの考えでは、誰もがロシアに新時代の到来を期待し、自由や市民生活の改善を望んだはずだ」

「じゃああなたは、いまのロシアで生活は改善していないと?」ドミニカは憤激で声が高くなるのを抑えようとした。

「ある意味では、もちろんそうだ」ネイトは肩をすくめた。「でもわたしは、ロシアの国民がいまだに試行錯誤していると思っている。最も残酷な結果があるとすれば、新時代の夜明けが見えたのに、何も起こらずに終わってしまうことだ」

「意味がわからないわ」ドミニカは言った。

彼女が餌に食いつくかどうか見ものだ、とネイトは思った。「誤解しないでほしいんだが、きみたちの最近の指導者が築いている体制は、過去の旧ソ連の体制と同じぐらい悪評に値すると思うよ。ただし、いまの体制はかつてほど目立たない。より現代的で、テレビ映りがよく、世界とつながっているように見える。新兵器は原油と天然ガスだが、舞台裏では過去と同じ残虐さ、抑圧、腐敗が横行しているんだ」ネイトはドミニカの表情をうかがい、手をあげた。「すまない。批判するつもりじゃなかったんだ」

厳しい訓練と経験を積んできたにもかかわらず、ドミニカがこうした議論をするのは初めてのことだった。しかしこのアメリカ人は諜報員であり、彼女から情報に値する言葉を引き出すために挑発しているのだ。彼女は肩から力を抜くよう、自らに言い聞かせた。ここで理性を失ってはならない。それでも、何か言わないわけにはいかなかった。「あなたの言っていることは正確ではないわ」ドミニカは言った。「わたしたちはつねに、そうした反ロシア的な態度に警戒しているの。だってそれは事実とちがうもの」

FSBを告発して猛毒の放射性物質ポロニウムを飲まされた将校や、自宅のエレベーターで射殺されたジャーナリストを思い出しながら、ネイトはワインを飲みほした。「アレクサンドル・リトビネンコやアンナ・ポリトコフスカヤにそう言ってやればいい」ネイトは言った。

あるいはドミトリー・ウスチノフにもね。そう思いながら、ドミニカは罪悪感を覚えた。それでもまだ、ネイトへの怒りは収まらなかった。

> **スペイン大使館のトルティーヤ**
>
> やや厚めにスライスしたジャガイモに塩を振り、乱切りにしたタマネギとともにたっぷりの

オリーブオイルで柔らかくなるまでフライパンで炒(いた)め、取り出して油を切る。ジャガイモとタマネギに卵を割り入れ、油を引いたフライパンに戻して、端と底が茶色になるまで中火で焼く。フライパンに皿を伏せ、ひっくり返し、トルティーヤを皿から滑らせながらフライパンに戻して裏面を焼き、きつね色になったらできあがり。

11

ネイトは支局の個室に座り、ブラインドの隙間越しに窓から外を見ていた。ぼんやりとブラインドのひもをはじくと、プラスティックの先端が壁に当たってはねかえった。カン、カン、カン。昨夜もまたどこかの大使館で国祭日を祝うパーティがあった。机には五、六通もの招待状が重なり、ネイトは肩こりがした。

また泳ぎに行きたいな、と思うとドミニカのことが連想された。彼女のことはよく検討したつもりであり、あのあと何度かいっしょに飲んだりしたが、それでも彼にはドミニカが有力な情報源とは思えなかった。彼女がロシアの体制を心から支持し、献身的に信奉していることは疑いなく、つけ入る隙はない。彼女にかかわっても時間の無駄だ。ひものプラスティックの先端が壁にぶつかる。机に山積みになった招待状が彼を嘲(あざけ)っているようだ。金属製のトレイにはいっている一枚の紙は、ドミニカに関する最新の通信文だった。

個室の開いたドアからゲーブルが顔を覗かせた。「おいおい、『ゼンダ城の虜』(アンソニー・ホープの冒険小説)を気取ってる場合じゃないぞ」彼は言った。「どうして街に出ない？　誰かを昼めしに誘ったらどうだ」

「昨夜出かけましたよ」ネイトは言い、窓の外を眺めた。「今週だけで四回も国祭日パーティがあるんです」

ゲーブルはかぶりを振り、窓際へ近づくとブラインドのひもをぐいと引き、閉じた。それからネイトの机の縁に座り、彼に向かって身を乗り出した。

「元気を出せ、ハムレット。おまえさんにひとつ忠告してやろう。おれたちがやっている対人諜報（ヒューミント）には、なかなか思いどおりにいかないところもある。がむしゃらに標的を見つけ、作戦にかかろうとするほど、めざす標的が遠ざかってしまうことはあるもんだ。いらだち、躍起（やっき）になって攻めようとすれば——おまえの場合はふさぎこんでいるが——そいつは硫黄のように悪臭を放ち、誰からも声をかけられず、食事にも誘われなくなる。風に漂う硫黄のにおいだよ。おまえ、腐った卵みたいににおうぞ」

「よくわかりません」ネイトは言った。

ゲーブルがさらににじり寄った。「おまえは演技に不安を覚えてる役者みたいだ」彼はうなり声をあげた。「てめえのちんぽをいつまで見ていたって、フニャチンになるだけだ。標的に近づくのは大事だが、アクセルをふかすだけが能じゃない」

「わかりやすいたとえ、ありがとうございます」ネイトは言った。「でも、支局に来てからしばらく経ちましたが、いまのところこれといった結果は出ていません」

「おいおいやめてくれよ、こっちが泣きたくなる」ゲーブルは言った。「おまえが気にしないといけない上役は、おれと支局長だけで、おれたちは何も不満はない……いまのところは、な。時間はあるんだから、まずは努力を続けることだ」ゲーブルはネイトのトレイから通信文を拾い上げた。「もうひとつ、おまえのプロとしての評価がどうあれ、このロシアのかわい子ちゃんは金の鉱脈みたいなもんだ。なんとしてもこいつに接近しろ。なんならおれがスカートめくりに知恵を貸してやる」

ゲーブルの提案で、エゴロワがヘルシンキで何をしているのか探りを入れるため、少人数による監視チームを支局で組織することになった。彼女のためにわざわざ監視をつけるのは、ネイトにはやりすぎに思えたのだが。彼はフォーサイスとゲーブルに、エゴロワは低レベルの標的であり、補助的な職務で機密情報を入手する権限がないと訴えようとした。彼女に監視をつけるのは、時間と労力の無駄遣いだと。「意見の相違は認めよう」ゲーブルは言った。「言い換えれば、黙れということだ」

フォーサイスが手をあげて言った。「ネイト、エゴロワの担当はきみなんだから、監視チームが彼女についているあいだ、きみが指揮をしたらどうだ？　いい経験になるし、きみの意見も言える。面白い老夫婦だよ。二人ともスパイ技術にかけては年季がはいっている」

さすがだ、とネイトは思った。ゲーブルが作戦にはずみをつけるために監視チームをつけることを提案し、フォーサイスがネイトを任務に集中させるため、彼にチームの指揮をゆだねる。フォーサイスとゲーブルは互いの呼吸をよくわかった本物のプロであり、部下をやる気にさせるコツをわきまえていた。

ゲーブルはネイトにファイルを渡し、問答無用という顔をした。「これは〈アーチー〉と〈ヴェロニカ〉のファイルだ」彼は間をおいて言った。「二人とも伝説的な古強者だ。一九六〇年代からこの仕事をやっている。長年やっているから、この世界では有名な作戦にもかかわっている。ゴリツィン（一九六一年にヘルシンキ経由で西側に亡命したKGB少佐）の亡命なんかがそうだ。おれがよろしく言っていたと伝えてくれ」

二十四時間後、ネイトは二時間の自動車による監視探知ルートをとった。すなわちE75号線を一時間北上し、それから別の道路を西のトゥースラ方面へ向かって、120号線でヘルシンキに戻り、市内のパシラ駅の公共駐車場に車を紛れこませて、高層建築や商業ビルが多いパシラ西地区へ向かって歩いた。そこでネイトはめざす建物を見つけた。四階建てのレンガとガラスでできた小ぶりなアパートメントで、バルコニーに囲まれている。

「どうぞ」ドアを開けた老女が言った。きびきびした動き。七十代にはとても思えない。〈ヴェロニカ〉だ。上品な細面（ほそおもて）で、鼻筋が通り、意志の強そうな口元は若かりしころの美貌をうかがわせる。薄青い目はまだ強く輝き、肌も血色がよい。豊かな白髪をお団子にし、鉛筆をそこに突き刺して留めている。ウールのズボンに薄手のセーターを着ていた。読書用眼鏡を首にぶらさげ、椅子のかたわらには新聞や雑誌が山積みになっていた。「お会いできてうれしいわ」彼女は言った。「わたしはヤーナよ」ネイトの手を力強く握りしめる。彼女からはみなぎる活力が感じられた。握力、まなざし、立ち姿からさえも。

「お茶を一杯いかが？　いまは何時かしら？」彼女は腕時計を見た。盤面を手首の内側にして締めている。いかにも歴戦の路上監視人らしい、とネイトは思った。「もうこんな時間ですから、もっと強い飲み物にしてもいいわね」ヤーナは言った。「シュナップスなんていかがかしら？」流れるような身ごなし、身振り、笑み、輝く双眸とともに、彼女はそう言った。

「マーティ・ゲーブルがよろしくと言っていました」ネイトは言った。

「あら、マーティったらご親切に」ヤーナは散らかったコーヒーテーブルに空き場所を作りながら言った。「とてもいい人よ。あの人を上司にできるなんて、あなた幸せ」彼女は台所と往復してグラスを運び、見たことのない楕円形の瓶にはいった透明の液体を持ってきた。シュナップスだ。「長年この仕事をやってきたから、妙な支局長も見てきたわ」彼女は言った。「両陣営でね。そりゃもちろん、ロシア人はひどいのばっかりだったわよ。あの非人間的な体制を生き残るには、人間性を捨て去らないといけないのよ。気の毒なことだわ。おかげさまでいろいろ楽しませてもらったけど」

ヤーナ・ライコネンは二杯のグラスにシュナップスを注ぎ、スカンジナビア式の乾杯をした。グラスを掲げ、最初のひと口を飲むときに相手の目を見るのだ。居間は狭いが快適で、磨かれた木の壁に家具と本棚がぎっしり並んでいる。家じゅうに野菜スープのにおいが漂っていた。

「ご主人はいらっしゃいますか？」ネイトが訊いた。「お会いしたいんですが」

「すぐ戻ってくるわ」ヤーナは言った。「通りに出て、あなたが無事到着するのを見届けていたの」肩をすくめる。「もうわたしたちの癖みたいになってるのよ」ネイトは内心で苦笑いした。二時間の監視探知ルートで尾行を撒いたはずなのに、この建物の外で見張っていた老人に気づかなかったとは。長年この仕事をやっていられるだけのことはある。

ちょうどそのとき、錠が開けられてドアがひらき、マルクス・ライコネンがはいってきた。〈アーチー〉だ。革ひもにつないだ褐色のダックスフントを連れており、犬はネイトのにおいを少し嗅ぐと、寝床へ戻って横になった。犬の名前はルディだ。マルクスは身長六フィート以上の長身で、肩幅も広い。ふさふさした眉毛に、澄んだ青い目をしている。鋭い顎の輪郭、首の両脇に発達した筋肉。動作は敏捷で、スポーツ選手のようだ。頭ははげており、残った髪は五分刈りにしていた。握手は力強い。ダークブルーの運動着に黒いトレーニングシューズをはいている。運動着の左胸には小さなフィンランド国旗があしらわれていた。

「通りの向かいの中庭にいたんでしょう?」ネイトは訊いた。「階段の近くのベンチですね?」

「さすがだ」マルクスは言った。「気づかれていたとは思わなかった」にやりとして、シュナップスのグラスを手にする。「健康を祈って」彼はネイトを見ながら、グラスの中身を一気に空けた。

ネイトはファイルの内容を思い出した。漫画のタイトルと同じ名前の〈アーチー〉と〈ヴェロニカ〉はヘルシンキ支局監視チームで四十年以上にわたり中核的な役割を果たしてきた。二人とも退職した年金生活者だ。〈アーチー〉はフィンランド国税局の査察官、〈ヴェロニカ〉は図書館司書だった。二人が有能な監視人なのはひとえに、標的が次にいかなる行動をとるか予測する直感が働き、それぞれの異なった視点を融合させて路上を観察するからだ。言うまでもなく、老夫婦は街を知りつくし、市内の交通網も熟知している。根気強さと慎重さ、人生経験に培(つちか)われた忍耐力と広い視野によって、二人は標的の監視を何ヵ月も続けられ、決して察知されることがなかった。二人のやりかたはゲーブルに言わせれば、〝診察する医者の指ではなく、夫をいたわる妻の指〟のようだった。

ネイトとライコネン夫妻はドミニカの監視スケジュールを立て、不規則ながら慎重に吟味された時間帯を選んだ。仕事が終わったあとの夕刻や、週末など、興味深い出来事が起きる可能性の高い時間帯だ。遠くから、ネイトは彼らの仕事ぶりを見守った。あるときには毛糸の帽子に手袋とパーカー、その次には背広とこうもり傘といったいでたちだ。ベルがついた自転車にダックスフントのルディを連れて現われることもあった。かと思えば、これといって特徴のない灰色のボルボの小型車や、かごつきのスクーターを使うこともあった。夫婦で腕を組んで歩くことも、別々に行動することもあった。ヤーナは、歩行器を使い、ドミニカについて食料品店にはいったこともある。〈アーチー〉と〈ヴェロニカ〉はあらゆる方法を実践した――尾行による監視、張りこみ、誘導、交差、並行、交互前進。

ネイトは二週間後、ふたたびアパートメントで夫妻に会った。彼らは何枚か写真も撮っていた。マルクスがこれまでの経過を報告した。彼の報告は簡潔にして的確だった。ヤーナがときおりさえぎり、彼女の見解を述べた。「第一に」マルクスは言った。「現時点に至るまで、彼女は監視に気づいておらず、その可能性を疑ってもいないとわれわれは確信している」肩をすくめる。「彼女はまだ若いが、路上での技能は相当なものだ。決してありふれたトリックには頼らないが、周囲の環境を利用してうまく動いている。路上で監視を撒く技術はまちがいなく平均以上だ。

すでに周辺の地理も把握している。彼女が明らかなスパイ技術を使っているのを確認したのは、一度だけだ」マルクスは言い、ヤーナを見た。「ウルヨンカッツ公共プールの向かいにあるトルニ・ホテルの中二階で、きみが来るのを見張っていたんだ。数分待ってから、彼女もプールにはいっていった」

「マルクスとは意見がちがうんだけど」ヤーナが言った。「わたしの見るところ、彼女は作戦行動をとっていないわ。エージェントを指揮している様子もないし、支局の組織的な支援を受けてもいない。彼女には仕事がないのよ」ヤーナはマルクスを見て、反対意見を待った。

「いや、彼女に仕事がないはずはない」マルクスが言った。「われわれが見ていないだけだ。もう少し時間がほしい」

「ひとつ確かなのは」ヤーナはマルクスに取りあわずに言った。「彼女が孤独なことだわ。大使館からまっすぐ狭いアパートメントに帰宅しているもの。食料品も一人分しか買っていない。週末には一人で歩いているわ」

「彼女に監視がつけられている形跡はありませんでしたか？」ネイトは訊いた。「支局の誰かが彼女を見張っている様子は？」

「それはないと思う」マルクスが言った。「彼女に監視はついていない。やつらが見張っていそうな徴候には今後も気をつけるが」

「彼女とは、今後もさらに会うつもりです」ネイトは言った。「公共プール以外の場所で会うときに、見張っていてほしいんです」

マルクスがうなずいた。「きみが彼女と会うたびに、興味深い展開になっていくだろう。とくに、きみと別れた直後に彼女が何をするかが見ものだ。たいがい、大使館の連中に電話したり会合したりするのは、そういうタイミングだからな。できるかぎり詳しくきみのプランを知らせてほしい。お望みなら、彼女と会うのにおすすめの場所を紹介しよう」マルクスは言った。

「最後にもうひとつ」ヤーナはシュナップスのお代わりを注ぎながら言った。「言わせていただけるなら、彼女はいい人よ。気立ての優しい娘さんに見えるわ。彼女には友人が必要なのよ」

マルクスは妻に目をやり、眉をあげてネイトに目を戻した。

ネイトは〈アーチー〉と〈ヴェロニカ〉の報告をゲーブルとともに検討した。「上々だ。監視をこのまま続けろ。とくに大使館の支援を受けていないかどうかを見極めるんだ」ゲーブルは言った。「後方支援が確認できたら、彼女は作戦行動にはいっている可能性が考えられる。ひょっとしたら標的はおまえかもしれんぞ」

「それはないでしょう」ネイトは言った。「まず考えられませんよ」

「いやに自信たっぷりだな。ともあれ、彼女を追うんだ。気合を入れてな。じっくりやっていい。ただし急げ」

ネイトは最低週一回、プール以外の場所でドミニカに会うという目標を設定した。人に見られずに彼女と会える場所を街じゅうしらみつぶしに探しまわった。二人は仕事が終わると、地下のバーで会い、土曜日にはコーヒーを飲み、日曜日には街中から離れたカフェで昼食をとった。ネイトは彼女を、店の入口に背を向けた奥の席に座らせた。ロシア大使館関係者はヘルシンキじゅうにうようよしている。ネイトは彼らにドミニカを見とがめられるリスクを最小限にしたかったのだ。隠密を保ちつつ友情を築き、いつも別々に待ちあわせ場所に向かい、帰りも別々だった。電話は使わず、単調な行動パターンに陥らないよう工夫し、信頼関係を築く。それでもネイトには時間の無駄にしか思えなかった。

ドミニカは彼女独自のスパイ技術を発揮した。市内を歩きまわり、会合場所へ向かいながら尾行をチェックした。フィンランド人たちはこの美しい黒髪の若い女がエスカレーターを歩いて昇り、わざわざ雪の深い路地に曲がり、あるいは店の裏口から出るのを見て驚いたが、まさか尾行を撒いているとは思わなかった。彼女はまた、待ちあわせ場所の喫茶店にネイトが着くのを通りを隔てて見守り、店内の人数を数え、不審な顔がいないか、帽子やコートで顔を隠している者がいないか確認した。

二人は徐々に互いを知るようになった。いままでの会合で二人は実にいろいろな話をし、その過程で自然に、相手がどんな人間か見極めがついた。ドミニカはネイトを誠実で、飾り気がなく、知的な人間だと判断した。彼は粗野（ニェクリトゥールヌイ）な人間ではない。彼は、なんというか、実にアメリカ的だ。モスクワ時代の話になると相手をはぐらかしていたものの、それは至極当然のことだ。彼はロシア人協力者の存在を隠さなければならないのだから。ロシアに対する彼の言葉をドミニカはさほど意に介さなかったが、本心では彼女もネイトの意見に賛成だった。そう、その調子よ。ドミニカは自分にそう言い聞かせた。より多くの時間を彼とともに過ごし、行動パターンを突き止めるのだ。ドミニカは、彼がいつ作戦行動にはいるかを見極めなければならなかった。

彼女はプレッシャーを感じていた。近いうちに突破口がひらけなかったら、本部やヴォロントフに圧力をかけられ、肉体的な誘惑をせざるを得なくなるだろうか？ まっぴらごめんだわ（ニェリズィイャー）。確かにネイトの開放的なところやユーモアは魅力的だ。でも、それとこれとは別よ。

二人は何度会っただろう？ ネイトはドミニカにまた会うのが楽しみだったが、彼女を説得できることが何かひとつでもあるのかどうかはわからなかった。彼女は自分の意見を曲げようとしない。モスクワでたとえ百台の監視車両に囲まれようと彼は気後れしなかったが、彼女の動機がなんなのかと考えると、判断に困ってしまう。もし作戦上の目的があるのなら、それがなんなのかはネイトには見当もつかなかった。彼女はただ経験を積むためにヘルシンキに滞在しているのかもしれないが、その解釈にはあまり合理性がない。ＳＶＲの幹部とのつながりは重要であり、ドミニカに標的としての価値があるとしたらその点だ。ネイトもまた、フォーサイスがしびれを切らし、ゲーブルが彼の尻を蹴とばす前に、突破口をひらく必要があった。

ただ、ひとつ問題があった。ネイトは彼女の顔を何時間でも見ていられたのだ。おいおい、脱線するな。関係を進展させることに集中するんだ。相手を分析し、どんな話題のときに顔がひきつるかを見逃すな。二人は最初のころより気安く話ができるようになり、意見が合わないときでもその気安さは変わらなかった。彼がロシアのことをけなすと、ドミニカはすぐかっとなって怒るが、腹の底ではしぶしぶながら同意することもある。ネイトにはそれがわかった。彼女とて、あらゆるプロパガンダを真に受けているわけではない。ひょっとしたらそこから突破口がひらけるかもしれない。そうはならないかもしれないが。

ネイトは鏡を見て髪をとかした。今週の日曜日にピーライストの小さなエスニック料理の店で昼食に誘ったのだ。地下鉄線沿いにある市内北西部の住宅地だ。ドミニカはその誘いを受けた。二週間ほど前、人目につかない場所だと〈アーチー〉に勧められた。「ロシア人の友人に出くわす心配はまずない」彼は言った。「わたしか妻のどちらかが電車に乗って彼女を見張り、もう一人がきみの援護につく」ネイトはVネックのセーターとコーデュロイのズボンにつやのあるコートを着て、靴底がぎざぎざしたウォーキングシューズをはいた。アパートメントを出ると階段を抜けてクルーヌンハカの通りを縫い、凍てつくような海岸沿いに出て、尾行を徹底的に撒いた。

そのころドミニカもまた、青い目を見ひらいて鏡とにらめっこしていた。香水は使わないが、お守りの鼈甲のブラシで念入りに髪をとかす。身支度を整え、アパートメントを出て地下鉄駅へ向かう前に、カーテン越しに眼下の通りを一瞥する。ネイトと話し、火花を散らし、少しずつ彼のことを知るのがドミニカには楽しみだった。

タートルネックのセーターにツイードのジャケット、ウールのパンツという暖かい服装にした。靴も歩きやすいものをはいた。昔ながらのバーブシュカのようにスカーフを頭に巻き、アパートメントを出て、ドアに鍵をかける。彼女は建物の地下室に降り、物置を通り抜けてボイラー室にはいった。二週間ほど前、ドミニカはこの部屋の狭い通路の突きあたりに鉄格子のはまった窓を見つけたのだ。かつて石炭の投入口だった部分が改造され、相当な年月が経過しているようだ。二日前、彼女は一時間ほどかけて南京錠のかかった鉄格子をはずしていた。使ったのはヘアピンで作った開錠用工具だけだった。ドミニカは窓の下に箱を積み、そこに登って窓から這い出した。ずいぶん秘密めいたデートですこと、と彼女は思い、いま一度ネイトのことが脳裏に浮かんだ。

ドミニカは窓をそっと閉め、路地に踏み出してカーテンのかかったいくつもの窓を見上げた。不審な動きはない。静かに路地を歩きだし、駐車しているトラックとごみ収集箱のあいだをすり抜けて、低いレンガの壁を越えて表通りに出た。アパートメントの建物からはすでに一ブロック離れている。コートの襟を立て、スカーフで顔を隠した。なにげない足取りで一ブロック西へ移動し、道路を横断するたびに左右を見て、さっきと同じ人間がいないか、不審な車がないか確かめた。ドミニカはカンピ・ショッピングセンターにはいり、書店で立ち止まって周囲の人間を見わたし、それから地下鉄の入口へ向かった。ゆっくり降りるエレベーターに立ち、壁のファッション・ポスターの反射を利用する。尾行らしき影はない。ドミニカが地下のプラットホームに至る半ばまで降りたところで、レインコートを着てよれよれの帽子をかぶった年輩の婦人がエスカレーターに乗り、彼女の追跡を始めた。婦人は花束をくるんだ緑の包装紙と、リンゴが二個はいった袋を提げていた。〈ヴェロニカ〉はいつか、彼女の行動がいかにわかりやすいか標的の娘に教えてあげられる日が来ることを願った。ショッピングモールを利用し、彼女のアパートメントからこれほど近い地下鉄駅を使うとは。

ネイトにはもうずいぶん昔のことに思えたが、彼の監視探知訓練の教官はジェイという名前で、ヴァン・ダイクのような顎鬚(あごひげ)に、これまたヴァン・ダイクそっくりな長い薄茶色の髪の元物理学者だった。「ヒーローになりたいなんて考えは頭から追い出すことだ」と教官は言っていた。「もしきみたちが監視を探知したら、その瞬間に夜の会合は終了だ。きみたちは中断を余儀なくされる」彼は黒板に水平の線を引いた。「きみたちの監視探知ルート(SDR)は、見えない尾行が姿を現わすよう仕向けるものだ。相手を打ち負かすためのものではない。あらゆる監視には限界点がある」彼は言いながら垂直な線を引き、交差点をたたいた。「敵の監視人が探知されないまま尾行を続けられるかどうかは、この交差点が分かれ目だ」チョークの粉がついた手をぬぐう。「敵が気づかないまましっぽを出したら、きみたちの成功だ。その夜だけをあきらめれば済む話だ。会合はまた最初からやりなおせばいい」

敵に気づかせないことだ、とネイトは思った。尾行がいたとしたら、しっぽを出さないはずはない。彼は中央駅の背後にある操車場の土手を滑り降り、路地の柵をつなぐ鎖を乗り越え、行き交う車をよけてE12号線を横断した。彼はどんな服装だろう。彼のルートを歩きながらネイトは〈アーチー〉の姿を捜してみたが、それは時間の無駄というものだった。あの老人は通りの幽霊であり、アメーバであり、ドライアイスの霧だ。〈アーチー〉はネイトが監視されていないか見張り、時間と距離を置いて繰り返し現われる人間がいないかチェックしていた。コートや帽子には目もくれず、〈アーチー〉は通行人の歩きかた、癖、肩幅、耳や鼻の形を観察していた。どんな監視人にも変えることができない部分だ。それから靴。靴をはきかえることはまずない。

三時間かけてヘルシンキ市街地の半ばを進み、右腕にダッフルコートを抱えたアーチー（大丈夫だという合図だ）を見て、ネイトは尾行されていないことを確信した。小さな民族料理のレストランは、アフガン人の家族経営だ。ネイトがはいった店内は狭くて白く、壁はラグで飾られ、椅子には色とりどりのクッションが置かれていた。どのテーブルにもキャンドルが灯っている。棚にはダイヤル式のラジオが置かれ、控えめな音量で番組を流していた。店は閑散としており、隅のテーブルに若いフィンランド人の夫婦がいるだけだ。香辛料と羊肉を煮こんでいる芳香が厨房（ちゅうぼう）から流れてくる。ネイトは窓に面した隅のテーブルに席をとった。二分後、〈アーチー〉と〈ヴェロニカ〉が腕を組み、まっすぐ前を見ながら窓際を通りすぎた。〈ヴェロニカ〉が指で鼻をかく。危険はいっさいなし、の合図だ。〈アーチー〉はそこまで念を入れるのはばかげていると思っていたが、彼女は頑として譲らなかった。夫があきれた表情で妻を見、二人は姿を消した。

一分後、ドミニカが店のドアを押し、ネイトを認め、テーブルに近づいてきた。落ち着いた表情で、自信に満ちている。彼はドミニカの椅子を引いたが、彼女は手助けをしようとするネイトにかまわず、自分でコートを脱いだ。二杯のワイングラスが来た。ネイトの片膝がうずく。一時間前、フェンスの柱にぶつけたのだ。左手は操車場の土手を滑り降りたときにすりむいていた。ドミニカの上着は自宅の裏手のごみ収集箱の角に引っかかり、肩のあたりが裂けていた。ウールの靴下と靴はぐっしょり濡れている。ピーライストで電車を降りたあと、雪解け水でぬかるんだ交差点にくるぶしまで浸かってしまったのだ。

「すんなりここがわかってよかった」ネイトは言った。「ちょっと街から離れているけど、料理がすごくおいしいと友だちから聞いたんだ」彼女の髪のつやに目をやる。「でも遠かったかな？」

「問題なく来られたわ。電車にはほとんど誰も乗っていなかったし」ドミニカは言った。

きみが知らないだけの話だ、とネイトは思った。「このレストランを気に入ってくれるとうれしい。アフガン料理を食べたことは？」

「ないけど、モスクワにもアフガン料理のレストランは何軒かあるわ。おいしいらしいわよ」ネイトの光の輪は豊かで大きく、ドミニカは父を思い出した。

「というのは、その、きみをアフガン料理の店に呼んだことがきみへの挑発と受け取られないかどうか心配だったんだ」ネイトは笑みを浮かべた。彼女の緊張を解きたかったのだ。

「挑発的とは思っていないわ。あなたがアメリカ人なのはどうにもならないでしょう。あなたのことがわかりかけてきたような気がするわ。たぶんほんの少しでしょうけど」彼女はナンを、油を振りかけたヒヨコマメのペーストに浸した。

「わたしがアメリカ人であることを許してくれるなら……」ネイトは言った。

「もちろん許すわよ」ドミニカは彼をまっすぐ見つめて言った。モナリザのような笑みをたたえてナンをもうひと口かじる。

「それならうれしい」ネイトは言い、肘をついて身を乗り出すと、彼女をじっと眺めた。

「きみのことを聞きたい。きみは幸せかい？」

「いきなり変なことを訊くのね」ドミニカは言った。

「いや、そんなことはない。きみが自分の人生を概して幸せだと思っているのかを訊いているんだ」ネイトは言った。

「ええ、幸せよ」彼女は言った。

「というのは、ときどききみはとても深刻そうに……悲しそうにさえ見えるからなんだ。お父さんが数年前に亡くなったんだったね。きみはお父さんのことを大事に思っていたにちがいない」ドミニカは以前、父のことをネイトに話していた。

ドミニカは出かかった言葉を飲みこんだ。できればこの話題には触れたくなかったのだ。自分自身をさらけ出すような話題には。「父はすばらしい人だったわ。大学教授で、優しくて寛大だった」

「お父さんはロシアの変化についてどう思っていたんだろう？ ソビエト連邦が消滅したことはうれしかったんだろうか？」

「ええ、もちろんよ。わたしたちはみんなそうだったわ。つまり変革を歓迎したということよ。父はロシアの愛国者だった」ワインをひと口飲み、靴のなかで濡れたつま先を動かす。

「じゃあ、あなたはどうなの、ニェイト？」彼に会話の主導権を握らせるつもりはなかった。

「あなたのお父さんは？ 確か大家族だったって言ってたけど、お父さんはどんな人なの？ うまくいっていたの？」

ネイトは深呼吸した。二人は同じところを行きつ戻りつし、互いに質問ばかりしている。

先週、ネイトはゲーブルに、あのロシアの娘にはお手上げだと打ち明けた。あまりにガードが固く、鎧にほころびを見つけられそうにない、と。「いったい何を期待している？」ゲーブルは言った。「すぐに彼女とやりたいとでも？ 相手はまだ若くておっかなびっくりのロシア人だ。それにおまえとちがって、感受性豊かで親切な上司に恵まれてないにちがいない」ネイトは初めて、ゲーブルの事務室の壁に一九七一年のラオスのカレンダーが掛かっていることに気づいた。「少し餌を投げ、相手が飛びつきそうな話題を撒いてやれ。ただし、嘘はつくな。彼女をリラックスさせ、様子を見るんだ」

「親父は弁護士だ」ネイトは言った。「大成功を収め、自分の法律事務所を経営している。法曹界や政界にも影響力がある。兄二人は親父といっしょに働き、うまくいっているけどね。法律事務所は家族経営で三代続いているんだ」

お父さんとお兄さんとはうまくいっているのね。ドミニカはそう思い、間髪を容れず質問を放った。「じゃあどうして、あなたはお父さんと同じ法律の道に進まなかったの？　お金持ちになれたはずよ。アメリカ人はみんな、お金持ちになりたいんじゃなくて？」

「どこからそんな思いこみが出てくるんだ？　自分でもよくわからないけど、たぶん昔からわが道を進み、独立したいと思っていたんだろうね。外交官の仕事は魅力的に思えたし、旅行も好きだ。それで法律とはちがう道に挑戦しようと思ったのさ」

「でもお父さんは、あなたがお兄さんのあとに続かなかったからがっかりしたんじゃない？」ドミニカは訊いた。

「そのとおりだと思う」ネイトは言った。「でもたぶん、わたしはいつもああしろ、こうしろと言われてばかりでうんざりしていたんだ。言っている意味がわかるかい？」

ドミニカのまぶたにいろいろな顔や光景が去来した。バレエ、ウスチノフ、スパロー・スクール、ワーニャ伯父。「けれども、家族からただ逃げるだけでいいの？　家業を継がなかったからには、埋めあわせになるだけの成果を上げないといけないんじゃない？」彼女は追及の手を緩めないことにした。

「逃げたと言ったつもりはない」ネイトはいささかいらだちを覚えた。「わたしにはキャリアがあり、国に貢献しているつもりだ」ゴンドーフの顔がテーブルの上に浮かぶ。

「へえ、そう」ドミニカは言った。「だったら、どんな貢献をしたのかしら？」ワインを口にする。

「それはいろいろだ」ネイトは言った。

「たとえば？」とドミニカ。

たとえば、わたしはCIAで最高の〝資産〟を抱えている。つまりきみたちの画一的で息苦しいスパイ機関の幹部から情報を入手し、ロシア連邦ときみたちのオオカミのような大統領の悪だくみから世界を守ろうとしているのさ、とネイトは思った。「最近、経済部で面白い仕事があってね。フィンランドからの材木の輸出を支援したんだ」彼は言った。

「面白そうね」ドミニカは目をしばたたいた。「わたしてっきり、あなたが世界平和についてご託宣（たくせん）を述べるのかと思っていたわ」ネイトは彼女をきっと見据えた。紫の光の輪が頭上と肩で燃え立った。

「述べたかもしれないな。もしロシア人に世界平和のなんたるかがわかると思えば」狭い店内を見まわす。「アフガニスタンのことも含めて」

ドミニカはもうひと口、ワインを飲んだ。「今度会うときには、ベトナム料理のレストランに連れていってあげるわ」彼女は言った。二人は座ったまま睨（にら）みあい、どちらも目をそらさなかった。いったいどうなってるんだ？　ネイトは思った。ドミニカは彼をいささか怒らせてしまった。彼は〈ヴェロニカ〉から、ドミニカには仕事がないのではないか、と言われたことを思い出した。それとも、彼女の標的は彼なのだろうか？　青い目がテーブル越しにじっと彼を見つめている。

「まあ、いいわ」ドミニカが彼の心中を察して言った。「でも、しじゅうロシアをけなすのはやめて。少しは敬意を払ってほしいわね」

面白いじゃないか、とネイトは思った。「きょうのことをあとで振り返ったら、わたしたちちの最初の喧嘩だと思うかもしれないな」

ドミニカはナンをかじった。「あなたがどういうつもりかはともかく、きっといい思い出になるわ」彼女は言った。

料理が運ばれてきた。ドミニカが注文したのは、ヒラマメを添えた芳醇な味わいの羊肉の煮こみ料理だ。大きな深皿のなかでぐつぐつと煮立っている。濃厚なヨーグルトが一面にかかっていた。ネイトが頼んだのはカッド・ボラニという、表面に砂糖をまぶして焦がしたかぼちゃにミートソースとヨーグルトをかけたものだ。これは実に美味で、ネイトはドミニカにもひと口味見させた。二人はワインを飲みほし、コーヒーを頼んだ。

「次回はわたしに払わせてね」ドミニカは言った。「暖かくなって観光客が押しかける前に、スオメンリンナ島に行きましょう」

「手配はきみにまかせるよ」ネイトの言葉に彼女はうなずき、彼を見上げた。

「ねえ、ニェイト」ドミニカは言った。「あなたは誠実で、楽しくて、優しい人だと思うわ。友だちになれてうれしい」ネイトは続く言葉に身構えた。「わたしのことを友だちと思ってほしいの」

彼女は友だちになりたがっている。ネイトは言った。「もちろんだよ」

「わたしがロシア人でも？」

「きみがロシア人だから、なおさらさ」

二人は暮れてゆく光のなかで座ったまま見つめあい、この関係がこれからどこへ向かうのか、相手から情報を引き出すにはどうすればよいのかを考えていた。四十五分後、二人は地下鉄のプラットホームに立っていた。地下鉄とはいっても郊外なので地上駅だ。外は暗くなり、寒くなってきたが、もう凍てつく寒さではない。たとえ車で来ていたとしても、ネイトは市内まで乗っていかないかと彼女を誘うことはしなかっただろう。どのみちドミニカは誘いを受けられないのだ。彼女がネイトの外交官ナンバーをつけた車に同乗しているところを、万が一でもロシア大使館の人間に見られてはならなかった。

正面がガラス張りで幅広の電車が駅に滑りこみ、速度を落とした。プラットホームにはほかに誰もおらず、明かりがついた車内にも人影はなかった。「楽しい午後をありがとう」ドミニカは言い、彼に向きなおった。二人の目が合い、彼女がネイトの手を握る。SVRの闘士の手。ネイトは少し彼女を試してやろうと思い、手を握ったまま身を乗り出し、頬にキスした。あら、すてきじゃない、と彼女は思ったが、まだ短いキャリアのなかでドミニカはこれをはるかに超えるさまざまな経験をしていた。発車メロディが響き、彼女は笑顔を見せずに車両に乗りこんで、かすかに足を引きずりながら振り返り、閉まるドア越しに彼に向かって手を振った。

電車が加速するにつれ、ネイトは目の前をよぎる窓を透かして、パーカを着て膝に毛糸がはいったかごを載せた老婦人が隣の車両に座っているのを認めた。瞬（またた）く間に通りすぎる電車のなかで、〈ヴェロニカ〉が鼻をこすっているのがかろうじて見えた。プラットホームは無人だったはずだ。彼女はいつのまに電車に乗りこんだのだろう？
それぞれ家路に就き、市内に向かいながら、ドミニカとネイトはそれぞれの印象を整理し、細かい出来事を思い出しつつ、翌日に提出する報告書の文案を頭のなかで練り上げるべきところだった。しかし二人ともそんなことはしていなかった。ネイトは、彼女の頬の感触や電車に乗りこんだときにかすかに足を引きずっていたのを思い出し、ドミニカは赤くすりむけた彼の手と、ベトナム料理のレストランに行こうと彼女が誘ったときのネイトの驚いたようなまばたきと、そのあとに浮かべた楽しそうな表情を思い起こしていた。

カッド・ボラニ――アフガンのかぼちゃ料理

シュガーパンプキン（オレンジ色のかぼちゃ）の皮をむき、砂糖をまぶして、中火のオーブンで焦げ目がついて柔らかくなるまで焼く。ひき肉、タマネギの粗みじん切り、ニンニク、トマトソースに水を加えてかき混ぜ、火にかけてミートソースを作り、焼いたかぼちゃの上にたっぷりかける。水けを切ったヨーグルト、イノンド、すりおろしたニンニクのソースを添える。

12

開け放たれた事務室のドアから、フォーサイスはネイトがエゴロワと昼食をとった報告文を書いているところを見ていた。ナッシュは進展ぶりを強調しているが、それは疑わしい。ロシア人との関係は一進一退で、ネイト自身も心もとないようだ。彼は実績を上げようと躍起になっているが、できもしないことを試みるわけにもいかない。当然ながら、時間が経つにつれ要求は増してくる。これまでのエゴロワとの接触をすべて考慮しても、フォーサイスには本部がさらに圧力をかけ、外部査定や運用試験を求めてくるだろうということがわかっていた。ネイトが彼女のリクルートに成功したら、本部はドミニカと面談し、彼女を嘘発見器にかけるよう迫ってくるにちがいない。最近のネイトの会合報告に対する本部からの返答は、ゲーブルに言わせれば「これから起きるろくでもないことの前兆がすでに現われて」いた。

１　この通信文を受領したのちは、本件についての報告は限定運用チャンネルのみを使用すること。本件が対象とする人物の暗号名はGT（旧ソ連を示す略号）ディーヴァ（DIVA）とする。支局のBIGOTリスト（機密情報を閲覧できる人物のリスト）を作成し、本部に伝達されたい。

2 本部は引きつづき、支局およびケース・オフィサーの〈ディーヴァ〉に対する関係進展の努力を賞賛するものである。とりわけ、〈ディーヴァ〉が（明らかに権限のない）ケース・オフィサーと自ら進んで会っていることは注目すべきである。c／oに対し、対象人物の詳細な職務を探索し、どの程度まで応答するかを見極めるよう督促すること。局員各位による、情報入手に向けた努力は結実している。今後のさらなる進捗を期待している。賞賛をこめて。

3 これまでの進展に照らし、今後の〈ディーヴァ〉との接触を考慮した最新の作戦立案ならびに運用試験を支局にて行なうよう懇請する。次回の会合予定およびセキュリティ保全措置について伝達されたい。来るべき次の段階において、本部は必要な助言を与えるものである。

フォーサイスにはどういうことかわかった。最後の一文は、この件が劇的な展開を見せれば本部が介入してくることを示唆している。ハゲタカどもは上空で旋回しているが、状況が好転しないかぎり襲ってくることはないだろう、とフォーサイスは思った。その日の終わりに、彼はネイトを支局長室に呼んだ。「座りたまえ、ネイト。きみの〈ディーヴァ〉に関する通信文は一級品だった。客観的で、ケース・オフィサーの査定としては模範的だ」フォーサイスは言った。

「ありがとうございます、支局長」ネイトは言った。しかし内心では、褒めるほどのものかどうか確信がなかった。ただ、本部で彼の通信文に対する関心が高まり、徐々に厳しい批評にさらされるであろうことはわかっていた。

「きみの技術は手堅い。これからもその調子でいけ。もちろん〈マーブル〉には最優先で対応しなければならないが、その次に重要なのは、きみが〈ディーヴァ〉を追いかけているのをロシア大使館員に悟られないようにすることだ」フォーサイスは考えるために間をおいた。「きみと会っていた通訳は――確かチシュコフだったか――なかなか面白い情報源だと思う。しかし同じ大使館のロシア人二人に同時に働きかけるのはあまりいい考えではない。これから〈ディーヴァ〉が表に出てくるとすればなおさらだ。チシュコフは、後々に備えて取っておいたほうがいいかもしれない」

ネイトは、もしドミニカをリクルートしなければ、チシュコフを百人リクルートしたところで評価はされないだろうと思った。本部のドミニカへの期待は大きすぎる。さらにフォーサイスは、別の危険を指摘した。「この件はいまや本部の関心を大いに引いている。誰もが鼻を突っこみたがっているんだ。彼女のリクルートに成功しようものなら、それを嗅ぎつけた連中が押しかけてくるだろう。

いまやらなければならないのは、〈ディーヴァ〉に体制への疑問を感じる傾向があるかどうかを見極めることだ。彼女はきみの話に耳を傾け、きみの導きで大きな決断を下す可能性があるだろうか？」フォーサイスはくつろいだ姿勢をとった。「美人のロシア人といっしょに座って、きみのためにスパイをするよう説得するなんて、なかなか悪くない仕事じゃないか。よし、もう行っていいぞ。任務を楽しむんだ。訊きたいことがあればいつでも歓迎する」

ゲーブルはネイトをギリシャ人が経営する小さなビストロに連れていき、スクランブルエッグを賞味させた。卵がふわふわで、タマネギやトマトとのからみあいが絶妙だ。その夜は食事の合間にビールを何杯も飲みながら、ゲーブルは〈ディーヴァ〉の件にまつわるネイトの気持ちを明るくしようと努めた。「彼女をリクルートする前にベッドに連れこもうなんてするんじゃないぞ。彼女はおまえの下心を見透かすだろうからな。まずはリクルートするのが先決だ。そのあとなら、二人で生きる喜びを楽しんだっていいさ。SVRの諜報員を操り、ベッドのなかで朝めしを食いながら乳繰りあえばいいじゃないか」ゲーブルはビールを飲みほし、二人分のお代わりを頼んだ。

「かんべんしてくださいよ、マーティ。おかげさまでいろいろ学んではいますけど」ネイトは驚きに目を見ひらいて答えた。「とにかくわたしは、彼女をリラックスさせようとしているだけです。そんなことを言って、おかしな雰囲気になったらどうするんですか？」

ゲーブルが真顔になった。「いいか。ケース・オフィサーがエージェントと恋に落ちるなんてことはあってはならない。そいつは許されないんだ。絶対にしてはならん。いますぐ頭から追い出せ。関係を進展させるためセックスすることもありうるが、情が移るのはご法度だ」

在ヘルシンキ・ロシア大使館内にあるSVR支局の大部屋にはそっけない木の机が散らばり、いびつな列を作っている。コンピュータの端末はどの机にもなかったが、大半の机のかたわらには小型の金属製テーブルがあり、ラッカー塗装の奇妙な青緑色のカバーをかけられた電子タイプライターが置かれていた。モスクワのJAJUBAVAというメーカーがSVRとFSBの認可を得て特別に生産し、不正な改造を防ぐため、安全を期して外交文書用郵袋で各国の支局に運ばれたものだ。

天井の低い部屋を煌々と照らす蛍光灯も、同じ理由でモスクワから輸入された。蛍光灯はジジジと音をたてて点滅し、机の表面のひっかき傷がついたガラス板に反射している。外壁に並んだ小さな屋根窓は——支局はロシア大使館の屋根裏の階にあった——かんぬき、鉄の鎧戸、二重ガラス、最後に縁が床まで垂れた厚手の灰色のカーテンに守られている。無地のカーペットには、机のあいだにすりきれた跡が走っていた。むさくるしい大部屋にはタバコや紙コップのなかで冷めた紅茶の饐えたにおいが漂っている。

大部屋の端に、別室がふたつあった。ガラス張りの部屋は機密ファイルの書庫だ。事務員が座った机が、首が自在に曲がる柄をした電気スタンドに照らされている。室内には背の高い金庫のような書棚が並び、いくつかの抽斗はひらいているが、残りは閉じられており、誰かが目玉焼きを投げつけたような黄色の封蠟で封印されている。もうひとつは窓のない完全な密室で、ヴォロントフの支局長室だった。

SVR支局の数名が下を向いて仕事をしているなか、ヴォロントフの声が支局長室の閉めきったドア越しに響いてきた。モスクワから来たばかりの下士官、エゴロワを叱りつけているのは明らかだった。

「わたしはモスクワから、進捗状況を報告しろと催促されているんだ」ヴォロントフは叫び、机に身を乗り出した。「本部からは、あのアメリカ人に対してさらなる結果を出すことが求められている」頭上にはオレンジ色の霧がたなびき、渦を巻きながら揺らめいている。相当なプレッシャーを受けているんだわ、とドミニカは思った。

「着々と進展はしています、大佐」ドミニカは言った。「これまで十数回にわたって彼と会いました。どれもひそかに落ちあったのです。彼がわたしたちの接触を上司に報告している形跡はありません。これは重要な進展です」

「何が重要で何がそうじゃないか、きみがいちいち指図するな。わたしも本部も、ナッシュと会合するたびに報告書を提出するよう、命令したはずだぞ。いったいなぜ、電文をわたしに見せ、ヤセネヴォに送信しない？」

「電文は送信しました。複数の要点をまとめて送信するよう指示したのは大佐ご自身ではありませんか。それに報告書を書くのは実際に会ったあとですから、時間差が生じるのはやむを得ません。会う前に想像で書けというなら話は別ですが」

ヴォロントフは机の抽斗をたたきつけるように閉め、オレンジの霧が渦を巻いた。「上官に対する敬意を忘れるな。皮肉を言っている場合ではないぞ。わたしはきみにぐずぐずしないで、あのアメリカ人への接近を加速してもらいたいのだ。最終的な目的は、裏切者の特定に結びつく情報を彼から引き出すことだ。それを忘れてもらっては困る。きみの任務は重要であり、一刻を争うのだ」

「はい」ドミニカは言った。「最終的な目的は理解しています。作戦計画書は開始段階に提出しました。すべて順調に進んでいます」

「きみの任務には、彼が差し迫った作戦の準備にはいっていないか、旅行に行く予定はないか、うわのそらだったり、気もそぞろな様子はないかどうかを観察することも含まれている」

「はい、大佐。そうした点はすべて承知しています。彼の行動スケジュールに変化が起きたら察知できる自信があります」実際には、ドミニカにはさほど自信がなかった。二人の関係は袋小路にはいっているような気がする。

ヴォロントフは思案しながらドミニカを見るふりをした。彼の目が顎から腰へ移り、そのあいだを這(は)いまわる。「われわれが探し求めている多くの徴候は」彼は椅子に深く腰かけた。「標的のことを深く知るほどに、よく見えるものだ。わたしの経験では、な」ヴォロントフは言った。「関係が親密になればなるほど、会話もまた親密になるものだ」それはあなたとモロッコ人の若い男の使用人との経験談ね、とドミニカは思った。彼女はヴォロントフの首筋のいぼを見ながら、冷たい怒りの衝動を抑えた。

「よくわかりました、大佐。来週、もう一度アメリカ人と会う予定です。ご指導を踏まえて親密になるよう努力し、進捗状況を報告しようと思います。さらに会合を重ねれば、彼の勤務スケジュールがわかる可能性もあります。それで大佐のご期待には添いますか？」

「結構、結構。だが、〝情緒的依存〟も軽視しないことだ。わかったか？」オレンジのもやが頭の周囲に、不安げに渦を巻いている。

思わず言葉が口を衝いて出た。「どうしてはっきり言わないんです？」ドミニカは椅子から立ち上がった。「彼と寝ろとはっきり命令すればいいじゃないですか？　わたしはSVRの諜報員です。国家のために尽くしています。もうそんな言いかたは二度としないでください」全身が怒りといらだちにわなないている。顔をしかめたヴォロントフが答える前に、ドミニカは彼に背を向けて支局長室から踏み出し、後ろ手にドアをたたきつけた。ヴォロントフは苦々しく思った。これがほかの下士官だったら、追いかけていって鞭を打ちつけ、護送付きでルビャンカの地下室送りにしてやるところだ。だが今回は見逃してやる。あの女の家系を考えれば、そのほうが無難だ。

ヴォロントフの部屋から憤然として出てきたドミニカに、みなの視線がいっせいに注がれた。彼女は顔を赤らめ、屋根窓に向かいあった片隅の机に戻った。頭を垂れ、机の縁をきつく握りしめる。短気な女だ、と同僚たちは思った。ドミニカが声を荒らげるのが、大部屋の全員に聞こえていたのだ。気は確かか？　この自殺志願者からは距離を置いたほうがいい。

一同はみなそう思った。ただ一人を除いて。

ヴォロントフ支局長との会話はそれから五日間、ふたたびネイトに会うまでドミニカを悩ませた。次回は地元のレストランでの夕食だ。夜になりアパートメントに戻ると、彼女は窓ガラスに映る自分の顔を眺めた。木々の向こうにプナブオリ地区の明かりが見える。わたしはいったいなんなの？　ドミニカはうんざりして自らに問いかけた。わたしはどれだけの犠牲を払わなければならないのかしら？　あの獣たちの目をなぎ払い、わたしを利用している生気のない嘘つきの利己主義者どもを突き刺してやれれば、どんなにいいだろう。しかし、公然とそんな行為に及ぶのは自殺行為だ。そうではなく、誰からも露見することのない、人知れず満足感を味わえるひそかな復讐をしてみたい。彼女だけにわかり、彼らには絶対に知られないような。

ヴォロントフのような下劣な管理者（ナズイラーチエリ）はこれまでの彼女のキャリアで何人もいた。しかし、彼の指揮下から逃れることはできない。ドミニカは彼に打撃を与え、いぼだらけの顔のまわりから汚らしいオレンジの光の輪を消し去ってやりたかった。彼女は沸き上がる怒りを隠し、慎重に計算しなければならない。ネイトに対する作戦の進展は、ヴォロントフにとって死活問題だ。あの男は本部の期待に背（そむ）くことを恐れている。作戦を台なしにすれば、彼女はあの男と連中に仕返しができる。でも、身の破滅を招かずにそんなことができるかしら？　その晩、彼女は歯ブラシを口にくわえたまま、鏡に映る自分を見つめた。アメリカ人をびっくりさせてやればいいじゃない。あなたの隠れ蓑（みの）を捨てて、SVRの諜報員であることを教えてやるのよ。

裏切り（イズミェーナ）。それはまさしく、裏切りだわ。重大な裏切り（ゴスダールストヴェンナヤ・イズミェーナ）よ。けれどもそうすればヴォロントフの作戦は失敗し、アメリカ側を警戒させ、ネイトを愕然（がくぜん）とさせてやれるだろう。彼女が諜報員だと知ったときのネイトの顔は、さぞかし見ものにちがいない。彼は彼女に敬意を覚え、感銘を受けるはずだ。ひょっとしたら、尊敬さえしてくれるかもしれない。ちょっと待ちなさいよ。あなた、頭がおかしいの？ 規律を忘れたの？ 祖国に対する責任は？ けれどもこれはロシアへの背信行為ではない。彼女は連中に仕返しをし、打撃を加えたいのであり、国家機密を売り渡そうとしているわけではないのだ。自ら主導権を握り、どこまでやるべきかを決めたい。いや、だめだ。正気の沙汰ではない。そんなことをしても災いを招くだけであり、できるはずがない。満足感を覚える方法はほかにもあるはずだ。ドミニカは髪をとかし、先細の柄を見ながら、ヴォロントフの臀部（でんぶ）に柄を深く突き刺すところを想像した。それから明かりを消し、寝室にはいった。

その週の終わり、ネイトとドミニカはトーロ地区にある〈リストランテ・ヴィレッタ〉の隅のテーブルを挟んで座っていた。ヘルシンキ市内でも正統派のイタリア料理店だ。イタリアの三色旗をあしらったビニールの日よけが、店がはいっているアパートメントの建物の一階に突き出している。店内には赤と白のテーブルクロスがかけられ、揺らめくキャンドルがムードを盛り上げていた。天候はまだ寒いが、雪があと数フィートも積もれば冬は終わり、短い春が来て、それから快適な夏が訪れて港にはヨットがあふれ、フェリーが行き交うようになる。ドミニカとネイトはいつものように、別々に到着した。ドミニカは冬用のコートの下に黒いベルトを締めたニットのワンピースを着て、黒いウールのストッキングをはいていた。彼女が椅子の背もたれに脱いだコートをかけると、身体にぴったり張りついたワンピースが露わになった。

ネイトは背広を着ていたが、ネクタイはつけておらず、青いペンシルストライプのワイシャツの襟を首まわりで開けていた。二時間前、大使館を出発した彼はE12号線をルスケアスオ地区に向かい、西に曲がって、そこから表通りを南下し、通りに駐車している〈アーチー〉の車が左手のサンバイザーを下げているのを確認して初めてトーロにはいった。安全が確認できたというサインだ。

前日、ネイトはゲーブルと打ちあわせをした。「彼女に仕事の話をさせろ」とゲーブルは言っていた。「彼女はSVRの諜報員だ。そんな罪深い秘密を明かすはずはないが」ネイトはうなずいた。彼は突破口を求めて悶々（もんもん）としていた。フォーサイスは賞賛してくれる。ゲーブルも励ましてくれる。しかしネイトは居心地が悪かった。一刻も早く、転換点を見出さなければならない。

二人は冗談かと思うほど大きなメニューを見ながらおしゃべりをした。「きょうはずいぶん無口なのね」ドミニカはメニュー越しに彼を見て言った。いつもどおりの紫。彼は決して変わることがない。

「なかなかつらい一日だったんだ」ネイトは言った。なにげなく話すんだ。「会議に遅れたばかりか、通信文を書くときに数字を忘れてしまった。上司はおかんむりで、はっきりそう言われたんだ」

「あなたでも仕事で失敗することがあるのね」

「大丈夫、もう立ち直ったよ」ネイトは言い、待っていたウェイターにグラスワインを二杯頼んだ。「きょうの服はよく似合う」

「本当？」お世辞がうまいのね。なんて自信たっぷりなの。

「もちろんだ。きみといると、上司のことやさんざんだった一日を忘れられる」

彼の上司。実際には彼は上司をどう思っているのかしら。ドミニカはメニューに視線を戻したが、注意を集中できなかった。

「あなただけじゃないわ、ニェイト。わたしの上司もすぐ怒るのよ」耳元で心臓が早鐘を打つ。ワインをごくりと飲み、胃が熱くなった。

「じゃあ、きみとわたしは二人とも苦境にあるってわけだ。きみは何をしたんだい？」

「たいしたことじゃないわ」ドミニカは言った。「でも上司はいやなやつで、〝ニェクリトゥールヌイ〟なの。おまけにひどい醜男(ぶおとこ)でね。いぼだらけ」ヘルシンキの歴代支局長で、いぼがある男は何人いたんだろう？　彼女は思った。

「どういう意味だい、〝ニェクリトゥールヌイ〟って？」

しらばっくれるのが上手ね。「野蛮人よ。教養がないの」

ネイトは声をあげて笑った。「名前はなんていうの？　立食パーティででも会ったことがあるだろうか？」

この二日間で彼女は五回も決心を変えていた。そして結局、ばかなことはやめようと決めていた。彼女はネイトをテーブル越しに見た。グリッシーニ（細長いパン）をかじりながら、彼女に微笑みかけている。だめ！　裏切り（イズミエーナ）よ！

「名前はマクシム・ヴォロントフよ」自分の声ではないかのようだ。なんてこと（ボージェ・モイ）。言ってしまった。彼女はネイトをまじまじと見つめた。彼はメニューを見たまま、名前を聞いても目をあげなかった。頭の周囲の光も不変だ。

「そうか、わたしは会ったことがないと思う」ネイトは腕の毛が逆立つのを感じた。信じられん。いったいどういうことだ？　自分から名前を明かすなんて。

「だったら、あなたは運がいいわね」ドミニカは彼から目をそらさずに言った。

ネイトがメニューから目をあげる。ドミニカはつい口がすべって、支局長（レジデント）の名前を言ってしまったのだろうか？　彼女はネイトをじっと見ている。いや、ちがう。彼女は故意に言ったんだ。

「どうしてそんなにいやなんだ？」ネイトは訊いた。

「旧ソ連の遺物みたいな、へどが出るほどいやなやつなの。毎日わたしを見る目つきがたまらないのよ。英語でなんて言うのかしら？」ドミニカは平静な目でネイトを見た。

「目で脱がせる、かな」ネイトは言った。

「そうよ」ドミニカは言った。彼からはなんの反応もない。いまの言葉を聞き逃したのだろうか？　わたしは言いすぎただろうか？　しかし不意に、そんなことはどうでもよくなった。ドミニカは坂を滑り降り、このうえなく危険な秘密をもてあそんでいるのだ。いい気分かしら、おばか（ドゥラーク）さん？

「いやなやつみたいだけど……どうして彼がそういうふうに見るのかはわかるよ」ネイトはドミニカを見つめ、少年のような笑みを浮かべた。なんてことだ。だしぬけにこんなことを言いだすなんて。ひょっとして何かを訴えようとしているんだろうか？　それとも、彼女も動揺を隠しているのか？　彼女の青い瞳はまじろぎもしない。ウールのドレスの下で胸が波打っている。滑稽（こっけい）なほど大きなメニューの縁をつかむ彼女の指先に力がはいっている。

「今度はあなたまで〝ニェクリトゥールヌイ〟なのね」彼女は言った。彼はひょっとして、もう知っているのかしら？　感情を隠すのがうまいの？

「きみとわたしはお互い仕事でトラブルを抱えているようだ。同病相哀れむってやつかな」

「同病相哀れむって、どういう意味？」ドミニカは訊いた。青い目で彼をじっと見つめる。

「抱きあって泣くという意味だ」ネイトは言った。紫の輪は温かく、安定している。

ドミニカは笑うべきか悲鳴をあげるべきかわからなかった。プロなんだから、涼しい顔をするのよ。「泣くのはあとでいいわ。お腹が空いたから、まずは注文しましょう」

月曜日の朝、本部からの限定運用通信文がネイトに届いた。〈マーブル〉が秘密通信機を使い、二週間後にヘルシンキを訪問する予定であることを知らせてきたという。二日間の日程で行なわれるスカンジナビア・バルト諸国経済サミットにロシア使節団の一員として参加するのだ。〈マーブル〉は使節団を隠れ蓑(みの)に使うと伝えていた。そうすることで対外防諜局(KR)の監視下にいるという建前を保てるからだ。彼にはさらに任務という隠れ蓑もあった。ヘルシンキ市内でカナダ使節団の国際貿易副大臣アンソニー・トランクに〝ばったり〟会うという任務だ。副大臣には二十代前半の男性を偏愛する性癖があることから、SVRはリクルートできる見こみがあると考えていた。

カナダの高官で、おまけにゲイ(ピードル)だ。当然、北米担当部が真っ先にかかわるべきであり、部長の〈マーブル〉はヘルシンキを訪問し、トランクに接近するのにふさわしい。こうして、彼の出張は本部に了承された。〈マーブル〉が予期したとおり、会議にもこの任務にもヘルシンキ支局(レジデントゥーラ)を関与させないように、との指示が出された。〈マーブル〉はさらに衛星通信で、国際会議の日程と夕食会が終わったあとでCIA担当者と会合できると伝えてきた。危険ではあるが、実現性のある計画だ。

CIA本部のロシア担当アナリストは国際会議が始まる二日前に到着し、会合で〈マーブル〉から入手したい情報のリストアップをすることになった。〈マーブル〉からこれまでにもたらされた情報にもとづき、関連質問の長いリストが支局に送信された。リストのいちばん下にはいつものように、防諜に関連する質問が添えられていた――アメリカ政府内にはいりこんでいる〝もぐら〟について、何か心当たりはありますか？　アメリカの機密情報漏洩についてご存じですか？　アメリカ政府職員あるいは機関に対して現在行なわれている諜報作戦について何か情報はありますか？　慇懃（いんぎん）で、終わりのない質問は内部を厳しく取り調べるためのものだった。

ＣＩＡの局員たちはチェックリストの確認にいそしんだ。機材の補充部品を渡すのは不可能だ――〈マーブル〉はヘルシンキからの帰国時に税関を通らなければならない。会合プラン全体も最新の状況を踏まえたものにする必要があった。事情聴取（デブリーフィング）の際、本部から二人の上級局員の派遣を打診されたが、フォーサイスはこれを断わった。〈マーブル〉の担当者はネイトであり、彼がやるべき仕事なのだ。

会合の準備は担当者自身がやらなければならない。ネイトは街に出て群衆に溶けこんだ。夜までに彼は暗い路地、人が隠れられそうな壁、荷物運搬用の階段などを下調べした。国際会議の会場で、使節団の宿泊先でもある新古典主義の重厚なホテル・カンプ近辺は徹底的に調べる必要があった。彼はカフェ、レストラン、都心、彫刻美術館を歩きまわり、距離と角度を測って、問題点をふるいにかけた。会合前に〈マーブル〉が通る道順なのだ。どこもホテル・カンプから楽に歩ける範囲内だった。

最後になって、降りしきる夜の雨が鉄道駅のファサードの石にしたたり落ちるなか、ネイトは階段を上り、入口にはいった瞬間、他人の手の感触に続いてポケットにルームキーのずっしりした重さを感じた。細面（ほそおもて）の男はヨーロッパのＮＯＣ、すなわち民間人の身分で活動しているCIA局員であり、使い捨ての偽名でホテルGLOの客室を一週間予約していた。ネイトはそのホテルの客室で〈マーブル〉から外出できるという連絡が来るまで待ち、ドアをひっかく音が聞こえたら開け、ブラインドを締め切り、テレビをつけっぱなしにした暑い室内で、深夜まで長時間会話をする手はずになっていた。そのころ街は寝静まり、切り替わる信号が無人の濡れた通りにいつまでも反射しつづけるだろう。〈マーブル〉がヘルシンキ空港に降り立つころ、CIA支局はアメリカ人の姿を通りに出すことなく、〈マーブル〉が時間一杯まで過ごせるよう準備を整えていた。

仕事が終わったあとの夕方、ドミニカは公共プールの向かいにあるトルニ・ホテルの中二階の窓際に座り、ネイトが来るのを待っていた。二人は最低でも週三日はいっしょに泳ぐようになっていたが、ネイトはここ六日間、プールに姿を現わしていない。おかしいわ。彼女はいささか、ふられたような気分だった。先週、風の強い春の日曜日に彼らはウランリンナ地区の水に囲まれた〈カルーセル・カフェ〉でコーヒーを飲んだ。港にはヨットの索具が林立し、アルミニウムのマストにハリヤード（帆を引き上げるロープ）がぶつかるたびに傾いていた。この時期にはめったにない青空に、雲が漂っていた。

ドミニカはバスと地下鉄を乗り継ぎ、タクシー二台に乗って港へ来た。ハヴストランデンの海岸沿いを歩きながら彼女は迷ったが、結局耳の後ろに軽く香水をつけた。歩いて道路を横断してきたネイトの足取りは、どことなく春めいていた。ネイトはいつもどおり魅力的だったが、この日はどこかちがった。紫の光輪がかすみ、弱まっている。心ここにあらずといった様子だ。これまでは二人で四時間、五時間、六時間といっしょにいたのに、この日のネイトは一時間でほかの用事があると言った――予定外の仕事がはいってしまったので、行かなければならない、と。二人はもうしばらく歩き、ドミニカが今度の週末にフェリーでスオメンリンナ島へ行き、一日かけて古い要塞を散策しようと提案すると、ネイトはぜひ行きたいのだが、二週間後のほうがありがたいと言った。

街路樹の枝が芽吹き、日光がさんさんと顔に降り注いでいる。静かな通りの片隅で二人は立ち止まり、向かいあった。ドミニカは家に帰り、ネイトは別の用事に向かう。ドミニカは彼の変化を察していた。彼はそわそわした空気を発散していたのだ。何かが起こるのを待っているようね、と彼女は思った。

「きょうは無愛想ですまない」ネイトは言った。「仕事がいろいろ重なってね。じゃあ二週間後に、いっしょに要塞めぐりに行くということでいいかな？」

「もちろんよ」彼女は言った。「プールでまたあなたを捜してみるわ。スオメンリンナ島についての詳しいことは、また会ったときに話しましょう」彼女は彼に背を向け、通りを横断した。われながら、どうして香水をつけようと思ったのかが不思議だった。ネイトは彼女が隣の地区へ歩き去るのを見送り、かすかに足を引きずっているのに気づいた。ほっそりしたバレリーナのような脚は、よく見るとふくらはぎに引き締まった筋肉がつき、彼女は歩くときに両腕を無理なく振っている。

ネイトは間近に迫った〈マーブル〉の到着のことを考えた。ホテルGLOの近くで、上階に来る〈マーブル〉のために〝異状なし〟の合図を送ることができる場所を探さなければならない。彼は歩きだした。

ストラパッツァーダ（ギリシャ風スクランブルエッグ）

オリーブオイルを熱し、湯むきしてスライスしたトマト、タマネギを、砂糖、塩、コショウとともに煮詰める。割りほぐした卵をそれに加え、勢いよくかき混ぜて卵を凝固させる。焼いたカントリーブレッドにオリーブオイルをかけ、付けあわせにする。

13

いくらなんでも長すぎる。彼はどこへ行ったの？　何をしているの？　ほかに標的がいるのかしら？　あるいは女でも？　それとも、彼女の正体が露見したので接触をやめたのか？　きょうも一日がむなしく過ぎようとしていた。彼女は毎晩、プールの向かいにあるトルニ・ホテルに行き、彼が現われるのを待っていた。今夜も来そうにないことはわかっている。ついにこのときが来た。このときのために、わたしはここに送りこまれたんだわ。彼女は脳裏から、本部で座っているワーニャ伯父、毎日彼女をねめまわすヴォロントフのいぼだらけの顔を消し去った。あすの朝にはこのことを報告しなければならない。

　アパートメントに帰るとき、街明かりや窓に灯る光はほとんどドミニカの目にはいらなかった。翌日、支局でどのようなことが起こるのか考えていたのだ。ネイトが一週間にわたって姿を見せないと彼女が報告すれば、たちどころに副長官宛て至急親展の通信文が送られるだろう。対外防諜局（KR）は出入国管理の関係当局に対し、過去半年および今後半年にわたってスカンジナビア諸国を訪問したか訪問予定のロシア人全員のリストを提出するよう要求するはずだ。外交官、ビジネスマン、学者、学生、公務員、航空会社の乗務員に至るまで。リストには限りがある。対外防諜局の忍耐強いオオカミどもは、年齢、職業、経歴、そして最も重要な機密情報の閲覧権を基準に容疑者をふるいにかける。最終的に絞られる容疑者の数は、十人かもしれないし百人かもしれない。しかし人数は問題ではない。SVRはモスクワで彼らの監視を始め、手紙を調べ、電話を盗聴し、アパートメントや別荘（ダーチャ）を捜索し、密告者の首を絞めていくだろう。

捜索の範囲はヘルシンキまで及ぶにちがいない。対外防諜局の監視チームがネイトに張りつけられ、二、三週間、いや一ヵ月でも行動を観察するだろう。対外防諜局の監視チームは神出鬼没で目に見えないと恐れられており、彼らは観察結果を記録し、モスクワに戻ってからも終わりのない監視を続けるにちがいない。そうなることは避けられないだろう。それが終わるのは、エージェントが本当にロシア人だと判明し、彼か彼女が逮捕され、尋問され、処刑されたときだ。〝灰色の枢機卿〟と呼ばれるこの国の政治の黒幕たちは、今度も思うがままにするだろう。

彼女の足音が夜気のなかで大きくこだまする。街はしんと静まり返っていた。ネイトのエージェントは誰だろう？　なぜその人はロシアを裏切っているのかしら？　その男、あるいは女に道義心はないのだろうか？　それとも金の亡者か？　平気で裏切るのか？　はたまた高潔なのか？　正気を失っているのか？　ドミニカはそのエージェントの声を聞き、顔を見てみたかった。彼女はその人間の動機に共感できるだろうか？　裏切り行為を正当化できるだろうか？　彼女は自らのささやかな違反行為のことを考えた。あなただって、いとも簡単に自分の行為を正当化したじゃない？　たいした陰謀家だわ。

ドミニカは目を閉じ、暗がりの建物の壁にもたれた。いまのところ、ネイトがエージェント、〝もぐら〟と会っているのではないかと疑っているのは彼女一人しかいない。ほかの人間は誰一人このことを知らないのだ。彼女は頭がくらくらしてきた。もしドミニカがこのことを話さなかったらどうなるだろう？　彼女が〝彼ら〟に、この作戦に勝つための知識と力を提供するのを拒んだら？　彼女はそこまで不忠になれるだろうか？

彼女は、あの尻軽なソーニャのせいで脚を骨折させられたことを思い出した。AVRのシャワー室で彼女に抱きついてきた男子学生の、耳をつんざくような悲鳴も思い出した。商務官のドゥロンがSVRの侵入者たちの前でうちしおれたときの頭上のオレンジの照明や、彼女の口にはいってきたウスチノフの血の味も思い出した。そして首を吊ったアーニャの、血の気を失った純真な顔が頭をよぎった。

彼らには待ってもらいましょう。彼女の全身に決意がみなぎった。このうえなく危険な行動であり、自らの致命傷にもなりかねない。もろく繊細な氷の上を歩くような慎重さが求められる。しかし彼女はこうすることで、ヴォロントフやワーニャ伯父に力を振るうことができる。母からはいつも、激しい気性を抑制するように言われてきた。しかしいまは、喉元にこみあげる冷たい怒りの衝動が心地よい。

ドミニカはふたたび歩きだし、歩道に踵の音を響かせた。もうひとつ頭に浮かんだ、自分の行為を正当化する理由にはわれながら驚いた。ネイトがエージェントを失えば、彼はスパイ同士の抗争において破滅し、名声は跡形もなくなるだろう。彼女はヘルシンキでネイトとともに過ごした時間を思い出した。そんなことはしたくない。父によく似たネイトを、彼女は好きになっていた。

翌朝ドミニカは、胃が痛くなる思いで中庭を通りすぎ、大使館の正面玄関を抜けて、ロシア対外情報庁の数えきれないほどの要員の靴によってすり減った大理石の階段を上った。階段のうえにはいかつい蝶番がついた重々しい金庫室のような扉があり、その奥には暗号鍵のついた扉、さらに電子キーパッドがついた金網のゲートが控えている。彼女は机にハンドバッグを置き、同僚の一人に向かってうなずいた。ヴォロントフが支局長室のドアのかたわらで彼女を手招きしている。

彼の机の前に立ったドミニカは、ヴォロントフのたるんだ両手から目を上げられなかった。「報告すべき進展はあったか、伍長？」彼が訊いた。レターオープナーで爪の掃除をしている。彼女の動悸が高まり、その音が頭のなかで鳴りやまない。感づかれるだろうか？　支局長は異変を察知しているのか？　自分の声がまるで、室内で話している他人の声のように聞こえる。

「大佐、あのアメリカ人は、美術館が好きらしいことがわかりました」ドミニカは言った。声がぎこちない。「それでわたしは、彼をヘルシンキ現代美術館に誘うことにしました。そのあとで夕食をとるつもりです……わたしのアパートメントで」何を言っているんだろう？

しかし、これこそまさしくヴォロントフが聞きたいことだ。ヴォロントフは自分の爪から目をあげ、満足そうになって、彼女の胸を見つめた。

「そろそろいいころあいだ。彼を楽しませて、またきみのもとを訪れたいと思わせなければならん」彼は言った。「そのほかに、変わったことはなかったか？」

ええ、あります、とひと言言えば、あとのことは組織が肩代わりし、彼女の責任は果たされる。簡単なことだ。彼はこれから二週間ほど忙しくなると言っていました。それだけ言えばよい。耳鳴りが大きくなり、視界がぼんやりする。机の奥に座っている豚のような男も、彼を包む薄汚れたオレンジのもやも、ドミニカにはほとんど見えなくなった。喉が締めつけられ、われながらおかしなことに脚が震え、きわめて稀なことだが膝ががくがくし、彼女は机にもたれかかりたい衝動に意志の力で抗った。まだ胸をじっと見つめるヴォロントフの側頭部から、ポマードで撫でつけた髪がはねている。最後の瞬間、ドミニカは決断した。

「今回は、ご報告するようなことはありません」心臓が早鐘を打っている。国家への裏切りを犯したとみなされる一線を彼女は越えてしまった。彼らがこのことを知ったら、トロツキーを暗殺したときのように、ピッケルを持った男たちを送りこんで彼女を殺すかもしれない。あるいは彼女の母を拷問するかもしれない。ヴォロントフは彼女をしばらく眺め、もう一度うなり声をあげると、手を振って下がれの合図をした。一瞬でドミニカは、彼が何も疑っていないことを知った。彼女は自らの直感の正しさを確信し、血管が凍りつくのを感じた。

ドミニカは机に戻り、力が抜けたように椅子に座った。両手はじっとり汗をかき、震えている。彼女は室内にいる諜報員や事務員を見わたした。誰もが下を向き、書類を読んだり、タイプライターを打ったり、書類を書いたりしている。ただ一人、ドミニカから机二列を隔てたところに座っているマルタ・エレノワだけはちがった。マルタはタバコを手にして、彼女を見つめていた。ドミニカはかすかに笑い、目をそらした。

ドミニカにとって、マルタは大使館で最も友人になれそうな同僚だった。彼女は支局（レジデントゥーラ）の上級管理補佐官だ。二人はときおり館内で話すことがあり、ほとんど面識のない大使館員のための夕食会では、互いに隣りあった席に座った。ある雨の日曜日、二人は港沿いや生鮮食料品の露店が並ぶマーケット広場を歩いた。優雅で貴族的な風貌のマルタは五十前後で、濃い茶色の髪を肩まで垂らしていた。黒っぽい印象的な眉毛の下に、薄茶色のまばゆい瞳が輝いている。形のよい唇は世界への皮肉な見かたをうかがわせ、ねじれたような笑みをたたえていた。彼女の頭と身体の周囲には強い色彩が見えた。情熱を表わす深いルビーのような赤だ。これほどはっきりした深紅を、ドミニカは音楽を聴くときぐらいにしか見なかった。

ドミニカは、マルタが若かったころはさぞかし美人だったにちがいないと思った。マルタは相手が誰であれ、いまは腰のあたりにいささか贅肉（ぜいにく）がついた、彼女のふくよかな容姿に少しでも言及した者には容赦なく食ってかかり、退散させた。マルタはヴォロントフ支局長にもまったく気後れせず、いかにも彼女らしいことに、領収証や会計報告や月報を早く出すよう催促されても、作るのはわたしです、と答えた。ヴォロントフは彼女の超然とした落ち着きに太刀打ちできなかった。

ドミニカはそれまで、マルタの生涯について何も知らなかったが、もし知っていたらさぞ驚いただろう。マルタ・エレノワは一九八三年、KGBによってカザン郊外の森にある国立第四学校——スパロー・スクール——に徴集された。当時彼女は二十歳だった。父親は大祖国戦争で戦い、それから内務人民委員部（NKVD）のレニングラード本部で歩哨になり、共産党員として国家に忠実に仕えた。マルタのたぐいまれな美貌はモスクワから視察に訪れていたKGB少佐の目に留まり、この少佐は彼女をKGBに採用して、自分の特別補佐にしようとした。マルタの父親はこれがどういうことかわかっていたが、彼女によりよい人生を送ってほしいと願って何も言わず、一人娘をモスクワにいる妹のところへ送り出した。こうしてマルタはKGBの第二総局（国内治安）、第七局（旅行者に対する作戦任務）、第三部（ホテルならびにレストラン担当）で勤務を始めた。第七局だけで二百人の局員と千六百人ものパートタイムの情報提供者およびエージェントを抱えていた。

モスクワでマルタの美貌は第七局の大佐の目に留まった。少佐より階級が上だ。マルタは大佐の配下に転属することになった。その直後、彼女は第七局の将軍の目に留まった。大佐より階級が上だ。彼女は将軍の助手にさせられたが、マルタは助手の仕事がなんなのかよくわからなかった。それがわかったのはある日の午後のことだった。将軍が執務室のソファに彼女を押し倒し、制服のスカートの下に手を入れたのだ。マルタは彼の側頭部を（ソ連に典型的な）水を入れる鉄製のカラフでたたいた。奇妙に禁欲的な風潮のKGB組織内でこの事件はスキャンダルになり、将軍の妻が政治局員補の妹だったことでさらに拍車がかかった。

マルタは早々に国立第四学校に送られた。彼女には選択肢がなかったのだ。マルタは〝スズメ〟になるための訓練を受けることになった。

マルタは魅惑的な肢体と卓越した知性を兼ね備えた、稀有な女性だ。前者の特質は不運な外交官、ジャーナリスト、ビジネスマンを惹きつけた。後者によって彼女は、影響力のある人間を友人にする洞察力と鋭い目を獲得した。二十年近くに及んだキャリアの終わりごろには、彼女は"スズメの女王"と称された。彼女は第七局が行なった幾多のハニートラップに携わり、彼女の活躍によってセックスに飢えた日本人資産家、女遊びが好きなイギリス大使、爬虫類のようなインドの国防大臣がKGBの協力者になった。マルタのキャリアの頂点を飾るのは、ドイツ大使館に勤務していた女性の暗号担当官を誘惑し、機密情報を引き出した作戦で、これによりKGBはドイツおよびNATOの暗号を七年間にわたって、敵に知られることなく解読することができた。マルタが女性を標的にしたのはこれが最初で最後だったが、このリクルートはKGB高等学校で模範として長く語り継がれた。

マルタは作戦以外でも、多彩な男性遍歴の持ち主だった。二人の政治局員、KGB第一総局の将軍、KGB参与会で影響力のある将官の息子たちなどのひそかな恋の相手だったのだ。眉がふさふさした老ボスの多くが、彼女のことを愛情をもって回想した。これらの庇護者たちによってマルタの身の安全は保たれ、〝スズメ〟としての活動から引退するときにはSVR少佐の階級に相当する年金を与えられた。マルタは余生を楽しみ、外の世界を少しは見ておこうと思っていたので、ヘルシンキ勤務を打診されたときには喜んで受諾した。

最初のうち、マルタにはドミニカがSVRの書記なのか管理スタッフなのかわからなかった。海外支局に派遣されるには、明らかに若すぎる。副長官と同じ姓であることからおおかたの見当はつくが、ドミニカが支局内で特定の担当業務を持っていないこと、自由な時間に出入りしていること、支局長と直接、内密に話していることから、特別の任務を帯びてヘルシンキに送りこまれたのではないかと推測された。ドミニカの服は新しい。衣服を支給されているにちがいない。この美しい新人が、大使館員用の宿舎外に専用のアパートメントをあてがわれていることが知れると、さまざまな噂話が飛び交うようになった。マルタにはピンときた。

支局でのドミニカの勤務態度は折り目正しく控えめで、類を見ないほどの集中力で正確かつ迅速に仕事をこなした。路上でマルタが観察してみると、ドミニカの目は行き交う人々の顔から建物の入口、歩道、車道へと移っていたが、なにげない立居振る舞いで視線の動きをうまく隠していた。二人でカフェに座ったとき、ドミニカは相手を楽しませる能力の片鱗(へんりん)を見せた。まばゆいばかりの笑顔で、茶目っけもちらつかせた。海千山千の経験からマルタは、ドミニカがほぼ無意識のうちに自らの美しさ——まなざし、微笑み、身ごなし——を効果的に使える理由を直感した。さらにマルタには、ドミニカが会話のなかでさりげなく相手から情報を引き出すテクニックを使っていることがわかった。

かなりの逸材だわ、とマルタは思った。まちがいなく彼女は作戦行動に従事している。美しく、頭脳明晰で、スパイ技術に優れた、きらめくばかりの青い瞳の持ち主。彼女が自らの義務をわきまえ、祖国を愛していることは明らかだが、一皮めくると、地下水脈が湧き出しているのが目に見えるだろう。自尊心、怒り、不服従といった水脈が。それにもうひとつ、いわく言いがたい秘密めいた部分がある。危険を招き寄せるような反抗的な習癖だ。マルタはまた、このうら若い女性の洞察力と本能をもってすれば、本部のやっていることがほとんど見かけ倒しであることはすぐにわかるだろうと思った。ヴォロントフ支局長は、過去七十年にわたってKGBとクレムリンを動かしてきた管理職たちの労働観を体現している、生きた見本だ。

二人は終業時間とともに大使館を出て地元のバーに立ち寄り、一杯のワインと、生クリームとチーズがたっぷり載った背徳的なほど美味なキャビアパイに舌鼓を打った。二人は家族のこと、モスクワのこと、これまでの経験を語りあった。ドミニカはスパロー・スクールのことには触れなかった。マルタは笑い、ドミニカもつられて笑い、二人は手に手を取りあって夜の歩道を歩いた。

ある晩、ふたたびバーに足を運んだ二人は、うんざりするようなドイツ人に声をかけられたが如才なくお引き取り願い、マルタはドミニカに彼女の生涯を、〝スズメ〟だったことを、明かした。彼女は祖国に尽くしてきたことを誇りに思っていた。忌まわしいKGB本部時代のことは頭から追い払った。彼女は自らの境涯にも、自分がしてきたことにも、恥じるところはいっさいなかった。ドミニカは唇を震わせ、友人を見てさめざめと泣きだした。その夜は長いこと話をしたが、最終的にマルタはドミニカのことをすべて知った。ネイトを追いかける任務、ワーニャ伯父、スパロー・スクール、フランス人のドゥロン、ウスチノフのことまでドミニカは話した。言葉が奔流となって彼女からあふれ出した。情報を引き出すテクニックもいまは念頭になかった。こうして二人の女性は友人になった。

毎晩のようにドミニカの話にじっと耳を傾けたマルタは、上役連中はこれほどの短期間にずいぶんこの娘を苦しめたものだわ、と思った。しかしマルタはドミニカのなかに強さを見出した。さらにほかのものも。マルタは懸念を抱いた。ドミニカがのんきな若いCIA局員のアメリカ人に上司の名前を明かしたことをきっかけとして、より重大な情報を漏洩するのではないか、という懸念だ。しかしそれを口に出して言うことは、ドミニカの作戦遂行能力に疑問を呈することにほかならないので、マルタはあえて何も言わなかった。

「わたしにはよくわからないんだけど」ドミニカは言った。「彼は横柄だけどひょうきんで、ロシアのことが嫌いで、少なくともわたしたちのことを賞賛はしていないわ。でもワーニャ伯父の考えでは、彼は作戦で成果を上げようと必死になっている」

「いやな男みたいね」マルタは言った。「でもそれならかえって、働きかけはしやすくなるはずよ――いっしょに寝ることだって。ほしい情報を引き出すためにね」タバコに火をつけ、ボックス席にもたれるドミニカをじっと見る。二人は三杯目のワインを飲んでいた。

「いやなやつというより、癪に障るのよ。でもいい人よ」彼女はため息をついた。「彼が作戦行動にはいったとか、どことなく落ち着きがないとか、そういう気配をわたしが感じたら、ヴォロントフに伝えることになっているの。あの人たちは彼がエージェントといっしょにいるところを捕まえたいのよ」ドミニカにワインが効いてきた。

「それがわかるぐらい彼のことを知っているの？」マルタは訊いた。「あなたには徴候がわかるの？」

ドミニカは額から髪の房を撫であげた。「その徴候を見たような気がするの――というより、見た」彼女は言った。

「それじゃあ、すぐさまそのことをヴォロントフ大佐に通報したのね」マルタは言った。しかし彼女には、どういう事態が起こっているのかすでにわかっていた。

「いいえ」ドミニカは言った。「このまま監視を続けると言ったわ」

「つまりあなたは、あなたの若いアメリカ人が忙しくなっていることを、故意に報告しなかったのね」

「彼は〝わたしの〟若いアメリカ人じゃないわ」ドミニカは目を閉じた。

「あなたは彼が作戦行動にはいっていると感じており、ヴォロントフはそのことをはっきり訊いたにもかかわらず、あなたは報告しなかった、ということ？」マルタは身を乗り出した。

「目を開けて、わたしを見なさい」

ドミニカは目を開けた。「そうよ。わたしは何も報告しなかった」ふたたび目を閉じる。

マルタはワインを飲み、超然とした心境で、ドミニカが報告を怠(おこた)り嘘をついたことで国家を裏切ったのみならず、この晩、彼女の犯罪を知ったことで自分も同罪に問われることになるのだ、と思った。マルタは手を伸ばし、ドミニカの手を握った。「くれぐれも気をつけるのよ」彼女は言った。

マルタは人生を国家に捧げ、長年のあいだその行きすぎを見てみぬふりをし、多くの男たちを転落させてきた。彼らの罪といえば、肉体的快楽に負けたことだけなのだ。しかし内心では、その国家を動かしている下等な者どもにはとっくに愛想をつかしていた。彼女にはドミニカがいかなる状況に置かれているかわかっていた。あのけだものたちは、この美しく知性に満ちた娘を空(から)っぽになるまで搾取したあげく、投げ捨てるつもりなのだ。だが、ドミニカのしていることがたとえわずかでもウラジーミル・プーチンの裏をかけば、彼女にとって致命傷になる危険がある。ドミニカが知ったことは、かごのなかでうごめく幾多の蛇のようなものだ——いまのところは安全だが、壁にぶつけてひっくり返すと大変なことになる。

〈マーブル〉による短期間のヘルシンキ訪問は、多大な成果をもたらした。第一、〈マーブル〉自身が国際貿易副大臣のトランクに会い、関係を進展させた結果、議論の余地なくこの派手好きなカナダ人の追跡を続行すべきだとの結論に達した。第二、三日間にわたり、深夜から明け方にかけてホテルGLOでネイトと会合した結果、ヨーロッパおよび北米におけるSVRの作戦に関する高レベルの機密報告書が八冊（さらに三十七冊分に相当する概要メモ）も作成できた。第三、〈マーブル〉の情報提供により、カナダ連邦警察(RCMP)戦略的政策企画局の副総監がロシア人不法入国者（日中の仕事はオタワ市ベアファックスのストリップダンサーだ）と会っていることが判明した。最後に、この老エージェントは正確な記憶力によって——原則として、彼には中国に関する報告書の閲覧権がない——北京の最新情勢に関するSVRの報告書三冊の要点を伝えた。二〇一二年九月の薄熙来更迭から二年を経てもなお、中国共産党常務委員会では権力闘争がくすぶりつづけているのだ。〈マーブル〉によるコメントは、プーチン大統領の中国共産党の内紛に対する関心は〝異様なほど高い〟というもので、これはCIAのアナリストたちによって高く評価された。

これらは〈マーブル〉による積極的な諜報活動による成果の一端にすぎない。最も不穏な情報は、〈マーブル〉がつかんだ断片的な手がかりだった。ヤセネヴォの四階で〝長官直属の案件〟が運営されているという。この案件の〝資産〟はロシアにとってきわめて重要でかつ機密にかかわるため、SVRのトップがじきじきに取り扱っているのだ。CIAの防諜関係者にとってこのような特別扱いの案件が意味するところは、巨大な〝もぐら〟が存在するということだった。政府首脳部までスパイに浸透されているという大きな問題を抱えた国がどこかにあるということだが、〈マーブル〉の情報に接したCIAの関係者は顔を見あわせ、もしかしたらそれはワシントンのことではないか、と考えた。こうした第一級の情報は〈マーブル〉との会合の報告書から区分され、個別に対処されることになった。

この老練なスパイには、誰も指図してはならない。彼自身が、これからどうするかを彼らに告げるのだ。指先にからませた糸の引きかたは彼が知っている。〈マーブル〉は蜘蛛の巣の中心でじっとしている蜘蛛であり、同心円状に張りめぐらした糸のどこかが震えるのを待っているのだ。彼はじっと息をひそめ、機会が訪れたらより多くの情報収集に動きだす。一方、〝SVRのもぐら〟、〝長官直属の案件〟、〝ヤセネヴォ〟といった単語はCIA本部の、防諜担当アナリストが十数人いる事務室のホワイトボードに書きこまれる。彼らは何カ月でも、何年でも機会の到来を辛抱強く待ち、欠けたピースを埋めてモザイクを完成させるのだ。

昨晩、〈マーブル〉はネイトに、アンソニー・トランクは向こう半年以内にローマの経済会議とニューヨークの国連総会に出席するので、SVRによるトランク追跡という大義名分が立ち、〈マーブル〉も二回は確実にロシア国外に出張できると告げた。

本部は〈マーブル〉との会合の成果とネイトの働きぶりに沸いた。〈マーブル〉の秘密口座には報奨金が振りこまれ、ネイトは業績を評価されて、給与が手取りで百五十三ドル上がることになった。「なかなかやるもんだ」ネイトの昇給の話を耳にしたゲーブルは言った。「しかし百五十三ドルか。やつらがおまえの貢献を正当に評価しているかどうかは疑問だな。カーウォッシュ六回券のおまけもつけてほしいところだ」

三晩にわたった会合が終わりに近づき、〈マーブル〉がモスクワに戻る直前、ネイトは将軍の身の安全を案じた。〈マーブル〉は平然とした口調で、彼とネイトが雪の降るモスクワの通りで危うく包囲されそうになってから——まるで百年も前の出来事のように思える——ヤセネヴォのSVR本部では〝もぐら〟捜しが本格的に始まっていると言った。昔なじみの同僚で第一副長官のエゴロフは、ロシア諜報機関の上層部の誰かがCIAのスパイだと確信している。「つまり……わたしのことだがね」彼は声をあげて笑った。ネイトが心配そうな表情になった。

「大丈夫だ」〈マーブル〉は言った。「わたしは危険には慣れている。自分が働いている組織がどう動くかはよくわかっているよ。あのろくでなしのエゴロフの考えかたや行動パターンもわかっている。いまのところ、危険な徴候はない」彼はこの十四年間、ラングレーすなわちCIA本部のエージェントを自任してきた。エージェントとして活動する夜には階段の足音に耳を澄ました。モスクワに情報を訊き出すための〝相談〟の電話をかけたときの胸が締めつけられるような不安もよく覚えている。会議に招集されたとき、満員の会議室を見て言葉にできないほどの安心感を覚えたことを思い出す。うかつな人間は無人の会議室にのこのこはいり、ドアの陰で待ち伏せしていた殺し屋の餌食にされることもあるのだ。

この年輩の紳士は熱意あふれる若い担当者に冗談を言い、二人は拒否地域での最大の危険をともなう作戦の緊急時プランを見なおした。敵中脱出。自由を求める密出国。モスクワ市内から緊急追跡を受けた場合、家族や恋人を車のトランクにかくまって国境の検問を逃れる計画。四十分後、〈マーブル〉は手をあげた。「ナサニエル、今夜はもうこの辺でいいだろう。きみはとても用意周到だ」ネイトは照れて頭をかき、二人はおやすみを言って別れた。

〈マーブル〉が無事帰国し、ネイトは安全を確保してエージェントとの会合を成功させ、多大な成果を上げたことを激賞する本部からの通信文を読んで喜びに浸った。通信文はネイトの報告を〝最高レベルにまで受領された〟と伝えており、これはホワイトハウスおよび国家安全保障会議を意味した。

フォーサイスは彼の肩をたたいて労をねぎらい、ゲーブルはビールをおごった。「おまえがいくらちやほやされても、エージェントのことは誰一人考えようとしない」ゲーブルは言った。「彼のことを忘れないのがおまえの責任だ。わかったな？」

昂揚感に浸るのもそこそこに、ネイトは当面の問題に戻った。ドミニカだ。彼女の件はこれからどう展開するだろう？ 彼女が支局長の直属下で動くことを許されているとすれば、その意味するところは何か？ 近日中になんらかの進展がなければ、本部からは催促の矢を向けられるだろう。

「本部なんぞくそくらえ、だ」ゲーブルは言い、ビールのお代わりを飲みだした。「まあ、二週間はのんびりするんだな。今回の念入りな準備と行動を思い出していい気分になればいい。そのあとで、次のプランを考えよう」

ネイトはもう、ゲーブルのことをよくわかっていた。「つまり言いたいのは、〝とっとと椅子から立ち上がって通りに出ろ。おれが正面玄関からおまえを蹴りだす前にな〟、でしょう？」ネイトは言った。

「いかにも」ゲーブルは言った。「そのとおりだ。プールに行ってみろ。おまえさんのSVR伍長を捜し出せ。花束でも持っていくんだな。きみがいないと楽しくない、きみに会えなくてさびしかったと言うんだ。そして夕食に連れていけ」

「実を言うと、マーティ、彼女に会えなくて本当にさびしかったんですよ」ネイトは絨毯を見下ろし、それからゲーブルに視線を戻した。

「信じられん」ゲーブルはそう言うなり立ち去った。

キャビアのトルテ

軽く炒(いた)めたワケギ、生クリーム、すりつぶしたヌシャテル・チーズを混ぜ、底がはずれる型に入れる。細かく切ったゆで卵を振りかける。小粒のキャビア（オシュトラかセヴルーガ）をトルテのうえに薄く広げ、冷やす。型から抜き、ブリヌイやひと口大のトーストに塗る。

14

マルタはいくつかドミニカに知恵を授けた。ドミニカの勤務記録を改竄(かいざん)して動きがあるように見せかけ、二人でドミニカの会合報告書の文案を練って、いくらか進展の見通しがあるように思わせつつ、本部(センター)の眠れるクマどもを起こさないように工夫した。ドミニカは、標的のアメリカ人を美術館、昼食、コーヒーに誘い出し、会合にまずまずの成果はあったものの決定的な情報は明かされなかったと書き、彼はドミニカの誘いかけをのらりくらりとかわしていると遠まわしに伝えた。「彼はいやなやつだと思われるわね」ドミニカは言った。「こんな悪知恵を働かせて、わたしもなんだかいやな気分よ。わたしたち、きっと独身のままおばあちゃんになるわね。あなたもわたしも」

「そう思う?」マルタはタバコに火をつけた。「わたしたちはたぶん、ソーセージを買いに行かされた二人の女の子みたいなものよ。肉屋さんはお釣りがなくて、ソーセージをもう一本くれるの。〝三本目のソーセージはどうするの?〟一人の女の子がそっと訊いたら、もう一人が〝シーッ〟と答えるの。〝二人で食べちゃえばわからないわよ〟」

ドミニカは笑った。

ヴォロントフは落ち着きなく歩きまわり、モスクワからの圧力に怯え、部下に八つ当たりした。二人の女性がいやに仲良くしているのが気に障った。年のいった元〝スズメ〟と、その若い友人だ。それにエゴロワは、明らかにエレノワからそそのかされている。エゴロワは前々から上官への敬意と服従を欠いていたが、このところとみにその傾向が増していた。

南のエストニアから来た前線が土砂降りの雨を降らせた嵐の日のことだった。ドミニカが大使館から外出していたときに、ヴォロントフがマルタを支局長室に呼んだ。マルタは勧められないうちから椅子に座り、肩をいからせた。「わたしに会いたいそうですが、大佐?」

ヴォロントフは無言でマルタを見つめた。目が脚から顔へ移る。マルタは彼の目を見て言った。「ご用件はなんです、大佐?」マルタはふたたび言った。

「きみがエゴロワ伍長とつるんでいるのはわかっている」ヴォロントフは言った。「きみと彼女はいやに長い時間、いっしょにいるからな」

「何か問題でもあるんですか、大佐?」マルタは訊いた。タバコに火をつけ、頭をもたげて煙を天井に吐き出す。

ヴォロントフはまるで田舎育ちの少年のように気後れして彼女を見た。「エゴロワとどんな話をしているんだ?」

「ご質問の意味がわかりかねるのですが、大佐」マルタは言った。「わたしたちはワインを飲みに出かけ、家族や旅行や食べ物の話をしているだけです」

「ほかに何を話している?」ヴォロントフは訊いた。「男や恋人の話をしているんじゃないのか？」蛍光灯の光がブルガリア製の背広のすりきれた襟に反射した。

「失礼ですが、大佐殿」マルタは言った。「そんな立ち入った質問をするのはどうしてですか？」

「うるさい！」ヴォロントフは机を掌で打った。「理由など教える必要はない」彼は怒鳴った。「エゴロワに何を言っているにせよ、いますぐやめてもらおう。きみのトレードマークである冷笑的な態度と熱意に欠けたものの見かたが、彼女に悪影響を及ぼしているんだ。そのせいでエゴロワの生産性は低下している。課せられた任務をおざなりにしている。報告書も不満の残る内容だ。彼女を放っておいてくれ。さもなければそれなりの措置を講じる」

旧ソ連時代の官僚的なこけおどしに慣れていたマルタは動じることなく、身を乗り出して彼の机の灰皿にタバコの灰を落とした。ヴォロントフの目がブラウスの開いた胸元に吸い寄せられる。彼女は両手を机の縁に置き、かがみこんでもっとよく見せた。「大佐殿」マルタは言った。「ひとつ言わせてもらうけど、あんたには虫唾が走るわ。エゴロワを放っておくべきなのはあんたのほうよ。二度とあの娘をいやらしい目で見ないでちょうだい。彼女は何もまちがったことはしていないわ」

「誰に向かって口をきいている？」ヴォロントフが叫んだ。「老けた売女の分際で！　わたしは今晩にでも、おまえのような雌ブタを縛りあげ、強制送還してやれるんだぞ。マグニトゴルスク（ウラル地方中部の工業都市）の旅行代理店で、メタルールク（アイスホッケーのプロチーム）の腑抜けのホッケー選手どもを一晩中くわえこんでろ」

「あら、大佐殿、ずいぶん懐かしい脅し文句じゃない」マルタは言った。こうした臆病な手合いはいやというほど見てきた。「じゃあ、こんなのはどう？　わたしはあんたの頭越しに話をするわ。モスクワでさんざん悪口を言いふらして、あんたをマグニトゴルスクに送ってやる。ワーニャ・エゴロフはあんたの支局が掃き溜めだと聞いていい顔をしないでしょうね。あんたが達成した業績なんかないも同然なんだから。あんたが姪に色目を使い、股に頭を埋めたいと妄想していたと聞いたら、大いに関心を持つでしょうよ。この下衆野郎が」

重大な不服従だった。叛逆だ。ヴォロントフは椅子から立ち上がり、マルタに怒号を浴びせた。「いますぐ私物をまとめろ。あすの夜までに支局から出ていけ。交通手段はなんだってかまわん。鉄道でも船でも飛行機でも、好きにしろ。あすの夜まで出ていかなかったら——」

「くそったれ！」マルタはヴォロントフに背を向け、ドアに向かった。

怒りに全身を震わせ、ヴォロントフは机の抽斗を開けて手探りし、小型のマカロフ拳銃をまっすぐ彼女に向けた。

「わたしはドミトリー・ウスチノフじゃないわ、ヴォロントフ大佐。あんたやその同類が、思いどおりにならない人間を一人残らず殺すことなんかできはしない」マルタの心臓は早鐘を打っていた。ヴォロントフが引き金を引くかどうかは彼女にもわからない。

ウスチノフ？　あの殺された新興財閥か？　自分のペントハウスで惨殺されて血の海に溺れ、マフィアの復讐と噂されていた？　ヴォロントフには、この生意気な女が何を言っているのかわからなかったが、一九五〇年代ものの旧ソ連製真空管的な思考回路が熱を帯びた。ゴキブリのような生存本能が、水面下に何か、おそらく重大な秘密が隠れていると警告する。彼は拳銃を下げた。マルタはドアのノブをまわし、部屋を出ていった。同僚たちが廊下に集まっている。叫び声が聞こえたのだ。

支局長室では、ヴォロントフがタバコに火をつけ、気を鎮めようとしていた。クリーム色の電話に手を伸ばす。高周波（ヴィソコチャストティ）の盗聴防止回線だ。「モスクワを呼び出せ」電話交換手に告げる。三十秒ほどで、エゴロフ第一副長官につながった。二分後、彼は副長官からの指示を受けた。それは次のようなものだった。エレノワが何を言おうと相手にしないで、彼女の言ったことは誰にも話さず、これ以上何もするな。ヴォロントフは収まらず、これは不服従であり自らの権威を脅（おびや）かしかねないと抗弁しかけた。雑音まじりの回線を通して、エゴロフはよく聞けと言った。

「イェスチ・チェロヴェーク、イェスチ・プロブレマ。ニェット・チェロヴェカ、ニェット・プロブレムィ」エゴロフは言った。ヴォロントフの背筋を冷たいものが走った。彼もよく知っている言葉だ。スターリン同志の警句である――人間がいるから問題が生じる。人間がいなくなれば、問題は生じない。

ネイトとドミニカはアパートメントのソファに腰を下ろした。港の明かりが窓を透かしてはいりこみ、湾内の島々の彼方から、暗闇を縫って低い汽笛が聞こえてくる。ドミニカを夕食に招待する前に、盗聴器駆除班がネイトのアパートメントを確認済みだった。この段階では、どちらが作戦上優位に立っているのか二人ともわからない。彼あるいは彼女の関係進展への努力がいかなる方向に進むのかもわからなかった。この駆け引きにかかっているものがどれほど大きいのかも、完全にはわからない。二人にわかっているのはただ、互いに会いたいという気持ちだけだった。ネイトの狭い居間はふたつのランプにほのかに照らされている。控えめにかかっている音楽はベニー・モア（一九五〇年代ごろに活躍したキューバの歌手）のバラードだった。

ネイトはドミニカにヴィテッロ・ピッカータを作った。子牛の薄切り肉をソテーしてレモンのケッパーソースをかけたものだ。ドミニカはキッチンテーブルにもたれ、ネイトが薄い円形の肉を油とバターで軽く焼くのを見ていた。彼がワインとレモン汁をフライパンに入れ、レモンの薄切りとケッパーを加えてソースを作ると、ドミニカはコンロに身を乗り出した。彼は子牛の肉をフライパンに戻し、温めなおした。二人はソファに座り、皿を膝に載せて夕食をとった。ドミニカがワインを飲みほし、自分でお代わりを注いだ。

数週間会えなかった二人は、互いの関係を修復しなおし、ふたたびいっしょに過ごすようになっていた。風が冷たい日曜日には古い要塞を散策し、おなじみの議論を再開した。

「確かあなたは一年、モスクワに住んでいたのよね」ドミニカは言った。「でも、あなたはロシア人のことをわかっていないわ。あなたの見方は黒か白かでしかない。モスクワでの生活から何も学んでいなかったからよ」

ネイトは笑みを浮かべ、雑草が生い茂った城壁の一部を越えるのに、ドミニカに手を差し出した。ドミニカは手を握らず、自分で土塁を乗り越えた。「愛国心が強いのはいいことだ。きみは自分の国にとても誇りを抱いている」ネイトは言った。「けれども世界は、何も敵ばかりというわけじゃない。ロシアは自国民を助けるために力を集中すべきだよ」

「わたしたちは生活に困っていないわ。お気遣いありがとう」ドミニカは言った。

二人は夕食後のアパートメントでも議論を続けた。「わたしはただ、ロシアがかつての時代から本質的には変わっていないと言いたいだけだ。またとない機会を逃す寸前に見える。おなじみの悪い習慣がみんな戻ってきてしまった」

「悪い習慣って何よ？」ドミニカは流しで皿を拭きながら、訊いた。

「腐敗、抑圧、投獄だ。旧ソ連時代と同じ過ちが、ロシアの民主主義を窒息させようとしている」

「ずいぶん楽しそうに並べたててくれたわね」ドミニカは言った。「アメリカはそうした習慣とは無縁なのかしら？」

「もちろん、アメリカにもいろいろと問題はあるさ。しかし少なくとも、反体制派を刑務所で死なせたり、政敵を暗殺したりはしない」ネイトの前でドミニカの顔色が変わった。「アメリカの国民は人道主義を尊び、国籍を問わず、すべての人間に権利があると信じている。ところが世界には、同胞のことをまったく考えず、良心のかけらもないような連中もいる。たとえば旧ソ連のKGBの人たちのようにね。そして彼らの一部は生き残った」

ドミニカはこんな会話をしていることが信じられなかった。まずもって、ここに座ってアメリカ人の若造に説教されるのは屈辱的だ。次に、ドミニカ自身は彼の言っていることの大半が正しいとわかっていたが、それを認めるのは論外だ。「じゃああなたは、専門家なのね」皿を置き、別の皿を拭いて彼女は言った。「KGBについての」

「うん、一人か二人、知りあいがいたよ」ネイトは言った。

ドミニカは皿を拭く手を止めなかった。「あなたがKGBの人間を知っていた？　そんなはずないでしょう。なんていう人？」彼女は訊いた。もし彼が口走ったらどうするのよ？

「きみが知らない人だ。でも比べてみれば、SVRの人間を相手にするほうがずっといいな。彼らはとてもいい人たちだから」いつもの笑顔が戻り、深い紫が取り巻いた。

ドミニカは答えなかったが、腕時計を見て、もう遅い時間だわ、と言った。彼女は不機嫌だった。ネイトは彼女がコートを着るのに手を貸し、後ろの髪を襟の上に出してやった。ドミニカの首を彼の指が撫でる。「ごちそうさまでした、ニェイト」不機嫌を隠そうとしたが、口調に出てしまった。

「家まで送ろうか？」彼は訊いた。

「いいえ、結構よ」ドミニカは言った。正面のドアに向かって歩き、振り返って手を差し出したが、真後ろにいたネイトは彼女の肩を抱き、軽く唇にキスした。「おやすみ」と言って廊下に出たドミニカは、唇が熱くなった。

ネイトの子牛肉のピッカータ

小さな円形の子牛肉をたたいて薄くのばす。塩、コショウで調味し、バターと油を使ってきつね色になるまですばやくフライパンでソテーする。肉を別の容器に移し、蓋(ふた)をする。辛口の白ワインとレモン汁をフライパンに入れて沸騰させ、肉汁を溶かしてソースを作る。弱火にし、レモンスライス、ケッパー、冷たいバターを加える。弱火のまま、濃厚なソースになるまで煮詰める（強火にしないこと）。肉をソースに戻して温める。

15

　真夜中を過ぎ、ヘルシンキの雪は本格的な春の訪れを告げる雨に変わった。雨粒は舗道にはねかかり、葉のない木々の枝からしたたり落ち、窓をたたいている。ネイトはベッドで寝返りを打った。十二ブロックを隔てたところで、ドミニカもまんじりともせずに雨音を聞き、唇に残るネイトのキスの感触を思い出した。彼女は彼を救ったことをうれしく思い、機会があればまた彼の力になろうと決めた。

マルタと出会えたことは天の助けだった。マルタは友人として彼女の決意を支持してくれたのみならず、人生に関する辛辣（しんらつ）だが洞察力に富んだ言葉を投げかけ、ドミニカの思考をよりいっそう研ぎ澄ました。その結果彼女は、組織に対して秘密を守ろうとますます強く思うようになった。マルタはやみくもな忠誠というものを信じていなかった。彼女はドミニカに、編み機（トリコトウーズ）のような人間にならず、第一に自分自身に忠誠を誓い、余裕があればロシアのために働けばよい、と言った。ドミニカはベッドのなかで寝返りを打った。

　東に五ブロック隔たったところで、マルタ・エレノワがロシア大使館員の宿舎に戻り、アパートメントの鍵を開けた。牛肉とキャベツをゆでるにおいが廊下に立ちこめ、彼女はモスクワのアパートを思い出した。コートを振って雨粒を払い、ドアの横にかける。

狭いアパートメントはキッチンのスペースも入れてひと部屋しかなく、申し訳程度に小さなバスルームがついていた。長年ロシア大使館員たちが代々使ってきたアパートメントは薄汚れてみすぼらしく、傷だらけの家具はがたついている。マルタは濡れた靴を脱ぐときによろめいた。くすくす笑う。小さなカフェで長い夜を一人で過ごし、ほろ酔いかげんなのだ。その店でしばらく飲んだ彼女は、ピッティ・パンナを頼んだ。北欧で広く知られている牛肉、タマネギ、ジャガイモを混ぜて炒めた料理だ。店を出た彼女は雨のなか、徒歩で帰宅した。

ヴォロントフと大喧嘩してからしばらく経ったが、予想されていたモスクワへの送還、懲戒、SVRからの解雇といった事態は起きなかった。支局長は努めて彼女を無視したが、これまではまったく何事も起きていない。

マルタが見たところ、ここ数日間のドミニカはよりひんぱんにナサニエルと会おうと日程を調整しているようだ。もちろん第一の理由はヴォロントフを喜ばせるためだが、マルタの勘では、ドミニカはこの若いアメリカ人と接触するのが楽しみになっている。ヴォロントフは彼女も支局長室に呼んだが、机に戻ってきたドミニカはマルタにウィンクした。「支局長はとても静かで、すまなそうにさえ見えたわ」終業後、ワインを飲みながらドミニカは言った。「いままでどおり接触を続け、できれば頻度をあげるように、としか言われなかったの」

「あんなクラゲ野郎、信じられるものですか」マルタは言った。「ドミ、わたしからのアドバイスは、こう言いつづけることよ――自分はとても熱心に動いていて、進展はゆっくりだけど、確実に好感触を得られている、と。支局の連中はみんな本部(センター)に成功の報告をしたいんだし、ヴォロントフはいい顔をしつづけられるもの」その晩遅く、帰り道を千鳥足で歩きながら、彼女はドミニカに、もし目端がきけば、二人で亡命するのに、と言った。穏やかならぬ言葉だ。

マルタは部屋にはいった。ベッドにどさりと腰を下ろし、濡れた服を床に脱ぎ捨てる。彼女は短いシルクのパジャマのシャツに着替えた。明るいベージュのゆったりしたインド製のパジャマで、緑と金の刺繍(ししゅう)がはいっている。おそろいの緑のボタンが喉元から裾(すそ)まで縫いつけられていた。マルタは、角にひびがはいった壁の鏡の前に立ち、自分の姿を見た。パジャマはニューデリーのソ連大使館に赴任した参謀本部情報総局(GRU)の将軍から贈られたものだ。彼がマルタと出会ったきっかけは、インド国防大臣を標的にしたハニートラップ作戦だった。将軍と彼女は八週間のあいだ情熱的な逢瀬(おうせ)を重ねたが、結局彼のほうから別れを切り出した。モスクワでの気晴らしに〝クイーン・スパロー〟に会うのと、〝きみのような女〟といっしょに暮らすのは別だ、と彼は言った。

わたしのような女。自分の姿を眺めながら、マルタは思った。パジャマのボタンをはずし、鏡に映る裸体を見る。五十を越えているにしては、まだ均整を保っている、と彼女は思った。腰にはやや贅肉(ぜいにく)がつき、目のまわりにも皺(しわ)ができたものの、乳房はまだ完全には垂れておらず、やや向きを変えてパジャマをよけると、盛り上がった尻の曲線が見えた。この尻のために、一九八四年、フランスの若手諜報員は自らの義務を忘れ、毎週日曜日、一ヵ月のあいだレニングラードのホテルで彼女と過ごすことになったのだ。マルタはときどき、なぜか知らないが彼のことを思い出した。

　マルタは裸足のままキッチンに向かい、水を一杯飲んだ。頭をすっきりさせ、よく眠りたかったのだ。ベッドに戻りかけたところで、背後から何者かに首をつかまれた。音はまったく聞こえなかった。男の腕が彼女の喉にきつく巻きついている。マルタは腕を両手でつかみ、緩(ゆる)めようとした。背後の男はそんなに大きな体格ではなさそうだ。むしろ痩(や)せ型のようだった。首筋にかかる呼吸は安定している。男が怯(おび)えている様子はない。喉を強く絞めようとはしていなかった——ただつかんでいるだけだ。相手は、いたずらを目的とした変質者だろうか？

　マルタは隙を見て後ろに手を伸ばし、相手の睾丸を思い切りひねろうと考えた。

　男は彼女を無理やり横に歩かせ、鏡の前に立たせた。どうやら欲情した若いフィンランド人の配達人ではなさそうだ。アンモニアと汗のにおいがする。それだけではない。わら半紙のうえを歩くカブトムシの足音のような声が耳に響いた。ロシア語でひと言だけ。「静かに(モルチ)しろ(ヤート)」駆け抜ける戦慄とともに、マルタは悟った。〝連中〟が差し向けたのだ。

　肩越しに彼女を見ている男が鏡に映っている。二人の目が合った。だが相手の目は片方しかなかった。もう片方の目は視力を失い、ぼんやりと濁っている。ほの暗い明かりで、マルタには相手の身体がよく見えず、肉体から遊離したような腕と、あばたや傷だらけの顔が彼女の肩の後ろに浮かんでいた。男がふたたび早口で言った。

「こんばんは、エレノワ同志。マルタと呼んでもいいだろうか？　それとも〝かわいいスズメ〟とでも？」エレノワのパジャマの前がわずかに開いている。金色の刺繡が、マルタの身体の震えに合わせて動いていた。パジャマの隙間から三角形の陰部が露わになっている。怪物が彼女の身体を引いてまっすぐ立たせ、マルタはつま先立ちになった。「かわいいスズメ」男がささやいた。「いままでいったい何をしていた？」男は彼女につま先立ちをさせたまま、鏡に一歩近づけた。マルタは鏡のなかで、怯えきった自分の目を見た。

「いっしょにベッドにはいってくれるか、かわいいスズメ？」男が言った。「はるばるここまで来たんだ」黒い手袋をはめた片手が、柄の湾曲した刃渡り二フィートほどのナイフをかざし、背後から彼女の正面に伸びてくる。男はナイフの先でパジャマをひと撫でし、大きく切り裂いた。乳房が恐怖に波打っている。彼女の背後に浮かぶ顔がにやりと笑い、顎を彼女の首に押しつけ、腕の力を強めた。鏡に映る自分の姿が灰色にかすむ。頭のなかで大きな音が轟いた。悪魔の声が聞こえる。「ザリガニがどこで冬越しするか見せてやる（ポカザーチ・グジェ・ラーキ・ジムーユット）」マルタはこの言いまわしを知っていた。凶兆だ。頭のなかの音がさらに大きくなり、彼女は意識を失った。

ほどなくマルタは意識を取り戻した。湧き上がる奔流のように、視界に光が戻る。彼女は全裸で、自分の狭苦しいベッドにあおむけになっていた。口はテープでふさがれている。両手は後ろで縛られ、手首の結び目が背中に食いこんだ。ベッドランプはいつものように、薄く透きとおったピンクの傘から、柔らかな光をベッドカバーに投げかけている。両脚はくるぶしで縛られていた。ためしに結び目を引いてみたが、びくともしなかった。

音がする方向に顔を向けたところで、心臓が止まった。それはこれまで見たなかで、最も恐ろしい光景だった。男は彼女のインド製のパジャマを着ていた。そして狭い室内で踊り、身体を前後に揺すっていた。片手にナイフを持ち、ときどき身体を回転させながら頭上でひるがえす。マルタは嗚咽しはじめた。

セルゲイ・マトーリンは頭のなかで、四千五百キロ離れたパンジシール渓谷へ旅していた。マルタの小さなピンクのベッドランプが投げかける影を見つめる。彼は丘陵地帯で、砂袋を積んだアルファ・グループの掩蔽壕にいた。ガスのランタンがシューと音をたて、緑の光で壕のなかを照らしている。マルタの縛られた身体が、村長の妻の身体と重なった。叛徒をかくまった罰として、夜明けに乗じた急襲で人質にしたのだ。窓をたたくヘルシンキの雨は、アフガン北部の砂漠から砂を巻き上げ、渦巻く雲となってヒンドゥークシュ山脈を越え、掩蔽壕の波形ブリキの扉を揺さぶる〝百夜風〟のようだ。マトーリンのなかに、〝カイバル〟と呼ばれていたころの記憶がふたたび戻ってきた。

アフガン人の女は明け方に死んだ。精神の動揺が極限を超えたせいかもしれず、彼の部下たちに次々と手籠めにされたせいかもしれず、あるいはベニヤ板にくりつけた弾帯で首を強く巻きすぎ、喉を絞められたせいかもしれなかった。彼女は壁際に立たされ、誇りを保つように顎をもたげ、首を縛られて、息絶えた目がランタンを反射して緑に光っていた。彼女の死骸は〝カイバル〟の最高の仲間だった。彼は座ったまま、テープデッキから流れる甲高いアフガンの民族音楽に合わせて身体を揺らしていた。だが電池が消耗し、音楽は急に遅くなったり速くなったりした。

マルタは身体を左右に振り、腕と脚のいましめを解いて反撃しようとあがいた。しかしその動きはすぐさま注意を引き、彼はベッドに上がって両手と両膝を使ってマルタににじり寄った。パジャマが彼の身体から垂れ下がっている。男は彼女を見下ろし、体重を押しつけた。マルタが両腕をこわばらせ、喉元の血管が浮き上がる。マトーリンは顔を彼女の顔から数インチにまで近づけ、目を覗きこみ、息遣いに耳を澄ました。口のテープをはがし、パニックに駆られた苦しげな息を聞いて楽しむ。「神よ（ボージェ）」彼女はささやいた。

彼はマルタの顔を見つめながら、カイバルナイフの刃先を浅い角度で彼女の横隔膜の下に九インチほど突き刺し、心臓を通り抜けて喉元まで切り裂いた。マルタが弓なりに身体をそらせ、痙攣（けいれん）した。開いた口からはほとんど声をあげず、ロープに縛られた身体がもだえる。マトーリンは震える彼女の身体に乗り、断末魔の呼吸を聞きながら、まなざしが光を失って白目をむき出すのをじっと眺めた。鼻腔（びこう）と口の角から血が流れ出す。マルタは三分で絶命した。彼女にマトーリンのささやきは聞こえなかった。「ボージェ？　残念だが、今晩はここに神はいないんだ」

翌朝、支局にドミニカが出勤すると、マルタの机が空いていた。昨夜アクアヴィット（北欧の透明な蒸留酒）を飲みすぎたんでしょうね、とドミニカは思った。

十一時近くなってもマルタが出勤してこないため、ヴォロントフが支局長室から顔を突き出して叫んだ。「エレノワはどうしたんだ？　病欠の連絡でもあったのか？」誰も彼女の所在を知らなかった。「エゴロワ伍長、彼女のフラットに電話しろ。まず電話がつながるかどうかだ」ドミニカは数回電話をかけたが、誰も応答しなかった。ヴォロントフが警備担当者を呼び、彼女のアパートメントに行かせた。警備担当者はドアをたたき、非常用の鍵を使って開けた。一時間後に戻ってきた彼は、アパートメントには誰もいないが、とくに変わったところはなかったと言った。服はクローゼットに収納され、皿は流しに片づけられ、ベッドは整えられている、と。

「本部（センター）に短信を送れ」ヴォロントフは、飼い主の合図を待つ番犬のような目の警備担当者に大声で言った。「マルタ・エレノワ上級管理補佐官が出勤せず、所在不明。病欠届なし。われわれは目下、彼女を捜索中であり、フィンランド警察局にも捜索要請を行なう、と伝えろ。それから警察の情報提供者に連絡して、大使館が大至急、極秘の捜索を要求している、と言うんだ。すぐにかかれ」

ヴォロントフは防諜責任者を支局長室に呼び、ドアを閉めた。「まずいことになりかねん」彼は言った。「マルタ・エレノワが出勤してこない」ドアの上に掛けられたＳＶＲ支給品の時計を確認する。「もうまもなく五時間になる」

支局の対外防諜（ＫＲ）責任者はかつてＫＧＢの国境軍総局にいた、頭がまわらない男だ。彼はヴォロントフの計算が正しいかどうか確かめるように腕時計に目をやった。「公安警察（スポ）に連絡しろ」ヴォロントフは言った。「スンドクヴィストに会うんだ。エレノワのことは、おそらく誘拐されたと話しておけ。港、駅、空港をくまなく調べさせろ」

「誘拐、ですか？」防諜責任者が訊いた。「いったい誰がエレノワを誘拐するんです？」

「ばかもの。フィンランドの諜報機関に彼女はたぶん亡命しただろうなどと言えるはずがないだろうが。やつらには調べてもらえばいいんだ。査証用の写真は向こうも持っているはずだ。くれぐれも内密に捜索してくれと言うんだぞ。わかったら無駄口をたたくな」

それから六時間経っても警察の捜索に進展はなかったが、スポがハーパランタ国境駅で撮影された、エレノワにやや似ている女の写真を提供した。ボスニア湾沿いに位置するスウェーデンとの国境だ。女はスカーフを巻き、黒っぽいサングラスをかけていたので顔の大半は隠れていたが、鼻と顎の形は彼女のようだった。スポからの情報によれば、その女はリタ・ヴィレンという名義のパスポートを使って検問を通過した。この名前の人物を現在追跡中とのことだ。彼女は野球帽にサングラス姿の身元不明の男といっしょにいたらしい。

「まちがいありません」防諜責任者が言った。「この男はアメリカ人です。あの女はCIAに寝返って亡命したんですよ」

「ありえない。どうしてそんなことがわかる？」ヴォロントフは言った。

「野球帽を見てください、大佐」防諜責任者は、ロシア側にファックスで送信されたスポの監視カメラに写っている映像を指さした。「ニューヨークと書いてあります」ヴォロントフは彼に出ていけと言った。

支局内にはあらゆる噂が飛び交った。殺されたのか？　誘拐されたのか？　しかし誰もが考えていることを口にした者は一人もいなかった——亡命したのか、と。数週間前、マルタがヴォロントフと怒鳴りあいの大喧嘩をしたことを知らない者はいなかった。しかし、だからといって逃亡するだろうか？　ドミニカは気が気でなかった。マルタが亡命するはずはない。万が一そんなことをするにしても、自分にさよならも言わずにはしないはずだ。いっしょに亡命したいと言っていたのはただの冗談だったに決まっている。いや、ちがう。何か恐ろしいことが起きたのだ。ドミニカは身をこわばらせた。もしかしたら〝彼ら〟は、ドミニカがナッシュのことを偽って報告し、エージェントと会う徴候を伝えなかったことを知っているのではないか？　マルタが姿を消したのは警告なのでは？　いや、それはばかげている。事実はもっと単純なはずだ。きっとマルタは、ブロンドのヨガのインストラクターといっしょに一週間ほどラップランドへ旅行に出かけたのだ。おおかたそんなところだろう。しかし、ドミニカは自分を納得させられなかった。

エレノワの捜索は数日間続いたが、新たにわかったことは何もなかった。ヴォロントフは部下の一人が行方不明になったことで、自分に対する本部の査定に悪影響を及ぼさないかと不安に駆られ、大わらわで捜索を指揮した。しかし皮肉なことに、彼のみすぼらしい三十年間におよぶキャリアへの評価は、すでに不注意、怠惰、出世主義などさんざんなものだった。ロシア大使館はフィンランド外務省と内務省に対し、外交関係者が誘拐されたことを抗議し、大使館員の身の安全はフィンランド政府が直接責任を負うべき問題だと詰め寄って彼らを困惑させた。モスクワからは対外防諜局の捜査官が派遣され、大使館員および支局員と面接するとともに、フィンランド側の捜査官とも協議した。四日後に捜査官は、エレノワは行方不明になったと厳粛な面持ちで結論づけ、帰国した。

ドミニカはSVRからあてがわれたアパートメントのベッドにうつぶせになり、友人のために泣きながら、真相は別のところにあるのではないかと疑っていた。マルタこそは彼女の真の友だった。ドミニカにとって初めての、姉のような存在だった。それだけに、〝彼ら〟が彼女に危害を加えるなどということは恐ろしい想像であり、およそありえないことに思われた。しかし、なぜ？　思いをめぐらせるにつれ、戦慄とともに、マルタにウスチノフのことを話した記憶が甦ってきた。〝彼ら〟はそのことを知ったのだろうか？　マルタは誰かにウスチノフのことを話したのか？　ドミニカが口をすべらせたために、SVRの要員にして彼女の同僚だった人間が消されてしまったのだろうか？　この二十一世紀の文明社会の、眠ったように平和なヘルシンキから？　目を閉じると、ベッドが回転しているような気がした。ウスチノフの愛の巣で血まみれの回転ベッドに横たわっていたときのように。そういえばヴォロントフの顔には恐怖が浮かび、オレンジの光輪は不安で散り散りになっていた。

起き上がり、窓際に立って夜空を見上げる。彼女は自らを軽蔑した。訓練された諜報員。正真正銘の作戦要員。情け容赦ない誘惑者。彼らはドミニカを利用した。いまでも利用している。チェスの駒のように、吹けば飛ぶような歩（ポーン）のように。ネイトが抱えているエージェントが誰であろうと、彼女はその人間の気持ちが少しわかるような気がした。彼が抱いているにちがいない憎悪を、彼女もまた抱いていた。

ドミニカはいままでにないほど強く、ネイトのことを報告しなかった決断は正しかったと思った。それはまるで周囲の冷気のように、彼女に這い寄ってきた。どうせやるなら、もっと思い切った方法に打って出るべきだったのかしら？　マルタの顔が窓ガラスの向こうに浮かぶ。連中に、マルタにしたことの償いをさせるにはどうすればいいだろう？　ヴォロントフを、ワーニャ伯父を、あいつらを破滅させるにはどうすればいい？

涙が頬を伝い落ちる。彼女はマルタのために泣き、父のために、そしてたぶん彼女自身のために泣いた。彼女はロシアのために泣いた。しかし、もはや自分がロシアを信じていないことはわかっていた。ドミニカは窓に背を向け、瞑目した。何かが自らのなかで崩れ、彼女は小さな陶器の一輪挿しを――日曜日の市場でマルタが買ってくれたものだ――歯を食いしばり、拳を握りしめて、テーブルから腕でなぎ払った。

支局では、恐怖に駆られたヴォロントフが本部からなんらかの形で譴責されるものと覚悟していた。ところが予想に反して、彼が高周波回線を通してワーニャ・エゴロフから受けたのは、第一線の現場にはつねに危険が存在するという同情的な言葉だった。亡命者は過去にもいたし、これからもいるだろう。嘆かわしいことだ。もちろんわれわれは毅然とした態度で臨まなければならないが、亡命者を完全に防ぐことは不可能なのだ、と。エゴロフはヴォロントフに、作戦を成功させることに全力をあげるよう求め、とりわけ、彼の姪と若いアメリカ人との〝特別プロジェクト〟に大きな関心を払っている、と言った。「もちろんです、将軍」ヴォロントフはほっとして言った。「その作戦は大いに前進しています」

　嘘（チューシュ・ソバーチャ）をつけ、とエゴロフは思い、電話を切った。エゴロフには、姪がこのエレノワとかいう女にウスチノフの話を漏らしたにちがいないことはわかっていた。重大なまちがいだが、これだけならエゴロフは気づかなかっただろう。彼にとってもっけの幸いだったのは、エレノワが大間抜けのヴォロントフの前でついうっかり彼の名前を口走ったことだ。しかもヴォロントフには、どういうわけか電話でエゴロフを呼び出すだけの機転があった。あとはマトーリンを送りこめばよいだけの話だった。捜査官を派遣したのは、真相を隠すための小細工だ。気がかりなのは、大統領がこの漏洩を小耳に挟む可能性だった——考えたくもないことだが。

　ロシア側のヴァルツィーリャから三キロ西のフィンランド・ロシア国境地帯には、無人の鬱蒼（うっそう）としたマツの森や丘陵が広がっている。第二次世界大戦後、ソ連は監視塔、有刺鉄線、耕された細長い土地を縫（ぬ）って、西側への侵入路を設けていた。フィンランド側の警戒はさほど厳重ではなかったのだ。数十年にわたって、本部の意向を受けたＫＧＢ国境軍の兵士がこの一帯に配属され、エージェントを安全に侵入させるべく手引きをした。技術こそ時代とともに進歩したが、本質的にはさほど変わっていない。一九五三年当時、地雷原を抜けるルートの目印は、布の断片をくりつけた雪原の杭だった。だが二〇一〇年以降、この地雷原を抜ける正しいルートは暗視ゴーグルでしか見えなくなった。布をくりつけた杭は、赤外線ストロボを内蔵するプラスティックの標識に変わったのだ。

一週間前、マトーリンはこのルートを使ってフィンランドに侵入し、非合法作戦局(S)が差し向けた、不法入国者の運転する車に拾われて国道70号線を走り、地方道6号線を経由して四百キロ南下し、高速道路E75号線でヘルシンキにはいった。このスペッツナズ上がりの殺し屋はまっすぐエレノワのアパートメントへ向かい、真夜中に彼女を殺害すると、死体をゴム製の軍用遺体袋に入れた。そしてアパートメントから殺害の痕跡をぬぐい、不法入国者を呼び出した。彼は車にマトーリンとマルタの遺体を乗せて早暁のヘルシンキを抜け出し、北上してヴァルツィーリャの抜け穴へ戻った。不法入国者はその足でヘルシンキに引き返した。翌朝、正規のフィンランド政府発行の書類を使い、不法入国者と変装したその妻はハーパランタから出国して、スウェーデンで休暇を過ごすと見せかけた。彼らはもうフィンランドには戻らず、マルタ・エレノワ捜索をさらに攪乱(かくらん)するだろう。全作戦に要した時間は四十時間たらずだった。

朝日がヴァルツィーリャのマツの森を透かして、雪に覆(おお)われた丘陵に長く繊細な影を投げかける。ロシア連邦保安庁(FSB)の警備隊がB30監視塔に立ち、双眼鏡越しに木々を見ていた。太陽は監視塔の背後に昇り、マツの木々の頂を照らして、一帯を金色の光で包んだ。「あれだ(ヴォト)」警備兵が言った。一人の痩(や)せた人影が木々のあいだから抜け出してきた。男は白い防寒着にフードをかぶり、スノーシューをはいている。警備兵たちの見ている前で、彼は雪の吹き溜まりにも速度を落とさず進んだ。背後に長い影が伸びている。彼は小さな付属物を縄で引いていた。長方形のものがそりに載せられ、白いナイロン製の布に包まれている。マルタ

・エレノワはこうして祖国に帰ってきた。

マルタの最後の食事――ピッティ・パンナ

フライパンにバターを溶かし、さいの目に切った牛肉、ジャガイモ、みじん切りにしたタマネギを、カリッとするまで強火で炒める。さらにバターを加えて塩、コショウで味付けする。真ん中にくぼみを作り、その上に生卵を割り入れる。卵を材料とともにかき混ぜてできあがり。

16

ネイトはゲーブルとともに、カリオ地区の〈プランカリ〉というインド料理店の奥に席をとり、窓の外を眺めていた。店内にほかの客はほとんどいない。ゲーブルは〝ローガンジョーシュ〟が最高だと言った。赤く濃厚で、香辛料の利いたラムのシチューだ。二人は柔らかいパンにシチューを浸し、トマトとショウガの辛みを楽しみ、ビールを何杯もお代わりした。ゲーブルは最初のひと口を味わい、はるか昔に初めて食べたネパール風のローガンジョーシュと比べた。サウジアラビア南東部の町、ダーランの滑走路でかがり火をたきながら食べたのだ。そのときの食事をともにした四人のチベット人は、かたわらに待機していたピラタス製の小型機に乗って中国に潜入した。

「スカンジナビア人どもはインド料理の作りかたを知らん」彼は肉を嚙みながら言った。「あいつらの手にかかったら、どんな料理もトナカイの肉にベリー入りのクリームソースとゆでたジャガイモ添えになっちまう。パセリでも付けあわせにしようものなら、あいつら卒倒するだろう」いつものように、料理は瞬く間にゲーブルの喉に飲みこまれていった。

「おれは四人の男たちを送り出した。シェルパ族で、背は小さいがおそろしくタフな連中だ。

そいつらを人民解放軍の国境沿いの補給路に配置して、中国側の動きをすばやく伝えるよう一カ月間訓練した。エベレストとカンチェンジュンガ（世界第三位の高峰）の陰を走る、まさに世界の果ての補給路さ。四人は山間部に着陸し、そこからは徒歩で移動することになっていたんだが……二度と帰ってこなかった。きっと中国側のパトロールに捕まっちまったんだろう」彼はしばらく無言だったが、手を振ってビールのお代わりを頼み、それから〈ディーヴァ〉の件をどう打開するか話しあいを始めた。いままでネイトは彼女をものにできず、そのためのきっかけもつかめていない。彼女が軟化する兆しはなく、このままでは貴重な時間を浪費するばかりだ。ゲーブルは肉を嚙むのをやめ、ネイトが彼女に好意を抱きはじめていることを認めると、彼をねめつけた。

「彼女は誘えば喜んで来ます。何度も会って、いろいろなことを話してきましたが、そこから先は堂々めぐりなんです」ネイトは言った。

「おまえいままで、彼女がおまえをロシアのスパイにしようとしていると思ったことはないか？」ゲーブルは嚙みながら言った。

「ありえなくはないですね」ネイトは言った。「でも、彼女がそういうそぶりを見せたことはありませんよ。仕事の内容についてでたらめを並べるとか、金をちらつかせるとか、そんなことはいっさいなかったので」

「ああ。それならいいが、もし彼女がレインコートの下に何も着けずに現われたらどうする？　それこそ、おまえをリクルートするためじゃないのか？」

ネイトはいらだたしげにゲーブルを見た。「彼女がそんなアプローチをしてくるとは思えません。わたしの勘にすぎませんが」

「確かに、そいつはおまえの勘にすぎん。ともかく、おまえさんたちはどうやら袋小路にはいっているようだ。何か対策を考えたほうがいい。心理作戦で動揺させるとか、冷静さを失わせるようなことをしたらどうだ」ビールを飲みほし、二人分のお代わりを頼む。

「通り一遍の脅し文句じゃ効き目はありませんよ、マーティ」ネイトは言った。「いままで彼女にロシアのことをより多く話させ、社会問題について語りあい、あまり無理強いせずにきっかけを与えようとしてきました。彼女の目には何か浮かんでいるように見えるんですが、それがなんなのかはまだわかりません」

「別のとっかかりを考えたほうがいい。欧米の高い生活水準。贅沢品（ぜいたくひん）。銀行口座なんかだ」

「その方向はまちがっています」ネイトは言った。「彼女はそんな人間ではありません。理想主義的で国家主義者ですが、旧ソ連的な価値観の持ち主ではありません。バレエ、音楽、本、外国語に囲まれた環境で育ちました」

「クレムリンのことは話したか？　密室で打ちあわせている茶番劇を？」

「もちろん話しました」ネイトは言った。「しかし、彼女はなかなか感情的でして。あらゆるものを祖国（ロージナ）の観点で見ているんですよ」

「どういうことだ？」

「民族主義的な英雄伝を信じているんです——母なるロシアの大地や賛歌、ナチスを大草原（ステップ）

の彼方に追いやったことなどを」

「そういえば、ソ連のパルチザンにはしびれるような女がいたな」ゲーブルは天井を見上げて言った。「制服にブーツ姿が決まっていて、そりゃもう――」

「〈ディーヴァ〉の話をしているんじゃなかったんですか？」

「ともかく、彼女の守りを揺さぶる材料を何か見つけないといかん」ゲーブルは椅子にもたれ、両手を頭の後ろに組んで椅子を少し揺らした。「少なくとも、おまえを憎からず思っていることはまちがいない。ひょっとしたら彼女は、おまえのキャリアの助けになるような贈り物をしたいのかもしれん。だとしたら、裏切りを働くという意識はあまりないだろう。さもなければ、スリルが快感になっているのか。エージェントのなかには、それがやみつきになっているやつもいるからな」


その夜、ネイトのアパートメントの呼び鈴が鳴った。ドミニカが戸口に立っている。顔をこわばらせ、目は真っ赤だ。泣いてはいなかったが、唇は震え、嗚咽(おえつ)をこらえているかのように手を口元にあてていた。ネイトは廊下をすばやく見まわし、彼女の手を引いてドアの内側に入れた。ドミニカは動作が緩慢(かんまん)で、されるがままだった。ネイトが彼女のコートを脱がせる。彼女は白い伸縮性のあるセーターとジーンズという服装だった。ネイトが彼女をソファに優しく導く。彼女は浅く座り、自分の両手を見下ろした。何か悪いことがあったのか、どうすればいいのかネイトにはわからなかった。彼女はひょっとしたら厄介な事態に巻きこまれ、任期途中で本国に呼び戻されるのかもしれない。きっとそうだ。せっかくＳＶＲの諜報員と近づきになりながら、こちら側に引き入れる前に時間切れになってしまうのか。

まずは彼女を落ち着かせることだ。事情はどうあれ、彼女は動揺し、精神的にもろくなっている。ワインがいいかい、それともスコッチ、ウォッカ？　手渡されたグラスから酒をひと口飲むときに、彼女の歯が鳴った。

「あなたがロシア語を話せるのはわかっているわ」ドミニカはやにわにロシア語で切り出した。声に抑揚はなく、疲れているようだ。うつむいたまま、髪を顔の両側に垂らしている。「わたしが話せるたった一人の相手がＣＩＡの坊やだなんて、おかしいわよね？」

ＣＩＡの坊や、だと？　いったい何を言いだすんだ？　ネイトはじっと座り、黙って受け流した。ドミニカがもうひと口すする。

彼女はゆっくり、低い声で話しはじめた。マルタのこと、彼女が行方不明になったこと。ネイトがその理由を尋ねると、ドミニカはウスチノフのことを言った。彼女は訓練生時代のことも明かした。国立第四学校？　噂は本当だったんだ。ネイトは思った。なんてことだ。

ドミニカは彼を見つめ、スパロー・スクールでの経験を聞いた彼の反応を見定めた。そこには憐（あわれ）みも軽蔑もなく、彼は目をそらさなかった。ネイトはいつもと変わらなかった。紫の光輪は脈打っている。ドミニカはたまらないほど彼を信じたかった。ネイトは彼女にもう一杯酒を注いだ。「何が必要だ？」彼は英語で訊いた。「きみの力になりたい」

ドミニカはその質問に答えず、英語に切り替えて言った。「あなたが大使館経済部に勤めているアメリカ人外交官でないことはわかっているわ。あなたはCIAの局員でしょう。あなたは、わたしが大使館のSVR支局（レジデントゥーラ）で、諜報員をしていることもよく知っているはずよ。少なくとも、上司の名前をヴォロントフだと教えたときに気づいたはず。わたしの伯父がワーニャ・エゴロフで、SVRの第一副長官をしていることも知っているんでしょう」ネイトは身動きしないように努めた。

「対外情報アカデミー（AVR）を出てから、わたしは第五部に配属され、フランス外交官を標的にした作戦に参加した。それは不成功に終わった。そのあと、ヘルシンキに派遣されたの」ドミニカはネイトをじっと見た。彼女はふくれたような顔をしている。ドミニカは彼に探るようなまなざしを向けた。と、ネイトが手を伸ばし、彼女の手を取った。その手は冷たかった。

「マルタはわたしの友だちだったわ。彼女は一生を祖国のために尽くし、勲章と年金と海外支局のポストをもらった。強くて、独立心の旺盛な人だったわ。人生に後悔するところは一点もなく、すべてを楽しんでいた。彼女を知ったことで、わたしは自分がどんな人間かわかったの」ドミニカはネイトの手をかすかに握り返した。

「マルタに何があったのかはわからないけど、彼女はひと言も言わずに行ってしまった。わたし、あの人が死んだことはわかっているわ。彼女はあの人たちに何をしたわけでもないのに。でも伯父はあのことが漏れるのを恐れていた。伯父の下に一人、悪夢（コシュマール）から出てきたような男がいるの。伯父はきっと、その手の仕事をさせるためにあいつを差し向けたんだわ」

「きみの身に危険が迫っているのか？」ネイトは訊いた。彼はめまぐるしく頭を回転させていた。彼女が話している内容は、過去の作戦、政治的暗殺、同僚の殺害などだ。どれもSVRのスキャンダルというべきものであり、ここのソファで少なくとも六本分の情報報告書に相当する材料を明かしたことになる。それでも、彼はあえてノートをとらなかった。彼女に話を続けさせなければならない。

「きみはウスチノフの事件に巻きこまれてしまったんだね」ネイトは言った。「それで伯父さんはきみに神経をとがらせているんだ」

彼女はうなずいた。「伯父は、わたしが逆らえないことをわかっているの。母はモスクワに住んでいるわ。伯父は母を人質(ザロジュニツァ)にしているの。昔からよくあるやり口だけど。そのうえ、伯父はわたしを訓練し、学校に入れ、外国に送った。わたしは彼に作られたモンスターみたいなものだわ」

わたしがヘルシンキに送りこまれたのはあなたに会い、友情を築くためだった」ドミニカは言った。「伯父はわたしのことを作戦要員の一人として考えていると言うけど、実際には子飼いの〝スズメ〟だと思っているのよ。一九六〇年代みたいにね。あの人たちはわたしとあなたとのあいだの進展が遅いので、しびれを切らしている。わたしがあなたをベッドに連れこんだと報告するのを聞きたいのよ」

「わたしはいつでも喜んできみの力になるよ」ネイトは言った。彼女はネイトを見つめ返し、かすかに鼻をすすった。

「冗談が好きなのね」彼女は言った。「でも、ここからは冗談じゃないわよ。わたしの任務はあなたのモスクワ時代の活動を知ることと、あなたに会っていた〝もぐら〟について調べることなの。ワーニャ伯父がわたしを送ったのは、あなたを見張らせ、あなたが作戦行動にはいるタイミングを知るため。たとえば、二週間前のように」

あなたに会っていた〝もぐら〟？　ネイトは、驀進(ばくしん)する貨物列車に轢(ひ)かれるのをからくも免(まぬが)れた幼児のような気分だった。彼は努めて反応しないようにしたが、ドミニカが自分の表情を読んでいるのはわかっていた。

「あののろまのヴォロントフにはひと言も言わなかったわよ」ドミニカは言った。「あのとき、マルタはまだ生きていた。彼女はわたしの下した決断をわかってくれた」ネイトは麻痺(まひ)しかけた頭で〈マーブル〉と会ったときのことを思い出しながら、彼女の言葉に集中しようとした。あのとき、彼にも〈マーブル〉にも危険が差し迫っているという考えは頭をよぎりもしなかった。ドミニカが報告しないという決断を下したことで、おそらく〈マーブル〉の命は救われたのだ。

「あなたとプールでばったり会ったときから、わたしはあなたとのあいだに友情を築こうとしてきたわ」ドミニカは言った。「いろんな意味で、わたしたちはお互いに同じことをしていたのよ。あなたがわたしの弱点(ウヤズヴィモエ・メスト)を探ろうとしていたのもわかっていたわ。

それが少しもいやじゃなくて、わたしたちは思っていた以上に長くいっしょの時間を過ごした。まさにワーニャ伯父の計画どおりに事は運んでいたの。われながら驚いたのは、わたしがあなたにわたしのことを探らせつづけたこと。思うに、わたしはあなたに、自分のことを探ってほしかったのよ。あなたといっしょにいるのが好きだったから」

ネイトは身じろぎもしないで座ったまま、彼女の手を握りつづけた。なんということだ。やはりゲーブルが思っていたとおり、彼女は自分のことを探っていたのだ。SVRは〈マーブル〉を追っていた。そしてネイトは、彼女が報告しないという決断を下してくれたことに感謝しなければならない。

彼女には、会ったことはないもののマルタの魂の平安を祈った。

彼には、ドミニカがすでにスターティング・ゲートから走りだし、重大な局面に差しかかっていることがわかった。彼女の声は平板だが、実際にはあふれ出しそうな怒り、不安、願望を抑えているにちがいない。彼女はもう、とっくに殺されてもおかしくないほど自分をさらけ出している。そしていま彼女は、引き返して彼の前から姿を消すか、心を決めてCIAの情報源になるかを決める分かれ道に来ている。

「ドミニカ」彼は言った。「わたしは、きみの力になりたいと言った。何か必要なものがないかどうかも訊いた。きみは何をしてほしい？」

ドミニカは顔を紅潮させ、彼の手を放した。「わたしは何も後悔していないわ」

「それはわかっている」ネイトは言った。室内は静寂に包まれている。「きみは何をしてほしい？」彼は穏やかに訊いた。

ドミニカは彼の心を読んだかのようだった。「とてもお利口さんなのね、ミスター・ニェイト・ナッシュ？」彼女は言った。「わたしはあなたの肩で泣こうとここへ来て、あなたに対するわたしの任務を教え、あなたを助けたことも教えた」

「そのことにはすべて感謝している」ネイトは言った。自分がどれほど安堵しているか、彼女に知られたくなかった。

それでもドミニカには、彼の表情でわかった。「けれどもあなたは、いっしょにマルタの敵討ちをしようとか、伯父やヴォロントフやほかのやつらに反撃しようとか、わたしの愛する祖国を改革しようとか、そんなことは言ってくれないのね」

「そういうことを言ってはならないんだ」彼は言った。

「もちろんそうでしょう」彼女は言った。「あなたはとても慎重ですから」ネイトは何も言わずに彼女を見つめた。「あなたが訊くのは、わたしが何をしたいか、だけなのね」

「そのとおりだ」ネイトは言った。

「そうじゃなくて、あなたがわたしに何をしてほしいか聞かせて」

「わたしたちは力を合わせることができると思う。秘密を盗むんだ」ネイトは間髪を容れずに言った。心臓が口から飛び出しそうだ。

「復讐のため、マルタのため、祖国のため、それから――」

「いいや、そういうことのためではない」ネイトがさえぎった。ゲーブルの言葉が頭に浮かぶ。ドミニカが彼を見つめた。紫の光輪が曙の光のように広がる。「きみにとって必要だからだ。ドミニカ・エゴロワ。彼らの秘密がきみの怒りを燃え立たせるからであり、彼らの秘密は、きみが初めて手に入れたきみ自身のものだからだ」

ドミニカは彼を見つめた。彼は目をしっかりと見ひらいている。「とても面白いことを言うのね」彼女は言った。

最高のリクルートとは、エージェントが自発的にわれわれの味方になるよう仕向けることだ。〝ザ・ファーム〟で教官がそう言っていた。覚えておいてほしいのは、相手にとってそうなることがまったく意外ではなく、あたかも自然の成り行きのように思わせるのが肝心だということだ。確かそうも言っていた。今回のことは、どう見ても段階を踏んだ自然な成り行きではない。ネイトは小型船に乗ってワールドクラス4の急流を下っているような気がした。

一時間が経過しても、ドミニカは〝わかったわ、やってみる〟というようなことはひと言も言わなかった。握手や署名で決断を下すようなエージェントはいない。その代わりにネイトは、彼女を淡々とこの話題に引き入れた。「きみがいかなる決断をしようと、身の安全に最大限の配慮をして行動することを約束する」エージェントに対する決まり文句だ。もちろんこの言葉は本当だが、誰もが――ケース・オフィサーもエージェントも――エージェントが長期間にわたって生存できる確率が高くはないことを知っている。とりわけロシアでは。とはいえ、穏やかな言葉をかければなんらかの反応が得られるものだ。

「この仕事には、リスクが避けられない。わたしたちはお互いにわかっているわ」彼女はいたずらっぽい口調で言った。彼女は〝わたしたち〟と言った、とネイトは思った。

「それにわたしたちはゆっくり、慎重に始めないといけない……そもそも、始めようと決めるのであれば、だが」彼は言った。

「そのとおりだわ」ドミニカは言った。「決めるのであれば、ね」

「すばやく進めるかゆっくり進めるかは、きみの意志による」ネイトは言った。

「あなたがたは、いつでも好きなときにわたしの熱意（モチヴァツィヤ）を査定していいわよ。わたしたちの協力関係が満足のいく成果を上げられなかったら、わたしはあなたにその旨（むね）を告げ、合意の上でわたしたちの関係を終了（オコンチャーニエ）させましょう」おそらくSVRでは、必ずエージェントに対してこのような内容を告げるのだろう。

ドミニカはこうして最初の段階を通過した。もう夜も遅い。ドミニカは立ち上がり、コートに手を伸ばした。ネイトが手を貸し、彼女の目、口の両端、両手を見た。果たしてうまくいくだろうか？　二人はしばし、見つめあった。ドアのかたわらに立っているネイトに、彼女が手を差し出す。彼は手を握り、「おやすみ（スパコイナイ・ノーチ）」と言った。ドミニカは踵（きびす）を返し、足音をたてずに階段を下りた。

ドミニカがアパートメントを去ってから、ネイトは遅くまで起きて、彼女が話した内容を思い出してノートをとった。彼はすぐに大使館に行き、支局を開けて本部への通信文を書きたい衝動に抗（あらが）った。リクルート成功。相手はSVRの諜報員にして〝スズメ〟の一員。彼女の伯父が組織を牛耳っており、暗殺工作を指揮している、と。こいつはスパイ映画そのものじゃないか、まったく信じられない。ネイトは翌朝、支局に出勤するのが待ち遠しかった。

しかし、昂揚していた気持ちは雲散霧消した。ベッドカバーをはがし、ベッドに倒れこむ。一見美しいソドムのリンゴは、口にしたとたん灰になってしまった。ネイトはリクルートを確かなものにし、彼女をこちら側に引き入れなければならない。多くのエージェントの例にもれず、ドミニカだって約束を取り消すかもしれないのだ。いったん彼女にくびきをつけたら、本部からいろいろ訊かれるだろう。彼女の熱意は？　報酬は？　連絡手段は？　機密保持契約に署名しないとは、いったいどういうことだ？　だがこれは、まったく突然の出来事だったのだ。彼女はこちらを試しているのだろうか？

まずは成果を上げることだ。彼らは一刻も早く結果を出すことを求めている。本部の連中はドミニカが入手しうる最高の情報を最初に出すよう要求するだろうが、それは危険このうえない。狭いオフィスでじっと目を光らせた男たちは、彼女が本物の〝資産〟なのかを確かめたがる。あらゆることがテストになり、彼らはドミニカの情報への確証が得られ、彼女を拘束して嘘発見器の検査を通過させるまで、納得しないはずだ。しかし彼女を追いこみすぎるか、誤った方向に追いやってしまえば、彼らはドミニカを失う。ネイトにはそのことがわかっていた。もし、彼女のリクルートに成功したと伝えたあとでドミニカを失うような事態になれば、本部の連中は訳知り顔で言うだろう。この件は最初からいんちきだったんだ、と。

これは始まりにすぎない。ドミニカがＳＶＲに逮捕されたら、処刑されるのはまちがいないだろう。どのような理由で逮捕されるかは問題ではない――ＣＩＡ本部内の〝もぐら〟が通報するか、作戦の運用でなんらかの手違いが起こるか、敵の監視に引っかかるか、あるいは単なる不運によるものか。カメラを持ったドミニカが金庫を開けたところを、たまたま見つかってしまうことだってありうる。ネイトはベッドで寝返りを打った。取り調べや裁判は行なわれるだろうが、彼らにとっては事実などどうでもよい。ワーニャ伯父も彼女を救おうとはしないにちがいない。彼らはドミニカを裸足にし、囚人服を着せてルビャンカかレフォルトヴォかブティルカの地下室を歩かせるだろう。ドミニカは欠けた鉄扉が並ぶ廊下を追いたてられ、傾斜した床に排水溝がつき、天井の梁に鉤がついた部屋に入れられる。その部屋の片隅には、蠟を塗ったボール紙をステープルで留めた棺桶が置かれている。彼らはドミニカが部屋に足を一歩踏み入れたところで、いきなり右耳の後ろを撃ちぬき、うつぶせに倒れるのを見届けてから、手足を捕まえて引きずり、ボール紙の棺桶に放りこむのだ。最期はこれほどあっけない。

ローガンジョーシュ

すり鉢でタマネギのみじん切り、ニンニク、ショウガ、トウガラシ、カルダモン、クローブ、コリアンダー、パプリカ、クミン、塩を粗くすりつぶし、なめらかなペースト状にする。ローリエとシナモンを加える。熱した澄ましバターを入れ、香りが出るまで鍋で炒める。さいの目切りにしたラムを加え、ヨーグルト、湯を混ぜ、コショウを振る。中火のオーブンで二時間焼いて、コリアンダーを散らす。

17

ドミニカのリクルートはいかなる意味でも一般的なものではなかった。彼女は訓練を受けた諜報員だが、今度は自分の組織内部から情報を盗む方法を学ばなければならなかったのだ。それは決して自然にできるようになるものではなかった。まずは絆を強めることだ、とフォーサイスは言った。

したがって支局が最初にとった行動は、マルタの行方を極秘裏に調査し、彼らの関心を示すことだった。ゲーブルは公安警察（スポ）の協力的な連絡担当者と会う手配をした。しかしロシア人女性の行方は杳（よう）として知れなかった。ハーパランタの国境地帯の監視カメラに映っていた女性がマルタかどうかはなんともいえなかった。ドミニカは涙をこらえてネイトに礼を言った。

彼らは機密情報閲覧者リスト（BIGOT）によって、この作戦の経過を読める人数を限定したが、本部側までコントロールすることはできなかった。この作戦はすでに限定運用チャンネルでしか伝えられていなかったが、ゲーブルによるとそんなのは嘘っぱちであり、通信文を読んでいる人間は百人は下らないだろう、ということだった。それでも彼らは、通信文の送付先をできるだけ制限しようとした。フォーサイスとゲーブルは過去の経験から、作戦の開始を慎重にすればするほど、エージェントは長期間にわたって情報をもたらしてくれることを知っていた。ネイトは決意を新たにした——いかなる犠牲を払っても彼女を守るのだ。失敗は許されず、彼女を失ってはならない。

ネイトは港の入り江にあるラムゼイ海岸沿いのムンキニエミに寝室がふた部屋ある物件を見つけ、細面(ほそおもて)のNOCが、デーンの名義でこの部屋を一年と八カ月、仕事用に四六時中出入りするフラットとして借り受けた。高値で契約できた大家は喜んで貸し、誰が出入りしようと気にもしなかった。

春雨が降る夜、舗道にヘッドライトが反射した。緑と黄色の車体をした四号線の路面電車がティーリマキの停留所に着き、降りてきたドミニカが背後から光に照らされた。ネイトは二ブロック歩いたところで彼女に追いつき、彼女と腕を組んだ。ドミニカは挨拶(あいさつ)もせず、SVRで作戦行動にはいったときと同じように、背筋を伸ばし、神経を張りつめている。エージェントとして初めて隠れ家(セーフハウス)に向かう彼女は、不安だけではなく恥辱感とも闘わなければならなかった。二人は無言で狭い路地を歩き、窓にテレビゲームの銀色の光が明滅しているアパートメントの建物の裏手を通り抜けた。二人は黙ったまま足早に正面の入口に向かい、トナカイの肉とクリームソースのにおいが漂う廊下を二階へ上がった。

彼らが出会った初めての夜だった。室内にはふたつのランプがつき、待っていたゲーブルが彼女に迫るように近づき、コートを脱がせた。ドミニカは思わず、ゲーブルのごわごわした髪に視線が吸い寄せられた。彼女はひと目で、彼の風貌やまなざし、その背後にある紫の光が好きになった。この人もくっきりした紫（プルプールヌイ）なのね、と彼女は思った。フォーサイスは眼鏡を額にあげ、コルクと格闘しながらキッチンから出てきた。洗練され、思慮分別が感じられ、物静かな男だ。彼の周囲の空気は空色（ラズールヌイ）だった。繊細な人間にちがいない。ドミニカはソファに座り、室内で動きまわる三人の男たちを眺めた。彼らは自然で飾り気がなかったが、その視線から、ドミニカは自分が値踏みされているのがわかった。

彼らと同じ部屋にいると、彼女にはひしひしと実感がわいてきた。いままでは若手局員のネイトしかCIAの人間を知らなかったが、ほかの二人の男たちは冷静沈着で、SVR本部のコルチノイ将軍のような年輪が伝わってきた。そのときゲーブルがグラスを掲げて、ひどい訛（なま）りで〝乾杯（ザ・ズダローヴィエ）〟と言い、ドミニカは笑いだしたくなるのをこらえて、まじめな表情を取りつくろった。

この晩は仕事の話はいっさい出なかった。そのことにドミニカは彼らの心遣いを感じた。さらにこの二人の男たちの善意を感じたのは、ほとんどネイトに話をさせ、彼らはもっぱら聞き役に徹したことだった。会合が終わると、彼女が最初に部屋を出て――彼らはそうする慣わしなのだろう、とドミニカは思った――海岸沿いを歩いた。春の海に漕ぎ出した船もちらほら見え、彼女の恥辱感は来たときよりやわらいでいた。それは彼らの温かさによるものだった。

二度目の会合では、ドミニカにも室内を見わたすゆとりが出てきた。狭いキッチンにはコンロがふたつあり、湯を沸かすには充分だ。冷蔵庫には製氷皿がついている。にわか仕立ての隠れ家のつねで、ソファや椅子やテーブルはどれも安っぽく派手なダークグリーンと金だ。スカンジナビアではやりの色らしい、とゲーブルは言った。壁に貼られた安手の版画は月夜に砕け散る波とヘラジカをあしらっており、床の敷物の図柄は明らかにラップランドを描いたものだった。最初の寝室は手狭でダブルベッドが両側の壁にくっつき、足板をまたがなければベッドに上がれなかった。二番目の寝室には何もなく、備え付けの電灯が赤いガラスを透かして煌々（こうこう）と灯っているだけだった。バスルームには浴槽と女性に必需品のビデがついており、ゲーブルが便器とまちがえたのでドミニカは涙を流して笑い転げ、それ以来親愛をこめてゲーブルをお兄さん（ブラトーク）と呼んだ。

　訓練を積んだ諜報員にエージェントとして働いてもらうのは、多額の金を工面する必要に迫られた汗臭い銀行員をエージェントにするより難しいことだ。その銀行員が恐妻家で、BMWを購入してからまだ二年しか経っておらず、さらに怖い愛人がいる場合はなおさら協力を取りつけやすい。だがドミニカはAVRの卒業生だ。二人は事あるごとに、辛辣（しんらつ）な口調で議論した。技術的な問題（「どうしてあなたがここを会合にふさわしい場所だと判断したのか、わたしには理解できないわ」）や安全上の問題（「ちがうよ、ドミ。手すりにラグを吊るすのは安全であることを示すためなんだ。きみは学校で、良好な場合に合図することを教わらなかったのか？」）などだ。ネイトは何度も「わたしのやりかたでやらせてくれ」と言わなければならず、彼女が怒りを露わにして「あなたがまちがっていたら、わたしの首がかかっているのよ」と言うたびに、いらだつと同時に身の縮む思いをした。

ＣＩＡの支局長と副支局長はすぐさま、ドミニカに人並みはずれた直感が備わっていることに気づいた。彼女は彼らが伝えたいことを察し、内密の提案にはすぐにうなずき、じっくり話を聞くべきタイミングを鋭い感覚で理解した。フォーサイスは彼女を、知性豊かな女性にして訓練を積んだ諜報員だと思ったが、同時に類のない能力の持ち主だと感じた。透視という言葉は誤っているが、それに近いものだ。

ドミニカの一部はこの過程を冷静な目で見ていた。ＣＩＡの局員たちが彼女に敬意を表し、彼女が積んできた訓練を評価しているのはわかっていたが、そのことに慢心はしていなかった。彼らがさりげなく彼女を試していることも知っていた。彼らは、彼女の意見に従うこともあれば、自分たちのやりかたを通したいと主張することもあった。とても緻密（ちみつ）に事を運ぶ人たちだ、と彼女は思った。

週一回の隠れ家での会合、彼女の仕事ぶりから、彼らはドミニカの役割を明確にしはじめた。決断にともなう苦悩は忘れ去られ、ＣＩＡにリクルートされたのだと思うと、彼女の気分は昂揚（こうよう）した。彼女はいろいろ想像をめぐらし、楽しんだ。このことをヴォロントフに告げることができたら、さぞかし愉快だろう。わたしが何をしていると思いますか？　汗じみた支局長（レジデント）が彼女に延々と説教する様子が脳裏に浮かぶ。ネイトは正しかった。これはわたし自身のものであり、わたしだけのものなのだ。

支局（レジデントゥーラ）からドミニカがどのような秘密情報を入手できるかという入念な協議が始まると、

いったん離れていたフォーサイスがふたたび会合に参加した。彼らはイグルー（雪の塊をドーム状に積み上げた家）の図を説明に使い、彼女が担当している業務の書類を土台の大きな氷塊に見立てて、ドミニカが安全に盗み出せそうなファイルがどれぐらいあるか、彼女が存在を知っているものの閲覧権のない宝がどのくらい眠っているかを見積もった。彼らはドミニカに、あまり肩の力を入れないように言った。訓練された諜報員がエージェントとして行動した場合、たいがいは多くの情報を盗もうとして無理をしすぎることになる。ドミニカは彼らに、カメラや通信機器を支給するよう頼んだ。彼女は自分の機転や度胸を示したかったのだが、それはCIA局員たちの頭のなかで警報を響かせただけだった。ドミニカは彼らの表情と光輪の変化を見て、判断の過ちを悟った。そういった機器の話はもう少しあとでしよう、とフォーサイスは言い、翌日の通信で本部に検査官の派遣を依頼した。どのみち、検査を避けて通ることはできないのだ。

嘘発見器。緊張の時間。ネイトは狭い寝室に座り、居間から響くくぐもった低い声と甘い声に耳を澄ました。ドミニカは木製の椅子に座り、指が太く顎鬚（あごひげ）をたくわえた検査官の問いに「はい」か「いいえ」で答えていた。ゲーブルは別の件でこの男の検査に立ち会ったことがあり、彼を嫌っていた。「あいつは二十年前にどん底を味わって以来、人のあら探しをするようになったのさ」ゲーブルは言った。だがドミニカはこの検査が自分にとって重要であることを承知していたので、相手の感情を読んだり、口答えしたり、からかったりしないように努めた。ひたすら質問に集中し、やりすごし、ときおり頬を赤らめた。

ネイトは耐えがたい思いで一時間待ち、終わったのを聞いて居間に出た。ドミニカは彼に向かってうなずいたが、指の太い検査官は目を合わせなかった。彼らは〝図表を精査する〟まで結果をひたすら隠し、はにかむ処女のように目をそらすのだ。検査が終わると、フォーサイスは検査官を連れて支局に戻り、彼を座らせ、時間が経ってから出される検査結果など、わたしはちっとも気にしないが、これは重要な案件なのでさしあたり得られた感触を教えてくれ、と言った。検査官はそわそわしながらも、個人的にはドミニカは嘘をついておらず、彼女が言うとおりSVRの伍長であり、より重要なことに、SVRがCIAに偽情報を流したり、機密作戦に従事する諜報員を暴いたり、最近のアメリカ諜報機関の関心のありかを知ったりするために送りこんだ二重スパイではないと確信している、と答えた。

すっかり打ちとけた検査官は、フォーサイスにもうひとつ個人的な感触を教えた。図表を見ると、彼女をリクルートしたケース・オフィサーのナッシュに関連する質問に対し、痙攣的な振幅が出ているというのだ。検査官は重々しい口調で、これが古典的なチェコやキューバの嘘発見器を欺くテクニックでないかどうかを見分けるには、表現を変えて質問してみる必要があると言った。そのテクニックとは、呼吸を調節したり、拳を強く握ったり、肛門を引きしめたりすることで嘘発見器に反応させるというものだ。フォーサイスから、ドミニカのネイトに関する質問への反応を聞いたゲーブルは、「オーガズムの衝動だ」とだけ言って部屋を出た。

非公式に〝欺瞞の徴候なし〟の結果を得たことで、作戦にはゴーサインが出た。彼らはドミニカの安全確保、隠れ蓑(みの)、立居振る舞い、情報提供のペースについて打ちあわせを始めた。

「ふだんどおりの生活を送ることだ」空色(ラズールヌイ)の光輪をまとったフォーサイスが言った。「ナサニエルとの会合を本部(センター)に報告しつづけ、控えめであれ進展していることを示さなくてはならない。月に一回では少ない。二週間に一回、あるいは毎週報告したほうがいい。そうすることで、きみは行動の自由を得られる」

「そうしなければならないことはわかっています」ドミニカは言った。「すでに頭のなかで報告文も考えています。いまから冬の分まで」

「報告書はきみ自身が書かなければならない」フォーサイスは言った。「われわれはきみを支援することはできるが、あくまできみ自身が、きみの言葉で状況を報告しなければならないのだ」ドミニカはうなずいた。彼女は諜報界の駆け引きとはいかなるものか、よくわかっている。フォーサイスは思った。彼女はもう長年この世界にいるかのようだ。

「ニェイトの人物像を詳しく説明しようと思います。うぬぼれが強く、自慢ばかりしているけれども用心深い。扱いやすいが、疑り深く、注意力散漫、と」彼女はネイトのほうを見て、眉をあげた。

「その程度の情報で冬までもつとは思えんな」ゲーブルはネイトの隣に座り、中指で彼をはじいた。

「われわれがどのくらい時間稼ぎができるのかわからない。遅かれ早かれ、ヤセネヴォはしびれを切らすだろう」フォーサイスはすでに、ドミニカがモスクワに呼び戻される日のことを考えていた。彼女はロシア国内で諜報活動をできるだろうか？　呼び戻されるまでに、彼女をそこまで熟練させることができるだろうか？　彼女の能力ではなく、時間がどれぐらいあるかが問題だ、とフォーサイスは思った。

「引き延ばす方法がひとつあります。わたしの胸元をちらつかせるんです。そうすればヤセネヴォへの時間稼ぎになるでしょう」ドミニカは言った。「ワーニャ伯父もそれを期待しています」

「どういうことだ？」フォーサイスが訊いた。

「そのうち、わたしがニェイトと恋仲になったと報告すればモスクワは大いに喜ぶでしょう。それが彼らの期待どおりの展開です。彼らにとっては、それが理にかなったことなのです——みんな、わたしが国立第四学校にいたことを思い出すでしょう」

ゲーブルはソファから身体を起こし、心痛の表情を浮かべた。「恋仲だと？　何を言うんだ。相手が誰であれ、ナッシュとそんなことをしろとはおれには頼めん。そいつはやりすぎだ」

風の吹き荒れる日曜日、モーターボートと小型船が入り江の船着場で揺れている。隠れ家ではドミニカがマルタのことをぽつぽつと話したが、途中でやめ、ネイトに最新情報を伝えた。単細胞のヴォロントフは遅まきながら、自分の管理補佐官がいなくなってしまったことに気づき、ドミニカにその仕事を引き受けてほしいと熱心に頼んできた。彼女は断わって本部の彼に対する信用を落としてやりたかったが、ネイトやフォーサイスやお兄さん（ブラトーク）のことを考え、喜んでお引き受けしますと答えた。彼女はより多くの秘密を知りうる立場になったのだ。彼女は募る欲求を満たす機会をうかがうことを学んでいた。

ドミニカには支局員用のタイムカードとさまざまな業務の会計書類が渡された。後者には余得があった——ネイト、あなたにわかる？　作戦報告書や活動内容を説明する業務電報で、会計報告は必ずしなければならない。「ヴォロントフも部下も、本来は自分たちで会計しなきゃいけないんだけど、全部わたしに押しつけるの」ドミニカは言った。「支局長以外は、他人の通信文を読んではいけない決まりになっているわ。それぞれの担当は厳格に区分け（ラズジェレーニエ）されているから」ドミニカの青い目が光った。「ただし、会計をしているわたしだけは例外よ」彼女は間をおいた。「それで……ヴォロントフはわたしに業務用通信文の閲覧や入手を許可したの。すべての通信文を」

情報は断片的にはいりはじめ、まずはフォーサイスが、続いてはるか遠くのラングレーでうごめく者たちが、あまりに符合しすぎる情報や都合のよい情報など偽情報とおぼしきものに警戒しつつ、それらを読んだ。ドミニカは細部に至る驚異的な記憶力の持ち主で、ある報告書の要旨を思い出すと、そこから次々と別の報告書の内容を再現できた。彼女は暗号文の作成にも携わり、それもまた正確に再現した。

彼女は工作員支援局による月例の活動支援報告書の内容をほぼ完璧に暗記し、非合法作戦を指揮する非合法作戦局に属するヘルシンキ在住の不法入国者三名を暴いた。フィン人として数十年間フィンランドに潜伏していた休眠工作員(スリーパー)だ。そのうち一人はすでに、マルタが行方不明になったあとハーパランタから出国し、目くらましの役割を果たしていた。ほかの二人はヘルシンキ近郊のエスポー市に住んでいたが、CIAはドミニカを守るため、彼らに手出ししなかった。

その次の会合で、彼女がヴォロントフの書類受けから盗み出した書類の原本を見せると、一同は慄然(りつぜん)とした。ドミニカはその書類をくしゃくしゃにしてポケットに押しこみ、ほかの紙屑といっしょにシュレッダーにかけないで隠れ家へ持ってきたのだ。政治的情報局(PR)の極秘(ソヴェルシェンノ・シクレトノ)印が押された書類は、四ページからなるエストニアおよびラトヴィアの議会に関する情報だった。両国はNATOの同盟国なので、ラングレーはこの情報を〝ダウンタウン〟つまり国家安全保障会議(NSC)と大統領執務室(オーバル・オフィス)に回送した。しかしゲーブルは彼女に、二度とそんな真似をするなと厳命した。

本部もまたゲーブルの見解に同意見だった。今後、書類を盗むようなことをさせないために、彼女に隠しカメラを与えることになった。ネイトは危険だと言って懸念を示したが、フォーサイスは彼女に慣れさせなければならないと言った。支局長は彼女ならできると考えたのだ。

「わたしには、彼女がまだそこまでできるとは確信が持てません」ネイトは言った。スパイ用具はいかなるものであれ、危険を三倍にするのであり、彼はドミニカをこれ以上の危険にさらしたくなかった。

「そうか。だったらおまえが彼女をそこまでできるようにするといい」ゲーブルが言った。

「仮にあした彼女が本国に呼び戻されたら、この作戦は終わりだぞ」

「そろそろ、彼女にモスクワ域内作戦のトレーニングをしてやってもいいころじゃないか」フォーサイスがネイトに言った。「きみの専門分野だ」


拒否地域（敵の支配下に置かれ、活動に制約が課せられた地域）を想定したドミニカのスパイ活動訓練が始まった。ヘルシンキの三角屋根や青銅の円蓋に夏の陽射しが降り注ぎ、夕暮れはいつまでも終わらない白夜になり、くすんだ色の服を着たフィン人たちがエスカレーターに乗って地下鉄のプラットホームへ降りていく。ドミニカはスカーフを巻いたり、ベレー帽をかぶったり、コートを着たりして歩数を数え、群衆に混じって回転式改札口を通り抜けた。彼女は通路の片隅で視界の端に彼を捉えた。深紅の光で彼だとわかったのだ。彼のセーターの袖の感触を察知した彼女は、自らの手を腰に押しつけ、タバコの包みを受け取った。彼は包みを押しつけ——完璧な〝ブラシ接触〟（きわめて短時間の接触で物品を受け渡すこと）だ——群衆のなかに消えた。

生気が甦るような穏やかな夏の雨を受けて、車の群れがゆっくりと流れ、ヘッドライトが路面に反射している。彼女はショーウインドウの明かりで腕時計を確かめた。背後に不審な動きはなく、行動に出るタイミングもわかっている。ネイトがこれからの行動手順を話すと、彼女は声をあげて笑った。「そんな、映画じゃないのよ」ドミニカは言った。

「民主主義国でSVRが行動しているからさ」とネイトが答えると、彼女はむっとしたが、話には注意深く耳を傾けた。

彼女は御影石の壁にぴったりくっついて歩いた。すぐそばの濡れた通りを、車が列をなして行きすぎる。彼女は角を曲がり、工事中の足場の陰で立ち止まった。その三十八分後、ネイトの車があたかも偶然のように角を曲がり、徐行したまま助手席のウインドウを下げた。ドミニカはその瞬間、縁石から車道に降りてウインドウの内側に手を差し入れ、ビニール袋をシートに落とすのと引き換えに、彼の手から小箱を受け取った。彼女はそのまま足場の下に引き返し、ネイトの車は通りすぎた。彼はドミニカのほうを見なかったが、その手はハンドブレーキを引き、ブレーキライトを点灯させずに速度を落としていた。移動中の車から物品を受け渡す訓練だ。まったく映画じゃあるまいし、と彼女は思った。

関係者はみな本領を発揮しつつあった。そしていずれ避けられないことだったが、本部の連中が口出ししはじめた。本部からの通信文には〝彼女はSVR支局内で格好の地位におり、われわれの制御下にある「資産」であることにかんがみ、彼女の「別の可能性を模索」したい〟と書かれていた。フォーサイスは一週間、彼らを抑えにかかったが、結局本部からある命令が出された。ゲーブルは息巻いて飛行機でワシントンに戻り、直談判しようとしたが、フォーサイスに止められた。

こうして、正気を疑うような作戦が始まった。科学技術本部の技術者たちの要望により、〈ディーヴァ〉が支局全体のコンピュータ・ネットワークに暗号システムへの攻撃ソフトをダウンロードし、支局内の情報を筒抜けにするというものだ。しかし、技術者たちは軽率にも、このソフトによって、ごくごく稀にヘルシンキ南部の電灯が少し暗くなる可能性があると口をすべらせてしまった。その場合は〈ディーヴァ〉に、ロシア大使館の屋根に予備電源用の原子炉でも据えつけてもらわなければならないかもしれない、と悪趣味な冗談を付け足した。本部の連中が言うには、あらゆる新技術には〝六のルール〟なる障壁が存在する。事故の可能性をゼロにするには、攻撃ソフトの研究開発にさらに六年かかり、六百万ドルの追加費用が発生し、試作品の回路を徹底的にチェックすれば六百ポンドの重量がかさむ、といった具合だ。まったく狂気の沙汰だ。

秘密作戦の企てと並行して、ネイトとドミニカは引き延ばしを目的とした〝接触〟を、ヴォロントフとモスクワの本部へのアリバイ工作として続けた。夕食、地方への旅行、コンサートなどだ。ネイトは連中に、ドミニカがいかにうまく頑強な貝殻をこじ開けつつあるか納得させるため、自分自身についての情報をいくらか提供した。もっともそれらは、その気になればセンターが独自に調べられることばかりだったが。だがフォーサイスが予期していたとおり、ヴォロントフはより迅速な進展を催促してきたので、ゲーブルの熱心な力添えにより、ドミニカは彼らが待ち望んでいた通信文を書いた。すなわちネイトと肉体関係を持ちはじめたと伝え、時間稼ぎをしたのだ。ゲーブルは〝でっちあげの勃起不全〟も報告書に盛りこめばさらに時間を稼げると提案したが、フォーサイスが顔を朱に染めて却下した。ネイトはゲーブルに向かって中指を立てた。

ドミニカは支局内のロシアの機密書類を、ハンドバッグ、鍵入れ、口紅などに仕込んだ隠しカメラで撮影しはじめた。彼女は最高の書類だけを選んで写真に撮り、待つべきときもわかっていた。ゲーブルは彼女を賞賛したが、ネイトはつねに心配し、ドミニカが冒している危険を心配して陰鬱な表情を浮かべた。

ある日曜日の午後、隠れ家でドミニカはネイトにうんざりして言った。「あなたが心配しているのはわたし？ それともこの作戦とあなたの評判？」室内はしんと静まり、ゲーブルが咳払いした。

ネイトは困惑と怒りを覚え、ゆっくりと彼女のほうを向いた。「わたしの目的は、この情報を守ることだ」ドミニカの顔がこわばった。「きみはもう少しペースを落としてもいいと思う」

「おまえがそう考えているのなら」ゲーブルは言った。「次の展開はさぞかし気に入るだろう」

本部からの通信文は五ページにのぼった。彼らがドミニカに求めるのは、特別に用意されたUSBメモリを支局のコンピュータに挿入することだった。できれば文書室のマシンがいいが、ヴォロントフの机の下でもよい。ダウンロードは十四秒間で完了し、ラングレーはヤセネヴォとヘルシンキの〝二点間〟のSVRの通信文（アンクレア）を、暗号化されて商用電話線に送信される前の状態で読めるようになる。メッセージを平文で読むことができれば、絶えず変更される暗号のアルゴリズムを解読するよりもずっと手っ取り早い。しかしこれはリスクもはなはだ大きかった。フォーサイスはネイトの表情を読み、隠れ家での会合を欠席するように言った。代わりにゲーブルが彼女に説明することになった。

二日後、ドミニカは車輪がぐらつき、ファイルや文書焼却袋や帳簿を満載したカートを手で押し、文書室にはいってきた。彼女は脚が震えており、文書室まで持ちこたえられたのは幸運のたまものだった。文書係はスヴェッツという中年の男で、いやに大きな眼鏡をかけ、幅の広いウールのネクタイは腹の真ん中あたりまでしか届いていない。スヴェッツはドミニカに期待のまなざしを向けた。というのは、毎日夕方、業務に関連する書類を入れ替えに来る彼女の姿を見るのが楽しみだったのだ。とりわけ、高い抽斗(ひきだし)に手を伸ばすところを見るのが好きだった。彼は昆虫の複眼のような眼鏡の奥で、ドミニカがカートを押してドアを通り抜ける姿を追った。

事前にゲーブルと練習したときに、彼はカートを止めず、勢いをつけるように言っていた。ドミニカはカートを文書係の机の角でひっくり返して書類を床に散乱させた。スヴェッツが驚いて立ち上がるのと同時に、彼女は彼の机の前に座りこみ、緑のランプが点滅するコンピュータの挿入口を確かめ、USBメモリを奥まで突き刺すと、書類を拾い集めながら九、十、十一と数を数え、近づきかけたスヴェッツに部屋の片隅へ飛んだ書類を指さして、十二、十三、十四まで数えたところでメモリを引き抜いた。ドミニカは立ち上がり、髪を耳の後ろにかきあげながら、USBメモリをスカートのポケットに入れた。心臓は口から飛び出しそうだ。彼女は書類を整理して抽斗に戻し、つま先立ちになった姿を好きなだけスヴェッツに見せ、片脚を少し上げてさらに視線を引きつけた。

終業時間までの二時間、ドミニカは周囲の目がことごとく自分に注がれ、誰もが自分のしたことを知っているような気がしてならなかった。ようやく仕事が終わると、ロビーは不平を言いながら順番待ちの列を作る大使館員で一杯になった。両開きの正面玄関の前には机があって、ヴォルガの船曳きのようないかつい男が二人待ちかまえている。大使館の警備担当者だ。彼らは頭の周囲に茶色の光をまとわせ、館員のハンドバッグやポケットをチェックしていた。よりによってこの日に、抜き打ちの持ち物検査がされるなんて。ドミニカの背中を汗が伝い落ち、彼女は血の気が引くのを覚えた。しかし、ここまで来ては衆人環視のなかで引き返すわけにもいかず、列に並ぶしかなかった。彼女はコートを抱えて前を隠し、スカートのウエストバンドの内側にUSBメモリを滑りこませて下着の陰に隠した。警備担当者はウォッカのにおいをぷんぷんさせ、赤い目をしていたが、彼女がパンティの下に何か隠し持っていることを知っていたにちがいない。だが彼はハンドバッグの中身を調べただけで、テーブルの端にそれを滑らせ、手を振って彼女を通した。

その晩、ドミニカは一同にこのことを話した。危険を冒した興奮からいまだに冷めやらず、そんな彼女をネイトは狭いキッチンの戸口に立って眺め、フォーサイスは額に眼鏡を上げて静かに話を聞いた。ゲーブルはビール瓶を開け、ひと息で飲みほした。「そうか、そんなところにも隠せるんだ。USBメモリが親指（サム）ドライブといわれるゆえんだな」彼はそう言うとネイトを押しのけてキッチンにはいり、何を思ったかチーズフォンデュを作りはじめた。いままでドミニカは食べたことがなく、どんな料理かも知らなかった。用意ができると一同はテーブルを囲み、溶けたチーズにパンを漬け、チーズに混じったワインのにおいを嗅（か）ぎながら、さらに話を続けてときどき笑い声をあげた。

フォーサイスとゲーブルは夕食後、隠れ家を出た。ネイトはワインをふたつのグラスに注ぎ、二人は居間に移動した。「きみがきょうしたことはあまりにも危険だ。もう二度とこんなことをさせたくない」ネイトは言った。

「大丈夫だったわよ」ドミニカは、彼に顔を向けて言った。「リスクがつきものだってことは、最初からわかってるでしょ」

「受け入れられるリスクもあるが、避けられないリスクはまれで、大半は愚かだ」

「愚か（グルーピィ）、ですって？　心配ご無用よ、ニェイト」ドミニカは言った。「あなたが最高のスパイを失うことはないから」〝愚か〟という言葉が彼女の怒りに火をつけた。ネイトの怒りはすでにくすぶっている。

「きみはアドレナリン以外のもので気分を昂揚（こうよう）させたほうがいい」

「ワインってこと？」彼女はそう言うと、ワイングラスを壁に投げつけた。「結構よ、わたしはアドレナリンのほうがいいわ」酒のしたたり落ちる音だけが部屋に響く。

ネイトは彼女の腕を押さえつけた。「いったいどうした？」声に怒気をにじませる。二人は顔を突きあわせ、睨（にら）みあった。

「あなたこそ、いったいどうしたのよ？」ドミニカはささやいた。部屋が視界からぼやける。ネイトの紫がかすんで見えた。彼女は彼の唇を見、挑発して彼がさらに近づいてくるように仕向けた。次の瞬間、その一瞬は疾風のごとく過ぎ去った。「放して」彼女は言い、ネイトが彼女の腕を放したところでコートを拾いあげ、振り返らずにドアを開けた。条件反射的に廊下と階段を見まわし、部屋を出て、そっと後ろ手にドアを閉める。

ネイトは閉まったドアを見つめた。舌が口のなかで重く、心臓は早鐘を打っていた。ちくしょう。彼の望みはただ、作戦を障害なく進めることだけなのだ。彼の望みはただ、彼女の安全を守ることなのだ。彼の望みはただ……。

ゲーブルのチーズフォンデュ

白ワインとつぶしたニンニクを火にかけてある程度煮詰め、すりおろしたグリュイエールチーズとエメンタールチーズを加え、中火でかき混ぜながら溶かす。水で溶いたコーンスターチを入れてかき混ぜ、味見をしながら適宜ワインを足し、フォンデュにとろみがつくまで煮立たせないように熱する。角切りにし、軽くトーストしたカントリーブレッドを添える。

18

半袖を着られる季節になり、歩道のフィン人たちは信号待ちをしながら、ヒマワリのように顔をいっせいに太陽に向けて目を閉じていた。カイヴォプイスト公園の広々とした芝生やベンチでは、昼休みに訪れた秘書たちが下着姿で、昼からワインを飲みながら日光浴をしている。

ネイトは事務室のドアに貼ってあるメモを見て、フォーサイスの支局長室に行った。ゲーブルがソファに腰を下ろしている。フォーサイスはネイトに本部からの短信を手渡した。最近就任したばかりのCIAの新長官がコペンハーゲンへの出張中、変名で六時間だけヘルシンキと往復し、〈ディーヴァ〉に会って彼女の働きに組織を代表して感謝を表したい、とのことだった。ネイトはフォーサイスを見つめ、続いてゲーブルに視線を移した。

「変名で往復なんかできるんですか？」ネイトは訊いた。「ニュースでこれだけ有名になっているのに」

「NATOの会議でコペンハーゲンに来るらしい」フォーサイスが補足した。「どうやってデンマークから抜け出すのかはわたしの知ったことではない。アレン・ダレス（一九五〇年代に対共産圏強硬政に飛行機に乗り、ひょっこり現われたりしている」アングルトン（一九五四年から七五年にかけてのCIAの防諜部部長）だって、誰にも告げず策を進めた国務長官）も同じ手を使ったし、

「そう、一九五一年のことさ」ゲーブルは言った。「そいつらはみんな一人きりで移動し、コンステレーション（当時花形だったロッキード社製の四発プロペラ旅客機）のタラップからアスファルトに降り立つとまっすぐタクシーに乗りこみ、宿泊台帳にサインしてホテルにチェックインした。ところが縁なし帽をかぶったキャビン・アテンダントが……」

フォーサイスはその話をさえぎった。「昨夜わたしは丁重に辞退したいと返答したんだが、三十分後にヨーロッパ部の部長から電話が来て、こっぴどく叱られた。こちらの意向など関係ない。長官が自ら首を突っこみたがっているんだ」

「くそヨーロッパ部長殿も頰をふくらませているわけだ」ゲーブルが言った。「あいつめ、トラファルガー海戦の艦長気取りでいやがる。あいつのクリスマス・メッセージを読んだことがあるか？」

フォーサイスは彼を無視しつづけた。「われわれが主導権を握れるのは、長官が飛行機を降りてきてからだ。貴賓用ゲートで出迎え、車に乗せ、尾行がいないかどうかチェックし、護衛担当者にはバンで待機してもらって、長官をここに連れてきて彼女と握手させ、それから連れ出す、という流れだ。ＦＳＢが、長官のフライトプランに気づかないでいてくれることを祈るしかない」フォーサイスはもう一度通信文を見た。「本部の連中が最近、長官に〈ディーヴァ〉のことを説明したにちがいない。まあ、この作戦のＰＲにはなるだろう」

「PRですって？　長官のせいで彼女は殺されるかもしれないんですよ」ネイトは言った。「彼女を車のトランクに押しこみ、週末ずっとスウェーデンへドライブに出かけたほうがまだしも安全です。彼女は会えないと言って断わればいいじゃありませんか？」

「だめだ」フォーサイスは言った。

「だったら、彼女が拒否したと言ってください」

「それもだめだ。彼女に会見の準備をさせ、当日は笑顔を絶やさないように言うんだ。あとは、あの青い目がなんとかしてくれるだろう。食べ物や飲み物も用意しよう」

「万一に備えて、脱出用の車を近くに停めておこう」ゲーブルが言った。

「ドミニカはどうするんです？」ネイトが言った。「その万一が起こったら、用意したサンドイッチは誰が食べるんですか？」

「おまえだ」ゲーブルとフォーサイスが言った。


車から降りる足音が聞こえ、ドアが開くとともにドミニカは立ち上がり、中央情報局長官(CIA)を出迎えた。長官はコートを脱ぎ、部屋に足を踏み入れると彼女の手を握り、会えてとてもうれしいと言った。次にネイトと握手すると、きみはこの若い女性とともにすばらしい仕事をしてくれていると言い、まばゆい笑みを彼女に向けて、きみたちは二人とも、合衆国に対する貢献を誇りに思うべきだと言った。ドミニカはその言葉にかすかに首をかしげたが、ともかく一同は腰を下ろした。長官はドミニカと並んでソファに座り、立法府にいたころのとっておきの話を披露して、聞かせどころに差しかかるとドミニカの膝を軽くたたいた。その手を彼女の膝に置いたままにしていたのは、上院の議員控室で付き添いの若い女たちと戯れていたころからの習慣だった。

長身痩軀の長官は、大きな目にくぼんだ頰の持ち主で、光沢のある髪を黒く染めていた。ドミニカは彼をコスチェイに似ていると思った。幼いころ、父が読み聞かせてくれた神話に登場する悪人だ。ドミニカは長官をじっと見たが、彼の光輪は弱々しく、顔や耳の周囲におぼろげな緑の光が見えるだけだった。緑は感情的な側面を示す色で、彼は見かけどおりの人間ではない、とドミニカは思った。ワーニャ伯父とはまったくちがうが、本質的には同じだ。組織こそ異なれ、二人とも爬虫類のような人間だ。

長官はフォーサイスに北欧の〝作戦環境〟について尋ねたが、居あわせた全員がエージェントの目の前でできる話は何もないことを承知していた。それで彼女は立ち上がり、ペリメニの載った皿を運んできた。鍋から取り出したばかりで湯気の立つ水餃子に似たロシア料理だ。皮のなかには香ばしいひき肉がたっぷり包まれ、サワークリームが添えられている。ドミニカが、何か料理を作ってロシア流に賓客をもてなしたいと言いだしたのだ。ネイトはクラッカーのようなナッキレイパとクリームソーダで充分ではないかと思ったが、何も言わなかった。

「これはうまい」長官は、口の端にサワークリームをつけて言った。

長官は口からクリームをぬぐい、クッションを軽くたたいて隣に座るようドミニカに促した。ネイトとゲーブルとフォーサイスは近くの椅子に座り、ドミニカを見守って、いつでもサポートできる態勢だった。長官はまるで有権者と話す議員のように、彼女の出身地を訊いた。ゲーブルははるか以前、饐えたにおいのこもるホテルの一室で汗みどろになったエージェントたちと命がけの深夜の会合をしたことを思い出した。小柄な男たちはみな言葉につくせぬほどの危険を冒し、勇気を振り絞って部屋までたどり着くと、ゆっくりと間をおかずに話すゲーブルに一心に耳を傾け、ウォッカやマオタイやアラックを飲んだ。ずいぶん昔の話だ。しかしいまは陽射しの降り注ぐアパートメントで、彼らはエージェントと歓談している。

ロシア人にとって、将来の成功について話すのは悪運を招くことなので、そのような話題には触れられなかった。長官はドミニカににじり寄ったが、彼女は後ずさりしなかった。さすがだ、とネイトは思った。彼女はうまく対処するすべを知っている。長官は誰もが彼女の働きぶりを賞賛していると言い、彼女の活動には個人的な興味があるので、昼夜問わずいつでも連絡してくれてかまわない、と言った。ネイトはベセスダにある長官の自宅の電話番号を訊き出し、抗議の電話をかけかねない顔をしていた。フォーサイスは彼の考えを読み、椅子をきしらせて彼を黙らせた。

暗緑色の目をしたコスチェイのような長官は、よどみのない口調で秘密口座の話を切り出した。ドミニカ用の口座にはリクルートに応じたことへの報酬として多額のボーナスが振りこまれており、これからも毎月送金される。この口座は彼女がまったく自由に使えるが、言うまでもなく、一度に大金を引き出したりあまり派手に使ったりするのは得策ではない。彼はさらに続けて、彼女がモスクワでエージェントとして活動を始めたら、追加の資金も用意すると言った。ドミニカはネイトに顔を向け、フォーサイスに視線を移した。二人とも無表情だ。

長官は淡々とした口調で、コスチェイを思わせる男は執拗に続けた。モスクワのSVR本部内で二年間活動を続けたら、追加ボーナスとして二十五万ドルを口座に振りこむと言った。そして最後に、彼女がSVRを退職する日付は互いに合意のうえ決定し、その後は彼女が安全だと思える国に、CIAが三千平方フィート以上の住居を用意すると申し出た。

室内は沈黙に包まれた。ドミニカの表情が変わり、彼女は支局の三人を見て、訪問者に目を戻した。彼女はまぶしいほどの微笑を浮かべた。ネイトは、これはまずい、と思った。

「長官、遠路はるばるわたしのためにお越しいただき、ありがとうございます」ドミニカは言った。「わたしはここにいるミスター・フォーサイス、ミスター・ゲーブル、ミスター・ナッシュに」彼女は三人をそれぞれ身振りで示した。「あなたがたの組織のために喜んで貢献したい、と申し上げました。そうすることでわたしは、祖国であるロシアを救いたいのです。長官のお申し出には心から感謝します。しかし大変申し訳ないのですが、わたしはお金のためにみなさんに協力しているのではありません」彼女はこの下卑た男をまっすぐ見つめた。

「もちろん、そのことはよくわかっている」コスチェイはそう言って彼女の膝を軽くたたいた。「とはいえ、お金があればいろいろと役に立つはずだ」

「ええ、おっしゃるとおりです」ドミニカは言った。ネイトには、彼女が憤慨しているのがわかった。鎖骨のあたりが朱に染まっている。フォーサイスにもそれがわかった。ゲーブルはコートを取りに立ち上がり、部屋を行き来した。

「長官、恐縮ですが、ここから空港に戻るまでは三十分ほどかかります」フォーサイスは言って立ち上がった。

「ああ、そうだったな」彼は言った。「きみに会えてうれしかった、ドミニク。きみは危険に敢然と立ち向かう、勇気ある女性だ」いい気なもんだ、これから先彼女がどのくらい生き抜かねばならないか言ってみろ、とネイトは思った。

「覚えておいてほしい」長官は彼女の肩を抱き、胸のあたりに腕をつけて言った。「必要なときにはいつでもわたしに電話してくれ」

なるほど、そうしたらあんたは彼女の手を取り、対人用地雷原と番犬のあいだを突っ切って国境線の鉄条網を乗り越えるってわけか、とゲーブルは思った。

フォーサイスは〝コスチェイ〟にコートを着せて帽子をかぶせ、そのあいだにゲーブルは階下に下りて出発の準備をした。長官があとに続く。フォーサイスが戸口に立ち止まり、ウィンクした。「ではまた」フォーサイスは言って、部屋を出た。ドミニカとネイトは、日曜日の夕食に来た気難しい伯父に別れの挨拶（あいさつ）をする新婚夫婦さながらに、戸口に立って見送った。

ネイトがそっとドアを閉めた。隠れ家に静けさが戻り、車のドアの開閉音に続いて、遠ざかるエンジン音が聞こえた。「さて」ネイトは言った。「長官のことは気に入ったかな？」

薄暮が訪れ、入り江を滑る船に明かりが灯り、開け放たれた船の窓から楽しげな声が水面を越えて聞こえてくる。二人分のワイングラスが手つかずのままテーブルに置かれ、ドミニカはソファに、ネイトは椅子に、暗がりのなかで座っていた。周囲の光が彼女の髪と右目のまつげを照らす。服はきちんとした夏用のワンピースで、靴はハイヒールだった。就職面接でも受けるような格好だ。ドミニカは話をする気分ではなく、ネイトも何を言っていいのかわからなかった。下手をすればまた口論になりかねない。長官の訪問は彼女に過大な負担をもたらしたかもしれず、ドミニカが情報提供をもうやめると言いだす可能性も考えられた。ネイトは彼女を抱えているケース・オフィサーだ。この件を続行させるのが彼の責任だった。

さてどうする、とネイトは思った。いままでにおびただしい計画が頓挫し、防諜網に引っかかって消えたエージェントは数知れない。不運によるもの、タイミングが悪かったことによるものも少なからずある。電車に三十分乗り遅れたばかりに、すべてが暗転することだってあるのだ。しかし、われわれ全員が下衆野郎だと思われたばかりに、わたしは彼女というエージェントを失うはめになるのだろうか？　本部のカフェテリアで局員たちがささやきあうところが目に浮かぶようだった。ああ、ヘルシンキのナッシュがまたへまをやらかしたようだな。やっぱり評判どおりだったか。ラングレーからはこんな通信文が来るだろう。本土へ戻ってもらうときが来たようだ、いっしょにきみの将来の話をしよう。父からは手紙が来るだろう。息子よ、お帰り。過去のことは水に流そう。待っているのはお先真っ暗な、息もできない窮屈な人生だ。と、ドミニカが立ち上がり、こちらにつかつかと歩いてきた。繭に包まれたような部屋の暗がりが影響を与えたのかどうかはわからないが、気がつくと彼女はネイトの前に立ち、彼を見下ろしていた。深い紫の光輪はいつもどおりだったが、不思議なことにそこからは静かに一定のリズムで熱が放射されていた。ドミニカには彼が苦しんでいるのがわかった。今後のキャリアに及ぼす影響を深刻に懸念しているようだったが、職業人としての懸念の下には感じやすい精神が見え隠れしていた。彼がドミニカのことを個人的にどう思っていようと——そこのところは彼女にはよくわからなかった——彼のいらだちと心配は痛いほどわかった。彼女自身もまた、秘密を抱えていることによる絶えざる緊張とともに生きていかねばならないのだ。最初こそ怒りに衝き動かされていたものの、ドミニカは徐々に新たな役割、いままでと異なる役割になじんできた。彼女がアメリカ人たちのなかに飛びこんだのは、彼らを信頼したからであり、彼らの気遣いを感じたからであり、彼らがプロフェッショナルだったからだ。

しかし彼女は、とりわけネイトのためにそうしたのだった。ドミニカがしたことの一部は彼のためであり、彼女はそのことに気づいていた。仮にネイトから訊かれたとしたら、ここで情報提供活動をやめるつもりはまったくないと答えていただろう。彼女は覚悟を決めていた。

だが、いまの彼女に必要なのは、騙し合いでも、自分の覚悟の再確認でも、〝灰色の枢機卿〟を出し抜けるという確信でもなかった。彼女はただ、必要とされていたかったのだ。ネイトに。彼女は秘密の自我が扉を開け、嵐が吹き荒れる戸外へ踏み出すのを感じた。ドミニカは両手でネイトの椅子の肘掛けを握り、身を乗り出して、彼の唇に唇を触れあわせた。

彼女自身、思いがけないことだった（ドミニカには、彼もまったく予期していなかったことがわかった）。ネイトの属している組織と同様、彼女の組織においても、エージェントと肉体関係を持つことは厳格に禁じられている。隠密作戦で、感情的ないざこざは致命傷になりかねない。ハニートラップがいったん成功したら、〝スズメ〟は部屋から追い出され、あとは仕事一点張りの〝サーシャおじさん〟が引き継ぐのは理由がないことではないのだ。愛欲が介在してしまうと、エージェントは古参の教官に言わせれば自分の〝一物〟で頭が一杯になり、情報収集どころではなくなる。そんな話をしてドミニカを赤面させようとする教官がときどきいた。

ドミニカはネイトの腕のなかで、むさぼるようにではなく、ゆっくりと穏やかに彼にキスした。彼の唇は温かく、彼女はそれを飲みこみたかった。全身が、頭のなかが、乳房が、股間がうずく。ネイトの両手が彼女の背中を強く抱きしめる。甘く、ほろ苦い感触。まるで幼なじみだった二人が離れ離れになり、大人になってからばったり出会ったような感覚だった。

ドミニカの耳に深紫の熱い吐息がかかり、それは彼女の身体の芯に達した。

「ドミニカ」彼は落ち着かせようとして言った。ずっと口論してきた二人が、こんなことになるのは愚かな振る舞いだ。作戦の基盤を安定させるには――

「ザモルチー」彼女がささやく。ばかね、何も言わないで。彼女は唇でネイトの頬を撫で、さらに強く抱きしめた。

ネイトの頭はめまぐるしくまわり、彼は優柔不断、警戒警報、自らのなかに沸き起こる禁断の欲望のあいだで揺れ動いた。彼もまた、心底では彼女を求めていた。しかしそれは常軌を逸した、無謀な、禁じられた行為だ。それからどうなったのか、彼はよく覚えていなかった。

二人は熱に浮かされたように狭い寝室で裸になり、ドミニカは爪で軽く彼の股間を撫でてネイトにも同じことをさせ——ドミニカは新たな誘いかたを発明したような気がした——二人は滑稽な気分をこらえて足板をまたぎ、壁のあいだを隙間なくふさいでいるベッドに上がった。ドミニカは声をあげて笑い、指にやや力を加えながら、彼の手を握りつづけた。情欲で口の渇きを覚える。初めて彼の肌に手を触れ、唇を腹に這わせる。めまいがするような、現実離れした感覚。驚きに目を見ひらくネイトをドミニカは押し倒し、彼の胸に手を触れた。欲望と愛情と羞恥心と頽廃がないまぜになった心境で、彼女は彼を味わい、まるで久しい以前から恋人同士だったかのように、彼自身を口に含んだ。スパロー・スクールで得た知識や技巧は脳裏をよぎりもしなかった。ドミニカはただ、彼がほしかった。

欲情はますます募り、秘密の自我が広がって頭のなかを満たし、喉を締めつける。ちょうどそのとき、ネイトが幸いにも彼女をあおむけにし、彼女は震えるつま先を天井に向けた。満月の光が入り江の島々の上空から、窓を透かしてドミニカの目にはいる。彼女は夜も月明かりも忘れ、自らにのしかかるネイトの影と獰猛な重さだけを感じた。不意にドミニカのなかで、自らを責めさいなむ官能が炸裂し、月の光がまぶたの裏ではじけ飛び、彼女は高まる快感で身体が四散しないようにネイトにつなぎとめてほしいと思った。うつろな恍惚感が彼女のなかでふくらみ、身体の奥深くから暴虐な波が沸き起こり、逆巻き、荒れ狂い、喉の奥から「ああ、すごい」と叫んだドミニカは、小麦畑をたわませる風のような快感の波に押し流され、われを忘れた。

二人は部屋に満ちる月光のなか、並んで横たわった。ドミニカは腿の震えが止まるのを待ち、月に照らされた彼の身体に顔を向けた。「エージェントの扱いがとてもうまいのね」彼女はささやいた。

汗に濡れた身体が夜風に乾く間もなく、隠れ家のドアの鍵がまわる音を聞きつけた二人は、弾かれたようにベッドから起き上がり、ネイトはそそくさとシャツとパンツと靴を身につけ、ドミニカは服を抱えてバスルームへ駆けこんだ。ネイトが居間に出るとゲーブルがキッチンで、開けた冷蔵庫を覗きこんでいた。

「長官のはた迷惑な離れ業の被害対策に戻ってみようと思ったんだ」ゲーブルは言った。彼はネイトに背を向け、冷蔵庫に目を戻した。「さっきの料理はもう残ってないのか？」

「いちばん下の棚です」ネイトは言った。「ドミニカに、きょうのことは気にするなと話していたところです。彼女にも、わたしたちと背広組のちがいがわかったと思います」

「彼女があの野郎に腹を立てたのを見て、笑いだしそうになったよ。彼女には気骨がある」

ゲーブルは言った。彼はカウンターに料理のはいった容器を置いた。「じゃあ、おまえが落ち着かせてくれたんだな？」

「ええ、お兄さん（ブラトーク）」ドミニカがバスルームから出てきて言った。「もうすっかり落ち着きました」彼女の服にはまったく乱れがなく、髪をとかし、何事もなかったかのように振る舞っている。ネイトはゲーブルの表情をうかがった。「ペリメニを温めましょう」ドミニカは言った。レンジの火をつけ、鍋を揺らす。「二回目がいちばんおいしいんですよ」彼女は言った。「こうするといいんです」ゆでたペリメニを鍋に入れ、バターで薄茶色になるまで焼く。

「こうやって食べるときには、ビネガーがいちばん合います」彼女は言った。

カウンターで立ったまま食べながら、彼らは無駄話をしつづけた。ゲーブルはときおりドミニカとネイトをかわるがわる見た。ネイトは食べ物から目を上げなかったが、ドミニカは平気な顔でゲーブルを見つめ返し、彼の頭の周囲の色を読もうとした。食べ終えると、ゲーブルは流しの水を出し、ドミニカはコートを着ておやすみを言った。彼女はネイトを振り返らず、階段を下りていった。ネイトがドアを閉め、こわごわゲーブルに顔を向けると、彼はコップをふたつ指に挟み、片手にはスコッチのボトルを下げて居間のソファに向かった。

「さて、このちんぽ野郎（プリアポス）」ゲーブルはテーブルにグラスを置いて言った。「おれが氷をとってくるあいだ、悪さをしないでおとなしく待ってろ」

ペリメニ

小麦粉、卵、牛乳、塩を混ぜて生地を作り、薄くのばして直径二インチの円形にする。豚と牛の合いびき肉、鶏ひき肉、タマネギのみじん切り、ニンニクのピューレ、水を混ぜて具を作る。具を生地の真ん中に載せ、生地の縁を濡らして半月型に折り、しっかり閉じる。さらに半月の両端を持ってくっつける。塩水を沸騰させ、ペリメニが浮き上がってくるまでゆでる。サワークリームをかけて食べる。

19

「いったい何を考えていたんだ？」フォーサイスが机に身を乗り出して言った。

「きみが担当している相手は、本部の評価によれば、過去十年間に作戦本部が経験したなかで最も有望なロシア人なんだぞ。それなのにきみは、彼女と寝ないだけの自制心もなかったのか？」

「支局長、まちがいだったことはわかっています。そんなつもりではなかったんです。彼女は長官にひどく腹を立てていました。長官は彼女をドミニクと呼んだのです。怒りの感情が高まっていたうえ、ひどい緊張状態に置かれていた彼女には、人間的な結びつきが必要でした」

「人間的な結びつきが必要だった？」いつものソファに座っていたゲーブルが、ネイトの背後から言った。「いまどきの若いやつらは、女とやることをそんなふうに言うのか？」

ふだんは温厚で貴族的なフォーサイスの表情が曇っている。ネイトの目をじっと見つめると、若者はうつむいた。「彼女に思いやりを示し、話をして落ち着かせ、支えになるのはいい。だが、きみは――」

「彼女と乳繰りあうべきではなかった」ゲーブルがあとを引き取った。

「ああ、そのとおりだ」フォーサイスは言った。「きみたちの関係が暗礁に乗り上げたらどうなる？　ものの四カ月で彼女と仲たがいし、彼女がきみにもう我慢できないと言いだしたら？」

「そうなることは容易に想像がつく」ゲーブルは言った。

「彼女はCIAのために活動を続けてくれるだろうか？　それとも彼女が活動してくれるのはすべて、夢中になったからなのか？　きみの――」

「マッチョ・ガスパチョ（ドイツ製の毛むくじゃらな闘牛のぬいぐるみ）に？」ゲーブルが言った。

「いったいなんの話をしているんだ？」フォーサイスは、前かがみにソファに座っているゲーブルを見て言った。それから、ゲーブルの言葉に思わず笑うネイトに目を戻した。

「いいか、ネイト」彼は言った。「彼女はこれまでに有益な情報をもたらしてくれた。嘘発見器の検査もパスした。しかし、〈ディーヴァ〉はまだエージェントとしては新人なんだ。彼女が今後も有意義な活動を続けて初めて、きみのリクルートが成果を上げたことが確信できる。それはつまり、われわれが彼女を信用していないということなのか？　イエスでもあり、ノーでもある。いかなるエージェントであっても、全面的に信用してはならない。

ロシア人は気難しく、芝居がかった言動をすることもあれば、ホームシックになることもある。彼らは移り気なのだ。一度は亡命したものの、結局アエロフロートで帰国したユルチェンコ（一九八〇年代のKGB第一総局防諜課長。ローマで亡命し、CIAに二名のスパイを暴露したが行方不明になり、ワシントンのソ連大使館に駆け込んで帰国した。二重スパイの可能性が指摘されている）のことは知っているだろう？　〈ディーヴァ〉は強い精神力の持ち主だが、彼女が激しやすく、衝動的なのもまた確かだ」彼はゲーブルに向かって、冷やかさないよう手をかざした。「きみのケース・オフィサーとしての任務は、情報を収集し、彼女の安全を確保し、きみの個人的な感情を昇華させて、〈ディーヴァ〉を最高のエージェントにすることだ」

「昇華させるということは」ゲーブルは言った。「女とやることとはちがうぞ」

「支局に来てからずっと、きみはふさぎこんでいる。大きな獲物をリクルートしたい、作戦で失敗したくない、自分の評判を落としたくない、と。いいか、もうそんな心配はやめるんだ。きみの相手のロシア人に、プロとして対応しろ。頭を冷やして――」

「おまえの肩に乗っているやつだ」とゲーブル。

「彼女との恋愛沙汰が任務に及ぼす影響を考えるんだ。彼女がモスクワに呼び戻された場合のことも考えなければならない。いつ呼び戻されるかはわからないんだ。彼女が本部内で活動することをきっぱり断わる可能性だってある。確かに彼女にとってはつらい仕事だろうが、いまのうちに心の準備をさせるんだ」

「了解しました」ネイトはフォーサイスをまっすぐ見据えて言った。

「わかっているな」フォーサイスがいま一度、強い口調で言った。

「ええ、わかっています。わかってますよ」ネイトは言った。「わたしにまかせてください。活を入れていただき、ありがとうございます。さっそく仕事に戻ります」

「それは何よりだ」ゲーブルはソファから立ち上がった。「それじゃあ、隠れ家に据えつけておいた隠しカメラを四台、引き上げることにしよう」ネイトは目を見張った。フォーサイスは無表情だ。

「冗談だよ、ロミオ」ゲーブルが言った。「仮にそんなことをしたとしても、おれは見たくないね」

だがネイトは、フォーサイスとゲーブルから恋愛問題についてそれ以上責められずに済んだ。翌日、ドミニカが信号を送ってきたからだ。その日の朝、車のドアハンドルに触れたネイトは、なめらかなワセリンの感触に手を止めた。ドミニカが夜のあいだに塗っていたのだ。十二時間以内の対応を求める緊急信号だった。昨夜は冷えこんだ。スカンジナビアの秋の訪れだ。フロントガラスには霜が降り、排気口からは水がしたたっている。CIAの支局員たちは隠れ家で待機し、緊急時用プランを再確認した。彼女は逃走中で、追跡を受けているのだろうか？ネイトは飛行機やフェリーの時刻表を調べた。ゲーブルは公安警察（スポ）の協力者に連絡し、配置に就いてもらった。〈アーチー〉と〈ヴェロニカ〉も、いつでも出動できるよう電話口で待機している。フォーサイス、ゲーブル、ネイトの三人はひたすら待ちつづけた。胃が痛くなる。誰一人、腕時計を見ようともしなかった。時間などどうでもよかった。

鍵が開けられる音とともにネイトは立ち上がった。ドミニカの青い目の光と紅潮した顔を見て、三人は彼女の無事を知った。だが彼女の顔のほてりは、監視探知ルート（SDR）を歩いてきたからだけではない。何かあったのだ。

ゲーブルが彼女に湯気の立つ紅茶を渡した。紅茶に息を吹きかけながら、ドミニカはさっそく早口で話しはじめ、細大漏らさずに要点をまとめた。諜報員はみな、そのように話すよう訓練されているのだ。ドミニカによると、前日、身元不詳の男がロシア大使館を訪れ、〝セキュリティ担当者〟に面会を求めて、封筒を手渡した。その封筒には〝未開封のままマクシム・ヴォロントフに届けられたし〟と印刷されていた。ぽかんとした警備担当者が名前を訊かないうちに男は大使館から立ち去ったが、警備担当者は即座に手紙を持って二階に上がり、ヴォロントフ支局長に渡した。開封してみると、封筒のなかにはさらにもう一枚の封筒がはいっていた。ヴォロントフは大声でドミニカを部屋に呼び、英語の手紙を彼女に訳させながら室内を歩きまわって、くすんだオレンジのもやをまとっていた。ブロック体で書かれた手紙は、差出人がアメリカ合衆国の機密の技術マニュアルを、SVRに五十万ドルで提供したいので、五日後にホテル・カンプで会いたい旨が書かれていた。

ドミニカはネイトから目を離し、フォーサイスとゲーブルを見ながら紅茶を口にして、話しつづけた。封筒のなかにはもう一枚の紙がはいっており、三つ穴のバインダーから引きちぎられたような裂け目があった。紙の上下には最高ランクの機密情報であることを示すTOP SECRET/UMBRAの文字が印刷され、太字で〝**アメリカ合衆国国家通信網**〟とタイトルが書かれ、上の角が斜めに切り取られている。ヴォロントフはそわそわしはじめ、タイトルの下の警告文を彼女に二度読ませた。〝無断配布を禁じる〟、〝この文書を発見した者は、調整局に返却すること〟、〝この文書を悪用した者は訴追の対象となる〟。

ヴォロントフの顔が灰色になり、彼はドミニカに声を張りあげてコピーをとるよう命じた。

旧ソ連時代から染みついた追従者の気質から、ヴォロントフは彼女に、その原本の表紙を外交文書用郵袋に入れ、エゴロフ第一副長官宛てに直送すると言った。そうすれば最優先扱いで、最も安全に届けられる、と。フォーサイスがゲーブルを一瞥すると、ゲーブルは立ち上がって、支局に戻って本部に知らせようと、そそくさとコートを着た。そのときドミニカがセーターの裾を上げ、ウエストバンドから折りたたまれた一枚の紙を取り出してフォーサイスに差し出した――もう一枚コピーをとっていたのだ。アメリカ人たちがいっせいに身を乗り出した。ゲーブルは切り取られた上の角をたたき、「くそ野郎め、書類番号を切り取りやがった」とつぶやくと、ドミニカを見て「もう二度とこんなことはするなと言ったはずだぞ」と言って身を乗り出し、彼女の額にキスして隠れ家を出た。支局のＮＩＡＣＴ電信は、三十分でワシントンに届く。ＮＩＡＣＴとはナイト・アクションの略語であり、たとえ夜中でも電文を受け取った担当者はただちに行動を起こさなければならない。ゲーブルはこの電信を使って、ラングレーでドーナツを食べてだらだらしている夜勤の連中の目を覚ますのが好きなのだ。

ドミニカの話によると、その日じゅうヴォロントフは神経をすり減らしていた。彼女を何度も支局長室に呼びつけ、頭の周囲にはオレンジの光を観覧車のようにまとわせて、高まる期待を示していた。今回の件が諜報活動で大きな成果を得られるまたとないチャンスであることは、彼でさえわかった。その日の終わり近くなって、彼はワーニャ・エゴロフに直接電話をかけ、華々しい展開を期待できるこのデリケートな出来事を知らせ、近日中に届く外交文書用郵袋を見てほしいと伝えた。副長官、このヴォロントフの働きぶりにどうぞご期待ください、というわけだ。

ヴォロントフはドアを閉め、高周波の電話をかけた。ドミニカにはわざとらしい笑い声と「はい、はい、おっしゃるとおりです」という卑屈な声が聞こえてきた。本当に〃リスティエッ〃だわ、と彼女は言った。あなたがたはなんて言うんでしたっけ、おべっか使い？　ああ、いい線行ってる、とフォーサイスが言った。その日、十回目に彼女を呼びつけたヴォロントフは、悦に入った口調で、副長官はもちろんわたしの提案を認めてくださり、ドミニカが、いや、ドミニカだけが、今回の作戦で支局長の補佐をすることになった、と言った。こうして彼女が作戦活動用の資金を準備することになったが、引き出すよう指示されたのはわずか五千ドルだった。そしてホテル・カンプの客室を予約するよう命じられた。情報提供を申し出たアメリカ人との通訳は彼女がすることになった。では、さっそくかかれ、とヴォロントフは言い、手を振って下がらせた。

ドミニカはまったく知らなかったが、ヴォロントフは対外防諜責任者も呼んでいた。元国境軍のいかつい男だ。「今週末の会合を見張っていてもらいたい。ホテル・カンプのロビーにいてくれ。座って、見ているだけでいい」

「会合ですか？」防諜責任者は言った。「何名、必要でしょうか？　もちろん、全員に武装させます」

「ばかもの。おまえだけで充分だ。武装はするな。ロビーに座っているだけだ。わたしが情報提供者と会っているところを見ていてくれ。その場にとどまるんだ。われわれがホテルを出るまで監視を続けること。わかったか？」ヴォロントフは言った。防諜責任者は、いささか失望の体でうなずいた。

一時間後、ネイトはドミニカを隠れ家から帰らせた。これからはモスクワ・ルールが適用される――すなわち、不必要に落ちあうことはしない。日中には会わない。監視されていないかどうかつねに確認し、監視の存在を前提とせよ。社交上のつきあいは最小限にすること。ホテル・カンプでの会合が完全に終わるまで大使館の近くにとどまること。ヴォロントフは神経が張りつめ、そわそわし、緊張して、周囲のあらゆる人間に注意を向けるだろう。CIA支局員たちはいかなる賭けもしてはならず、いかなるリスクも冒してはならない。「トイレの便器にだってコブラがいると思ったほうがいい」支局に戻ったとき、ゲーブルは言った。「おれたちは慎重に事を進めなければならないんだ。なんであれ、会合をだめにするようなことが起これば――このアメリカ人のくそ野郎が逮捕され、SVRがマニュアルの入手に失敗するようなことが起これば、とんでもないことになる。支局長以外で、情報提供者のことを知っているSVRの人間は、ドミニカしかいないんだぞ」

フォーサイスは限定運用通信を本部に送り、〈ディーヴァ〉が抱えるリスクに注意を求めた。しかしヨーロッパ部部長は、支局は裏切者の特定以上のことはすべきではないというフォーサイスの意見に衝撃を受け、アメリカ本国に戻ったあと、FBIにこの件を通報した。ヨーロッパ部部長は、国家安全保障の脅威になりかねない情報を漏洩させるような計画を是認するわけにはいかなかった——彼がヨーロッパ部の指揮を執っているあいだは。

こうして、五十二歳になるFBI特別捜査官のエルウッド・マラトスが、アメリカ大使館の法務官としてフォーサイスの支局に押しかけ、裏切者の逮捕に乗り出すことになった。隠密裏に進めていたら容易だったはずの作戦を、本部がワシントンじゅうに知らせてしまったのだ。二十五年のキャリアを持つマラトスは、中西部の銀行強盗担当の捜査官として頭角を現わした。彼は支局の机に両足を載せ、フォーサイスとゲーブルに靴底を見せて、この案件は明らかにアメリカ市民によるスパイ行為に該当するので、FBIの厳格な管轄下に置かれると言った。

「くそったれ」マラトスが立ち去ったあと、ゲーブルは言った。「あの野郎、エスプレッソのことをコーヒーではなく〝スペインの超特急〟のことだと思いこんでいやがるにちがいない」

こうなると、作業用ズボンにミリタリーブーツ、そしてニューヨーク・ヤンキースの野球帽といういでたちのFBI特別捜査官が十数人、ヘルシンキに降り立つのは確実だ。支局にできるのは、捜査官たちに好き勝手をさせないことだけだった。フォーサイスはネイトに〈ディーヴァ〉の緊急脱出プランをいつでも実行できるよう、準備しておくことを指示した。ロシア人たちの会合が失敗し、犯人捜しが始まった場合、彼らは〈ディーヴァ〉を脱出させなければならなくなる。

本部に動きがあったのはそんなときだった。大きな会議があったにちがいなく、彼らは

〈ディーヴァ〉の身に迫る危険に配慮しはじめたのだ。あとから聞いた話では、防諜部の部長サイモン・ベンフォードが、彼特有の芝居がかった痙攣（けいれん）とともに、このエージェントに迫った防諜上の脅威を顧みないのは〝彼女をみすみす豚の餌食にするようなものだ〟と言ったらしい。その結果、三日目に二本の通信文が届いた。ホテル・カンプでの会合の二日前だ。最初のものはヨーロッパ部の部長より支局長へ親展と表示されていた。二本目はベンフォードによって起草されたもので、独特の省略された文体は儀礼をほとんど無視していた。この電文に認（したた）められた策略は、人骨で作られた灰皿を事務室に置いている強者のマーティ・ゲーブルさえも驚かせた。カンボジアかマイアミから掘り出された人骨らしいが、彼自身、どちらの骨だったか覚えていないそうだ。

最初の電文にはこう書かれていた。

1　今後、本件の関連情報の通信はこのチャンネルに限定されたい。情報提供に感謝する。本部は合衆国機密書類のSVRへの違法な売却の阻止を最優先課題と認めるものである。支局は大使館付きFBI代表者に協力すること。この代表者はFBIワシントン本部より状況説明を受けている。本部は支局に対し、FBIがすべての捜査および法執行活動に関して優先権を持つことを確認するものである。彼らの優先権の対象には、国家安全保障への脅威ならびに連邦犯罪の疑いがあるアメリカ市民も含まれ、これは二〇〇四年の情報活動改革法、大統領令第一二三三三号および合衆国法典第五十編第四百一条にもとづくものである。

2　支局には、FBIからの要請に応じ、捜査活動に必要なあらゆる支援を行なうことを求める。もちろん本部としては、いかなる逮捕活動も支局の〝資産〟である〈ディーヴァ〉の安全に影響を及ぼしかねないことを懸念している。支局には、〈ディーヴァ〉の作戦活動上の安全確保に特段の配慮を行なうよう取り計らっていただきたい。

3　NIACTを含め、優先度の高い電信で経過を報告されたい。本部は必要な支援を行なう用意がある。作戦の成功を祈る。

二本目の電文はこのようなものだった。

1　〈ディーヴァ〉に関する報告は受領した。〈ディーヴァ〉には情報源としてきわめて高い価値が認められる。

2　本部が情報に感謝していることを支局員に伝えてほしい。

3　照会にあった機密情報提供者への対応をいささかでも誤れば、〈ディーヴァ〉がS

VRの詮索の対象になりかねないとの意見に同感である。最悪の事態を想定し、緊急脱出計画を準備されたし。本部には亡命者の受け入れ手続きや移住先確保の用意がある。

4　FBIの法執行関係者の意向にかかわらず、本部の目的は情報提供者を特定することであり、SVRの警戒を招くことなく情報提供者を逮捕し、SVRにマニュアルを受領させ、繰り返す、受領させ、ロシアの防諜関係者の疑惑を招かないことである。FBIには隠密作戦について事前に知らせ、それぞれの所轄官庁としての任務を達成すべく、支局の方針を理解してもらう予定である。

5　昨年、国防総省の機密計画で、問題の機密書類と同じマニュアルを改変したもの（GTSOLAR）が作成された。この改変された機密書類を使えば、技術的な偽情報をつかませ、相手を誤った方向に導くことが可能になる。

6　この件に関し、兵器科学研究部の研究員がSOLARマニュアルを携え、十七日夕方にワシントンを出発して十八日午前中にヘルシンキに到着する予定。研究員に会い、便宜を図られたし。

7　取り急ぎ、作戦に関し、最優先でSOLARマニュアルを入れ替えることを提案する。最初の電文の指示は無視してよい。

支局員たちは技術者を呼び、入念に準備を行なった。ヴォロントフが情報提供者と会う前日の晩、彼らはもう一度〈ディーヴァ〉と隠れ家で待ちあわせた。彼らはドミニカに図面を見せ、ホテルのルームキーの合鍵を作り、彼女に手順を確認させた。それからもう一度図面を見せた。大丈夫よ、ニェイト、と彼女は言った。しかしその声はこわばっており、神経が張りつめていることをうかがわせた。露見するリスクを冒していることはわかっていたが、彼女はそのことを聞きたくなかった。ネイトが地図を広げ、緊急脱出する場合に彼女を車に乗せる場所を示したとき、ドミニカの青い目が彼の表情を探った。彼女はネイトの声に懸念を聞き取った。

わたしのことを心配してくれているのかしら、それとも作戦のこと？　ケース・オフィサーのネイトが戻ってきたが、彼を取り巻く光は変わっていない。

事態は重大な局面を迎えており、二人は少し休んで遅い夕食をとることにした。フォーサイスの出番だ。彼が自ら料理を作ることはほとんどなかったが、ドミニカが驚いたことに、青い光に包まれたフォーサイスはエプロンをかけ、オーブンミットをはめて、オーブンから小さな鍋を取り出していた。彼が知っている唯一の料理であるスービーズは、軽く煮た米とバターで炒めたタマネギを合わせたものだ。ゲーブルも緊急時に彼らが飢えることのないよう、テイクアウトの店から羊のケバブを買ってきてくれた。二人はひと言も話さずに食べた。それから時計を見た。彼女はもう帰ったほうがいい。

ドミニカはドアを開ける前に一瞬立ち止まり、コートの襟を立てた。「あす、幸運に恵まれますように」彼女は言った。きみがいちばん危険な立場なのに、とネイトは思った。

「きみもね」ネイトは言った。「あしたはきっとうまくいく」

「二、三日中に会いましょう」彼女は手袋をはめ、ドアのノブをつかんだ。いま一度、動きを止める。流しで皿を洗う音が聞こえてきた。ネイトを見つめ、モナリザのような微笑を浮かべる。

「くれぐれも気をつけるんだ」彼は言った。ネイトの肩越しに、月明かりに照らされた狭い寝室が見える。しかし、彼に動じる気配はなく、ドミニカは少しがっかりした。

「おやすみなさい（スパコイナイ・ノーチ）、ニェイト」彼女は足音をたてずに階段を下りていった。

　CIA支局員たちは隠れ家の明かりを消し、帰宅する身支度をした。もう日付が変わっている。フォーサイスはアパートメントの戸締まりを確認しながら話した。「騒ぎを起こさず、現場をうろうろせず、英雄気取りはよすことだ。いいな？」ゲーブルがカーテンを引き、バスルームの明かりを消した。

「わかりました」ネイトは言った。

「わたしが言いたいのは、あした騒ぎが起きたとしても、戦闘モードになってはいけない、ということだ」フォーサイスは言った。

「ええ」ネイトにはその続きがわかっていたが、上司に偉そうな口をきかないようにした。

「トラブルが起きたら、われわれがやるべきなのはトラブルの性質を知ることだ。しかるのちに、いかなる行動をとるか決断する。しかし重要なのは、ドミニカが書類を入れ替え、交換されたほうを売るという役割を果たせるかどうかだ。理由のいかんにかかわらず、彼女がしくじったら、作戦は失敗する」

ゲーブルが部屋に戻ってきた。「あすのいまごろには、SVRのやつらは本物が手にはいったと思いこみ、喜んでマスをかきあうだろう。モスクワが大喜びするのはまちがいない」

三人はコートに袖を通した。言うべきことがあれば、いま言わなければならない。通りに出たら、彼らは別々の方向に散らばり、おやすみの挨拶もしてはならないのだ。

「いまの話はつまり、彼女を危険のただなかに放り出して、まがいものをつかませるということですね」ネイトは冷静な口調を保つよう努めて言った。

「まがいものをつかませる？」ゲーブルは言った。「ラスヴェガスのカジノじゃないんだ。おれたちは、知恵を総動員して彼女を守るさ。だが、おまえさんは作戦をやり遂げなければならん。そのことをしっかり頭に入れておけ」

凍てつく空気のなか、三人は別れた。ネイトは自分の車まで長い距離を歩いた。路面電車はこんな夜遅くには走っていない。ドアハンドルの下にまだワセリンの感触が残っていた。彼が車に乗りこみ、ダッシュボードに目をやると、不意に視界が暗くなり、目を上げると車の前には彼女のアパートメントがあった。彼はドアをノックし、薄いネグリジェをまとったドミニカの身体を腕のなかに抱いて、彼女からキスを浴びせられた。次の瞬間、ネイトは頭を振って幻影を払いのけ、車を出して街の周縁部を走り、バックミラーに注意しながら自宅へ戻った。

フォーサイス流のスービーズ

塩水に米を入れて五分間火にかける。別の鍋でタマネギをバターで炒め、塩、コショウで味付けする。そこに米を加えて混ぜ、蓋をして、中火にかけ、うっすら色づくまでときどき混ぜながら煮る。濃厚なクリームとすり下ろしたグリュイエールチーズをかけて食べる。

スパイ小説

アメリカ探偵作家クラブ賞、英国推理作家協会賞受賞
寒い国から帰ってきたスパイ
ジョン・ル・カレ／宇野利泰訳

ベルリンの壁を挟んで展開する、英国と東ドイツの息詰まる暗闘。スパイ小説の金字塔。

ティンカー、テイラー、ソルジャー、スパイ〔新訳版〕
ジョン・ル・カレ／村上博基訳

ソ連の二重スパイを探せ。引退生活から呼び戻されたスマイリーの苦闘。三部作の第一弾

英国推理作家協会賞受賞
スクールボーイ閣下 上下
ジョン・ル・カレ／村上博基訳

英国に壊滅的な打撃を与えたソ連情報部の大物カーラにスマイリーが反撃。三部作第二弾

スマイリーと仲間たち
ジョン・ル・カレ／村上博基訳

老亡命者の暗殺を機に、スマイリーはカーラとの積年の対決に決着をつける。三部作完結

ケンブリッジ・シックス
チャールズ・カミング／熊谷千寿訳

キム・フィルビーら五人の他にソ連のスパイが同時期にいた？　調査を始めた男に罠が！

冒険小説

パーフェクト・ハンター上下
トム・ウッド／熊谷千寿訳
ロシアの軍事機密を握るプロの暗殺者ヴィクターが強力な敵たちと繰り広げる凄絶な闘い

ファイナル・ターゲット上下
トム・ウッド／熊谷千寿訳
CIAに借りを返すためヴィクターは暗殺を続ける。だがその裏では大がかりな陰謀が！

暗殺者グレイマン
マーク・グリーニー／伏見威蕃訳
〝グレイマン（人目につかない男）〟と呼ばれる暗殺者が世界12カ国の殺人チームに挑む

暗殺者の正義
マーク・グリーニー／伏見威蕃訳
グレイマンの異名を持つ元CIA工作員の暗殺者ジェントリー。標的に迫る彼に危機が！

樹海戦線
J・C・ポロック／沢川　進訳
カナダの森林地帯で元グリーンベレー隊員とソ連の特殊部隊が対決。傑作アクション巨篇

話　題　作

時の地図上下
フェリクス・J・パルマ／宮﨑真紀訳
19世紀末のロンドンを舞台に、作家H・G・ウエルズが活躍する仕掛けに満ちた驚愕の小説

宙の地図上下
フェリクス・J・パルマ／宮﨑真紀訳
ウエルズの目の前で火星人の戦闘マシンがロンドンを襲う。予測不能の展開で描く巨篇。

尋問請負人
マーク・アレン・スミス／山中朝晶訳
その男の手にかかれば、口を割らぬ者はいない。尋問のプロフェッショナル、衝撃の登場

ツーリスト―沈みゆく帝国のスパイ―上下
オレン・スタインハウアー／村上博基訳
21世紀の不確かな世界秩序の下で策動する諜報機関員の苦悩を描く、スパイ・スリラー。

卵をめぐる祖父の戦争
デイヴィッド・ベニオフ／田口俊樹訳
ドイツ軍包囲下のレニングラードで、サバイバルに奮闘する二人の青年を描く傑作長篇。

訳者略歴　1970年北海道生，東京外国語大学外国語学部卒，英米文学翻訳家　訳書『尋問請負人』スミス，『ＫＧＢから来た男』ダフィ（以上早川書房刊）他

HM=Hayakawa Mystery
SF=Science Fiction
JA=Japanese Author
NV=Novel
NF=Nonfiction
FT=Fantasy

レッド・スパロー
〔上〕

〈NV1290〉

二〇一三年九月二十日　印刷
二〇一三年九月二十五日　発行
（定価はカバーに表示してあります）

著者　ジェイソン・マシューズ
訳者　山中朝晶（やまなかともあき）
発行者　早川浩
発行所　株式会社早川書房
郵便番号　一〇一－〇〇四六
東京都千代田区神田多町二ノ二
電話　〇三－三二五二－三一一一（大代表）
振替　〇〇一六〇－三－四七七九九
http://www.hayakawa-online.co.jp

乱丁・落丁本は小社制作部宛お送り下さい。送料小社負担にてお取りかえいたします。

印刷・三松堂株式会社　製本・株式会社川島製本所
Printed and bound in Japan
ISBN978-4-15-041290-6 C0197

本書は活字が大きく読みやすい〈トールサイズ〉です。